钱锺书

杨绛

选

录

钱锺书选唐诗

人民文学出版社编辑部 整理

〔上〕

人民文学出版社

图书在版编目(CIP)数据

钱锺书选唐诗：上下／钱锺书选；杨绛录；人民文学出版社编辑部整理．—北京：人民文学出版社，2020（2020.12重印）
ISBN 978-7-02-016628-2

Ⅰ.①钱… Ⅱ.①钱…②杨…③人… Ⅲ.①唐诗—诗歌评论 Ⅳ.① I207.227.42

中国版本图书馆CIP数据核字(2020)第176592号

责任编辑	胡文骏　徐文凯　李　俊　董岑仕　高宏洲　张梦笔
责任校对	刘晓强　罗翠华　王　璐　韩志慧
装帧设计	刘　远
责任印制	王重艺

出版发行	人民文学出版社
社　　址	北京市朝内大街166号
邮政编码	100705
网　　址	http://www.rw-cn.com

| 印　　刷 | 北京盛通印刷股份有限公司 |
| 经　　销 | 全国新华书店等 |

字　　数	590千字
开　　本	890毫米×1290毫米　1/32
印　　张	37.75　插页10
印　　数	10001—20000
版　　次	2020年11月北京第1版
印　　次	2020年12月第2次印刷

| 书　　号 | 978-7-02-016628-2 |
| 定　　价 | 99.00元（全二册） |

如有印装质量问题，请与本社图书销售中心调换。电话：010-65233595

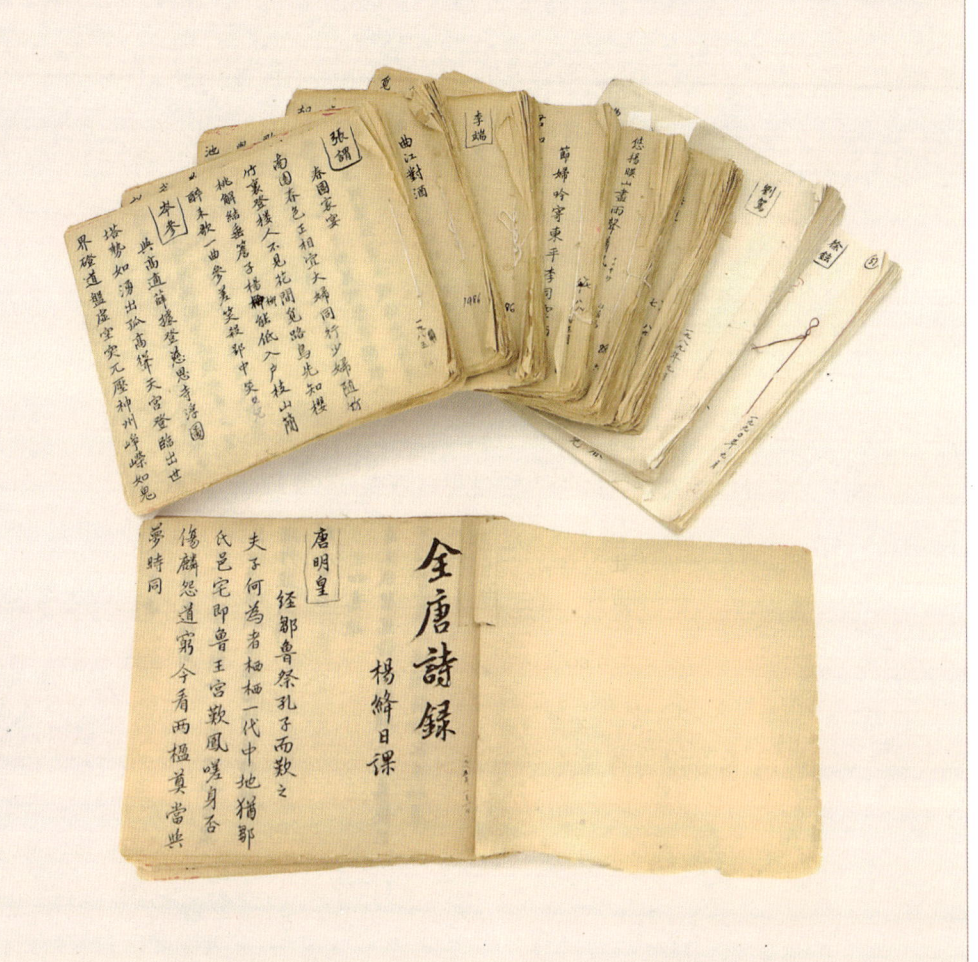

钱锺书选杨绛录《全唐诗录》稿本九册书影

全唐诗录

杨绛日课

一九八五年一月一日起
二〇九一年六月十九日止
（九）
共八册，抄六年。

失去封面，上有钱锺书题：
"父邀日抄
圆Z留念"

此八册抄本，⊘赠吴学昭留念

绛 2009年2月17日识

杨绛手书赠书文字

全唐詩錄

楊絳日課

一九八年一月一日

唐明皇

經鄒魯祭孔子而歎之

夫子何為者 栖栖一代中 地猶鄹
氏邑 宅即魯王宮 歎鳳嗟身否
傷麟怨道窮 今看兩楹奠 當與
夢時同

《全唐詩錄》稿本第一冊首頁

張謂

春園家宴

南園春色正相宜大婦同行少婦隨竹裏登樓人不見花間覓路鳥先知櫻桃解結垂簷子楊柳能低入戶枝山簡醉來歌一曲參差笑殺郢中兒

岑參

與高適薛據登慈恩寺浮圖

塔勢如湧出孤高聳天宮登臨出世界磴道盤虛空突兀壓神州崢嶸如鬼

劉駕

皎皎詞

皎皎復皎皎，逢時即為好，媸醜亦有花，不及當春草。班姬入後宮，飛燕舞東風，青娥中夜起，長歎月明裏

上巳日

上巳曲江濱，喧於市朝路，相尋不見者，此地皆相遇。日光去此遠，翠幕張如霧，何事歡娛中，易覺春城暮。物情重此節，不是愛芳樹

去歲買琴不與價今年沽酒未還錢門前
債主雁行立屋裏醉人魚貫眠

鍾書曰
竊謂：大似義山
已開玉溪而無人拈出 八日

【王初】

青帝

青帝邀春隔歲還月娥孀獨夜漫漫朝韓
憑舞羽身猶在素女商弦調未殘終古蘭
巖樓偶鶴從來玉谷有離鸞幾時幽恨飄然
（斷）
共待天池一水乾

銀河 九日

閶闔疏雲漏絳津橋頭秋夜鵲飛頻猶

《全唐诗录》稿本内页（一）

喜雨 十六日

眩岐終日自裹回乾我茅齋半畝苔山上
亂雲隨手變渦東飛雨過江來一元氣
歸中正百怪蒼淵起蟄雷千里稻花應
秀色酒樽風月醉亭臺

沈亞之 宿白馬津寄寇立 十七日

客思聽蛩嗟秋懷似亂砂劍頭懸日影
蠅鼻落燈花天外歸魂斷漳南別路賒
賒聞君同旅舍幾得夢還家

沈亞之小說家也著有「尋夢記」(夢為秦弄玉婿)及「湘中怨」皆有詩記其事　季識

朝日殘鶯伴妾啼開簾只見草萋萋
庭前時有東風入楊柳千條盡向西

王之渙

　登鸛雀樓

白日依山盡黃河入海流欲窮千里目
更上一層樓

　送別

楊柳東風樹青青隔御河近來攀折苦
應為別離多

　涼州詞

《全唐诗录》稿本内页（三）

目录

唐明皇
经邹鲁祭孔子而叹之 ………… 〇〇二
宣宗皇帝
瀑布联句 …………………… 〇〇三
则天皇后
如意娘 ……………………… 〇〇四
江妃
谢赐珍珠 …………………… 〇〇五
章怀太子
黄台瓜辞 …………………… 〇〇六
南唐后主李煜
渡中江望石城泣下 ………… 〇〇七
病中书事 …………………… 〇〇七
蜀后主王衍
醉妆词 ……………………… 〇〇九
后蜀嗣主孟昶
避暑摩诃池上作 …………… 〇一〇
李义府
堂堂词二首 ………………… 〇一一
虞世南
应诏嘲司花女 ……………… 〇一二
王绩
在京思故园见乡人问 ……… 〇一三

野望……………………○○一四
张九龄
望月怀远……………………○○一五
咏燕……………………………○○一五
宋之问
至端州驿，见杜五审言沈三佺
　　期阎五朝隐王二无竞题壁，
　　慨然成咏………………○○一六
陆浑山庄………………………○○一六
途中寒食题黄梅临江驿
　　寄崔融…………………○○一七
题大庾岭北驿…………………○○一七
度大庾岭………………………○○一八
渡汉江…………………………○○一八
新年作…………………………○○一八
崔液
上元夜六首(六首选二)………○○一九
王勃
咏风……………………………○○二○
滕王阁…………………………○○二○
杜少府之任蜀州………………○○二一
杜审言
夏日过郑七山斋………………○○二二
郭震
塞上……………………………○○二三
贾曾
有所思…………………………○○二四
骆宾王
在狱咏蝉………………………○○二五

乔知之
绿珠篇…………………………○○二六
刘希夷
代悲白头翁……………………○○二七
陈子昂
感遇诗三十八首(录三首)……○○二八
登幽州台歌……………………○○三○
晚次乐乡县……………………○○三○
张说
山夜闻钟………………………○○三一
邺都引…………………………○○三一
王适
蜀中言怀………………………○○三三
沈佺期
被弹……………………………○○三四
驩州南亭夜望…………………○○三五
古意呈补阙乔知之……………○○三五
寒食……………………………○○三六
贺知章
咏柳……………………………○○三七
回乡偶书二首…………………○○三七
王湾
次北固山下……………………○○三八
张旭
桃花溪…………………………○○三九
张若虚
春江花月夜……………………○○四○
崔国辅
怨词二首………………………○○四二

长信草 …………………………… 〇〇四二	汉江临泛 …………………………… 〇〇五八
丽人曲 …………………………… 〇〇四三	积雨辋川庄 ………………………… 〇〇五九
秦女卷衣 ………………………… 〇〇四三	息夫人 ……………………………… 〇〇五九
徐安贞	鹿柴 ………………………………… 〇〇六〇
闻邻家理筝 ……………………… 〇〇四四	竹里馆 ……………………………… 〇〇六〇
裴士淹	临高台送黎拾遗 …………………… 〇〇六〇
白牡丹 …………………………… 〇〇四五	杂诗三首 …………………………… 〇〇六一
陶岘	书事 ………………………………… 〇〇六一
西塞山下回舟作 ………………… 〇〇四六	阙题二首 …………………………… 〇〇六二
王维	田园乐(七首选一) ………………… 〇〇六二
送别 ……………………………… 〇〇四七	**崔颢**
齐州送祖三 ……………………… 〇〇四七	王家少妇 …………………………… 〇〇六三
观别者 …………………………… 〇〇四八	黄鹤楼 ……………………………… 〇〇六三
蓝田山石门精舍 ………………… 〇〇四八	长干曲四首 ………………………… 〇〇六四
青溪 ……………………………… 〇〇四九	**祖咏**
渭川田家 ………………………… 〇〇四九	赠苗发员外 ………………………… 〇〇六五
春中田园作 ……………………… 〇〇五〇	**王昌龄**
西施咏 …………………………… 〇〇五〇	从军行(七首选二) ………………… 〇〇六六
老将行 …………………………… 〇〇五一	出塞 ………………………………… 〇〇六七
桃源行 …………………………… 〇〇五三	采莲曲(二首选一) ………………… 〇〇六七
洛阳女儿行 ……………………… 〇〇五四	长信秋词(五首选一) ……………… 〇〇六七
冬晚对雪忆胡居士家 …………… 〇〇五五	浣纱女 ……………………………… 〇〇六八
送丘为落第归江东 ……………… 〇〇五五	闺怨 ………………………………… 〇〇六八
过香积寺 ………………………… 〇〇五六	**常建**
山居秋暝 ………………………… 〇〇五六	吊王将军墓 ………………………… 〇〇六九
终南别业 ………………………… 〇〇五七	题破山寺后禅院 …………………… 〇〇六九
归嵩山作 ………………………… 〇〇五七	**刘长卿**
终南山 …………………………… 〇〇五七	逢雪宿芙蓉山主人 ………………… 〇〇七一
观猎 ……………………………… 〇〇五八	新年作 ……………………………… 〇〇七一

穆陵关北逢人归渔阳 ……… ○○七二
送韩司直 ……………………… ○○七二
酬李穆见寄 …………………… ○○七二
长沙过贾谊宅 ………………… ○○七三
登余干古县城 ………………… ○○七三
赋得 …………………………… ○○七四
戏赠干越尼子歌 ……………… ○○七五

王翰
凉州词 ………………………… ○○七六

孟云卿
古挽歌 ………………………… ○○七七
寒食 …………………………… ○○七七

孟浩然
秋登兰山寄张五 ……………… ○○七九
夏日南亭怀辛大 ……………… ○○七九
宿业师山房期丁大不至 ……… ○○八○
夜归鹿门山歌 ………………… ○○八○
望洞庭湖赠张丞相 …………… ○○八一
宿桐庐江寄广陵旧游 ………… ○○八一
初出关旅亭夜坐怀王大校书 … ○○八二
与诸子登岘山 ………………… ○○八二
晚泊浔阳望庐山 ……………… ○○八三
过故人庄 ……………………… ○○八四
岁暮归南山 …………………… ○○八四
舟中晓望 ……………………… ○○八五
闻情 …………………………… ○○八五
岁除夜有怀 …………………… ○○八六
春晓 …………………………… ○○八六
扬子津望京口 ………………… ○○八六

宿建德江 ……………………… ○○八六

李白
蜀道难 ………………………… ○○八八
将进酒 ………………………… ○○九○
关山月 ………………………… ○○九一
长干行 ………………………… ○○九一
玉阶怨 ………………………… ○○九四
清平调词三首 ………………… ○○九四
梦游天姥吟留别 ……………… ○○九五
金陵酒肆留别 ………………… ○○九七
送友人 ………………………… ○○九八
送友人入蜀 …………………… ○○九八
宣州谢朓楼饯别校书叔云 …… ○○九九
山中问答 ……………………… ○一○○
把酒问月 ……………………… ○一○○
客中行 ………………………… ○一○一
早发白帝城 …………………… ○一○一
秋下荆门 ……………………… ○一○一
夜泊牛渚怀古 ………………… ○一○二
月下独酌(四首录一) ………… ○一○二
独坐敬亭山 …………………… ○一○三
怨情 …………………………… ○一○三

韦应物
拟古诗(十二首录二) ………… ○一○四
杂体(五首录二) ……………… ○一○五
淮上喜会梁川故人 …………… ○一○六
郡斋雨中与诸文士燕集 ……… ○一○六
听嘉陵江水声寄深上人 ……… ○一○七
自巩洛舟行入黄河即事

寄府县僚友……………………〇一〇八
初发扬子寄元大校书……………〇一〇八
淮上即事寄广陵亲故……………〇一〇九
同德寺雨后寄元侍御李博士……〇一〇九
对雨寄韩库部协…………………〇一一〇
寄子西………………………………〇一一〇
寺居独夜寄崔主簿………………〇一一一
新秋夜寄诸弟……………………〇一一一
寄李儋元锡………………………〇一一二
寄全椒山中道士…………………〇一一二
西涧即事示卢陟…………………〇一一二
秋夜寄丘二十二员外……………〇一一三
答郑骑曹青橘绝句………………〇一一三
长安遇冯著………………………〇一一三
休暇日访王侍御不遇……………〇一一四
出还…………………………………〇一一四
除日…………………………………〇一一四
过昭国里故第……………………〇一一五
登西南冈卜居，遇雨，寻竹浪
　　至沣墙，萦带数里，清流茂
　　树，云物可赏………………〇一一六
游开元精舍………………………〇一一六
题桐叶………………………………〇一一七
滁州西涧……………………………〇一一七
温泉行………………………………〇一一七
听莺曲………………………………〇一一八

张渭
春园家宴……………………………〇一二一

岑参
与高适薛据登慈恩寺浮图………〇一二二

白雪歌送武判官归京……………〇一二三
走马川行奉送出师西征…………〇一二四

包佶
岭下卧疾寄刘长卿员外…………〇一二五
戏题诸判官厅壁…………………〇一二五

李嘉祐
早秋京口旅泊，章侍御寄书相问，
　　因以赠之，时七夕…………〇一二七
送严员外……………………………〇一二七

包何
和程员外春日东郊即事…………〇一二八

高适
登广陵栖灵寺塔…………………〇一二九
蓟中作………………………………〇一三〇
燕歌行并序…………………………〇一三〇
人日寄杜二拾遗…………………〇一三二
封丘作………………………………〇一三三
送李少府贬峡中王少府贬
　　长沙…………………………〇一三三
咏史…………………………………〇一三四
营州歌………………………………〇一三四
别董大………………………………〇一三五
送桂阳孝廉…………………………〇一三五
除夜作………………………………〇一三五

杜甫
奉赠韦左丞丈二十二韵…………〇一三六
游龙门奉先寺……………………〇一三八
望岳…………………………………〇一三八
玄都坛歌寄元逸人………………〇一三九

贫交行 …………………… 〇一三九	乾元中寓居同谷县作歌七首 ‥〇一七六
兵车行 …………………… 〇一四〇	戏题画山水图歌 ……………… 〇一七九
醉时歌 …………………… 〇一四一	戏为双松图歌 ………………… 〇一七九
赠卫八处士 ……………… 〇一四二	百忧集行 ……………………… 〇一八〇
同诸公登慈恩寺塔 ……… 〇一四三	戏作花卿歌 …………………… 〇一八一
送孔巢父谢病归游江东兼呈	茅屋为秋风所破歌 …………… 〇一八二
李白 …………………… 〇一四五	短歌行 ………………………… 〇一八三
饮中八仙歌 ……………… 〇一四五	韦讽录事宅观曹将军画马图‥〇一八三
曲江三章章五句 ………… 〇一四六	丹青引赠曹将军霸 …………… 〇一八五
丽人行 …………………… 〇一四八	四松 …………………………… 〇一八七
自京赴奉先县咏怀五百字 〇一四九	古柏行 ………………………… 〇一八七
奉先刘少府新画山水障歌 〇一五三	缚鸡行 ………………………… 〇一八八
哀江头 …………………… 〇一五四	负薪行 ………………………… 〇一八九
哀王孙 …………………… 〇一五六	暇日小园散病将种秋菜督勒
述怀一首 ………………… 〇一五七	耕牛兼书触目 ……………… 〇一九〇
彭衙行 …………………… 〇一五八	观公孙大娘弟子舞剑器行 …… 〇一九〇
羌村 ……………………… 〇一六〇	夜归 …………………………… 〇一九二
新安吏 …………………… 〇一六一	醉为马坠诸公携酒相看 ……… 〇一九二
石壕吏 …………………… 〇一六二	夜闻觱篥 ……………………… 〇一九三
新婚别 …………………… 〇一六三	风雨看舟前落花戏为新句 …… 〇一九三
垂老别 …………………… 〇一六四	赠李白 ………………………… 〇一九四
无家别 …………………… 〇一六五	登兖州城楼 …………………… 〇一九四
夏夜叹 …………………… 〇一六六	房兵曹胡马诗 ………………… 〇一九五
佳人 ……………………… 〇一六七	画鹰 …………………………… 〇一九五
梦李白二首 ……………… 〇一六八	春日忆李白 …………………… 〇一九六
前出塞九首 ……………… 〇一六九	对雪 …………………………… 〇一九六
后出塞五首(录三) ……… 〇一七三	月夜 …………………………… 〇一九七
万丈潭 …………………… 〇一七四	春望 …………………………… 〇一九八
石龛 ……………………… 〇一七五	独酌成诗 ……………………… 〇一九八

曲江二首	○一九八	少年行二首	○二一四
曲江对酒	○一九九	赠花卿	○二一五
曲江对雨	○二○一	少年行	○二一五
曲江陪郑八丈南史饮	○二○二	绝句漫兴九首	○二一六
秦州杂诗二十首(录四首)	○二○二	江畔独步寻花七绝句	○二一八
月夜忆舍弟	○二○三	三绝句	○二一九
遣怀	○二○四	戏为六绝句	○二二○
送远	○二○四	花鸭	○二二二
天末怀李白	○二○五	野望	○二二二
独立	○二○五	水槛遣心二首	○二二三
野望	○二○五	屏迹三首(录二)	○二二三
蜀相	○二○六	不见	○二二四
卜居	○二○六	客夜	○二二四
梅雨	○二○七	客亭	○二二五
有客	○二○七	闻官军收河南河北	○二二五
狂夫	○二○八	涪城县香积寺官阁	○二二六
堂成	○二○八	倦夜	○二二六
进艇	○二○九	登高	○二二六
江村	○二○九	伤春(五首录一)	○二二七
南邻	○二一○	登楼	○二二七
暮登四安寺钟楼寄裴十迪	○二一○	宿府	○二二八
客至	○二一○	旅夜书怀	○二二九
漫成二首	○二一一	阁夜	○二二九
春夜喜雨	○二一二	秋兴(八首录一)	○二三○
江亭	○二一二	咏怀古迹五首	○二三○
可惜	○二一三	诸将(五首录二)	○二三三
落日	○二一三	江上	○二三四
后游	○二一三	江汉	○二三四
江上值水如海势聊短述	○二一四	燕子来舟中作	○二三五

小寒食舟中作……………〇二三五
贾至
巴陵寄李二户部张十四礼部‥二三六
送王员外赴长沙……………〇二三六
早朝大明宫呈两省僚友………〇二三七
春思二首……………〇二三七
钱起
杪秋南山西峰题准上人兰若…〇二三八
和张仆射塞下曲……………〇二三八
归雁………〇二三九
元结
贼退示官吏……………〇二四〇
宿洄溪翁宅……………〇二四一
张继
枫桥夜泊……………〇二四二
归山………〇二四二
韩翃
送孙泼赴云中……………〇二四三
送客水路归陕……………〇二四三
送陈明府赴淮南……………〇二四四
寒食………〇二四四
赠李翼……………〇二四五
郎士元
送李将军赴定州……………〇二四六
送张南史……………〇二四六
盩厔县郑磎宅送钱大………〇二四七
皇甫冉
婕妤怨……………〇二四八

秋日东郊作……………〇二四八
送郑二之茅山……………〇二四九
问李二司直所居云山………〇二四九
寄权器……………〇二四九
夜发沅江寄李颍川刘侍郎……〇二五〇
春思………〇二五〇
刘方平
夜月………〇二五一
春怨………〇二五一
代春怨……………〇二五一
王之涣
登鹳雀楼……………〇二五二
送别………〇二五二
凉州词（二首录一）………〇二五二
郑虔
闺情………〇二五四
刘眘虚
阙题………〇二五五
柳中庸
河阳桥送别……………〇二五六
征怨………〇二五六
凉州曲（二首录一）………〇二五六
王季友
还山留别长安知己…………〇二五七
宿东溪李十五山亭…………〇二五七
观于舍人壁画山水…………〇二五七
代贺若令誉赠沈千运………〇二五八
秦系
山中赠张正则评事…………〇二五九

任华

寄李白…………………………〇二六〇
寄杜拾遗…………………………〇二六二
怀素上人草书歌…………………〇二六四

严武

军城早秋…………………………〇二六七

韩滉

听乐怅然自述……………………〇二六八

严维

送李端……………………………〇二六九
丹阳送韦参军……………………〇二六九

顾况

囝一章……………………………〇二七〇
我行自东一章……………………〇二七一
弃妇词……………………………〇二七一
上湖至破山赠文周萧元植………〇二七二
长安道……………………………〇二七三
梁广画花歌………………………〇二七三
行路难(三首录一)………………〇二七四
悲歌一……………………………〇二七四
悲歌二(一作《短歌行》)………〇二七五
苔藓山歌…………………………〇二七五
范山人画山水歌…………………〇二七六
宜城放琴客歌……………………〇二七六
李供奉弹箜篌歌…………………〇二七七
洛阳早春…………………………〇二七九
题歙山栖霞寺……………………〇二七九
归山作……………………………〇二八〇
题叶道士山房……………………〇二八〇

山中………………………………〇二八一
听子规……………………………〇二八一

耿湋

过王山人旧居……………………〇二八二
秋晚卧疾寄司空拾遗曙卢
　少府纶…………………………〇二八二
秋日………………………………〇二八三

戎昱

苦哉行(五首录三)………………〇二八四
早梅………………………………〇二八五
移家别湖上亭……………………〇二八六
古意………………………………〇二八六
咏史………………………………〇二八六
桂州腊夜…………………………〇二八六

窦叔向

夏夜宿表兄话旧…………………〇二八八

窦群

初入谏司喜家室至………………〇二八九

窦巩

赠阿史那都尉……………………〇二九〇
襄阳寒食寄宇文籍………………〇二九〇

张叔卿

流桂州……………………………〇二九一

陈润

宿北乐馆…………………………〇二九二

戴叔伦

女耕田行…………………………〇二九三
屯田词……………………………〇二九三
除夜宿石头驿……………………〇二九四

别友人…………………………〇二九四
暮春感怀(二首录一)…………〇二九五
转应词…………………………〇二九五
于良史
春山夜月………………………〇二九六
冬日野望寄李赞府……………〇二九六
江上送友人……………………〇二九六
卢纶
得耿沣司法书,因叙长安故友零落,
　兵部苗员外发、秘省李校书端
　相次倾逝,潞府崔功曹峒、长
　林司空丞曙俱谪远方,余以摇
　落之时,对书增叹,因呈河中
　郑仓曹、畅参军昆季………〇二九八
和张仆射塞下曲(六首录二)……〇二九八
早春归盩厔旧居却寄耿拾遗沣
　李校书端…………………〇二九九
李益
饮马歌…………………………〇三〇〇
竹窗闻风寄苗发司空曙………〇三〇〇
喜见外弟又言别………………〇三〇一
同崔邠登鹳雀楼………………〇三〇一
盐州过胡儿饮马泉……………〇三〇二
江南词…………………………〇三〇二
度破讷沙二首…………………〇三〇二
从军北征………………………〇三〇三
写情……………………………〇三〇三
句………………………………〇三〇三
李端
古别离二首……………………〇三〇五

芜城……………………………〇三〇六
赠康洽…………………………〇三〇六
妾薄命…………………………〇三〇七
茂陵山行陪韦金部……………〇三〇八
逢王泌自东京至………………〇三〇八
冬夜寄韩弇……………………〇三〇九
慈恩寺暕上人房招耿拾遗……〇三〇九
拜新月…………………………〇三一〇
听筝……………………………〇三一〇
闺情……………………………〇三一一
长门怨…………………………〇三一一
春晚游鹤林寺寄使府诸公……〇三一一
畅当
登鹳雀楼………………………〇三一二
杨凝
送别……………………………〇三一三
司空曙
雨夜见投之作…………………〇三一四
贼平后送人北归………………〇三一四
观猎骑…………………………〇三一五
云阳馆与韩绅宿别……………〇三一五
立秋日…………………………〇三一五
病中嫁女妓……………………〇三一六
江村即事………………………〇三一六
喜外弟卢纶见宿………………〇三一六
寒塘……………………………〇三一七
崔峒
客舍有怀因呈诸在事…………〇三一八
王建
凉州行…………………………〇三一九

寒食行……………………〇三二〇	刘商
促刺词……………………〇三二〇	胡笳十八拍………………〇三三五
北邙行……………………〇三二一	题潘师房…………………〇三三九
田家留客…………………〇三二一	冷朝阳
望夫石……………………〇三二二	别郎上人…………………〇三四〇
簇蚕辞……………………〇三二二	朱湾
失钗怨……………………〇三二三	九日登青山………………〇三四一
神树词……………………〇三二三	题段上人院壁画古松……〇三四一
祝鹊………………………〇三二四	张志和
行见月……………………〇三二四	渔父歌……………………〇三四三
射虎行……………………〇三二五	郭郧
原上新居(十三首之五)……〇三二五	寒食寄李补阙……………〇三四四
贻小尼师…………………〇三二六	李约
惜欢………………………〇三二六	观祈雨……………………〇三四五
岁晚自感…………………〇三二六	于鹄
薛二十池亭………………〇三二七	江南曲……………………〇三四六
李处士故居………………〇三二七	巴女谣……………………〇三四六
寄贾岛……………………〇三二八	古词(三首录二)…………〇三四六
小松………………………〇三二八	古挽歌……………………〇三四七
新嫁娘词(三首录一)………〇三二八	卢群
故行宫……………………〇三二八	淮西席上醉歌……………〇三四八
酬从侄再看诗本……………〇三二九	武元衡
江南三台词(四首录一)……〇三二九	夏夜作……………………〇三四九
宫人斜……………………〇三二九	权德舆
长门………………………〇三三〇	三妇诗……………………〇三五〇
寄广文张博士……………〇三三〇	安语………………………〇三五〇
早春书情…………………〇三三〇	危语………………………〇三五一
宫词………………………〇三三一	大言………………………〇三五一

小言……………………〇三五一
玉台体（十二首录一）……〇三五二
令狐楚
年少行（四首录一）………〇三五三
裴度
中书即事………………〇三五四
韩愈
醉赠张秘书……………〇三五五
山石……………………〇三五七
忽忽……………………〇三五八
雉带箭…………………〇三五八
桃源图…………………〇三五八
感春……………………〇三六〇
剥啄行…………………〇三六一
送无本师归范阳………〇三六二
石鼓歌…………………〇三六四
调张籍…………………〇三六七
庭楸……………………〇三六九
次同冠峡………………〇三七〇
题木居士（二首录一）…〇三七〇
盆池五首………………〇三七〇
晚春……………………〇三七二
落花……………………〇三七二
左迁至蓝关示侄孙湘…〇三七二
镇州初归………………〇三七三
同水部张员外籍曲江春游寄白
　二十二舍人…………〇三七三
嘲鼾睡…………………〇三七三

王涯
塞上曲二首……………〇三七五
陇上行…………………〇三七五
从军词（三首录一）……〇三七六
塞下曲（二首录一）……〇三七六
秋思（二首录一）………〇三七七
春闺思…………………〇三七七
宫词（录九）……………〇三七七
陈羽
古意……………………〇三八〇
戏题山居（二首录一）…〇三八一
欧阳詹
初发太原途中寄太原所思……〇三八二
柳宗元
晨诣超师院读禅经……〇三八三
与浩初上人同看山寄京华亲故…〇三八四
三赠刘员外……………〇三八四
岭南江行………………〇三八四
种柳戏题………………〇三八五
别舍弟宗一……………〇三八六
南涧中题………………〇三八六
秋晓行南谷经荒村……〇三八七
雨后晓行独至愚溪北池…〇三八七
江雪……………………〇三八八
渔翁……………………〇三八八
刘禹锡
团扇歌…………………〇三八九
插田歌并引……………〇三八九
养鸷词并引……………〇三九一

客有为余话登天坛遇雨之
　　状因以赋之……………〇三九二
岁夜咏怀………………………〇三九三
蒙池(海阳十咏录一)…………〇三九三
泰娘歌…………………………〇三九四
墙阴歌…………………………〇三九六
蜀先主庙………………………〇三九七
秋日送客至潜水驿……………〇三九七
冬日晨兴寄乐天………………〇三九八
秋日书怀寄白宾客……………〇三九八
秋中暑退赠乐天………………〇三九九
始闻秋风………………………〇三九九
西塞山怀古……………………〇四〇〇
酬乐天扬州初逢席上见赠……〇四〇一
乐天见示伤微之敦诗晦叔三君子
　　皆有深分因成是诗以寄……〇四〇一
和仆射牛相公春日闲坐见怀…〇四〇二
视刀环歌………………………〇四〇三
三阁辞(四首录一)……………〇四〇三
竹枝词(二首录一)……………〇四〇三
秋词二首………………………〇四〇三
秋扇词…………………………〇四〇四
竹枝词(九首录二)……………〇四〇四
杨柳枝词(九首录四)…………〇四〇五
元和十一年自朗州召至京戏赠
　　看花诸君子…………………〇四〇六
再游玄都观……………………〇四〇六
与歌者米嘉荣…………………〇四〇七
金陵五题(录二)………………〇四〇七

与歌者何戡……………………〇四〇八
寄赠小樊………………………〇四〇八
楼上……………………………〇四〇九

张仲素

春闺思…………………………〇四一〇
塞下曲(五首录二)……………〇四一〇
秋思二首………………………〇四一一
燕子楼诗(三首录一)…………〇四一一

崔护

题都城南庄……………………〇四一二

李翱

赠药山高僧惟俨(二首录一)…〇四一三

皇甫湜

出世篇…………………………〇四一四

皇甫松

采莲子二首……………………〇四一七
浪淘沙(二首录一)……………〇四一七

马异

答卢仝结交诗…………………〇四一八

吕温

和舍弟让笼中鹰………………〇四二一
戏赠灵澈上人…………………〇四二一
题阳人城………………………〇四二二
刘郎浦口号……………………〇四二二
喜俭北至送宗礼南行…………〇四二三
衢州夜后把火看花留客………〇四二三
夜后把火看花南园招李十一兵
　　曹不至呈座上诸公…………〇四二三
上官昭容书楼歌………………〇四二四

偶然作二首……………………〇四二六
贞元十四年旱甚见权门移
　　芍药花…………………〇四二六

孟郊

灞上轻薄行……………………〇四二七
长安羁旅行……………………〇四二七
长安道…………………………〇四二八
送远吟…………………………〇四二九
古薄命妾………………………〇四二九
杂怨（三首录一）……………〇四三〇
归信吟…………………………〇四三〇
游子吟…………………………〇四三一
苦寒吟…………………………〇四三一
弦歌行…………………………〇四三一
征妇怨（二首录一）…………〇四三二
闲怨……………………………〇四三二
古别曲…………………………〇四三三
病客吟…………………………〇四三三
偷诗……………………………〇四三四
自惜……………………………〇四三四
老恨……………………………〇四三五
秋夕贫居述怀…………………〇四三六
再下第…………………………〇四三六
长安旅情………………………〇四三六
登科后…………………………〇四三七
秋怀（十五首录二）…………〇四三七
陪侍御叔游城南山墅…………〇四三九
游终南山………………………〇四四〇
过分水岭………………………〇四四〇

赠别崔纯亮……………………〇四四一
赠李观观初登第………………〇四四三
送豆卢策归别墅………………〇四四四
送崔爽之湖南…………………〇四四四
送淡公（十二首录末首）……〇四四五
春雨后…………………………〇四四五
借车……………………………〇四四五
上昭成阁不得，于从侄僧
　　悟空院叹嗟……………〇四四六
悼幼子…………………………〇四四七
峡哀（十首录一）……………〇四四七
杏殇并序（九首录一）………〇四四八

张籍

行路难…………………………〇四四九
征妇怨…………………………〇四四九
野老歌…………………………〇四五〇
送远曲…………………………〇四五〇
古钗叹…………………………〇四五一
各东西…………………………〇四五一
节妇吟寄东平李司空师道……〇四五一
北邙行…………………………〇四五三
白头吟…………………………〇四五四
乌夜啼引………………………〇四五五
忆远曲…………………………〇四五五
卧疾……………………………〇四五六
别段生…………………………〇四五六
离妇……………………………〇四五七
学仙……………………………〇四五九
蓟北旅思………………………〇四六〇

蓟北春怀 …………………… 〇四六〇
咏怀 ………………………… 〇四六一
秋思 ………………………… 〇四六一

卢仝

月蚀诗 ……………………… 〇四六二
哭玉碑子 …………………… 〇四七六
示添丁 ……………………… 〇四七八
寄男抱孙 …………………… 〇四七九
自咏三首 …………………… 〇四八一
喜逢郑三游山 ……………… 〇四八二
守岁二首 …………………… 〇四八三
白鹭鸶 ……………………… 〇四八三
客淮南病 …………………… 〇四八三
村醉 ………………………… 〇四八四
走笔谢孟谏议寄新茶 ……… 〇四八四
与马异结交诗 ……………… 〇四八六
出山作 ……………………… 〇四八八
山中 ………………………… 〇四八九

李贺

李凭箜篌引 ………………… 〇四九〇
雁门太守行 ………………… 〇四九一
大堤曲 ……………………… 〇四九二
苏小小墓 …………………… 〇四九三
梦天 ………………………… 〇四九四
唐儿歌 ……………………… 〇四九五
天上谣 ……………………… 〇四九六
浩歌 ………………………… 〇四九七
秋来 ………………………… 〇四九八
秦王饮酒 …………………… 〇四九九

南园(十三首之一) ………… 〇五〇〇
马诗(二十三首录五) ……… 〇五〇〇
南山田中行 ………………… 〇五〇二
昌谷北园新笋(四首录一) … 〇五〇二
高轩过 ……………………… 〇五〇三
美人梳头歌 ………………… 〇五〇四

刘叉

自古无长生劝姚合酒 ……… 〇五〇五
自问 ………………………… 〇五〇六
偶书 ………………………… 〇五〇六
爱碣山石 …………………… 〇五〇六
与孟东野 …………………… 〇五〇七
姚秀才爱予小剑因赠 ……… 〇五〇七

元稹

雉媒 ………………………… 〇五〇八
赛神 ………………………… 〇五〇九
夜闲 ………………………… 〇五一二
追昔游 ……………………… 〇五一二
遣悲怀三首 ………………… 〇五一三
梦井 ………………………… 〇五一四
江陵三梦 …………………… 〇五一五
六年春遣怀八首 …………… 〇五一八
病减逢春,期白二十二、辛大不
　至十韵 ………………… 〇五二〇
菊花 ………………………… 〇五二一
智度师(二首录一) ………… 〇五二一
永贞二年正月二日,上御丹凤
　楼赦天下,予与李公垂、庾
　顺之闲行曲江,不及盛观 … 〇五二二

望驿台…………………………○五二二	杏为梁…………………………○五五九
以州宅夸于乐天……………○五二三	古冢狐…………………………○五六〇
连昌宫词………………………○五二三	闲居……………………………○五六〇
上阳白发人……………………○五二八	闻早莺…………………………○五六一
古决绝词三首…………………○五二九	弄龟罗…………………………○五六一
赠双文…………………………○五三二	自秦望赴五松驿，马上偶睡，
白衣裳二首……………………○五三二	睡觉成吟…………………○五六二
春晓……………………………○五三三	山雉……………………………○五六三
莺莺诗一作离思诗之首篇……○五三三	移家入新宅……………………○五六三
离思五首一本并前首作六首…○五三三	初与元九别后，忽梦见之，及寤
杂忆……………………………○五三五	而书适至，兼寄桐花诗，怅然
白居易	感怀，因以此寄……………○五六五
凶宅……………………………○五三七	留别……………………………○五六六
宿紫阁山北村…………………○五三八	朱陈村…………………………○五六七
赠内……………………………○五三九	夜雨……………………………○五六九
紫藤……………………………○五四一	夜雪……………………………○五六九
燕诗示刘叟……………………○五四二	寄行简…………………………○五六九
新制布裘………………………○五四三	感情……………………………○五七〇
秦中吟（十首录四）……………○五四三	过昭君村………………………○五七一
海漫漫…………………………○五四七	生离别…………………………○五七二
新丰折臂翁……………………○五四八	送春归…………………………○五七二
太行路…………………………○五五〇	画竹歌…………………………○五七三
两朱阁…………………………○五五一	长恨歌…………………………○五七四
杜陵叟…………………………○五五二	妇人苦…………………………○五七九
缭绫……………………………○五五三	寒食野望吟……………………○五八〇
卖炭翁…………………………○五五四	琵琶引并序……………………○五八〇
时世妆…………………………○五五五	花非花…………………………○五八四
盐商妇…………………………○五五六	下邽庄南桃花…………………○五八四
井底引银瓶……………………○五五七	三月三十日题慈恩寺…………○五八四

邯郸冬至夜思家……………○五八四
寒闺夜……………………○五八五
题李十一东亭……………○五八五
春村………………………○五八五
重寻杏园…………………○五八六
曲江独行…………………○五八六
同李十一醉忆元九………○五八六
绝句代书赠钱员外………○五八七
答张籍因以代书…………○五八七
惜牡丹花二首……………○五八七
嘉陵夜有怀………………○五八八
望驿台……………………○五八八
眼暗………………………○五八八
寒食夜有怀………………○五八九
欲与元八卜邻先有是赠…○五八九
题王侍御池亭……………○五九○
途中感秋…………………○五九○
放言(五首取一)…………○五九○
百花亭晚望夜归…………○五九一
寒食江畔…………………○五九一
大林寺桃花………………○五九三
昭君怨……………………○五九三
江南谪居十韵……………○五九三
江楼夜吟元九律诗成三十韵…○五九五
元九以绿丝布白轻褣见寄,
　制成衣服,以诗报知……○五九六
九江春望…………………○五九七
赠内子……………………○五九七
醉中对红叶………………○五九八

东墙夜合树去秋为风雨所摧,
　今年花时,怅然有感……○五九八
除忠州寄谢崔相公………○五九八
戏赠户部李巡官…………○五九九
题岳阳楼…………………○五九九
种荔枝……………………○五九九
后宫词……………………○六○○
卜居………………………○六○○
玉真张观主下小女冠阿容…○六○○
龙花寺主家小尼…………○六○一
钱唐湖春行………………○六○一
江楼夕望招客……………○六○二
江楼晚眺景物鲜奇,吟玩成篇,
　寄水部张员外……………○六○二
耳顺吟寄敦诗梦得………○六○二
自感………………………○六○三
病中书事…………………○六○三
赠侯三郎中………………○六○三
故衫………………………○六○三
眼病………………………○六○四
自思益寺次楞伽寺作……○六○四
自喜………………………○六○五
见小侄龟儿咏灯诗并腊娘制衣
　因寄行简…………………○六○五
雨中招张司业宿…………○六○五
送陕州王司马建赴任……○六○六
镜换杯……………………○六○六
观幻………………………○六○七
和春深(二十首录二)……○六○七

不出……………………○六○八
戊申岁暮咏怀(三首录二)……○六○八
游平原赠晦叔………………○六○八
何处难忘酒(七首录三)……○六○九
哭微之(二首录一)…………○六一○
过元家履信宅………………○六一○
春风…………………………○六一○
魏王堤………………………○六一○
予与微之老而无子,发于言叹,
　著在诗篇。今年冬各有一子,
　戏作二什,一以相贺,一以
　自嘲(二首录一)……………○六一一
晚桃花………………………○六一一
病眼花………………………○六一一
府西池………………………○六一二
哭崔儿………………………○六一二
六十拜河南尹………………○六一二
新制绫袄成感而有咏………○六一三
睡觉…………………………○六一三
秋凉闲卧……………………○六一四
再授宾客分司………………○六一四
把酒…………………………○六一五
首夏…………………………○六一五
咏所乐………………………○六一六
吟四虽杂言…………………○六一七
览镜喜老……………………○六一八
雪中晏起偶咏所怀兼呈张常侍
　韦庶子皇甫郎中……………○六一八
自在…………………………○六一九

狂言示诸侄…………………○六二○
池上闲咏……………………○六二一
把酒思闲事(二首录一)……○六二一
衰荷…………………………○六二一
自问…………………………○六二一
答梦得秋日书怀见寄………○六二二
晚春闲居,杨工部寄诗,杨常
　州寄茶,同到,因以长句答
　之……………………………○六二二
玉泉寺南三里涧下多深红踯躅,
　繁艳殊常,感惜题诗,以示游
　者……………………………○六二二
杨柳枝词(八首录二)………○六二三
读禅经………………………○六二三
闲卧有所思二首……………○六二三
八月十五日夜同诸客玩月……○六二四
集贤池答侍中问……………○六二四
从同州刺史改授太子少傅
　分司…………………………○六二五
自咏…………………………○六二五
初冬月夜得皇甫泽州手札并诗
　数篇因遣报书偶题长句……○六二六
偶作…………………………○六二六
小岁日喜谈氏外孙女孩满月……○六二七
自罢河南,已换七尹,每一入府,
　怅然旧游,因宿内厅,偶题西
　壁,兼呈韦尹常侍……………○六二七
初病风………………………○六二七
岁暮呈思黯相公皇甫朗之及梦得

尚书 …………………… 〇六二八
岁暮病怀赠梦得 ………… 〇六二八
酬梦得贫居咏怀见赠 …… 〇六二八
前有别杨柳枝绝句，梦得继和云
　"春尽絮飞留不得，随风好去落
　谁家"，又复戏答 ……… 〇六二九
晚池泛舟遇景成咏赠吕处士 … 〇六二九
梦微之 …………………… 〇六二九
开成二年夏闻新蝉赠梦得 … 〇六三〇
春日闲居(三首录二) …… 〇六三〇
夏日闲放 ………………… 〇六三二
洗竹 ……………………… 〇六三二
戒药 ……………………… 〇六三三
遇物感兴因示子弟 ……… 〇六三三
二年三月五日斋毕开素当食偶
　吟赠妻弘农郡君 ……… 〇六三四
感旧 ……………………… 〇六三五
达哉乐天行 ……………… 〇六三六
池上寓兴二绝 …………… 〇六三七
偶吟 ……………………… 〇六三八
哭刘尚书梦得二首 ……… 〇六三九
游赵村杏花 ……………… 〇六三九
杨柳枝词 ………………… 〇六三九
春眠 ……………………… 〇六三九
禽虫十二章(录六) ……… 〇六三九
不能忘情吟 ……………… 〇六四一
寄韬光禅师 ……………… 〇六四二
杨衡
送春 ……………………… 〇六四三

长门怨 …………………… 〇六四三
春梦 ……………………… 〇六四四
王播
题木兰院二首 …………… 〇六四五
刘言史
立秋日 …………………… 〇六四六
观绳伎 …………………… 〇六四六
岁暮题杨录事江亭 ……… 〇六四七
乐府杂词(三首录一) …… 〇六四八
扶病春亭 ………………… 〇六四八
长孙佐辅
别友人 …………………… 〇六四九
古宫怨 …………………… 〇六四九
寻山家 …………………… 〇六五一
张碧
题祖山人池上怪石 ……… 〇六五二
卢殷
仲夏寄江南 ……………… 〇六五三
王鲁复
故白岩禅师院 …………… 〇六五四
雍裕之
四色 ……………………… 〇六五五
刘皂
长门怨(三首录二) ……… 〇六五七
旅次朔方 ………………… 〇六五七
苏郁
咏和亲 …………………… 〇六五九
蔡京
咏子规 …………………… 〇六六〇

徐凝

庐山瀑布……………〇六六一
嘉兴寒食……………〇六六一
忆扬州………………〇六六一
喜雪…………………〇六六二
二月望日……………〇六六二
古树…………………〇六六三
观钓台画图…………〇六六三
玩花(五首录四)……〇六六三
和夜题玉泉寺………〇六六四
和嘲春风……………〇六六四
自鄂渚至河南将归江外留辞
　　侍郎……………〇六六五

李德裕

长安秋夜……………〇六六六
离平泉马上作………〇六六六
谪岭南道中作………〇六六七
登崖州城作…………〇六六八
怀山居邀松阳子同作………〇六六八

李涉

题鹤林寺僧舍………〇六七一
再宿武关……………〇六七一
井栏砂宿遇夜客……〇六七二
竹里…………………〇六七二

李廓

镜听词………………〇六七三
落第…………………〇六七三

李绅

古风二首……………〇六七五

长门怨………………〇六七五

舒元舆

坊州按狱……………〇六七六

陈去疾

送人谪幽州…………〇六七九
西上辞母坟…………〇六七九

李播

见志…………………〇六八〇

王初

青帝…………………〇六八一
银河…………………〇六八二
书秋…………………〇六八三
自和书秋……………〇六八三
立春后作……………〇六八四
春日咏梅花(二首录一)…〇六八五
雪霁…………………〇六八五
舟次汴堤……………〇六八五

殷尧藩

寄许浑秀才…………〇六八七
喜雨…………………〇六八七

沈亚之

宿白马津寄寇立……〇六八九

施肩吾

效古兴………………〇六九〇
古别离二首…………〇六九〇
壮士行………………〇六九一
上礼部侍郎陈情……〇六九二
冲夜行………………〇六九二
杂古词(五首录一)…〇六九三

幼女词……………………〇六九三	春日闲居……………………〇七〇四
湘川怀古……………………〇六九三	独居…………………………〇七〇四
湘竹词………………………〇六九三	原上新居……………………〇七〇五
乞巧词………………………〇六九四	将归山………………………〇七〇五
不见来词……………………〇六九四	客舍有怀……………………〇七〇五
笑卿卿词……………………〇六九四	客游旅怀……………………〇七〇六
宿南一上人山房……………〇六九五	游春(十二首录四)…………〇七〇六
金尺石………………………〇六九五	春晚雨中……………………〇七〇七
秋洞宿………………………〇六九五	别春…………………………〇七〇八
效古词………………………〇六九六	秋日有怀……………………〇七〇八
望夫词………………………〇六九六	除夜(二首录一)……………〇七〇八
帝宫词………………………〇六九六	对月…………………………〇七〇九
听南僧说偈词………………〇六九六	恶神行雨……………………〇七〇九
赠莎地道士…………………〇六九七	天竺寺殿前立石……………〇七一〇
诮山中叟……………………〇六九七	题薛十二池亭………………〇七一〇
秋夜山居(二首录一)………〇六九七	过杨处士幽居………………〇七一〇
夏日题方师院………………〇六九八	过不疑上人院………………〇七一一
仙客归乡词(二首录一)……〇六九八	过昙花宝上人院……………〇七一一
妓人残妆词…………………〇六九八	游天台上方…………………〇七一二
观舞女………………………〇六九九	霁后登楼……………………〇七一二
鄠县村居……………………〇六九九	穷边词(二首录一)…………〇七一二
望夫词(二首录一)…………〇六九九	**周贺**
玩花词………………………〇七〇〇	寻北冈韩处士………………〇七一三
谢自然升仙…………………〇七〇〇	**郑巢**
姚合	送李式………………………〇七一四
送李侍御过夏州……………〇七〇一	**崔涯**
寄李干………………………〇七〇一	侠士诗………………………〇七一五
武功县中作(三十首录六)…〇七〇一	杂嘲(二首录一)……………〇七一五
闲居…………………………〇七〇三	

崔郊

赠去婢 ……………………… 〇七一六

刘鲁风

江西投谒所知为典客所阻
　因赋 ………………………… 〇七一七

章孝标

日者 ………………………… 〇七一八

裴潾

白牡丹 ……………………… 〇七一九

陈标

蜀葵 ………………………… 〇七二〇

平曾

谒李相不遇 ………………… 〇七二一
絷白马诗上薛仆射 ………… 〇七二一

顾非熊

落第后赠同居友人 ………… 〇七二二
哭韩将军 …………………… 〇七二二

张祜

隽川寺路 …………………… 〇七二三
车遥遥 ……………………… 〇七二三
观徐州李司空猎 …………… 〇七二四
题圣女庙 …………………… 〇七二四
题山水障子 ………………… 〇七二四
题润州金山寺 ……………… 〇七二五
赠庐山僧 …………………… 〇七二五
公子行 ……………………… 〇七二五
墙头花二首 ………………… 〇七二六
宫词二首 …………………… 〇七二六
昭君怨二首 ………………… 〇七二七

苏小小歌三首 ……………… 〇七二七
树中草 ……………………… 〇七二八
读曲歌五首 ………………… 〇七二八
赠内人 ……………………… 〇七二九
读老庄 ……………………… 〇七二九
集灵台（二首录一）………… 〇七三〇
听歌二首 …………………… 〇七三〇
峰顶寺 ……………………… 〇七三一
题金陵渡 …………………… 〇七三一
纵游淮南 …………………… 〇七三一

裴夷直

遣意 ………………………… 〇七三二
忆家 ………………………… 〇七三二

朱庆余

湖州韩使君置宴 …………… 〇七三三
宫词 ………………………… 〇七三三
过旧宅 ……………………… 〇七三三
近试上张籍水部 …………… 〇七三四

杨发

玩残花 ……………………… 〇七三五

尹璞

题杨收相公宅 ……………… 〇七三六

雍陶

自述 ………………………… 〇七三七
咏双白鹭 …………………… 〇七三七
秋居病中 …………………… 〇七三八
长安客感 …………………… 〇七三八
伤靡草 ……………………… 〇七三八
蝉 …………………………… 〇七三九

秋怀	〇七三九	将赴吴兴登乐游原一绝	〇七六一
喜梦归	〇七三九	江南春绝句	〇七六一
苦寒	〇七三九	题宣州开元寺水阁，阁下宛溪，	
闻杜鹃（二首录一）	〇七四〇	夹溪居人	〇七六一
宿嘉陵驿	〇七四〇	九日齐安登高	〇七六二
和孙明府怀旧山	〇七四〇	池州春送前进士蒯希逸	〇七六二
初出成都闻哭声	〇七四一	齐安郡中偶题二首	〇七六三
出青溪关有迟留之意	〇七四一	齐安郡后池绝句	〇七六三
入蛮界不许有悲泣之声	〇七四一	初冬夜饮	〇七六三
送客二首	〇七四二	山石榴	〇七六四

李远

题僧院	〇七四三	隋堤柳	〇七六四
听话丛台	〇七四三	早雁	〇七六四
失鹤	〇七四四	题禅院	〇七六五

杜牧

		题敬爱寺楼	〇七六五
		湖南正初招李郢秀才	〇七六五
感怀诗一首	〇七四五	赤壁	〇七六六
张好好诗	〇七五〇	泊秦淮	〇七六六
冬至日寄小侄阿宜诗	〇七五三	秋浦途中	〇七六六
偶游石盎僧舍	〇七五六	题桃花夫人庙	〇七六七
惜春	〇七五七	题乌江亭	〇七六七
题安州浮云寺楼寄湖州		寄扬州韩绰判官	〇七六八
张郎中	〇七五七	汴河阻冻	〇七六八
大雨行	〇七五七	早秋	〇七六八
过华清宫绝句（三首录一）	〇七五八	途中一绝	〇七六九
登乐游原	〇七五九	送隐者一绝	〇七六九
街西长句	〇七五九	赠别二首	〇七六九
读韩杜集	〇七六〇	雨	〇七七〇
长安秋望	〇七六〇	送人	〇七七〇
不饮赠酒	〇七六〇	宫词（二首录一）	〇七七〇

遣怀…………………………〇七七一	晚自东郭回留一二游侣………〇七八二
叹花…………………………〇七七一	别张秀才……………………〇七八二
山行…………………………〇七七一	早秋韶阳夜雨………………〇七八三
书怀…………………………〇七七二	赠王山人……………………〇七八三
赠猎骑………………………〇七七二	卧病时在京都………………〇七八四
秋夕…………………………〇七七二	春雨舟中次和横江裴使君见迎
长安雪后……………………〇七七二	李赵二秀才同来，因书四韵，
冬日题智门寺北楼…………〇七七三	兼寄江南……………………〇七八四
寄杜子（二首录一）………〇七七三	送别…………………………〇七八四
春日古道傍作………………〇七七三	寄房千里博士………………〇七八五
边上闻笳（三首录一）……〇七七四	谢亭送别……………………〇七八五
赠别…………………………〇七七四	客有卜居不遂薄游汧陇因题…〇七八六
送别…………………………〇七七五	**李商隐**
许浑	锦瑟…………………………〇七八七
赠裴处士……………………〇七七六	霜月…………………………〇七八七
示弟…………………………〇七七六	蝉……………………………〇七八八
思归…………………………〇七七六	乐游原………………………〇七八八
春日题韦曲野老村舍	夜雨寄北……………………〇七八八
（二首录一）……………〇七七七	属疾…………………………〇七八九
题瀍西骆隐士………………〇七七七	忆梅…………………………〇七八九
溪亭（二首录一）…………〇七七八	初起…………………………〇七八九
秋日赴阙题潼关驿楼………〇七七八	柳……………………………〇七九〇
题愁…………………………〇七七九	韩碑…………………………〇七九〇
早行…………………………〇七七九	风雨…………………………〇七九三
金陵怀古……………………〇七七九	荆门西下……………………〇七九三
凌歊台………………………〇七八〇	药转…………………………〇七九三
咸阳城东楼…………………〇七八〇	二月二日……………………〇七九四
凌歊台送韦秀才……………〇七八一	筹笔驿………………………〇七九四
故洛城………………………〇七八一	春日…………………………〇七九五

无题……	〇七九五
无题……	〇七九六
无题……	〇七九八
落花……	〇七九八
曲池……	〇七九九
李花……	〇七九九
过招国李家南园(二首录一)……	〇七九九
为有……	〇八〇〇
无题……	〇八〇〇
一片……	〇八〇〇
日射……	〇八〇一
十一月中旬至扶风界见	
梅花……	〇八〇一
判春……	〇八〇一
七夕……	〇八〇二
马嵬(二首录一)……	〇八〇二
闺情……	〇八〇三
宫辞……	〇八〇三
代赠(二首录一)……	〇八〇三
过伊仆射旧宅……	〇八〇四
楚宫(二首录一)……	〇八〇四
春雨……	〇八〇四
晚晴……	〇八〇五
天涯……	〇八〇五
七月二十九日崇让宅谯作……	〇八〇六
常娥……	〇八〇六
无题二首……	〇八〇六
病中早访招国李十将军遇挚家	
游曲江……	〇八〇七
樱桃花下……	〇八〇七
访人不遇留别馆……	〇八〇八
当句有对……	〇八〇八
寄恼韩同年(二首录一)……	〇八〇九
夜饮……	〇八〇九
花下醉……	〇八〇九
偶题二首……	〇八一〇
月……	〇八一〇
正月崇让宅……	〇八一〇
河清与赵氏昆季谯集得拟	
杜工部……	〇八一一
春日寄怀……	〇八一一
骄儿诗……	〇八一二
刘得仁	
宿僧院……	〇八一五
题邵公禅院……	〇八一五
寄春坊顾校书……	〇八一五
冬日喜同志宿……	〇八一六
春暮对雨……	〇八一六
慈恩寺塔下避暑……	〇八一七
悲老宫人……	〇八一七
晏起……	〇八一七
严恽	
落花……	〇八一八
崔铉	
咏架上鹰……	〇八一九
薛逢	
宫词……	〇八二〇
长安春日……	〇八二〇

赵嘏
十无诗寄桂府杨中丞(录三)… 〇八二一
江楼旧感… 〇八二一

卢肇
及第送潘图归宜春… 〇八二二
新植红茶花偶出被人移去以诗
　索之… 〇八二二
题清远峡观音院二首… 〇八二三

项斯
题令狐处士溪居… 〇八二四
苍梧云气… 〇八二四
荆州夜与友亲相遇… 〇八二五
宿山寺… 〇八二五
遥装夜… 〇八二五

马戴
落日怅望… 〇八二六
出塞词… 〇八二六

谭铢
真娘墓… 〇八二七

薛能
晚春… 〇八二八
襄城驿有故元相公旧题诗因仰
　叹而作… 〇八二八
游嘉州… 〇八二九

刘威
伤春感怀… 〇八三〇
冬夜旅怀… 〇八三〇
游东湖黄处士园林… 〇八三〇

裴诚
南歌子词三首… 〇八三一
新添声杨柳枝词(录一)… 〇八三一

韩琮
暮春浐水送别… 〇八三二

郑嵎
津阳门诗… 〇八三三

崔橹
春日即事… 〇八四四
华清宫三首… 〇八四四

李群玉
雨夜呈长官… 〇八四六
旅泊… 〇八四六
长沙开元寺昔与故长林许侍御
　题松竹联句… 〇八四七
游玉芝观… 〇八四七
辱绵州于中丞书信… 〇八四八
九子坡闻鹧鸪… 〇八四八
龙安寺佳人阿最歌
　(八首录五)… 〇八四九
醴陵道中… 〇八四九

贾岛
朝饥… 〇八五一
哭卢仝… 〇八五一
剑客… 〇八五二
寄远… 〇八五二
玩月… 〇八五三
不欺… 〇八五四
游仙… 〇八五四

客喜	〇八五五	达摩支曲	〇八六八
携新文诣张籍韩愈途中成	〇八五五	东郊行	〇八六九
戏赠友人	〇八五六	春晓曲	〇八六九
哭柏岩和尚	〇八五六	烧歌	〇八七〇
山中道士	〇八五六	侠客行	〇八七一
旅游	〇八五七	开圣寺	〇八七一
忆吴处士	〇八五七	李羽处士寄新酝走笔戏酬	〇八七二
送朱可久归越中	〇八五八	春日偶作	〇八七二
送无可上人	〇八五八	偶游	〇八七三
送耿处士	〇八五九	赠知音	〇八七三
题李凝幽居	〇八五九	过陈琳墓	〇八七四
送唐环归敷水庄	〇八五九	题崔公池亭旧游	〇八七四
夏夜	〇八六〇	经李征君故居	〇八七四
寄远	〇八六〇	过五丈原	〇八七五
宿山寺	〇八六〇	伤温德彝	〇八七六
寄韩潮州愈	〇八六一	蔡中郎坟	〇八七六
渡桑干	〇八六一	鄠杜郊居	〇八七六
三月晦日赠刘评事	〇八六二	商山早行	〇八七七
题隐者居	〇八六二	送人东游	〇八七七
题兴化园亭	〇八六二	卢氏池上遇雨赠同游者	〇八七七
题诗后	〇八六二	博山	〇八七八
寻隐者不遇	〇八六三	苏武庙	〇八七八
温庭筠		寄岳州李外郎远	〇八七九
织锦词	〇八六四	寄渚宫遗民弘里生	〇八七九
夜宴谣	〇八六四	反生桃花发因题	〇八八〇
遐水谣	〇八六五	**刘驾**	
张静婉采莲歌	〇八六六	皎皎词	〇八八二
照影曲	〇八六七	上巳日	〇八八二
塞寒行	〇八六七	边军过	〇八八三

邻女……………………〇八八三
秦城……………………〇八八三
牧童……………………〇八八四
寄远……………………〇八八四
早行……………………〇八八四
醒后……………………〇八八五
秋夕……………………〇八八五
贾客词…………………〇八八五
春夜二首………………〇八八六
鄜中感怀………………〇八八六
晓登迎春阁……………〇八八六
望月……………………〇八八七
古意……………………〇八八七

李频
春日思归………………〇八八八

李郢
湘河馆…………………〇八八九

崔珏
美人尝茶行……………〇八九〇

曹邺
杂诫……………………〇八九一
捕鱼谣…………………〇八九一
四怨三愁五情诗
　(十二首录六)………〇八九一
筑城(三首录一)………〇八九三
官仓鼠…………………〇八九三
蓟北门行………………〇八九三
弃妇……………………〇八九四
代罗敷诮使君…………〇八九四

薄命妾…………………〇八九五
古词……………………〇八九五
老圃堂…………………〇八九五

于武陵
寻山……………………〇八九六

袁郊
月………………………〇八九七

王镣
感事……………………〇八九八

汪遵
咏酒(二首录一)………〇八九九

许棠
过洞庭湖………………〇九〇〇
过中条山………………〇九〇〇

邵谒
望行人…………………〇九〇一
苦别离…………………〇九〇一

皮日休
雨中游包山精舍………〇九〇二
缥缈峰…………………〇九〇三
又寄次前韵……………〇九〇五
秋晚留题鲁望郊居
　(二首录一)…………〇九〇五
临顿为吴中偏胜之地，陆鲁望居
　之，不出郛郭，旷若郊墅。余
　每相访，欿然惜去，因成五言
　十首，奉题屋壁(录一首)……〇九〇六
吴中言情寄鲁望………〇九〇六
冬晓章上人院…………〇九〇七

闲夜酒醒 …………………… 〇九〇七
重题蔷薇 …………………… 〇九〇七
汴河怀古(二首录一) ……… 〇九〇八
胥口即事(二首录一) ……… 〇九〇八

陆龟蒙

赠远 ………………………… 〇九〇九
惜花 ………………………… 〇九〇九
短歌行 ……………………… 〇九〇九
江湖散人歌 ………………… 〇九一〇
雨夜 ………………………… 〇九一三
鹤媒歌 ……………………… 〇九一三
战秋辞 ……………………… 〇九一四
袭美见题郊居十首因次韵酬之以
　伸荣谢(录一) …………… 〇九一七
筑城词二首 ………………… 〇九一八
古意 ………………………… 〇九一八
归路 ………………………… 〇九一八
黄金二首 …………………… 〇九一八
夕阳 ………………………… 〇九一九
古态 ………………………… 〇九一九
春思 ………………………… 〇九一九
秋 …………………………… 〇九二〇
自遣诗(三十首录六) ……… 〇九二〇
白莲 ………………………… 〇九二一
和袭美钓侣二章(录一) …… 〇九二一
吴宫怀古 …………………… 〇九二二
闺怨 ………………………… 〇九二二
丁香 ………………………… 〇九二二
连昌宫词(二首录一) ……… 〇九二二

偶作 ………………………… 〇九二三

司空图

下方 ………………………… 〇九二四
杂言 ………………………… 〇九二四
退栖 ………………………… 〇九二五
光启四年春戊申 …………… 〇九二五
独望 ………………………… 〇九二六
独坐 ………………………… 〇九二六
偶书(五首录一) …………… 〇九二六
华上(二首录一) …………… 〇九二六
河湟有感 …………………… 〇九二七
漫书(五首录一) …………… 〇九二七
修史亭(三首录二) ………… 〇九二七
力疾山下吴村看杏花
　(十九首录一) …………… 〇九二八

聂夷中

杂怨 ………………………… 〇九二九
行路难 ……………………… 〇九二九
咏田家 ……………………… 〇九三〇

张乔

游边感怀(二首录一) ……… 〇九三一

曹唐

升平词(五首录二) ………… 〇九三二

来鹄

云 …………………………… 〇九三三
山中避难作 ………………… 〇九三三
早春 ………………………… 〇九三三
新安官舍闲坐 ……………… 〇九三四

李山甫

寒食(二首录一) ⋯⋯⋯⋯⋯⋯⋯ 〇九三五

自叹拙 ⋯⋯⋯⋯⋯⋯⋯⋯⋯⋯ 〇九三五

李咸用

春日 ⋯⋯⋯⋯⋯⋯⋯⋯⋯⋯⋯ 〇九三六

冬夕喜友生至 ⋯⋯⋯⋯⋯⋯⋯ 〇九三六

别友 ⋯⋯⋯⋯⋯⋯⋯⋯⋯⋯⋯ 〇九三六

方干

采莲 ⋯⋯⋯⋯⋯⋯⋯⋯⋯⋯⋯ 〇九三八

赠喻凫 ⋯⋯⋯⋯⋯⋯⋯⋯⋯⋯ 〇九三八

贻钱塘县路明府 ⋯⋯⋯⋯⋯⋯ 〇九三八

处州洞溪 ⋯⋯⋯⋯⋯⋯⋯⋯⋯ 〇九三九

旅次洋州寓居郝氏林亭 ⋯⋯⋯ 〇九三九

赠美人(四首录一) ⋯⋯⋯⋯⋯ 〇九四〇

题报恩寺上方 ⋯⋯⋯⋯⋯⋯⋯ 〇九四〇

感时(三首录一) ⋯⋯⋯⋯⋯⋯ 〇九四〇

思江南 ⋯⋯⋯⋯⋯⋯⋯⋯⋯⋯ 〇九四一

罗邺

牡丹 ⋯⋯⋯⋯⋯⋯⋯⋯⋯⋯⋯ 〇九四二

赏春 ⋯⋯⋯⋯⋯⋯⋯⋯⋯⋯⋯ 〇九四二

罗隐

曲江春感 ⋯⋯⋯⋯⋯⋯⋯⋯⋯ 〇九四三

牡丹花 ⋯⋯⋯⋯⋯⋯⋯⋯⋯⋯ 〇九四三

黄河 ⋯⋯⋯⋯⋯⋯⋯⋯⋯⋯⋯ 〇九四四

春日叶秀才曲江 ⋯⋯⋯⋯⋯⋯ 〇九四四

早发 ⋯⋯⋯⋯⋯⋯⋯⋯⋯⋯⋯ 〇九四五

西施 ⋯⋯⋯⋯⋯⋯⋯⋯⋯⋯⋯ 〇九四五

自遣 ⋯⋯⋯⋯⋯⋯⋯⋯⋯⋯⋯ 〇九四五

鹦鹉 ⋯⋯⋯⋯⋯⋯⋯⋯⋯⋯⋯ 〇九四五

登夏州城楼 ⋯⋯⋯⋯⋯⋯⋯⋯ 〇九四六

水边偶题 ⋯⋯⋯⋯⋯⋯⋯⋯⋯ 〇九四六

筹笔驿 ⋯⋯⋯⋯⋯⋯⋯⋯⋯⋯ 〇九四六

柳 ⋯⋯⋯⋯⋯⋯⋯⋯⋯⋯⋯⋯ 〇九四七

泪 ⋯⋯⋯⋯⋯⋯⋯⋯⋯⋯⋯⋯ 〇九四七

所思 ⋯⋯⋯⋯⋯⋯⋯⋯⋯⋯⋯ 〇九四八

偶兴 ⋯⋯⋯⋯⋯⋯⋯⋯⋯⋯⋯ 〇九四八

魏城逢故人 ⋯⋯⋯⋯⋯⋯⋯⋯ 〇九四八

偶题 ⋯⋯⋯⋯⋯⋯⋯⋯⋯⋯⋯ 〇九四九

蜂 ⋯⋯⋯⋯⋯⋯⋯⋯⋯⋯⋯⋯ 〇九四九

柳 ⋯⋯⋯⋯⋯⋯⋯⋯⋯⋯⋯⋯ 〇九四九

言 ⋯⋯⋯⋯⋯⋯⋯⋯⋯⋯⋯⋯ 〇九四九

庭花 ⋯⋯⋯⋯⋯⋯⋯⋯⋯⋯⋯ 〇九五〇

宫词 ⋯⋯⋯⋯⋯⋯⋯⋯⋯⋯⋯ 〇九五〇

高蟾

金陵晚望 ⋯⋯⋯⋯⋯⋯⋯⋯⋯ 〇九五一

句 ⋯⋯⋯⋯⋯⋯⋯⋯⋯⋯⋯⋯ 〇九五一

章碣

夏日湖上即事寄晋陵萧明府 ⋯ 〇九五二

焚书坑 ⋯⋯⋯⋯⋯⋯⋯⋯⋯⋯ 〇九五二

秦韬玉

贫女 ⋯⋯⋯⋯⋯⋯⋯⋯⋯⋯⋯ 〇九五四

亭台 ⋯⋯⋯⋯⋯⋯⋯⋯⋯⋯⋯ 〇九五四

唐彦谦

岁除 ⋯⋯⋯⋯⋯⋯⋯⋯⋯⋯⋯ 〇九五六

夜坐 ⋯⋯⋯⋯⋯⋯⋯⋯⋯⋯⋯ 〇九五六

游阳明洞呈王理得诸君 ⋯⋯⋯ 〇九五七

拜越公墓因游定水寺有怀

　源老 ⋯⋯⋯⋯⋯⋯⋯⋯⋯⋯ 〇九五七

蒲津河亭 ············· 〇九五八
过浩然先生墓 ········· 〇九五八
过三山寺 ············· 〇九五九
金陵怀古 ············· 〇九五九
六月十三日上陈微博士
　（三首录一）········· 〇九六〇
宿田家 ··············· 〇九六〇
索虾 ················· 〇九六一
采桑女 ··············· 〇九六二
绯桃 ················· 〇九六三
小院 ················· 〇九六三
春早落英 ············· 〇九六三
寄怀 ················· 〇九六四
红叶 ················· 〇九六四
七夕 ················· 〇九六五
八月十六日夜月 ······· 〇九六六
春残 ················· 〇九六六
离鸾 ················· 〇九六七
春深独行马上有作 ····· 〇九六八

周朴
秋夜不寐寄崔温进士 ··· 〇九六九
次梧州却寄永州使君 ··· 〇九六九
早春 ················· 〇九六九

郑谷
再经南阳 ············· 〇九七一
初还京师寓止府署偶题屋壁 · 〇九七一
望湘亭 ··············· 〇九七一
久不得张乔消息 ······· 〇九七二
旅寓洛南村舍 ········· 〇九七二

十日一作月菊 ········· 〇九七三
淮上与友人别 ········· 〇九七三
莲叶 ················· 〇九七三
鹧鸪 ················· 〇九七三
多情 ················· 〇九七四
漂泊 ················· 〇九七四

许彬
荆山夜泊与亲友遇 ····· 〇九七六

崔涂
感花 ················· 〇九七七
春夕 ················· 〇九七七
巫山旅别 ············· 〇九七七
巴山道中除夜书怀 ····· 〇九七八
七夕 ················· 〇九七八
初过汉江 ············· 〇九七九

韩偓
雨后月中玉堂闲坐 ····· 〇九八〇
六月十七日召对自辰及申方
　归本院 ············· 〇九八〇
中秋禁直 ············· 〇九八一
雪中过重湖信笔偶题 ··· 〇九八二
息兵 ················· 〇九八二
丙寅二月二十二日抚州如归馆
　雨中有怀诸朝客 ····· 〇九八三
秋深闲兴 ············· 〇九八三
深院 ················· 〇九八四
残春旅舍 ············· 〇九八四
即目 ················· 〇九八五
寄邻庄道侣 ··········· 〇九八五

惜花……〇九八五
春尽……〇九八六
乱后春日途经野塘……〇九八六
避地寒食……〇九八七
三月……〇九八七
已凉……〇九八八
半睡……〇九八八
夜深……〇九八八
新上头……〇九八九
倚醉……〇九八九
夕阳……〇九八九

吴融
野庙……〇九九〇
华清宫二首……〇九九〇
汴上晚泊……〇九九一
情……〇九九一
杨花……〇九九一
废宅……〇九九二

王驾
古意……〇九九三
雨晴……〇九九三

杜荀鹤
春宫怨……〇九九四
雪后登唐兴寺水阁……〇九九四
赠庐岳隐者……〇九九五
赠李镡……〇九九五
雪……〇九九六
秋宿临江驿……〇九九六
春日登楼遇雨……〇九九七

山中寡妇……〇九九七
乱后逢村叟……〇九九八
叙吟……〇九九八
闽中秋思……〇九九八
闻子规……〇九九九

王毂
暑日题道边树……一〇〇〇

韦庄
古离别……一〇〇一
柳谷道中作却寄……一〇〇一
夏夜……一〇〇二
夜景……一〇〇二
思归……一〇〇三
忆昔……一〇〇三
台城……一〇〇四
杂感……一〇〇四
遣兴……一〇〇五
山墅闲题……一〇〇五
江上村居……一〇〇五
独鹤……一〇〇六
与东吴生相遇……一〇〇六
出关……一〇〇七
白牡丹……一〇〇七
悔恨……一〇〇八
南邻公子……一〇〇八
长安清明……一〇〇八
下邽感旧……一〇〇九
涂次逢李氏兄弟感旧……一〇〇九

张蠙

寄友人 …… 一〇一
夏日题老将林亭 …… 一〇一
再游西山赠许尊师 …… 一〇一一

徐夤

酒胡子 …… 一〇一二
赠垂光同年 …… 一〇一二
赠月君 …… 一〇一三
咏钱 …… 一〇一四
初夏戏题 …… 一〇一四

崔道融

寄人二首 …… 一〇一五

卢延让

苦吟 …… 一〇一六
松寺 …… 一〇一六

曹松

古冢 …… 一〇一七
秋日送方干游上元 …… 一〇一七
九江暮春书事 …… 一〇一八
立春日 …… 一〇一八
己亥岁二首 …… 一〇一八
南海旅次 …… 一〇一九
夏日东斋 …… 一〇一九
霍山 …… 一〇二〇

苏拯

猎犬行 …… 一〇二一

路德延

小儿诗 …… 一〇二二

裴说

怀素台歌 …… 一〇二六
棋 …… 一〇二七
夏日即事 …… 一〇二七
喜友人再面 …… 一〇二七
冬日作 …… 一〇二八
塞上曲 …… 一〇二八
访道士 …… 一〇二九
寄贯休 …… 一〇二九
鹭鸶 …… 一〇二九
岳阳兵火后题僧舍 …… 一〇三〇
句 …… 一〇三〇

李洞

赠道微禅师 …… 一〇三一
观水墨障子 …… 一〇三一
山居喜友人见访 …… 一〇三二

于邺

白樱树 …… 一〇三三

任翻

洛阳道 …… 一〇三四
秋晚郊居 …… 一〇三四
秋晚途次 …… 一〇三五
宿巾子山禅寺 …… 一〇三五
再游巾子山寺 …… 一〇三五
三游巾子山寺感述 …… 一〇三六

黄巢

题菊花 …… 一〇三七
不第后赋菊 …… 一〇三七

自题像……一〇三七

赵延寿

塞上……一〇三八

韩熙载

感怀诗二章……一〇三九

潘佑

失题……一〇四一

句……一〇四一

李建勋

殿妓……一〇四二

陈陶

陇西行(四首录三)……一〇四三

徐铉

除夜……一〇四六

病题(二首录一)……一〇四六

柳枝辞(十二首录一)……一〇四七

北使还襄邑道中作……一〇四七

陈沆

嘲庐山道士……一〇四九

成彦雄

柳枝辞(九首录一)……一〇五〇

杨玢

批子弟理旧居状……一〇五一

登慈恩寺塔……一〇五一

翁宏

春残……一〇五二

孙光宪

杨柳枝词(四首录一)……一〇五三

采莲……一〇五三

颜仁郁

农家……一〇五四

王周

问春……一〇五五

春答……一〇五五

西塞山(二首录一)……一〇五五

刘兼

春昼醉眠……一〇五七

李茂复

马上有见……一〇五八

卢汪

西施……一〇五九

金昌绪

春怨……一〇六〇

朱绛

春女怨……一〇六一

徐安期

催妆……一〇六二

韦鹏翼

戏题盱眙壁……一〇六三

殷益

看牡丹……一〇六四

严郾

赋百舌鸟……一〇六五

潘图

末秋到家……一〇六六

王梦周

故白岩禅师院……一〇六七

蒋吉
汉东道中 …………… 一○六八
题长安僧院 …………… 一○六八
樵翁 …………… 一○六八

周濆
山下水 …………… 一○六九

辛弘智
自君之出矣 …………… 一○七○

方泽
武昌阻风 …………… 一○七一

魏峦
登清居台 …………… 一○七二

唐末朝士
睹野花思京师旧游 …………… 一○七三

西鄙人
哥舒歌 …………… 一○七四

太上隐者
答人 …………… 一○七五

无名氏
杂诗 …………… 一○七六
初过汉江 …………… 一○七六

花蕊夫人
宫词(选录二十) …………… 一○七七
述国亡诗 …………… 一○八三

张夫人
诮喜鹊 …………… 一○八四

崔氏
述怀 …………… 一○八五

陈玉兰
寄夫 …………… 一○八六

崔莺莺
寄诗 …………… 一○八七
告绝诗 …………… 一○八七

刘媛
长门怨 …………… 一○八八

刘采春
啰唝曲(六首录四) …………… 一○八九

薛涛
犬离主 …………… 一○九○
句 …………… 一○九○

李冶
八至 …………… 一○九一

寒山
诗三百三首(选录四十) …………… 一○九二

景云
画松 …………… 一一○九

灵澈
东林寺酬韦丹刺史 …………… 一一一○

皎然
寻陆鸿渐不遇 …………… 一一一一
投知己 …………… 一一一一
答李季兰 …………… 一一一二

知玄
祝尧诗 …………… 一一一三

子兰
城上吟 …………… 一一一四

鹦鹉 …………………………… 一一一四
隐峦
逢老人 ………………………… 一一一五
怀濬
上归州刺史代通状二首 ……… 一一一六
谦光
赏牡丹应教 …………………… 一一一七
贯休
胡无人 ………………………… 一一一八
苦寒行 ………………………… 一一一九
古离别 ………………………… 一一一九
少年行（三首录一） ………… 一一二〇
富贵曲（二首录一） ………… 一一二〇
春晚书山家屋壁二首 ………… 一一二〇
诗《纪事》题作《言诗》……… 一一二一
山居诗（二十四首录一） …… 一一二二
齐己
剑客 …………………………… 一一二三
七十作 ………………………… 一一二三
谢炭 …………………………… 一一二四
野鸭 …………………………… 一一二四
新秋病中枕上闻蝉 …………… 一一二四
古寺老松 ……………………… 一一二五
怀终南僧 ……………………… 一一二五
早梅 …………………………… 一一二六
春晴感兴 ……………………… 一一二六
荆州寄贯微上人 ……………… 一一二六
偶题 …………………………… 一一二七

尚颜
夷陵即事 ……………………… 一一二八
栖蟾
游边 …………………………… 一一二九
清尚
哭僧 …………………………… 一一三〇
杜光庭
偶题 …………………………… 一一三一
招友人游春 …………………… 一一三一
吕岩
题广陵妓屏二首 ……………… 一一三二
题诗紫极宫 …………………… 一一三二
许宣平
见李白诗又吟 ………………… 一一三三
谭峭
大言诗 ………………………… 一一三四
滕传胤
郑锋宅神诗 …………………… 一一三五
襄阳旅殡举人
诗 ……………………………… 一一三六
巴陵馆鬼
柱上诗 ………………………… 一一三七
崔常侍
官坡馆联句 …………………… 一一三八
卢绛
梦白衣妇人歌词 ……………… 一一三九
张生妻
梦中歌 ………………………… 一一四〇

陈季卿
题潼关普通院门 …………… 一一四一
裴玄智
书化度藏院壁 ……………… 一一四二
权龙襄
秋日述怀 …………………… 一一四三
黄幡绰
嘲刘文树 …………………… 一一四四
朱冲和
嘲张祜 ……………………… 一一四五
李昌符
婢仆诗 ……………………… 一一四六
黎瓘
赠漳州崔使君乡饮翻韵诗 …… 一一四七

李都
戏答朝士 …………………… 一一四八
郓城令
示女诗 ……………………… 一一四九
李令
寄女 ………………………… 一一五〇
包贺
谐诗逸句 …………………… 一一五一
裴度
语 …………………………… 一一五二
曹著
与客谜 ……………………… 一一五三

出版后记 ………………… 一一五四

全唐詩錄

楊絳日課

唐明皇

經鄒魯祭孔子而歎之

夫子何為者 棲棲一代中 地猶鄒

唐明皇

唐明皇（685—762），名李隆基，睿宗皇帝之子。曾封楚王、临淄郡王。中宗皇帝驾崩，韦后临朝称制，他率兵诛韦后及其党羽，迎立睿宗，被立为皇太子。先天元年（712）即位，在位四十五年，年号先后为开元、天宝。前期励精图治，成就"开元盛世"。天宝之后溺于享乐，任用非人，国势日衰，终于酿成天宝十四载（755）的安史之乱，长安陷落后逃奔成都避难。肃宗皇帝即位，尊为太上皇。至德二载（757）返回长安。享寿七十八，谥号"至道大圣大明孝皇帝"，后世遂称其"唐明皇"，庙号玄宗。工诗能文，通音律，对唐诗的繁荣有积极贡献。

经邹鲁祭孔子而叹之[1]

夫子何为者，栖栖一代中[2]。
地犹鄹氏邑，宅即鲁王宫[3]。
叹凤嗟身否，伤麟怨道穷[4]。
今看两楹奠，当与梦时同[5]。

注释

[1] 开元十三年十一月玄宗封泰山，曾幸孔子宅，并祭其墓。诗作于此时。

[2] 栖栖：奔走劳碌。指孔子为推行儒术而游说诸国。

[3] 鄹（zōu）：即鲁邑，孔子之父为鄹邑大夫，孔子出生于此。在今山东曲阜。鲁王宫：汉代鲁共王刘余曾坏孔子旧宅，建造宫室。

[4] 叹凤：意为感叹生不逢时。《论语·子罕》："子曰：凤鸟不至，河不出图，吾已矣夫。"否（pǐ）：命运不济。伤麟：与"叹凤"意同。麟为仁兽，孔子听说有人捕获了麟，大为伤感，曰："吾道穷矣！"见《史记·孔子世家》。

[5] 两楹奠：孔子曾对子贡说，自己做梦"坐奠于两楹之间"。两楹，堂前两根立柱之间，即堂之正中。见《礼记·檀弓》。梦时：即孔子梦中事。

宣宗皇帝

宣宗皇帝（810—859），名李忱，宪宗皇帝之子，会昌六年（846）立为皇太叔，旋即皇帝位。年号大中。是晚唐较有作为的皇帝，《旧唐书·宣宗纪》称其"虽汉文、景不足过也"。且好文能诗，常与学士唱和。大中十三年卒，庙号宣宗。

瀑布联句

千岩万壑不辞劳，远看方知出处高。黄檗[1]
溪涧岂能留得住，终归大海作波涛。帝

注释

[1] 黄檗（bò）：禅师名。《全唐诗》题下注，一说是与庐山香岩闲禅师联句。

则天皇后

则天皇后(624—705),即武则天。并州文水(今山西文水)人。武士彟(huò)之女。十四岁入宫为唐太宗才人,赐号武媚。太宗死后,削发居感业寺为尼。高宗时复入宫,永徽六年(655)立为皇后,参与朝政,与高宗并称"二圣"。高宗死后,临朝称制。载初元年(690)自称圣神皇帝,改唐国号为周,改元天授,史称武周。神龙元年(705)中宗复位,徙居上阳宫,是年冬卒。则天颇涉文史,推重文章,有诗文传世。

如意娘

看朱成碧思纷纷[1],颜领支离为忆君[2]。
不信比来长下泪[3],开箱验取石榴裙。

注释

[1]看朱成碧:形容心思迷乱,语出梁王僧孺《夜愁示诸宾》:"谁知心眼乱,看朱忽成碧。"

[2]颜领:即憔悴。支离:义同憔悴。

[3]比来:近来。

江妃

江妃（？—756），名采蘋。开元中被高力士选入宫中，颇受玄宗宠爱。性爱梅，玄宗称其"梅妃"。杨玉环入宫后，宠爱被夺。安史之乱中死于乱兵。

谢赐珍珠[1]

桂叶双眉久不描，残妆和泪污红绡。
长门尽日无梳洗[2]，何必珍珠慰寂寥。

注释

[1] 据诗意，应是玄宗赐给江妃珍珠，江妃借诗一抒怨情。

[2] "长门"句：用汉武帝、陈皇后故事。陈皇后失宠后，居长门宫，备极冷落。

章怀太子

章怀太子(653？—684)，名李贤，唐高宗第六子。上元二年(675)立为皇太子。聪敏好书，处事明审。曾与诸儒共注范晔《后汉书》。调露二年(680)被武后废为庶人。武后临朝，逼令自杀。追谥章怀太子。

黄台瓜辞[1]

种瓜黄台下，瓜熟子离离[2]。
一摘使瓜好，再摘使瓜稀。
三摘犹自可，摘绝抱蔓归。

注释

[1]此诗以摘瓜为喻，宣泄对武后戕残子女行为的怨望之情。章怀太子之前，太子李弘已被武后以鸩酒毒死。

[2]离离：繁多的样子。

南唐后主李煜

李煜（937—978），字重光，徐州（今属江苏）人。南唐中主李璟第六子。北宋开国后之建隆二年（961）初立为太子，六月中主卒后，即南唐国主位，世称李后主。在位十五年，对宋称臣，每岁进贡奉。开宝八年（975），宋军攻破金陵，李后主出降，被解送汴京，受封屈辱的"违命侯"，遭幽囚。宋太宗太平兴国三年（978）被毒死，享年四十二。李煜治国虽无能，却有极高的文学艺术造诣，工书画，通音律，擅诗文，尤长于填词。早期词写宫廷享乐生活及男欢女爱；被俘后词风大变，抒写故国之思及幽囚之苦，颇多佳作，在词史上有重要地位及影响。王国维在《人间词话》中评论道："词至李后主而眼界始大，感慨遂深，遂变伶工之词为士大夫之词。"《全唐诗》存其诗十八首。

渡中江望石城泣下[1]

江南江北旧家乡，三十年来梦一场[2]。
吴苑宫闱今冷落，广陵台殿已荒凉[3]。
云笼远岫愁千片，雨打归舟泪万行。
兄弟四人三百口，不堪闲坐细思量。

注释

[1] 被俘后渡过长江时望金陵作。石城：即石头城，金陵城别称。
[2] 三十年：南唐自李昪于937年开国，建都金陵，至975年亡国，举其成数为"三十年"。
[3] 吴苑：春秋时吴国的宫苑，在今苏州。广陵：今扬州。诗中"吴苑宫闱""广陵台殿"均代指金陵宫殿。

病中书事

病身坚固道情深，宴坐清香思自任[1]。
月照静居唯捣药[2]，门扃幽院只来禽。
庸医懒听词何取，小婢将行力未禁[3]。

赖问空门知气味,不然烦恼万涂侵。

注释

[1] 道情:崇信佛教的精神情操。李煜笃信佛法,故云。宴坐:坐禅。自任:自信。

[2] 捣药:语义双关,既指月中玉兔捣药的传说,又实写捣药之事。

[3] 将行:扶行。未禁:不能承受。

蜀后主王衍

王衍（899—926），字化源，蜀先主王建第十一子，初封郑王，后立为太子。光天元年（918）即位，咸康元年（925）降后唐，次年被押送洛阳，四月，行至秦川驿被杀。喜为浮艳之诗。

醉妆词

者边走[1]，那边走，只是寻花柳。
那边走，者边走，莫厌金杯酒。

注释　[1]者边：即这边。

后蜀嗣主孟昶

孟昶(919—965),字保元,原名仁赞,邢州龙冈(今河北邢台)人。后蜀高祖孟知祥第三子。后蜀开国后,曾任东川节度使,同中书门下平章事。明德元年(934)即后蜀皇帝位。在位三十二年,治国有方,使蜀地得以安定富足。广政二十八年(965)正月,后蜀国亡,降宋,至汴京,封秦国公,旋卒,享年四十七。

避暑摩诃池上作[1]

冰肌玉骨清无汗,水殿风来暗香暖一作满。
帘开明月独窥人,欹枕钗横云鬓乱[2]。
起来琼一作庭户寂无声,时见疏星渡河汉。
屈指西风几时来,只恐流年暗中换。

注释

[1]摩诃(hē)池:在成都。隋文帝开皇年间,益州刺史杨秀筑成都子城时,取土成坑,胡僧名之为摩诃池。后引江水入池,为成都名胜。清代仍有残留,民国时始消失。

[2]"冰肌"四句:写侍奉在侧的妃子。欹枕,斜靠于枕。

李义府

李义府（614—666），永泰（今四川盐亭）人。贞观八年（634）举进士。高宗为太子时，迁太子舍人，加崇贤馆直学士，与来济同以文翰知名，并称"来李"。高宗朝，迁中书舍人，兼修国史，加弘文馆学士。以协赞武则天立后，拜中书侍郎、同中书门下三品。显庆时，迁中书令。龙朔三年（663）迁右相。坐赃除名，长流巂州。乾封元年卒，年五十三。其人貌似温厚，实阴险奸佞，人谓其"笑中有刀"，称"李猫"。

堂堂词二首[1]

镂月成一作为歌扇，裁云作舞衣[2]。
自怜回雪影，好取洛川归[3]。

懒整鸳鸯被，羞褰玳瑁床[4]。
春风别有意，密处也寻香[5]。

注释

[1] 堂堂：唐代法曲名。

[2] 镂月、裁云：以月、云比喻宫女歌舞的器物、服饰。

[3] 回雪：喻舞姿。《艺文类聚》引汉张衡《舞赋》："裾似飞燕，袖如回雪。"曹植《洛神赋》："飘飖兮若流风之回雪。"洛川：以曹植《洛神赋》中洛神喻美歌舞者。

[4] 褰：揭开。

[5] 密处：即"鸳鸯被""玳瑁床"。

虞世南

虞世南（558—638），字伯施，越州余姚（今属浙江）人。由陈、隋入唐，曾为秦王府参军、记室，授弘文馆学士。武德中任太子中舍人。贞观中任秘书监，为太宗朝著名文士，太宗称其有德行、忠直、博学、文辞、书翰五绝。贞观十二年表请致仕，优诏许之，未久即卒，享年八十一。谥曰文懿。编纂类书《北堂书钞》，留存至今。

应诏嘲司花女[1]

学画鸦黄半未成[2]，垂肩嚲袖太憨生[3]。
缘憨却得君王惜，长把花枝傍辇行。

注释

[1]据诗题，是司花女的憨态引起君王关注，君王转而命虞世南作诗嘲之。嘲：调笑。

[2]鸦黄：唐代女子的面饰，以嫩黄色画弯月形于额上。

[3]嚲(duǒ)：下垂。憨生：憨态，唐人语言习惯形容词加"生"作后缀。

王绩

王绩(590—644),字无功,号东皋子。绛州龙门(今山西河津)人。隋大儒王通之弟。隋大业末授秘书省正字,不乐在朝,乞求外任,为扬州六合县丞。因嗜酒屡遭问责,遂托以风疾,弃官归里。唐武德五年(622),以前官待诏门下,特判日给酒一斗,时人称"斗酒学士"。贞观四年(630),与其兄王凝一同托疾罢归。十一年,因家贫再出,为大乐丞。未二年,又弃官还乡,隐居东皋。放诞纵酒,不合世俗。卒前自撰墓志铭。诗风质朴清新,于唐初独树一帜,在文学史上有重要影响。

在京思故园见乡人问

旅泊多年岁,老去不知回。
忽逢门前客,道发故乡来。
敛眉俱握手[1],破涕共衔杯。
殷勤访朋旧,屈曲问童孩[2]。
衰宗多弟侄,若个赏池台[3]?
旧园今在否,新树也应栽?
柳行疏密布,茅斋宽窄裁?
经移何处竹,别种几株梅?
渠当无绝水,石计总生苔[4]?
院果谁先熟,林花那后开[5]?
羁心只欲问,为报不须猜[6]。
行当驱下泽[7],去剪故园莱。

注释

[1] 敛眉:皱眉,初见面时沉思的神情。与下句"破涕"构成对比。

[2] 屈曲:仔细周详。

[3] 若个:哪个。

[4] 计:猜想。

[5] 那:表疑问,犹"哪种"。

[6] 不须猜：不必计虑。

[7] 行当：表意向，犹"打算"。

野望

东皋薄暮望，徙倚欲何依[1]。
树树皆秋色，山山唯落晖。
牧人驱犊返，猎马带禽归。
相顾无相识，长歌怀采薇[2]。

注释

[1] 东皋：诗人居处。皋，水边高地。徙倚：徘徊。

[2] 采薇：指避世隐居。相传周武王灭商后，商之遗民伯夷、叔齐弟兄耻食周粟，入首阳山采薇而食。

张九龄

张九龄（678—740），字子寿，韶州曲江（今广东韶关）人，世称张曲江。长安二年（702）中进士。神龙三年（707）中才堪经邦科，玄宗朝又中道侔伊吕科，历官左拾遗、礼部员外郎、司勋员外郎、中书舍人、太常少卿、洪州刺史、桂州刺史兼岭南按察使，开元十九年（731）为秘书少监，转工部侍郎，迁中书侍郎。二十一年同中书门下平章事，次年迁中书令，兼集贤学士知院事。二十四年遭李林甫排挤，改尚书右丞相，次年贬荆州长史。二十八年病卒，谥曰文献。九龄为开元贤相，又为文坛领袖，对盛唐诗歌的发展有重要影响。

望月怀远

海上生明月，天涯共此时。
情人怨遥夜，竟夕起相思[1]。
灭烛怜光满[2]，披衣觉露滋。
不堪盈手赠[3]，还寝梦佳期。

注释

[1] 情人：多情之人，诗人自指。遥夜：长夜。竟夕：整夜，犹言"不眠之夜"。

[2] 怜：兼有喜爱、珍惜、动情等意。

[3] 盈手：掬满双手。

咏燕

海燕何微眇，乘春亦暂来[1]。
岂知泥滓贱[2]，只见玉堂开。
绣户时双入，华轩日几回。
无心与物竞，鹰隼莫相猜[3]。

注释

[1] 微眇：谓海燕躯体微小，兼指海燕来自很远的地方。暂：便。

[2] 泥滓：指燕子筑巢的泥土。

[3] 相猜：猜忌。

宋之问

宋之问（656？—712？），字延清，虢州弘农（今河南灵宝）人。高宗上元二年（675）登进士第。在朝曾任尚方监丞等职，武后朝预修《三教珠英》。因依附张易之兄弟，神龙元年（705）被贬泷州参军。次年遇赦北归，授鸿胪主簿。曾任考功员外郎，知景龙三年（709）贡举。景云元年（710），流徙钦州。玄宗初赐死桂州。之问为武后朝重要宫廷诗人，与沈佺期齐名，二人对律诗的定型多有贡献，所作律诗称"沈宋体"。

至端州驿，见杜五审言沈三佺期阎五朝隐王二无竞题壁，慨然成咏[1]

逐臣北地承严谴，谓到南中每相见[2]。
岂意南中岐路多，千山万水分乡县。
云摇雨散各翻飞，海阔天长音信稀。
处处山川同瘴疠[3]，自怜能得几人归。

注释

[1]端州：今属广东肇庆。驿：官府所设的旅舍。杜、沈、阎、王均为一时遭贬岭南者。诗作于贬泷州时。诸人姓氏后的五、三、五、二，是他们在兄弟中的排行，此乃唐人称名之习惯。
[2]南中：此指岭南。
[3]瘴疠：岭南湿热气候中致人疾病的毒气。

陆浑山庄[1]

归来物外情，负杖阅岩耕。
源水看花入，幽林采药行。
野人相问姓，山鸟自呼名[2]。
去去独吾乐，无能愧此生。

注释

[1]陆浑山庄：在河南嵩山，其地有诗人旧宅。

[2]"山鸟"句：鸟鸣声即鸟名。

途中寒食题黄梅临江驿寄崔融[1]

马上逢寒食，愁中属暮春[2]。
可怜江浦望，不见洛阳人[3]。
北极怀明主，南溟作逐臣[4]。
故园肠断处，日夜柳条新。

注释

[1]途中：贬泷州途中。寒食：清明前一或二日为寒食节。黄梅：县名，今属湖北。崔融：诗人在洛阳时同僚。

[2]属：与上句"逢"意同，动词。

[3]洛阳人：指崔融。

[4]北极：以北极星喻指朝廷。南溟：指贬地泷州，地近南海。

题大庾岭北驿[1]

阳月南飞雁，传闻至此回[2]。
我行殊未已，何日复归来。
江静潮初落，林昏瘴不开[3]。
明朝望乡处，应见陇头梅[4]。

注释

[1]大庾岭：五岭之一，在今广东、江西交界处。

[2]阳月：农历十月。相传大雁南飞不过五岭。

[3]瘴：瘴气，见前《至端州驿，见杜五审言沈三佺期阎五朝隐王二无竞题壁，慨然成咏》诗注。

[4]陇头梅：大庾岭南头的梅花，气候暖故开花早。

度大庾岭[1]

度岭方辞国,停轺一望家[2]。
魂随南翥鸟,泪尽北枝花[3]。
山雨初含霁,江云欲变霞。
但令归有日,不敢恨长沙[4]。

注释

[1] 大庾岭:见上篇注。
[2] 国:指东都洛阳。轺(yáo):轻便马车。
[3] 翥:飞。北枝花:《白孔六帖》:"大庾岭上梅,南枝落,北枝开。"
[4] 长沙:汉代贾谊被贬为长沙王太傅,常怨恨不能回归朝廷。

渡汉江[1]

岭外音书断,经冬复历春。
近乡情更怯,不敢问来人。

注释

[1] 神龙二年(706)北归途中作。

新年作[1]

乡心新岁切,天畔独潸然。
老至居人下,春归在客先。
岭猿同旦暮,江柳共风烟。
已似长沙傅,从今又几年。

注释

[1] 此诗又见刘长卿名下,论者多倾向是刘长卿诗作。

崔液

崔液(？—713？)，字润甫，定州安喜(今河北定州)人。举进士，历任监察御史、殿中侍御史、吏部员外郎。玄宗初，坐兄湜谋逆罪牵连，当流放，亡命郢州，遇赦还，病死途中。

上元夜六首（六首选二）

玉漏银壶且莫催，铁关金锁彻明开[1]。
谁家见月能闲坐，何处闻灯不看来？

星移汉转月将微，露洒烟飘灯渐稀。
犹惜路旁歌舞处，踟蹰相顾不能归。

注释　[1]玉漏银壶：古代的计时仪器。

王勃

王勃（650—676？），字子安，绛州龙门（今山西河津）人，隋末大儒王通之孙。少年聪慧，九岁读颜师古注《汉书》，撰《指瑕》十卷。乾封元年（666），中幽素科高第，授朝散郎。后为沛王府侍读，因戏作《檄英王鸡文》，被高宗逐出王府，遂南游巴蜀。后为虢州参军。咸亨五年（674），犯事革职，其父亦被牵连贬为交趾（今属越南）令。上元二年（675），勃赴交趾探亲，途经南昌，作《滕王阁序》。自交趾返回时渡海溺亡。王勃名列"初唐四杰"，擅五言律诗。

咏风

肃肃凉景生[1]，加我林壑清。
驱烟寻涧户，卷雾出山楹。
去来固无迹，动息如有情。
日落山水静，为君起松声。

注释　[1]凉景：阴凉。景，《全唐诗》小注"一作风"。

滕王阁[1]

滕王高阁临江渚，佩玉鸣鸾罢歌舞[2]。
画栋朝飞南浦云，珠帘暮卷西山雨。
闲云潭影日悠悠，物换星移几度秋。
阁中帝子今何在[3]，槛外长江空自流。

注释　[1]滕王阁：在洪州（今江西南昌）赣江之滨。滕王，李元婴，贞观十三年被封为滕王。阁建于元婴为洪州都督时。今有新建的滕王阁。
　　　[2]佩玉鸣鸾：歌女所佩饰物。鸣鸾，俗称响铃。
　　　[3]帝子：李元婴系唐高祖第二十二子。

杜少府之任蜀州[1]

城阙辅三秦[2],风烟望五津[3]。
与君离别意,同是宦游人[4]。
海内存知己,天涯若比邻。
无为在岐路[5],儿女共沾巾。

注释

[1]杜少府:名字不详。少府,县尉的别称。蜀州:垂拱二年(686)设,晚于王勃写作此诗时,诗题应依《文苑英华》作"蜀川"。

[2]城阙:指长安。辅:拱卫。三秦:长安周围的京畿之地。句意是长安城阙以三秦为辅。

[3]五津:岷江的五个津渡,诗中指蜀地。

[4]宦游:因做官离家在外。

[5]岐路:大路。

杜审言

杜审言(645？—708)，字必简，祖籍襄阳，迁巩县(今河南巩义)。杜甫祖父。咸亨元年(670)登进士第，曾任洛阳丞、吉州司户参军。被构陷入狱，其子杜并刺杀仇家，遂免官回洛阳。武后甚为叹异，授著作佐郎，迁膳部员外郎。因依附张易之，神龙元年(705)流峰州。次年召还，授国子监主簿，加修文馆直学士。景龙二年卒。审言文名甚著，与李峤、崔融、苏味道合称"文章四友"，尤长于五律，杜甫有"吾祖诗冠古"的赞语。

夏日过郑七山斋

共有樽中好，言寻谷口来。
薜萝山径入，荷芰水亭开[1]。
日气含残雨，云阴送晚雷。
洛阳钟鼓至，车马系迟回[2]。

注释

[1]薜萝：薜荔及女萝，两种蔓生植物，攀缘于树上。荷芰：荷花。

[2]钟鼓：偏指天色向晚时分的暮鼓声。系：拴住。

郭震

郭震（656—713），字元振，魏州贵乡（今河北大名）人。年十八中进士举。武后时上《宝剑篇》，授官右武卫铠曹参军。曾任凉州都督、安西大都护。睿宗朝为中书门下三品、兵部尚书、吏部尚书、朔方军大总管。玄宗朝为御史大夫、天下行军大元帅。于饶州司马任病卒。

塞上

塞外虏尘飞，频年出武威[1]。
死生随玉剑，辛苦向金微[2]。
久戍人将老，长征马不肥。
仍闻酒泉郡[3]，已合数重围。

注释

[1] 武威：唐代郡名，又称凉州，今甘肃武威。

[2] 金微：山名，即阿尔泰山，唐代置有金微都督府。

[3] 酒泉：唐代郡名，又称肃州，今甘肃酒泉。

贾曾

贾曾(？—727)，洛阳(今属河南)人。睿宗时为吏部员外郎。玄宗为太子时，任太子舍人。开元初为中书舍人，与苏晋同掌知制诰，时称"苏贾"。后历任外州刺史，开元十四年(726)入为光禄少卿，迁吏部侍郎。开元十五年卒。

有所思[1]

洛阳城东桃李花，飞来飞去落谁家。
幽闺女儿爱颜色，坐见落花长叹息。
今岁花开君不待，明年花开复谁在。
故人不共洛阳东，今来空对落花风。
年年岁岁花相似，岁岁年年人不同。

注释　[1]有所思：乐府旧题。《乐府诗集》不载贾曾此诗。此诗字句与刘希夷《代悲白头翁》多有雷同，宜参看。

骆宾王

骆宾王(627？—684？)，字观光，婺州义乌(今属浙江)人。七岁作《咏鹅》诗。高宗显庆时为道王李元庆府属官。对策中式，授奉礼郎，兼东台详正学士。后从军西域，又曾奉使入蜀。返京后历任武功主簿、长安主簿，迁侍御史。被诬下狱，遇赦获释。出为临海县丞，世称"骆临海"。徐敬业起兵讨武则天，军中文书多出其手，著名的《为徐敬业讨武曌檄》广为传诵。徐敬业兵败后，骆宾王不知所终。宾王名列"四杰"，在初唐诗坛有重要地位。

在狱咏蝉[1]

西陆蝉声唱，南冠客思侵[2]。
那堪玄鬓影，来对白头吟[3]。
露重飞难进，风多响易沉。
无人信高洁[4]，谁为表予心。

注释

[1] 诗作于在侍御史任上被诬下狱时。诗前原有序。

[2] 西陆：秋天。《文选》李善注郭璞《游仙诗》引司马彪《续汉书》："日行北陆谓之冬，西陆谓之秋。"南冠：囚犯。语出《左传》。

[3] 玄鬓影：指蝉。玄鬓，女子鬓边的发饰，黑而薄，如同蝉翼。影，蝉的身影。白头：诗人自谓。

[4] 高洁：蝉习性居高饮露，故咏蝉而展示人的品性。

乔知之

乔知之（？—690），同州冯翊（píngyì，今陕西大荔）人。武后时任左补阙。垂拱二年（686），随刘敬同北征，在军中摄侍御史，迁左司郎中。乔知之以文词知名，与陈子昂交往甚深。

绿珠篇[1]

石家金谷重新声[2]，明珠十斛买娉婷[3]。
此日可怜君自许，此时可喜得人情。
君家闺阁不曾难，常将歌舞借人看[4]。
意气雄豪非分理[5]，骄矜势力横相干。
辞君去君终不忍，徒劳掩袂伤铅粉。
百年离别在高楼，一旦红颜为君尽[6]。

注释

[1] 乔知之有侍婢窈娘，被武则天侄武承嗣所夺，知之作《绿珠篇》密送于窈娘，窈娘含愤自杀。承嗣怒而罗织罪名杀知之。其事见孟启《本事诗》，又见张鹭《朝野佥载》，婢名碧玉。绿珠：晋石崇家妓，为孙秀所夺，石崇被孙秀所害，绿珠为之殉情赴死。

[2] 金谷：石崇建于洛阳的园林馆舍。

[3] 娉婷：美女，指绿珠。

[4] 不曾难：犹言不设防。借人看：邀请别人来观赏歌舞表演。

[5] 非分理：不顾名分情理。

[6] "百年"二句：写绿珠为石崇殉情堕楼事。

刘希夷

刘希夷(651—?),一名庭芝,汝州(今河南临汝)人。唐高宗上元二年(675)进士及第,年未及三十而早逝。刘希夷少有才华,善弹琵琶,不检行迹,所作从军、闺情诗,为时所重。

代悲白头翁[1]

洛阳城东桃李花,飞来飞去落谁家?
洛阳女儿好颜色,坐见落花长叹息。
今年花落颜色改,明年花开复谁在?
已见松柏摧为薪,更闻桑田变成海。
古人无复洛城东,今人还对落花风。
年年岁岁花相似,岁岁年年人不同。
寄言全盛红颜子[2],应怜半死白头翁[3]。
此翁白头真可怜,伊昔红颜美少年。
公子王孙芳树下,清歌妙舞落花前。
光禄池台开锦绣[4],将军楼阁画神仙[5]。
一朝卧病无相识,三春行乐在谁边?
宛转蛾眉能几时[6],须臾鹤发乱如丝[7]。
但看古来歌舞地,唯有黄昏鸟雀悲。

注释

[1]此诗《全唐诗》又见录于宋之问,题作《有所思》。
[2]全盛:风华正茂。红颜子:即下文红颜美少年。
[3]此句以白头翁比兴,并化用汉代卓文君《白头吟》之意,讽喻两心相知,应及时珍重。
[4]"光禄"句:光禄卿,从三品,此代指品阶高的文官。
[5]"将军"句:唐太宗曾于凌烟阁上画二十四功臣像以为表彰。此指品阶高的武将。
[6]蛾眉:女子之眉,后为美女代称。
[7]鹤发:白发。

陈子昂

陈子昂（661—702），字伯玉，梓州射洪（今四川三台）人。少任侠，年十八始发愤读书，开耀二年（682）登进士第。武后时授麟台正字。曾随乔知之北征同罗、仆固。历官右卫胄曹参军、右拾遗。曾遭构陷下狱。万岁通天元年（696）随建安王武攸宜北征契丹，触犯攸宜被降为军曹。军还，仍为右拾遗。圣历元年（698）解职归侍老父。后为县令段简罗织罪名下狱，死于狱中。世称陈拾遗。陈子昂是初唐诗歌革新的先驱，极力抵制齐梁诗风的影响，推崇"骨气端翔，音情顿挫，光英朗练"的诗风，其理论主张与创作实践均为诗歌在盛唐时期的健康发展做出了积极贡献。

感遇诗三十八首（录三首）

苍苍丁零塞，今古缅荒途[1]。
亭堠何摧兀[2]，暴骨无全躯[3]。
黄沙幕南起[4]，白日隐西隅。
汉甲三十万，曾以事匈奴[5]。
但见沙场死，谁怜塞上孤[6]。

翡翠巢南海[7]，雄雌珠树林。
何知美人意，骄爱比黄金[8]。
杀身炎州里，委羽玉堂阴[9]。
旖旎光首饰，葳蕤烂锦衾[10]。
岂不在遐远，虞罗忽见寻[11]。
多材信为累，叹息此珍禽。

朔风吹海树[12]，萧条边已秋。
亭上谁家子[13]，哀哀明月楼。
自言幽燕客，结发事远游[14]。
赤丸杀公吏，白刃报私仇[15]。

避仇至海上,被役此边州。
故乡三千里,辽水复悠悠。
每愤胡兵入,常为汉国羞。
何知七十战,白首未封侯[16]。

注释

[1] 丁零:西北部种族,铁勒、回纥即其后裔之一部分。缅:遥远。

[2] 亭堠:边境地区的哨所堡垒。摧兀:高高矗立。

[3] 暴:同"曝"。

[4] 幕南:即漠南。

[5] "汉甲"二句:指汉高祖率军三十二万征讨匈奴被困平城(今山西大同)事,见《史记·高祖本纪》。

[6] 孤:失去父亲的孤儿。

[7] 翡翠:鸟名。南海:指今广西至越南一带。

[8] "何知"二句:翡翠鸟的羽毛可作女人首饰,极为珍贵。

[9] 炎州:南方炎热之地,即首句之"南海"。玉堂阴:美人居处。

[10] 旖旎、葳蕤:光鲜貌。

[11] 虞罗:猎人。

[12] 朔风:北风。

[13] 亭:边地哨所。

[14] 幽燕:今河北、辽宁一带,古为幽州,战国时燕国。结发:指男子二十岁,成人之时。

[15] "赤丸"二句:游侠行径。赤丸,侠客杀人前先要探丸,得赤丸者杀武吏,得黑丸者杀文吏,得白丸者主丧事。见《汉书·尹尚传》。

[16] "何知"二句:用汉李广故事。汉武帝时名将李广,身经七十余战,威震匈奴,却未封侯。

登幽州台歌[1]

前不见古人，后不见来者[2]。
念天地之悠悠，独怆然而涕下。

注释

[1] 幽州台：即蓟北楼，故址在北京。卢藏用《陈子昂别传》："（子昂）因登蓟北楼，感昔乐生、燕昭之事，赋诗数首（指《蓟丘览古七首》），乃泫然流涕而歌。"所歌即此诗。战国时燕昭王招募礼遇天下之士，乐毅等俱为其所用。

[2] 古人：指燕昭王。来者：后世如燕昭一样的君王。

晚次乐乡县[1]

故乡杳无际，日暮且孤征。
川原迷旧国，道路入边城。
野戍荒烟断[2]，深山古木平。
如何此时恨，嗷嗷夜猿鸣[3]。

注释

[1] 乐乡县：唐襄州属县，故址在今湖北荆门市北。
[2] 戍：驻兵的堡垒。
[3] "嗷(jiāo)嗷"句：沈约《石塘濑听猿》有句"嗷嗷夜猿鸣"，此处袭用。

张说

张说（667—731），字说之，祖籍河东，后迁居洛阳。武后时应贤良方正举，对策第一，授太子校书。累迁至凤阁舍人。睿宗朝同中书门下平章事，监修国史。玄宗即位，检校中书令，封燕国公。历官相州刺史、岳州刺史、幽州都督。开元九年入朝为兵部尚书，同中书门下三品。十一年为中书令、右丞相。十三年充集贤殿书院学士，知院事。十五年致仕。十七年复出为相。十八年十二月二十八日病卒，谥文贞。史称其"掌文学之任凡三十年"，与许国公苏颋并称"燕许大手笔"。

山夜闻钟

夜卧闻夜钟，夜静山更响。
霜风吹寒月，窈窕虚中上[1]。
前声既舂容，后声复晃荡[2]。
听之如可见，寻之定无像。
信知本际空[3]，徒挂生灭想[4]。

注释

[1] 窈窕：深远貌。虚中：天空。
[2] 舂容：悠扬洪亮。晃荡：摇动震荡。
[3] 本际：佛家语，谓众生之原。众生之原归于生死，而生死皆空。
[4] 生灭：佛家语，因缘聚合为生，因缘离散为灭。

邺都引[1]

君不见魏武草创争天禄[2]，群雄睚眦相驰逐[3]。
昼携壮士破坚阵，夜接词人赋华屋[4]。
都邑缭绕西山阳，桑榆汗漫漳河曲[5]。
城郭为虚人代改，但有西园明月在[6]。
邺旁高冢多贵臣，娥眉曼睩共灰尘[7]。

试上铜台歌舞处,唯有秋风愁杀人。

注释

[1]邺都:三国时魏国的都城,故址在今河北临漳县。

[2]草创:开创魏国的基业。天禄:天赐的禄位,指帝业。

[3]群雄:汉末争天下的各路势力。睚眦:怒目相向,即敌视。驰逐:争斗。

[4]"昼携"二句:上句写曹操的武略,下句写曹操的文才。词人,文士。赋华屋,在军帐中吟诗作赋。

[5]汗漫:漫无边际。漳河曲:邺都在漳河之滨。

[6]西园:即铜雀园,曹操建于邺。

[7]矅睩:美女动人的目光。

王适

王适(生卒年不详),生活于武后时期。曾获吏部试第二等,官雍州司功参军。晚年隐居蜀地,与陈子昂有交往。

蜀中言怀

独坐年将暮,常怀志不通。
有时须问影,无事却书空[1]。
弃置如天外,平生似梦中。
蓬心犹是客[2],华发欲成翁。
迹滞魂逾窘,情乖路转穷。
别离同夜月,愁思隔秋风。
老少悲颜驷,盈虚悟翟公[3]。
时来不可问,何用求童蒙[4]。

注释

[1]问影:犹扪心自问。语本陶渊明《形影神》诗,诗设为自省之词,以反思人生。书空:表示对现实人生的疑惑不解,语出《世说新语·黜免》:"殷中军被废在信安,终日恒书空作字……窃视,唯作'咄咄怪事'四字而已。"

[2]蓬心:自谦之词,谓未能通达事理。语出《庄子·逍遥游》。

[3]颜驷:西汉人,白首为郎,不得升迁,见《汉武故事》。翟公:西汉人,初为廷尉,宾客盈门,及官罢,门可罗雀,见《史记·汲郑列传》。

[4]求童蒙:《易·蒙》:"匪我求童蒙,童蒙求我。"意谓就自己的前途盲目求问于人。

沈佺期

沈佺期(656？—716？)，字云卿，相州内黄(今属河南)人。高宗上元二年(675)登进士第。武后朝为协律郎、通事舍人，与宋之问一同预修《三教珠英》。曾以考功员外郎知长安二年(702)贡举，擢考功郎中，迁给事中。四年春，坐受贿事下狱，中宗神龙元年(705)被流放驩州(今越南荣市)。景龙元年(707)遇赦北归，历官起居郎、修文馆学士、中书舍人、太子少詹事。开元四年卒。在诗坛与宋之问齐名，对律诗的成型有重要贡献。

被弹[1]

知人昔不易，举非贵易失[2]。
尔何按国章，无罪见呵叱。
平生守直道，遂为众所嫉。
少以文作吏，手不曾开律[3]。
一旦法相持，荒忙意如漆[4]。
幼子双囹圄，老夫一念室[5]。
昆弟两三人，相次俱囚桎。
万铄当众怒，千谤无片实[6]。
庶以白黑谗，显此泾渭质[7]。
劾吏何咆哮，晨夜闻扑抶[8]。
事间拾虚证，理外存枉笔[9]。
怀痛不见伸，抱冤竟难悉。
穷囚多垢腻，愁坐饶虮虱。
三日唯一饭，两旬不再栉[10]。
是时盛夏中，暵赫多瘵疾[11]。
瞪目眠欲闭，喑呜气不出[12]。
有风自扶摇[13]，鼓荡无伦匹。
安得吹浮云，令我见白日。

注释　[1]长安四年(704)盛夏狱中作。被弹：被弹劾问罪。

[2] 举非：犹言"用人不当"。

[3] 开律：阅读律令。

[4] 持：约束。意如漆：心中一片茫然。

[5] 念室：与"囹圄"同，监狱。

[6] 万铄、千谤：所遭遇的大量谗言诽谤。铄，即成语"众口铄金"。

[7] 泾渭质：泾清渭浊，此偏用"清"义，指自身清白。

[8] 扑挟：鞭打。

[9] 虚证：伪证。枉笔：不实之词。

[10] 栉：梳头。

[11] 暵（hàn）赫：炎热。瘵疾：疾病。

[12] 喑呜：悲咽。

[13] 扶摇：旋风。

驩州南亭夜望

昨夜南亭望，分明梦洛中。
室家谁道别，儿女案尝同[1]。
忽觉犹言是，沉思始悟空。
肝肠余几寸，拭泪坐春风。

注释

[1] 案尝同：即曾同案而食。案，餐桌。

古意呈补阙乔知之[1]

卢家少妇郁金堂，海燕双栖玳瑁梁[2]。
九月寒砧催木叶，十年征戍忆辽阳。
白狼河北音书断，丹凤城南秋夜长[3]。
谁谓含愁独不见，更教明月照流黄[4]。

注释

[1] 此诗被视为唐代第一首成熟的七言律诗。乔知之：见前诗人乔知之介绍。

[2]卢家少妇:出自梁武帝《河中之水歌》:"河中之水向东流,洛阳女儿名莫愁。莫愁十三能织绮,十四采桑南陌头。十五嫁为卢家妇,十六生儿字阿侯。……"此处代指征人之妻。郁金堂:用郁金香料涂饰墙壁的居室。玳瑁梁:用玳瑁装饰的房梁。玳瑁,一种海生甲壳类动物。

[3]白狼河:在辽宁,指代边地。丹凤城:长安有丹凤门,此代指卢家少妇居处。

[4]流黄:黄褐色纺织品。古乐府《相逢行》:"大妇织罗绮,中妇织流黄。"

寒食[1]

普天皆灭焰,匝地尽藏烟。
不知何处火,来就客心然[2]。

注释　[1]寒食:寒食节有禁火习俗。
　　　[2]然:同"燃"。

贺知章

贺知章（659—744），字季真，自号四明狂客。越州永兴（今浙江萧山）人。与张旭、包融、张若虚合称"吴中四士"。证圣元年（695）登进士第，授四门博士，迁太常博士。开元十三年（725）授礼部侍郎，加集贤院学士，充太子侍读。二十六年，迁太子宾客，秘书监。世称贺监。天宝二年（743），表请为道士归乡里，玄宗诏许，赐镜湖剡川一曲。三载正月离长安，玄宗赠诗，太子以下百官赋诗饯送。到乡不久即卒，享年八十六。知章性放旷，善谑嗜酒，杜甫《饮中八仙歌》赞曰："知章骑马似乘船，眼花落井水底眠。"

咏柳

碧玉妆成一树高，万条垂下绿丝绦[1]。
不知细叶谁裁出，二月春风似剪刀。

注释　[1]绦：丝带。

回乡偶书二首

少小离乡老大回，乡音难改鬓毛衰。
儿童相见不相识，笑问客从何处来。

离别家乡岁月多，近来人事半销磨。
唯有门前镜湖水[1]，春风不改旧时波。

注释　[1]镜湖：在今绍兴市。

王湾

王湾(生卒年不详),洛阳(今属河南)人。景云三年(712)登进士第。曾任荥阳主簿、洛阳尉。在朝参与编录四部书目,专司集部。张说任宰相时,手书王湾"海日生残夜,江春入旧年"一联于政事堂,以为天下文士楷式。

次北固山下[1]

客路青山外,行舟绿水前。
潮平两岸阔,风正一帆悬[2]。
海日生残夜,江春入旧年[3]。
乡书何处达,归雁洛阳边。

注释

[1]北固山:在镇江市北,下临长江。
[2]风正:顺风。
[3]"江春"句:谓旧年未尽,节令已入春。

张旭

张旭（生卒年不详），生活于开元、天宝时。字伯高。苏州吴（今江苏苏州）人。与贺知章、包融、张若虚并称"吴中四士"。曾官常熟尉、金吾长史，世称"张长史"。善饮，擅草书，有"草圣"之称。杜甫《饮中八仙歌》云："张旭三杯草圣传，脱帽露顶王公前，挥毫落纸如云烟。"唐文宗以李白歌诗、张旭草书、裴旻剑舞为"三绝"。

桃花溪[1]

隐隐飞桥隔野烟，石矶西畔问渔船[2]。
桃花尽日随流水，洞在清溪何处边？

注释

[1]近年有学者考证，以此诗为宋蔡襄作，可备一说。或谓此诗系隐括陶渊明《桃花源记》而成。

[2]矶：突出于水边的山岩。

张若虚

张若虚（生卒年不详），扬州（今属江苏）人。曾官兖州兵曹。与贺知章、张旭、包融并称"吴中四士"。存诗仅二首，清人王闿运赞其《春江花月夜》"孤篇横绝，竟为大家"。

春江花月夜[1]

春江潮水连海平，海上明月共潮生。
滟滟随波千万里，何处春江无月明。
江流宛转绕芳甸[2]，月照花林皆似霰[3]。
空里流霜不觉飞，汀上白沙看不见。
江天一色无纤尘，皎皎空中孤月轮。
江畔何人初见月，江月何年初照人。
人生代代无穷已，江月年年只相似。
不知江月待何人，但见长江送流水。
白云一片去悠悠，青枫浦上不胜愁。
谁家今夜扁舟子，何处相思明月楼。
可怜楼上月裴回[4]，应照离人妆镜台。
玉户帘中卷不去，捣衣砧上拂还来。
此时相望不相闻，愿逐月华流照君。
鸿雁长飞光不度，鱼龙潜跃水成文[5]。
昨夜闲潭梦落花[6]，可怜春半不还家。
江水流春去欲尽，江潭落月复西斜[7]。
斜月沉沉藏海雾，碣石潇湘无限路[8]。
不知乘月几人归，落月摇情满江树。

注释

[1]春江花月夜：乐府旧题。今存隋炀帝所作为五言古绝："暮江平不动，春花满正开。流波将月去，潮水带星来。"

[2]芳甸：长满花草的郊野。

［3］霰(xiàn)：细小水珠凝成的水雾。

［4］裴回：同徘徊。

［5］鸿雁、鱼龙：古有鱼、雁传书之说。鱼龙，即鱼。

［6］闲潭：清寂的水边。

［7］江潭：江边。

［8］碣石：山名，在今河北昌黎境，临近渤海。潇湘：潇、湘二水，均在湖南。诗以碣石、潇湘指代南北悬隔之地。

崔国辅

崔国辅（生卒年不详），开元、天宝间人。籍贯或谓吴郡（今江苏苏州），或谓山阴（今浙江绍兴）。开元十四年（726）进士及第，初授山阴尉。二十三年登牧宰科制举，授许昌令。入朝为左补阙、起居舍人。天宝中为礼部员外郎、集贤院直学士。后贬竟陵郡司马，至德年间曾入广州都督幕。长于乐府诗，诗名在王昌龄、储光羲、常建等之间。

怨词二首[1]

妾有罗衣裳，秦王在时作[2]。
为舞春风多，秋来不堪着。

楼头桃李疏，池上芙蓉落。
织锦犹未成，蛩声入罗幕[3]。

注释

[1]怨词：乐府古题。
[2]秦王：乐府诗中君王之代称。
[3]蛩声：蟋蟀鸣声。

长信草[1]

长信宫中草，年年愁处生。
故侵珠履迹，不使玉阶行[2]。

注释

[1]长信草：由乐府古题《长信怨》演变而成。长信即长信宫，汉代宫殿。汉成帝时班婕妤失宠后居此。后世指代冷宫。
[2]"故侵"二句：意谓宫中道路长满青草，遮盖了足迹，使人行走不便。状其地之荒冷。

丽人曲[1]

红颜称绝代，欲并真无侣[2]。
独有镜中人，由来自相许[3]。

注释

[1] 丽人曲：乐府古题。
[2] 并：相比。无侣：无双，无可匹敌。
[3] 自相许：犹成语"孤芳自赏"。

秦女卷衣[1]

虽入秦帝宫[2]，不上秦帝床。
夜夜玉窗里，与他卷衣裳。

注释

[1] 秦女卷衣：乐府古题，由《秦王卷衣》演变而成。
[2] 秦帝：帝王之代称。

徐安贞

徐安贞（生卒年不详），信安龙丘（今浙江衢州）人。制科中举，开元初任武陟尉，累迁中书舍人、集贤院学士。官至中书侍郎。约卒于天宝中。

闻邻家理筝

北斗横天夜欲阑，愁人倚月思无端。
忽闻画阁秦筝逸[1]，知是邻家赵女弹[2]。
曲成虚忆青蛾敛，调急遥怜玉指寒[3]。
银锁重关听未辟[4]，不如眠去梦中看。

注释

[1]逸：乐声悠扬。

[2]赵女：美女代称。

[3]虚忆、遥怜：均指"愁人"的猜想。

[4]"银锁"句：意谓因银锁重关的阻隔，未能畅听。辟，畅通。

裴士淹

裴士淹（生卒年不详），河东（今山西永济）人。开元、天宝之际官司封员外郎、司勋郎中。安史乱中从玄宗幸蜀。肃宗时为检校礼部尚书，代宗时正授礼部尚书。后贬饶州、温州刺史，卒于任上。

白牡丹

长安年少惜春残，争认慈恩紫牡丹[1]。
别有玉盘乘露冷[2]，无人起就月中看。

注释

[1] 慈恩：慈恩寺，即今西安大雁塔所坐落处。

[2] 玉盘乘露：汉武帝造承露盘，以盛天上仙露。乘，通"承"。

陶岘

陶岘（生卒年不详），开元、天宝间人。陶渊明后裔。自称麋鹿野人，慕谢灵运，三十年间浪迹山水，制三舟，一自乘，一乘宾客，一载饮食，与孟彦深、孟云卿、焦遂共游。存诗仅此一首。

西塞山下回舟作[1]

匡庐旧业是谁主[2]，吴越新居安此生。
白发数茎归未得，青山一望计还成。
鸦翻枫叶夕阳动，鹭立芦花秋水明。
从此舍舟何所诣[3]，酒旗歌扇正相迎。

注释

[1]西塞山：在湖北黄石之东，三国时为吴国西部要塞。

[2]"匡庐"句：自明其陶渊明后裔身份。匡庐，庐山。九江为陶渊明故乡，在庐山下。

[3]诣：动词，前往。

王维

王维(701—761),字摩诘,祖籍太原祁县,徙居蒲州(今山西永济)。开元九年(721)进士及第,授太乐丞。坐事贬济州司仓参军。张九龄为相时,于开元二十三年擢为右拾遗,迁监察御史,曾出使凉州,并留任河西节度判官。天宝初在朝官至库部郎中。九载(750),丁母忧,隐居辋川。服阕,起为吏部郎中,转给事中。安史乱中长安沦陷时,被叛军俘至洛阳,被迫受伪职。肃宗时获免,历官太子中允、太子左庶子、中书舍人、给事中。上元元年(760)转尚书右丞,世称"王右丞"。晚年笃志奉佛,潜心禅诵,故有"诗佛"之称。王维为盛唐山水田园诗派代表作家,与孟浩然并称"王孟"。精通音律、绘画,被苏轼誉为"诗中有画""画中有诗"。

送别

下马饮君酒,问君何所之。
君言不得意,归卧南山陲[1]。
但去莫复问,白云无尽时。

注释

[1]南山:长安之南的终南山。

齐州送祖三[1]

相逢方一笑,相送还成泣。
祖帐已伤离,荒城复愁入[2]。
天寒远山净,日暮长河急。
解缆君已遥,望君犹伫立。

注释

[1]诗题《河岳英灵集》《文苑英华》作《淇上送赵仙舟》。集中另有《齐州送祖三》诗,为七绝。祖三:诗人祖咏。

[2]祖帐:送别宴席。荒城:此指诗人居处。

观别者

青青杨柳陌,陌上别离人。
爱子游燕赵[1],高堂有老亲。
不行无可养,行去百忧新。
切切委兄弟[2],依依向四邻。
都门帐饮毕[3],从此谢亲宾。
挥涕逐前侣[4],含凄动征轮。
车徒望不见[5],时见起行尘。
吾亦辞家久,看之泪满巾。

注释

[1]燕赵:战国时燕国、赵国,其地在今华北北部一带。

[2]委:托付。

[3]都门:指东都洛阳城门。

[4]前侣:走在前面的同行伴侣。

[5]徒:徒然。

蓝田山石门精舍

落日山水好,漾舟信归风[1]。
探奇不觉远,因以缘源穷[2]。
遥爱云木秀,初疑路不同[3]。
安知清流转,偶与前山通。
舍舟理轻策[4],果然惬所适。
老僧四五人,逍遥荫松柏。
朝梵林未曙,夜禅山更寂[5]。
道心及牧童[6],世事问樵客。
暝宿长林下,焚香卧瑶席。
涧芳袭人衣,山月映石壁。

再寻畏迷误，明发更登历。
笑谢桃源人，花红复来觌[7]。

注释

[1]漾舟：泛舟。信：听任。

[2]缘源：寻源。

[3]路不同：不能通向上句"云木秀"之处。

[4]策：手杖。

[5]朝梵、夜禅：僧人早晨诵经，夜晚坐禅。

[6]道心：佛教教理。及牧童：影响及于牧童。

[7]"再寻"四句：用陶渊明《桃花源记》故事，谓为了不重复武陵人在桃花源迷路的事情，明天黎明我将再走一遍来时路，并寄语桃花源中人：明年我还会来此处看桃花。觌（dí），相见。

青溪

言入黄花川[1]，每逐清溪水。
随山将万转，趣途无百里[2]。
声喧乱石中，色静深松里。
漾漾泛菱荇，澄澄映葭苇。
我心素已闲，清川澹如此。
请留盘石上[3]，垂钓将已矣。

注释

[1]言：语助词。

[2]趣途：走过的路程。趣，同趋。

[3]盘石：磐石。

渭川田家

斜阳照墟落，穷巷牛羊归[1]。

野老念牧童，倚杖候荆扉。
雉雊麦苗秀[2]，蚕眠桑叶稀。
田夫荷锄至，相见语依依。
即此羡闲逸，怅然吟式微[3]。

注释

[1]墟落：村庄。穷巷：深巷。

[2]雉雊：野鸡鸣叫。秀：抽穗。

[3]"怅然"句：抒写归向田园的心愿。式微，《诗经·邶风·式微》："式微，式微，胡不归？"谓黎侯流亡于卫，随行臣子劝其归国。

春中田园作

屋上春鸠鸣[1]，村边杏花白[2]。
持斧伐远扬[3]，荷锄觇泉脉[4]。
归燕识故巢，旧人看新历。
临觞忽不御，惆怅远行客[5]。

注释

[1]鸠：斑鸠。

[2]杏花白：杏花由微红变白，是暮春三月景象。

[3]"持斧"句：写三月间农事。《诗经·豳风·七月》："蚕月条桑，取彼斧斨，以伐远扬。"远扬，长得很长的桑树枝条。

[4]觇(chān)：察看。泉脉：地表下的泉流。

[5]"临觞"二句：写乡思。不御，不能进食。远行客，诗人自谓。

西施咏[1]

艳色天下重，西施宁久微[2]。
朝仍越溪女，暮作吴宫妃。
贱日岂殊众，贵来方悟稀。

邀人傅香粉[3],不自着罗衣。
君宠益娇态,君怜无是非[4]。
当时浣纱伴,莫得同车归。
持谢邻家子,效颦安可希[5]。

注释

[1]西施:春秋时越国美女。《吴越春秋》载,越王勾践为吴王夫差所败。夫差好色,勾践遂访得苎萝山西施献之,吴王大悦。

[2]宁:表反问,岂。微:处于卑贱。

[3]邀人:呼取侍女。

[4]无是非:以其所是为是,以其所非为非。

[5]持谢:奉告。效颦:西施病心而颦(蹙眉),邻里有丑女见之,亦捧心而蹙眉,遭人耻笑。见《庄子·天运》。安可希:岂可效仿。

老将行[1]

少年十五二十时,步行夺得胡马骑。
射杀中山白额虎[2],肯数邺下黄须儿[3]。
一身转战三千里,一剑曾当百万师。
汉兵奋迅如霹雳,虏骑崩腾畏蒺藜[4]。
卫青不败由天幸,李广无功缘数奇[5]。
自从弃置便衰朽,世事蹉跎成白首。
昔时飞箭无全目[6],今日垂杨生左肘[7]。
路旁时卖故侯瓜,门前学种先生柳[8]。
苍茫古木连穷巷,寥落寒山对虚牖[9]。
誓令疏勒出飞泉,不似颍川空使酒[10]。
贺兰山下阵如云[11],羽檄交驰日夕闻。
节使三河募年少,诏书五道出将军[12]。
试拂铁衣如雪色,聊持宝剑动星文[13]。
愿得燕弓射天将[14],耻令越甲鸣吴军[15]。

莫嫌旧日云中守,犹堪一战取功勋[16]。

注释

[1]出使河西时作。

[2]"射杀"句:用周处故事。周处曾射杀南山白额猛兽,见《晋书·周处传》。

[3]"肯数"句:以三国时曹彰拟"老将"。肯,表反问,岂。数,比肩。邺下,曹操封魏王时,以邺为魏都,在今河北临漳。曹彰,曹操之子,据《三国志》记载,曹彰勇猛善战,北征乌丸,大胜而归,曹操持彰须曰:"黄须儿竟大奇也!"裴松之注:"彰须黄,故以呼之。"

[4]崩腾:败兵纷乱状。蒺藜:有尖刺蔓生植物,作战时铸铁成蒺藜形,称"铁蒺藜",用以阻挡敌兵。

[5]"卫青"二句:以卫青、李广衬托"老将"。卫青、霍去病俱汉武帝名将,卫青为大将军,《史记·卫将军骠骑列传》载,"(霍去病)常与壮骑先其大军,军亦有天幸,未尝困绝也。……由此日以亲贵,比大将军"。赵殿成注王维诗,指出诗误用霍去病事为卫青事。天幸,上天护佑。李广,历事文、景、武三朝,为诸边郡太守,匈奴畏之,号曰"汉之飞将军"。始终未得封侯。年六十余,从大将军卫青击匈奴,行前,卫青"阴受上(武帝)诫,以为李广老,数奇,毋令当单于"。见《史记·李将军列传》。数奇(jī),犹言命运不济。

[6]"昔时"句:用后羿故事比拟"老将"当年善射。羿能射中雀之一目,使雀双目不全。见《文选》李善注鲍照《拟古三首》。

[7]垂杨:指柳;"柳"转借"瘤",指赘肉。"柳生其左肘",语出《庄子·至乐》。句谓"老将"年迈,臂上赘肉如瘤,不复能射。

[8]"路旁"二句:写"老将"隐居生活。故侯瓜,《史记·萧相国世家》:"召平者,故秦东陵侯。秦破,为布衣,贫,种瓜于长安城东,瓜美,故世俗谓之东陵瓜。"先生柳,陶渊明《五柳先生传》:"宅边有五柳树,因以为号焉。"

[9]虚牖:敞开的窗户。

[10]"誓令"二句:写"老将"立功报国志向。疏勒出飞泉,据《后汉书·耿弇列传》,耿恭守疏勒城时,匈奴围城绝水,耿恭向井祈祷,水泉奔涌而出。颍川空使酒,据《史记·魏其武安侯列传》,汉将军灌夫,颍川郡人,为人刚直,好因酒使气,酒酣骂坐,得罪丞相田蚡被杀。空,徒然。

[11] 贺兰山：在今宁夏西北部。

[12] "节使"二句：谓报国机会到来。三河，汉代以河东、河内、河南为三河。募年少，招募青年从军。五道出将军，据《汉书·匈奴传》，本始二年，汉发大军出击匈奴，田广明等分别为祁连将军、度辽将军、前将军、后将军、虎牙将军，五将军兵十余万，出塞二千余里，匈奴闻之遁逃。

[13] 星文：宝剑上有七星文。

[14] 燕弓：燕地所产弓，闻名于世。

[15] "耻令"句：抒写保卫君王的决心。《说苑·立节》载，越甲兵攻齐，齐臣雍门子狄因敌军惊扰了国君，遂刎颈而死，越兵闻之而退。鸣，惊扰。

[16] "莫嫌"二句：抒写立功决心。旧日云中守，据《汉书·冯唐传》，魏尚为云中守，曾被削职，因冯唐力荐，后复起用。

桃源行[1]

渔舟逐水爱山春，两岸桃花夹古津。
坐看红树不知远[2]，行尽青溪不见人。
山口潜行始隈隩[3]，山开旷望旋平陆。
遥看一处攒云树[4]，近入千家散花竹[5]。
樵客初传汉姓名，居人未改秦衣服。
居人共住武陵源，还从物外起田园[6]。
月明松下房栊静[7]，日出云中鸡犬喧。
惊闻俗客争来集，竞引还家问都邑[8]。
平明闾巷扫花开，薄暮渔樵乘水入。
初因避地去人间，及至成仙遂不还。
峡里谁知有人事，世中遥望空云山[9]。
不疑灵境难闻见，尘心未尽思乡县[10]。
出洞无论隔山水，辞家终拟长游衍[11]。
自谓经过旧不迷，安知峰壑今来变。
当时只记入山深，青溪几曲到云林。

春来遍是桃花水，不辨仙源何处寻。

注释

[1]此诗系演绎陶渊明《桃花源记》。

[2]红树：指桃花林。

[3]隈隩：曲折的崖岸。

[4]攒云树：树木密集如云。

[5]散花竹：竹林与花木相掩映。

[6]物外：世外。

[7]房栊：房舍。栊，窗户。

[8]都邑：城市，兼指社会政事。

[9]"峡里"二句：谓桃花源中人与世间人相互隔绝。

[10]"不疑"二句：渔人离去时心事，固然知道桃花源灵境难得一见，却又思念家乡。

[11]"出洞"二句：渔人又拟重游桃花源心事。他自然知道与桃花源山水相隔，但禁不住想辞家再去游历。无论，不消说。

洛阳女儿行

洛阳女儿对门居，才可容颜十五余[1]。
良人玉勒乘骢马[2]，侍女金盘鲙鲤鱼。
画阁朱楼尽相望，红桃绿柳垂檐向。
罗帏送上七香车，宝扇迎归九华帐[3]。
狂夫富贵在青春[4]，意气骄奢剧季伦[5]。
自怜碧玉亲教舞，不惜珊瑚持与人[6]。
春窗曙灭九微火，九微片片飞花琐[7]。
戏罢曾无理曲时[8]，妆成只是熏香坐。
城中相识尽繁华，日夜经过赵李家[9]。
谁怜越女颜如玉，贫贱江头自浣纱[10]。

注释

[1]才可：大约。

[2]良人：夫君。玉勒：玉饰的马笼头。

[3]帐：指卧床。

[4]狂夫：指称自己的夫君。

[5]剧：胜过。季伦：晋富豪石崇，字季伦。

[6]持：赠。

[7]九微：灯名。花琐：雕花的窗户。

[8]理曲：奏曲，弹琴。

[9]赵李家：汉代贵戚，此泛指豪贵之家。

[10]"谁怜"二句：以西施指代处于贫贱境地的美女。西施曾于若耶溪浣纱。

冬晚对雪忆胡居士家[1]

寒更传晓箭[2]，清镜览衰颜。
隔牖风惊竹，开门雪满山。
洒空深巷静，积素广庭闲[3]。
借问袁安舍，翛然尚闭关[4]。

注释

[1]居士：居家奉佛者。

[2]寒更：寒夜的更鼓声。晓箭：时近拂晓。箭，计时器中有刻度的装置。

[3]积素：积雪。闲：空旷。

[4]袁安：汉代贫士，大雪时闭门僵卧，后举孝廉。见《后汉书·袁安传》注引《汝南先贤传》。翛(xiāo)然：超脱无拘束状。

送丘为落第归江东[1]

怜君不得意，况复柳条春。
为客黄金尽[2]，还家白发新。
五湖三亩宅[3]，万里一归人。
知尔不能荐，羞称献纳臣[4]。

注释

[1]丘为：嘉兴人。天宝初举进士，曾为朝官。

[2]黄金尽：以苏秦喻指丘为。《战国策·秦策》："（苏秦）说秦王，书十上而说不行，黑貂之裘弊，黄金百斤尽。"

[3]五湖：指太湖，丘为之家所在。

[4]知尔：了解你。献纳臣：朝廷中谏官，诗人时任左补阙。

过香积寺[1]

不知香积寺，数里入云峰[2]。
古木无人径，深山何处钟。
泉声咽危石，日色冷青松[3]。
薄暮空潭曲，安禅制毒龙[4]。

注释

[1]香积寺：在长安城南，今仍存。

[2]云峰：指终南山。

[3]咽：状泉声之幽细。冷：状日光之微弱。

[4]安禅：安然进入忘我的禅定状态。毒龙：佛家指人心中邪念。

山居秋暝[1]

空山新雨后，天气晚来秋。
明月松间照，清泉石上流。
竹喧归浣女，莲动下渔舟[2]。
随意春芳歇，王孙自可留[3]。

注释

[1]暝：夜晚。

[2]竹喧：竹林里传出声响。莲动：莲花摇动。

[3]随意：听任。春芳歇：春花凋谢。王孙：语出《楚辞·招隐士》："王孙兮

归来,山中兮不可以久留。"此反用其意。

终南别业[1]

中岁颇好道,晚家南山陲[2]。
兴来每独往,胜事空自知[3]。
行到水穷处,坐看云起时。
偶然值林叟[4],谈笑无还期。

注释

[1]王维《答张五弟》诗云:"终南有茅屋,前对终南山。"别业:本宅以外的居处。

[2]中岁:中年。道:此指佛理。晚:近来。

[3]胜事:犹美事。

[4]值:遇到。

归嵩山作[1]

清川带长薄[2],车马去闲闲。
流水如有意,暮禽相与还。
荒城临古渡,落日满秋山。
迢递嵩高下,归来且闭关[3]。

注释

[1]嵩山:在河南登封市境内,五岳之中岳。诗人早年有短期隐居嵩山的经历。

[2]带:围绕。薄:草木丛生之地。

[3]迢递:谓远道而来。闭关:闭门谢客,远离尘嚣。

终南山[1]

太乙近天都[2],连山接海隅。

白云回望合，青霭入看无[3]。
分野中峰变，阴晴众壑殊[4]。
欲投人处宿，隔水问樵夫。

注释

[1]终南山：在长安之南。

[2]太乙：终南山主峰。近天都：接近了天帝居所，极言其高。

[3]"白云"二句：登山途中所见云霭缭绕之景。回望合，回头看茫茫一片。入看无，看远处似有若无。

[4]"分野"二句：登上峰顶所见景色。分野，古人以天上二十八宿对应不同地区，终南山之北为雍州，为井、鬼分野；之南为梁州，为翼、轸分野。人在峰顶，处于南北分野变换处。阴晴，山中阴坡及阳坡。

观猎

风劲角弓鸣，将军猎渭城[1]。
草枯鹰眼疾[2]，雪尽马蹄轻。
忽过新丰市，还归细柳营[3]。
回看射雕处，千里暮云平。

注释

[1]渭城：咸阳，在长安之西。

[2]鹰：猎鹰。

[3]新丰市：在长安之东，诗中与渭城对举。细柳营：在渭城，汉将军周亚夫驻军处。

汉江临泛

楚塞三湘接，荆门九派通[1]。
江流天地外，山色有无中。
郡邑浮前浦[2]，波澜动远空。

襄阳好风日，留醉与山翁[3]。

注释

[1] 楚塞：襄阳一带，古为楚国地。三湘：泛指湘江流域及洞庭湖地区，在襄阳之东。荆门：指荆州。九派：长江在九江分为九道。

[2] 郡邑：指襄阳城。

[3] 山翁：晋将军山简，曾驻节襄阳，好饮，在襄阳留下很多轶闻。

积雨辋川庄[1]

积雨空林烟火迟，蒸藜炊黍饷东菑[2]。
漠漠水田飞白鹭，阴阴夏木啭黄鹂。
山中习静观朝槿[3]，松下清斋折露葵[4]。
野老与人争席罢[5]，海鸥何事更相疑[6]。

注释

[1] 辋川：王维晚年隐居处，在长安西南终南山麓，今属西安市蓝田县。

[2] 饷：送饭到田间。菑（zī）：田地。

[3] 习静：涵养静寂的心境。朝槿：早晨开放的木槿花。木槿花朝荣暮落。

[4] 清斋：素食。露葵：带露的葵菜。

[5] 野老：诗人自谓。与人争席：与村人争坐席，见其关系之亲密。

[6] "海鸥"句：反问语气，意谓海鸥不必对人有所猜疑。《列子·黄帝》载，海上之人与海鸥游，成百海鸥飞集；其人听其父言欲捕海鸥，海鸥飞而不下。

息夫人[1]

莫以今时宠，难忘旧日恩。
看花满眼泪，不共楚王言。

注释

[1] 息夫人：春秋时息侯夫人。《左传·庄公十四年》载，楚文王灭息国，俘虏了息夫人，后生二子。夫人从不开口讲话，楚王问之，对曰："吾一妇人，

而事二夫，纵弗能死，其又奚言？"关于王维写作此诗的本事，据《本事诗·情感》，宁王（玄宗之兄）宅左有卖饼者妻，纤白明媚，宁王用重金取之，宠惜有加。一年后，问之："汝复忆饼师否？"默然不对。王召饼师使见之，其妻注视，双泪垂颊，若不胜情。座客无不凄异。王命赋诗，王维先成《息夫人》。王乃将饼师妻归还，以成全其心意。

鹿柴[1]

空山不见人，但闻人语响。
返景入深林[2]，复照青苔上。

注释

[1] 此为《辋川集》诸诗之一。鹿柴：栅栏。"柴（zhài）"通"寨"。
[2] 返景：落日回光。

竹里馆[1]

独坐幽篁里[2]，弹琴复长啸。
深林人不知，明月来相照。

注释

[1] 竹里馆：亦《辋川集》诸诗之一。
[2] 幽篁：浓密幽暗的竹林。《楚辞·九歌·山鬼》："余处幽篁兮终不见天。"

临高台送黎拾遗[1]

相送临高台，川原杳何极。
日暮飞鸟还，行人去不息。

注释

[1] 临高台：乐府古题。黎拾遗：名昕，辋川访客。

杂诗三首[1]

家住孟津河[2],门对孟津口。
常有江南船[3],寄书家中否[4]。

君自故乡来,应知故乡事。
来日绮窗前,寒梅着花未[5]。

已见寒梅发,复闻啼鸟声。
心心视春草,畏向阶前生[6]。

注释

[1]三首诗皆写客居在外男子的乡思。

[2]孟津:黄河渡口,在河南孟津县。

[3]江南船:来自故乡的船。

[4]"寄书"句:男子自问。

[5]来日:从故乡出发的日子。着花未:开花没有。

[6]心心:男子与其家人双方之心。视春草:如春草一样。

书事

轻阴阁小雨[1],深院昼慵开[2]。
坐看苍苔色[3],欲上人衣来。

注释

[1]阁:动词,暂停。

[2]慵:懒得。

[3]坐看:且看。

阙题二首[1]

荆溪白石出,天寒红叶稀。
山路元无雨[2],空翠湿人衣。

相看不忍发,惨淡暮潮平。
语罢更携手[3],月明洲渚生[4]。

注释

[1]第一首亦题作《山中》。第二首系王安石《离升州作二首》之第一首,见《王文公文集》卷七〇。

[2]元:同"原"。

[3]语罢:告别的话已经说过。更:却。

[4]月明:即明月。应是为合律而倒置。

田园乐(七首选一)[1]

桃红复含宿雨,柳绿更带朝烟。
花落家童未扫,莺啼山客犹眠。

注释

[1]田园乐:作于辋川。

崔颢

崔颢(?—754),汴州(今河南开封)人。开元十一年(723)登进士第。曾任职河东军幕。在朝为太仆寺丞,司勋员外郎,世称"崔司勋"。

王家少妇[1]

十五嫁王昌[2],盈盈入画堂。
自矜年最少,复倚婿为郎。
舞爱前溪绿,歌怜子夜长[3]。
闲来斗百草,度日不成妆[4]。

注释

[1]《新唐书》本传载:"初,李邕闻其名,虚舍邀之。颢至献诗,首章曰:'十五嫁王昌。'邕叱曰:'小儿无礼。'不与接而去。"《河岳英灵集》谓崔颢"少年为诗,属意浮艳,多陷轻薄",即此类诗作。

[2]王昌:出于萧衍所作乐府诗《河中之水歌》:"人生富贵何所望,恨不嫁与东家王。"上官仪《和太尉戏赠高阳公》:"南国自然胜掌上,东家复是忆王昌。"

[3]"舞爱"句:前溪,古乐府《前溪歌》:"忧思出门倚,逢郎前溪度。"《大唐传载》:"湖州德清县南前溪村,前朝教乐舞之地,今尚有数百家,尽习乐。江南声伎多自此出,所谓'舞出前溪'者也。""歌怜"句:南朝乐府《子夜歌》,写男欢女爱之情。怜,爱。

[4]斗百草:一种游戏,多为女子所玩。不成妆:耽玩而忘了梳妆。

黄鹤楼[1]

昔人已乘黄鹤去[2],此地空余黄鹤楼。
黄鹤一去不复返,白云千载空悠悠。
晴川历历汉阳树,春一作芳草萋萋鹦鹉洲[3]。
日暮乡关何处是,烟波江上使人愁。

注释

[1] 黄鹤楼：故址在武昌蛇山黄鹄矶上，传为三国时建。今有新建之黄鹤楼。

[2] 昔人：相传仙人子安乘黄鹤过黄鹄矶，见《南齐书·州郡志·鄂州》。

[3] 汉阳：在武昌之西，隔江与黄鹤楼相望。鹦鹉洲：在黄鹤楼东北长江中。

长干曲四首[1]

君家何处住，妾住在横塘。
停船暂借问，或恐是同乡[2]。

家临九江水，来去九江侧。
同是长干人，自小不相识[3]。

下渚多风浪，莲舟渐觉稀。
那能不相待，独自逆潮归[4]。

三江潮水急，五湖风浪涌。
由来花性轻，莫畏莲舟重[5]。

注释

[1] 长干曲：乐府古题，传统主题写男女爱情。长干，地名，今南京市中华门外尚有长干桥。此诗四首，设为一对男女驾船在江上相遇，互相问答。

[2] "君家"一首，女子语。横塘，即南京秦淮河。

[3] "家临"一首，男子语。九江，泛指长江下游一带。

[4] "下渚"一首，女子语。下渚，犹"下游"。莲舟，女子所乘船。

[5] "三江"一首，男子语。三江、五湖，均泛指。花性，女子性情。

祖咏

祖咏(生卒年不详),洛阳(今属河南)人。开元十二年(724)登进士第。仕历不详,似曾遭贬谪。后居河南汝州一带,以农耕渔樵为业。与王翰、王维、储光羲、卢象等有交往。

赠苗发员外[1]

宿雨朝来歇,空山天气清。
盘云双鹤下,隔水一蝉鸣。
古道黄花落,平芜赤烧生[2]。
茂陵虽有病[3],犹得伴君行。

注释

[1]《全唐诗》亦作李端诗,题为《茂陵山行陪韦金部》,一作《招金部韦员外》。次句有一字之差,作"空山秋气清"。

[2]赤烧:天际朝霞。

[3]茂陵:司马相如病废后居家茂陵,后世遂常以"茂陵"代指司马相如。

王昌龄

王昌龄（698？—756？），字少伯，京兆万年（今陕西西安）人。开元十五年（727）中进士，授秘书省校书郎。二十二年又中博学宏词科制举，授汜水尉。二十七年贬岭南，翌年北归。旋任江宁丞，世称"王江宁"。天宝六载（747），因"不护细行"，贬龙标尉，故又称"王龙标"。安史乱起返回，被濠州刺史闾丘晓所杀。开元、天宝之际诗名甚著，时有"诗家夫子王江宁"之誉。最擅七绝，与李白齐名。

从军行（七首选二）[1]

青海长云暗雪山[2]，孤城遥望玉门关[3]。
黄沙百战穿金甲，不破楼兰终不还[4]。

大漠风尘日色昏，红旗半卷出辕门[5]。
前军夜战洮河北[6]，已报生擒吐谷浑[7]。

注释

[1] 从军行：乐府古题。

[2] 青海：今青海湖。雪山：指祁连山。这一带常有唐朝廷与吐蕃的战争发生。

[3] 孤城：即指玉门关。今存汉代玉门关遗址，称"小方盘城"，在敦煌西北七十公里处。唐玉门关位于今甘肃瓜州县境，遗址已不存。

[4] 楼兰：汉代西域国名，其地在今新疆若羌县。唐诗中常以指代敌国。

[5] 辕门：军营的门，古人行军扎营时，竖立车辕做门。

[6] 洮（táo）河：发源于甘肃临洮，是黄河的支流。

[7] 吐谷（yù）浑：古代鲜卑族的一支，魏晋南北朝时期，活跃于西北地区，据有今青海、甘肃一带，洮水一带正是其活动的主要区域，与中原政权时有冲突。这里代指进犯的敌军。

出塞[1]

秦时明月汉时关[2],万里长征人未还。
但使龙城飞将在,不教胡马度阴山[3]。

注释

[1]出塞:乐府古题。

[2]"秦时"句:句中"秦""汉"互文,"明月"与"关"既属秦,亦属汉。

[3]龙城飞将:合用汉武帝时名将卫青、李广事迹。《史记·卫将军骠骑列传》载,卫青为车骑将军,击匈奴,出上谷,至龙城,斩首虏数百。《史记·李将军列传》载,李广居右北平,匈奴闻之,号曰"汉之飞将军"。阴山:即内蒙古南部之阴山,汉代为防守匈奴之屏障。

采莲曲(二首选一)[1]

荷叶罗裙一色裁,芙蓉向脸两边开[2]。
乱入池中看不见[3],闻歌始觉有人来。

注释

[1]采莲曲:乐府古题。

[2]"荷叶"二句:谓采莲女的罗裙像荷叶一样碧绿,脸庞像荷花一样美艳。芙蓉,荷花。向,迎着。

[3]乱入:混入,杂入。

长信秋词(五首选一)[1]

奉帚平明金殿开[2],且将团扇暂裴回[3]。
玉颜不及寒鸦色,犹带昭阳日影来[4]。

注释

[1]长信秋词:乐府古题。

[2]奉帚:持帚洒扫。《汉书·外戚传》记,班婕妤失宠,求于长信宫供养太后,

作赋自伤曰:"共洒扫于帷幄兮,永终死以为期。"

[3]团扇:班婕妤失宠后,作《怨歌行》曰:"新裂齐纨素,鲜洁如霜雪。裁为合欢扇,团团似明月。出入君怀袖,动摇微风发。常恐秋节至,凉飙夺炎热。弃置箧笥中,恩情中道绝。"裴回:同徘徊。

[4]"玉颜"二句:自伤之词。寒鸦从昭阳宫飞过,犹能带来日影,自己则永绝于彼处。昭阳,昭阳殿,后妃住处。

浣纱女[1]

钱塘江畔是谁家,江上女儿全胜花。
吴王在时不得出,今日公然来浣纱[2]。

注释

[1]浣纱女:唐乐府曲名,在《乐府诗集·近代曲辞》中。
[2]"吴王"二句:谓吴王在时,浣纱女有被征之虞,今时则可放心。

闺怨

闺中少妇不知愁,春日凝妆上翠楼[1]。
忽见陌头杨柳色[2],悔教夫婿觅封侯。

注释

[1]凝妆:浓妆艳抹。
[2]陌头:道旁。

常建

常建（生卒年不详），开元十五年（727）进士及第，曾官盱眙尉。后游于湖南、湖北，天宝中隐居鄂渚，与王昌龄等交游。其诗颇受推重，《河岳英灵集》称其"高才而无位"，评其诗"其志远，其兴僻，佳句辄来，惟论意表"。

吊王将军墓[1]

嫖姚北伐时，深入强千里[2]。
战余落日黄，军败鼓声死。
尝闻汉飞将，可夺单于垒[3]。
今与山鬼邻，残兵哭辽水[4]。

注释

[1] 王将军：王孝杰，《旧唐书》有传。长寿元年（692）为武威军总管，与左武卫大将军阿史那忠节率军讨吐蕃，克服安西四镇。万岁通天元年（696）契丹叛，朝廷以孝杰为清边道总管，统兵十八万讨之。与敌军战于东峡石谷，孝杰为先锋，但后军总管苏宏晖畏贼，弃甲而逃，孝杰军无后继，为贼所乘，军乱，孝杰坠谷而死。陈子昂《国殇文》自序云："丁酉岁三月庚辰，前将军尚书王孝杰，败王师于榆关峡口。"所记即此役。

[2] 嫖姚：西汉名将霍去病，为嫖姚校尉，破匈奴。此指王将军。强：超过。

[3] 汉飞将：汉将军李广，为右北平太守，匈奴畏之，号曰"汉之飞将军"。诗中亦指王将军。单于：匈奴首领。

[4] 辽水：今辽河流域，唐初契丹据有其地。

题破山寺后禅院[1]

清晨入古寺，初日照高林。
竹径通幽处，禅房花木深。
山光悦鸟性，潭影空人心[2]。

万籁此都寂,但余钟磬音。

注释

[1]破山寺:又名兴福寺,在江苏常熟。唐懿宗曾赐大钟一口,题额"破山兴福寺"。

[2]"山光"句:谓山中风光使山鸟欢悦。"潭影"句:谓潭中倒影使人心虚静。

刘长卿

刘长卿(726？—790)，字文房，宣州(今安徽宣城)人。其家久寓长安。天宝末中进士第。至德二载(757)任长洲尉，旋摄海盐令。因事下狱，议贬南巴尉。约大历初入朝，为殿中侍御史。大历四年(769)，以检校祠部员外郎出任转运使判官，知淮西、鄂岳转运留后。后贬睦州司马，其间曾在常州义兴暂住。建中二年(781)迁随州刺史，世称"刘随州"。建中三年，因淮西乱去官，闲居扬州江阳县茱萸村。卒于贞元六年。擅五律，尝自诩"五言长城"。

逢雪宿芙蓉山主人[1]

日暮苍山远，天寒白屋贫[2]。
柴门闻犬吠，风雪夜归人。

注释

[1]芙蓉山：在常州义兴(今江苏宜兴)。
[2]白屋：贫者所居，以白茅覆顶。

新年作[1]

乡心新岁切，天畔独潸然[2]。
老至居人下，春归在客先。
岭猿同旦暮，江柳共风烟。
已似长沙傅，从今又几年[3]。

注释

[1]此诗又见宋之问名下。
[2]天畔：犹天涯，极言贬地之远。
[3]长沙傅：西汉贾谊曾被贬出朝，为长沙王太傅。

穆陵关北逢人归渔阳[1]

逢君穆陵路，匹马向桑干[2]。
楚国苍山古，幽州白日寒[3]。
城池百战后，耆旧几家残[4]。
处处蓬蒿遍，归人掩泪看[5]。

注释

[1] 穆陵关:在黄州麻城县(今湖北麻城)。渔阳:郡名,即蓟州(今天津蓟州区)。

[2] 桑干:桑干河流经渔阳。

[3] 楚国:穆陵关在古楚国地。幽州:蓟州原属幽州,开元十八年割渔阳等三县置蓟州。幽州治所在今北京市境内。

[4] "城池"二句:想象归渔阳之人一路所见战后凋残景象。

[5] 归人:归渔阳之人。

送韩司直[1]

游吴还入越，来往任风波。
复送王孙去，其如春草何。
岸明残雪在，潮满夕阳多。
季子杨柳庙[2]，停舟试一过。

注释

[1] 此篇《极玄集》作皇甫冉诗,《文苑英华》作皇甫曾诗。《全唐诗》又作郎士元诗。

[2] 季子:春秋时人。《史记·吴太伯世家》:"季子封于延陵,号曰延陵季子。"《太平寰宇记·润州延陵县》:"延陵季子庙在县东北九里。"

酬李穆见寄[1]

孤舟相访至天涯，万转云山路更赊[2]。
欲扫柴门迎远客，青苔黄叶满贫家。

注释

[1] 李穆所寄诗题为《寄妻父刘长卿》,在《全唐诗》卷二一五。可知李穆是刘长卿之婿。

[2] 赊:远。

长沙过贾谊宅[1]

三年谪宦此栖迟[2],万古惟留楚客悲。
秋草独寻人去后,寒林空见日斜时[3]。
汉文有道恩犹薄[4],湘水无情吊岂知[5]。
寂寂江山摇落处,怜君何事到天涯。

注释

[1] 贾谊宅:在长沙,遗址今犹存。

[2] 三年谪宦:《史记·贾谊列传》:"贾生为长沙王傅,三年,有鸮飞入贾生舍,止于坐隅。楚人命鸮曰'服'。贾生既以适(谪)居长沙,长沙卑湿,自以为寿不得长,伤悼之,乃为赋以自广。"栖迟:滞留。

[3] 日斜:贾谊《鵩鸟赋》:"庚子日斜兮,鵩集予舍。""野鸟入室兮,主人将去。"此处或许也是当时实景。

[4] 汉文有道:汉文帝是历史上的明君,开创"文景之治"。

[5] "湘水"句:《史记·贾谊列传》:"及渡湘水,为赋以吊屈原。"此处也兼有诗人吊念贾谊之意。

登余干古县城[1]

孤城上与白云齐,万古荒凉楚水西[2]。
官舍已空秋草绿,女墙犹在夜乌啼[3]。
平江渺渺来人远,落日亭亭向客低[4]。
沙鸟不知陵谷变,朝飞暮去弋阳溪[5]。

注释

[1]余干:在今江西余干县。《太平寰宇记·饶州》:"(余干县)白云城在县西,隋末林士弘所筑。隋州刺史刘长卿诗曰'孤城上与白云齐'云云。又有白云亭在县西八十步,旁对干越亭而峙焉。跨古城之危,瞰长江之深,其亭以刘诗白云为号。"

[2]楚水:指余水,余干古为楚地,古城在余水之西。

[3]女墙:城上呈锯齿状的短墙,也称"堞"。

[4]亭亭:杳远貌。

[5]陵谷变:语出《诗经·小雅·十月之交》:"高岸为谷,深谷为陵。"指人世的沧桑变化。弋阳溪:余水流经弋阳的一段。

赋得[1]

莺啼燕语报新年,马邑龙堆路几千[2]。
家住层城临汉苑,花随明月到胡天。
机中锦字论长恨[3],楼上花枝笑独眠。
为问元戎窦车骑,何时返旆勒燕然[4]。

注释

[1]此篇或谓皇甫冉作,题作《春思》,载《全唐诗》卷二五〇。《御览诗》亦系于皇甫冉名下。

[2]马邑、龙堆:指边塞征战之地。马邑,《史记·韩信列传》记,汉高祖以韩信(此乃另一人,非淮阴侯韩侯)居太原郡以备胡,信以晋阳去塞远,请移治马邑。龙堆,《汉书·匈奴传》载扬雄谏书,曰"岂为康居、乌孙能逾白龙堆而寇西边哉!"

[3]机中锦字:《晋书·窦滔妻传》记,滔徙流沙,其妻苏氏织锦为回文诗以寄滔,词甚凄婉。

[4]窦车骑:《后汉书·窦宪传》载,宪为车骑将军,率师击匈奴,斩名王以下万三千人,降者二十余万。遂登燕然山,刻石勒功,纪汉威德。勒燕然:在燕然山刻石纪功。

戏赠干越尼子歌[1]

鄱阳女子年十五,家本秦人今在楚。
厌向春江空浣沙,龙宫落发披袈裟[2]。
五年持戒长一食,至今犹自颜如花。
亭亭独立青莲下[3],忍草禅枝绕精舍[4]。
自用黄金买地居,能嫌碧玉随人嫁[5]。
北客相逢疑姓秦,铅花抛却仍青春[6]。
一花一竹如有意,不语不笑能留人。
黄鹂欲栖白日暮,天香未散经行处。
却对香炉闲诵经,春泉漱玉寒泠泠。
云房寂寂夜钟后,吴音清切令人听[7]。
人听吴音歌一曲,杳然如在诸天宿[8]。
谁堪世事更相牵,惆怅回船江水渌。

注释

[1] 干越:余干。尼子:尼姑。

[2] 龙宫:指佛寺。落发:剃发。袈裟:僧衣。

[3] 青莲:谓佛像。

[4] 忍草:即忍辱草。梁简文帝《相宫寺碑》:"雪山忍辱之草,天宫陀树之花。"禅枝:佛寺树木之枝条。孟浩然《夜泊庐江闻故人在东林寺以诗寄之》:"石镜山精怯,禅枝怖鸽栖。"精舍:此指尼庵。

[5] 能:只。

[6] 铅花:亦作铅华,女子化妆的铅粉。

[7] 吴音:尼子诵经之音。

[8] 诸天:佛家有三界诸天之说。

王翰

王翰（生卒年不详），字子羽，并州晋阳（今山西太原）人。景龙四年（710）中进士，复先后中极言直谏科及超拔群类科制举。曾官昌乐县尉，在朝为秘书省正字、通事舍人、驾部员外郎。出朝曾任汝州长史、仙州别驾、道州司马。性情豪纵，喜交游饮乐，当世有文名。

凉州词[1]

蒲萄美酒夜光杯[2]，欲饮琵琶马上催[3]。
醉卧沙场君莫笑，古来征战几人回。

注释

[1] 凉州词：乐府诗题，开元中西凉府都督郭知运所进。凉州即今甘肃武威。

[2] 夜光杯：以祁连山所产玉制成，盛入美酒于月光下呈透明状。

[3] 琵琶：《乐府杂录·琵琶》载："始自乌孙公主造，马上弹之。"催：催人饮酒。

孟云卿

孟云卿(725？—？)，洛阳(今属河南)人。家贫，以耕稼为业。天宝中应进士试落第，永泰初中进士，授校书郎。后客游南海，大历初流寓荆州，又漂泊广陵。诗名甚著，晚唐张为《诗人主客图》列之为"高古奥逸主"。

古挽歌

草草闾巷喧，涂车俨成位[1]。
冥冥何所须，尽我生人意[2]。
北邙路非远[3]，此别终天地。
临穴频抚棺，至哀反无泪。
尔形未衰老，尔息才童稚[4]。
骨肉安可离，皇天若容易[5]。
房帷即灵帐，庭宇为哀次。
薤露歌若斯，人生尽如寄[6]。

注释

[1]涂车：泥车，送葬用的明器。

[2]"冥冥"二句：意谓死者无知无求，丧葬礼仪乃是表达生者的心意。

[3]北邙：北邙山，在洛阳城郊，唐人墓葬区。

[4]息：子女。

[5]若：如此。

[6]"房帷"四句：表达"人生尽如寄"之意，谓平日所居房帷无异于丧礼上的灵帐，所处庭宇无异于举行丧礼的场所。薤露，挽歌。

寒食[1]

二月江南花满枝，他乡寒食远堪悲。
贫居往往无烟火，不独明朝为子推[2]。

注释

[1]寒食:节日名,在清明前一日或二日。习俗禁火冷食。

[2]子推:春秋时晋国臣子介子推,功高而为晋文公所负,隐于绵山不出,文公烧山欲迫其出,竟抱树而死。晋人为纪念子推,设寒食节。

孟浩然

孟浩然（689—740），襄阳（今属湖北）人。早年隐于故乡鹿门山，闭门读书。开元十二年（724）曾入京求仕无果。随后有吴越之游。十六年再入京，次年春应进士试，不中。二十三年，襄州刺史韩朝宗约浩然同赴京，欲荐之于朝，约期至而浩然因正与朋友剧饮而爽约。二十五年，张九龄贬荆州长史，辟浩然为幕府从事，未久辞归。二十八年，王昌龄来游襄阳，浩然与之相会甚欢，不料食鲜疾动，病逝。浩然除短暂在张九龄幕府外，一生未入仕途而以布衣终老。其田园诗最负盛名，与王维并为盛唐山水田园诗派的代表作家。

秋登兰山寄张五[1]

北山白云里，隐者自怡悦[2]。
相望试登高，心飞逐鸟灭。
愁因薄暮起，兴是清秋发。
时见归村人，沙行渡头歇。
天边树若荠，江畔舟如月[3]。
何当载酒来，共醉重阳节。

注释

[1] 兰山：即万山，在襄阳西。张五：襄阳隐者。
[2] "北山"二句：化用陶弘景诗"山中何所有，岭上多白云。只可自怡悦，不堪持赠君"（《诏问山中何所有赋诗以答》），兼写实景。
[3] "天边"二句：化用薛道衡"遥原树若荠，远水舟如叶"（《敬酬杨仆射山斋独坐》）诗句而兼写实景。荠，荠菜。树若荠，状低矮。

夏日南亭怀辛大[1]

山光忽西落，池月渐东上。
散发乘夕凉，开轩卧闲敞[2]。
荷风送香气，竹露滴清响。

欲取鸣琴弹，恨无知音赏[3]。
感此怀故人，中宵劳梦想[4]。

注释

[1] 南亭：诗人居处涧南园的亭子。辛大：名辛谔，"大"是他在兄弟中的排行。
[2] 散发：古代男子蓄发，散发是无拘无束的样子。闲敞：开阔宽敞。
[3] "欲取"二句：用伯牙、钟子期故事。伯牙鼓琴，独有钟子期知音能赏，钟子期死，伯牙毁琴。见《吕氏春秋》。
[4] 中宵：夜半。

宿业师山房期丁大不至[1]

夕阳度西岭，群壑倏已暝[2]。
松月生夜凉，风泉满清听[3]。
樵人归欲尽，烟鸟栖初定。
之子期宿来[4]，孤琴候萝径。

注释

[1] 业师：浩然诗中亦称业上人。丁大：名丁凤，浩然另有《送丁大凤进士赴举呈张九龄》诗。
[2] 倏：忽然。暝：昏暗。
[3] 风泉：风中传来的流泉声响。清听：清越之声。
[4] 之子：指丁大。宿：夜来住宿。

夜归鹿门山歌[1]

山寺钟鸣昼已昏，渔梁渡头争渡喧[2]。
人随沙路向江村，余亦乘舟归鹿门。
鹿门月照开烟树，忽到庞公栖隐处[3]。
岩扉松径长寂寥，惟有幽人夜来去[4]。

注释

[1]鹿门山:在襄阳城东,孟浩然隐居处,汉代庞德公也隐居此地。今已辟为以孟浩然为主题的风景区。

[2]渔梁:汉水中洲渚名。又为渡口名。

[3]庞公:庞德公。《后汉书·逸民传》:"(庞德公)携其妻子登鹿门山,因采药不返。"

[4]幽人:诗人自谓。

望洞庭湖赠张丞相[1]

八月湖水平,涵虚混太清[2]。
气蒸云梦泽[3],波撼岳阳城。
欲济无舟楫,端居耻圣明[4]。
坐观垂钓者,空有羡鱼情[5]。

注释

[1]张丞相:张九龄。

[2]虚、太清:均谓天空。虚,指天在湖水中的倒影,为湖水所包涵。混,谓水天一色。

[3]云梦泽:指洞庭湖。

[4]端居:平居,包含有闲居的意思。耻:有愧于。圣明:天下大治的太平盛世。

[5]"坐观"二句:抒写无计进入仕途的遗憾。垂钓者,指垂钓磻溪而得到周文王重用的吕望,见《史记·齐太公世家》。羡鱼,语出《淮南子·说林训》:"临河而羡鱼,不若归家织网。"

宿桐庐江寄广陵旧游[1]

山暝闻猿愁,沧江急夜流。
风鸣两岸叶,月照一孤舟。
建德非吾土,维扬忆旧游[2]。
还将两行泪,遥寄海西头[3]。

注释

[1] 桐庐江：即桐溪，位于浙江。广陵：扬州。

[2] 建德：唐代睦州属县有建德，此指诗人漫游所至的睦州。非吾土：不是故里，语出王粲《登楼赋》："虽信美而非吾土兮，曾何足以少留。"维扬：扬州。

[3] 海西头：指扬州。隋炀帝《泛龙舟》："借问扬州在何处？淮南江北海西头。"

初出关旅亭夜坐怀王大校书[1]

向夕槐烟起[2]，葱茏池馆曛。
客中无偶坐[3]，关外惜离群。
烛至萤光灭，荷枯雨滴闻。
永怀芸阁友[4]，寂寞滞扬云[5]。

注释

[1] 出关：指出潼关，长安东大门。旅亭：客舍。王大校书：王昌龄，行大，时官秘书省校书郎。

[2] 槐烟：夹道槐树上笼罩的烟霭。

[3] 偶坐：二人对坐。

[4] 芸阁：秘书省的别称。

[5] 扬云：扬雄字子云，又称扬云。与王莽打击的刘棻关系密切，因怕牵连，从校书的天禄阁跳下，几乎摔死。京师传语："惟寂寞，自投阁。"

与诸子登岘山[1]

人事有代谢[2]，往来成古今。
江山留胜迹，我辈复登临。
水落鱼梁浅，天寒梦泽深[3]。

羊公碑字在，读罢泪沾襟[4]。

注释

[1]岘山：又名岘首山，在襄阳城南，当地名胜。

[2]人事：世间事。代谢：新旧更替取代。

[3]鱼梁：同"渔梁"，见前《夜归鹿门山歌》注[2]。梦泽：云梦泽，诗中为想象之辞。

[4]羊公：西晋羊祜，曾官尚书左仆射，都督荆州诸军事。性乐山水，常登临岘山，置酒言咏，终日不倦。曾谓从事中郎邹湛等曰："自有宇宙，便有此山。由来贤达胜士，登此远望，如我与卿者多矣，皆湮灭无闻，使人悲伤。如百岁后有知，魂魄犹应登此也。"羊公身后，百姓为建功德碑于岘山，俗称"堕泪碑"。事见《晋书·羊祜传》。本篇前四句亦包含了羊公故事。

晚泊浔阳望庐山[1]

挂席几千里[2]，名山都未逢。

泊舟浔阳郭，始见香炉峰[3]。

尝读远公传，永怀尘外踪。

东林精舍近，日暮但闻钟[4]。

1983年十一月中旬书

注释

[1]浔阳：今九江市，位于庐山下。

[2]挂席：扬帆。几千里：诗人游吴越后来至浔阳，行程数千里。

[3]香炉峰：在庐山西北部，为庐山著名风景。

[4]"尝读"四句：远公即东晋僧人慧远。来至浔阳，见庐峰清静，足以息心，遂住于此。刺史桓伊为其于山东建立房殿，名东林寺，亦为庐山名胜。

过故人庄[1]

故人具鸡黍,邀我至田家。
绿树村边合,青山郭外斜[2]。
开筵面场圃,把酒话桑麻[3]。
待到重阳日,还来就菊花[4]。

1983年12月19日识。
出国前后未习字二月

注释

[1]过:拜访。
[2]郭:本指外城,此指村庄外围。
[3]面:动词,面对。场圃:园地。桑麻:指农家事。陶渊明《归园田居》:"相见无杂言,但道桑麻长。"
[4]重阳:农历九月九日为重阳节,有登高赏菊的习俗。

岁暮归南山[1]

北阙休上书,南山归敝庐[2]。
不才明主弃,多病故人疏[3]。
白发催年老,青阳逼岁除[4]。
永怀愁不寐,松月夜窗虚[5]。

注释

[1]开元十七年(729)冬,诗人进士试落第归襄阳后作。
[2]北阙:指朝廷。南山:襄阳岘山。敝庐:简陋的居室。
[3]"不才"二句:《新唐书·孟浩然传》载,浩然在长安时,王维邀其"入内署,俄而玄宗至,浩然匿于床下,维以实对,帝喜曰:'朕闻其人而未见也,何惧而匿?'诏浩然出。帝问其诗,浩然再拜,自诵所为,至'不才明主弃'之句,帝曰:'卿不求仕,而朕未尝弃卿,奈何诬我?'因放还"。此事应属虚构,但反映了浩然求仕遭遇的多舛。
[4]年老:当年浩然四十一岁。青阳:春天,此指时光。岁除:一年将尽。
[5]虚:空寂。

舟中晓望

挂席东南望,青山水国遥。
舳舻争利涉[1],来往接风潮。
问我今何去,天台访石桥[2]。
坐看霞色晓,疑是赤城标[3]。

注释

[1]舳:船尾。舻:船头。利涉:顺利渡越。
[2]石桥:天台山著名景观石梁飞瀑。
[3]赤城标:赤城山,又名烧山,石皆霞色,望之如城堞,因以为名。孙绰《游天台山赋》:"赤城霞起以建标。"标,此指高高的山尖。

闺情[1]

一别隔炎凉,君衣忘短长[2]。
裁缝无处等[3],以意忖情量。
畏瘦疑伤窄[4],防寒更厚装。
半啼封裹了,知欲寄谁将[5]。

注释

[1]此诗为闺中女子代言,传达其对夫君的关切思念之情。
[2]"君衣"句:语出王筠《行路难》:"犹忆去时腰大小,不知今日身短长。"忘短长,即"不知今日身短长"。
[3]无处等:无法得到等身的尺寸。
[4]"畏瘦"句:担心夫君瘦了,故把衣服裁窄,但反过来又害怕裁得太窄了。
[5]寄谁将:意为"寄往何处",即不知夫君今在何处。

岁除夜有怀[1]

迢递三巴路,羁危万里身。
乱山残雪夜,孤烛异乡人。
渐与骨肉远,转于奴仆亲。
那堪正飘泊,来日岁华新。

注释

[1]此篇又作崔涂诗,载《全唐诗》卷六七九。《文苑英华》亦作崔涂诗。

春晓

春眠不觉晓,处处闻啼鸟。
夜来风雨声,花落知多少。

扬子津望京口[1]

北固临京口[2],夷山近海滨[3]。
江风白浪起,愁杀渡头人。

注释

[1]扬子津:在长江北岸江都县(今扬州市邗江区)。京口:古城名,故址在今镇江市长江之滨。
[2]北固:北固山,在镇江市北,下临长江,其势险固,因以为名。
[3]夷山:在镇江东的大江中,又称松寥山、海门山,两山分峙于浩渺水波之中。

宿建德江[1]

移舟泊烟渚[2],日暮客愁新。
野旷天低树,江清月近人。

注释

[1]建德江:新安江流经浙江建德的一段。

[2]烟渚:暮霭笼罩的江滨。

李白

李白（701—763），字太白，绵州昌明（今四川江油）人。出生地有二说，一说中亚碎叶（今吉尔吉斯斯坦托克马克附近），一说江油。青少年时代，观书学剑，培养了宏伟的人生理想。大约二十五岁时，"仗剑去国，辞亲远游"。出蜀后漫游江汉、吴越，二十七岁来到安陆（今属湖北），婚于高宗时故相许围师的本家孙女，此后"酒隐安陆，蹉跎十年"。期间曾于开元十八年（730）入长安，欲以干谒求仕进，无果而返。后移家东鲁，曾与孔巢父等结为"竹溪六逸"，隐于徂徕山。天宝元年（742），奉玄宗诏入朝，为翰林供奉。入朝之初，备极荣宠，李白企望"待吾尽节报明主，然后相携卧白云"的人生理想得以实现。未久宠衰，又遭权贵排斥，遂于天宝三载初上书请归，玄宗赐金放还。出朝后叟入道籍，并漫游各地。天宝十四载安史之乱起，李白受永王征召入其军幕。旋以附逆罪被长流夜郎（今贵州桐梓）。乾元二年（759）春遇赦。晚年流落于金陵一带。代宗广德元年（763）冬病逝。

蜀道难[1]

噫吁戏[2]，危乎高哉！
蜀道之难，难于上青天。
蚕丛及鱼凫，开国何茫然[3]。
尔来四万八千岁，不与秦塞通人烟。
西当太白有鸟道，可以横绝峨眉巅。
地崩山摧壮士死，然后天梯石栈相钩连[4]。
上有六龙回日之高标[5]，下有冲波逆折之回川。
黄鹤之飞尚不得过，猿猱欲度愁攀援。
青泥何盘盘，百步九折萦岩峦[6]。
扪参历井仰胁息[7]，以手抚膺坐长叹。
问君西游何时还，畏途巉岩不可攀。
但见悲鸟号古木，雄飞雌从绕林间。
又闻子规啼夜月，愁空山。

蜀道之难,难于上青天,使人听此凋朱颜[8]。
连峰去天不盈尺,枯松倒挂倚绝壁。
飞湍瀑流争喧豗,砯音烹崖转石万壑雷[9]。
其险也如此,嗟尔远道之人胡为乎来哉。
剑阁峥嵘而崔嵬[10],一夫当关,万夫莫开。
所守或匪亲,化为狼与豺[11]。
朝避猛虎,夕避长蛇[12]。
磨牙吮血,杀人如麻。
锦城虽云乐[13],不如早还家。
蜀道之难,难于上青天!
侧身西望长咨嗟[14]。

注释

[1] 蜀道难:乐府古题。

[2] 噫吁戏:表达强烈感叹的语气词。或谓"吁戏"即"呜呼"。

[3] 蚕丛、鱼凫:传说中的古蜀帝,约当殷商时代。

[4] "尔来"六句:蜀道开通的历史。四万八千岁,极言其久远。太白,秦岭主峰。峨眉,指蜀道经过的蜀山。传说秦王献美女五人给蜀王,蜀王派遣五位力士迎接,路遇一大蛇入山穴中,力士共拽蛇尾,山崩被压,路遂通。见扬雄《蜀王本纪》。

[5] 六龙:传说中羲和所驱使的六条龙,为太阳驾车。

[6] 青泥:据《元和郡县志》,青泥岭在兴州长举县(今陕西略阳),悬崖万仞,上多云雨,路多泥淖,故号为青泥岭。萦:盘旋。

[7] 扪参历井:参(shēn身)、井,皆星宿名;参之分野在蜀(益州),井之分野在秦(雍州)。扪,触摸。历,身处。仰,仰视天空。胁息,屏住呼吸。

[8] 凋朱颜:因惊惧而容颜变老。

[9] 喧豗(huī灰):瀑布的轰鸣声。砯(pēng烹):拍击。

[10] 剑阁:即剑阁道,由秦入蜀必经的一条栈道,在今四川剑阁县北。

[11] "一夫"四句:出自晋张载《剑阁铭》:"一人荷戟,万夫趦趄。形胜之地,非亲勿居。"

[12]猛虎、长蛇：喻指权势在握者。

[13]锦城：成都。

[14]侧身西望：由长安望成都。咨嗟：叹息。

将进酒[1]

君不见，黄河之水天上来，奔流到海不复回。
君不见，高堂明镜悲白发，朝如青丝暮成雪[2]。
人生得意须尽欢，莫使金樽空对月。
天生我才必有用，千金散尽还复来。
烹羊宰牛且为乐，会须一饮三百盃[3]。
岑夫子，丹丘生[4]，将进酒，杯莫停。
与君歌一曲，请君为我侧耳听。
钟鼓馔玉何足贵[5]，但愿长醉不愿醒。
古来圣贤皆寂寞，惟有饮者留其名。
陈王昔时宴平乐，斗酒十千恣欢谑[6]。
主人何为言少钱，径须沽取对君酌。
五花马，千金裘[7]。
呼儿将出换美酒[8]，与尔同销万古愁。

注释

[1]将进酒：乐府古题。

[2]青丝：乌黑的头发。雪：白发。

[3]会须：应该。

[4]岑夫子：友人岑勋。丹丘生：故交元丹丘。

[5]钟鼓：即钟鸣鼎食，富贵人家鸣钟列鼎而食。馔玉：食物精美如玉。

[6]"陈王"二句：曹植封陈王，其《名都篇》有句："归来宴平乐，美酒斗十千。"平乐，平乐观，汉明帝造，在洛阳。谑，欢乐。

[7]五花马：五花毛色的名马，杜甫《高都护骢马行》："五花散作云满身。"
千金裘：出自《史记·孟尝君列传》："孟尝君有一狐白裘，直千金，天下

无双。"

[8]将:动词,持,拿。

关山月[1]

明月出天山[2],苍茫云海间。
长风几万里,吹度玉门关[3]。
汉下白登道,胡窥青海湾[4]。
由来征战地,不见有人还。
戍客望边色[5],思归多苦颜。
高楼当此夜,叹息未应闲[6]。

注释

[1]关山月:乐府古题。
[2]天山:即今之天山,横亘于新疆中部,唐代又称白山、折罗漫山。
[3]玉门关:汉代修筑,扼守通向西域的大道,遗址在敦煌西北六十余公里处。
[4]"汉下"二句:谓边地发生胡、汉之间的战争。白登,山名,在今山西大同,山上有白登台,汉高祖曾被匈奴冒顿单于困于此地达七天之久;青海,即青海湖,唐时吐蕃曾长期据有其地。
[5]边色:此指边地月色。
[6]"高楼"二句:由徐陵《关山月》"思妇高楼上,当窗未应眠"句化出。闲,停息。

长干行[1]

其一

妾发初覆额,折花门前剧。
郎骑竹马来,绕床弄青梅。
同居长干里,两小无嫌猜[2]。

十四为君妇，羞颜未尝开。
低头向暗壁，千唤不一回。
十五始展眉，愿同尘与灰[3]。
常存抱柱信，岂上望夫台[4]。
十六君远行，瞿塘滟滪堆。
五月不可触，猿声天上哀[5]。
门前迟行迹，一一生绿苔[6]。
苔深不能扫，落叶秋风早。
八月胡蝶来，双飞西园草。
感此伤妾心，坐愁红颜老[7]。
早晚下三巴，预将书报家[8]。
相迎不道远，直至长风沙[9]。

注释

[1] 长干行：自乐府旧题《长干曲》演化而成。长干，金陵（今南京）地名，在城南，邻近秦淮河，当地称山冈间平地为"干"。今南京中华门外尚有长干桥。

[2] "妾发"六句：成语"青梅竹马，两小无猜"源出于此，指少年男女间纯真无邪的爱情。覆额，女孩发型，如同"刘海"。剧，游戏。床，水井的围栏。

[3] 愿同尘与灰：犹言即使化作"尘与灰"（即死）也同在一起。

[4] 抱柱信：《庄子·盗跖》："尾生与女子期于梁（桥）下，女子不来，水至不去，抱梁柱而死。"岂上：意谓不相信。望夫台：传说中有多处，男子久出不归，其妻登台而望，历久化为石。

[5] "十六"四句：男子为生计而冒险远过三峡。瞿塘，长江三峡西口第一峡，峡中江流湍急，多险滩。滟滪堆，瞿塘峡口巨礁（今已炸除）。五月，江水盛涨的季节，也是行船危险之时。不可触，民谚："滟滪大如马，瞿塘不可下。滟滪大如鳖，瞿塘行舟绝。滟滪大如龟，瞿塘不可窥。滟滪大如幞，瞿塘不可触。"猿声天上哀，《水经注·江水》载渔者歌："巴东三峡巫峡长，猿鸣三声泪沾裳。"

[6] 迟：历时很久。一作"旧"，旧行迹指男子留下的足迹。生绿苔：旧足迹长满了绿苔，意谓行人历久不归。

［7］坐：表程度深，犹深。

［8］早晚：犹何时。三巴：巴、巴东、巴西三郡，指行人所在的地方。

［9］不道远：即不怕远、不以为远。长风沙：地名，在今安徽安庆江边，据陆游《入蜀记》所记，长风沙距离金陵有七百里之遥。

其二[1]

忆妾深闺里，烟尘不曾识[2]。
嫁与长干人，沙头候风色[3]。
五月南风兴，思君下巴陵[4]。
八月西风起，想君发扬子[5]。
去来悲如何，见少离别多。
湘潭几日到[6]，妾梦越风波。
昨夜狂风度，吹折江头树。
淼淼暗无边，行人在何处。
好乘浮云骢[7]，佳期兰渚东[8]。
鸳鸯绿蒲上，翡翠锦屏中。
自怜十五余，颜色桃花红。
那作商人妇[9]，愁水复愁风。

注释

［1］此篇又见《全唐诗》卷二八三，作李益诗。《文苑英华》题为《小长干行》，于作者下注云："《类诗》作张潮。"类诗，指唐顾陶《唐诗类选》，今不传。

［2］烟尘：深闺之外的尘世。

［3］风色：天气。

［4］巴陵：今湖南岳阳。

［5］扬子：扬州。

［6］湘潭：今湖南湘潭。

［7］浮云骢：骏马名。

［8］佳期：夫妇相见之期。

［9］那：反问词，哪。

玉阶怨[1]

玉阶生白露,夜久侵罗袜[2]。
却下水晶帘,玲珑望秋月[3]。

注释

[1]玉阶怨:乐府古题。
[2]"玉阶"二句:人在阶前望月。生白露,表明夜已深。侵,打湿。
[3]"却下"二句:回到住室,仍不能入睡,直至夜深放下帘子后,仍在隔帘望月。却,还,仍。水晶帘,用珍珠串成的帘子。玲珑,月光明亮。

清平调词三首[1]

云想衣裳花想容[2],春风拂槛露华浓[3]。
若非群玉山头见,会向瑶台月下逢[4]。

一枝秾艳露凝香,云雨巫山枉断肠[5]。
借问汉宫谁得似,可怜飞燕倚新妆[6]。

名花倾国两相欢[7],长得君王带笑看。
解释春风无限恨,沉香亭北倚阑干[8]。

注释

[1]天宝二年(743)春,供奉翰林时作。唐李濬《松窗杂录》载有此诗本事:"开元中,禁中初木芍药,即今牡丹也。得四本,红、紫、浅红、通白者,上因移植于兴庆池东沉香亭前。会花方繁开,上乘照夜白,太真妃以步辇从。诏特选弟子中尤者,得乐十六部。李龟年以歌擅一时之名,手捧檀板,押众乐前,将歌之,上曰:'赏名花,对妃子,焉用旧词为!'遂命龟年持金花笺,宣赐李白,立进《清平调词》三章。白欣然承旨,犹苦宿醒未解,因援笔赋之……龟年遂以词进。上命梨园弟子约略调抚丝竹,遂促龟年以歌。太真妃持玻璃七宝盏,酌西凉州蒲桃酒,笑领歌,意甚厚。上因调玉笛以倚曲。每曲遍将换,则迟

其声以媚之。太真饮罢,敛绣巾重拜上。……上自是顾李翰林尤异于他学士。"

[2]想:犹像,比喻之辞。

[3]露华:露珠。

[4]群玉山、瑶台:均为传说中西王母居处。《仙传拾遗》:"群玉山,西王母所居。"见《太平广记》卷二。《登真隐诀》:"昆仑瑶台,是西王母之宫。"见《太平御览》卷六六○。

[5]云雨巫山:宋玉《高唐赋》谓楚王梦一神女"在巫山之阳,高丘之阻,旦为朝云,暮为行雨,朝朝暮暮,阳台之下"。枉断肠:意为巫山云雨故事虚妄,只能作为今日美事的反衬。

[6]可怜:可爱,兼有赞叹的意思。飞燕:汉成帝皇后,善歌舞,身轻如燕。倚:凭借。

[7]"名花"句:即注[1]所谓"赏名花,对妃子"。倾国,谓杨妃。汉武帝时李延年歌:"北方有佳人,绝世而独立。一顾倾人城,再顾倾人国。"见《汉书·外戚传》。

[8]解释:消解。春风无限恨:即古人所谓"春愁""春恨"。沉香亭:见注[1]。倚:斜靠。

梦游天姥吟留别[1]

海客谈瀛洲[2],烟涛微茫信难求。
越人语天姥,云霓明灭或可睹。
天姥连天向天横,势拔五岳掩赤城。
天台四万八千丈,对此欲倒东南倾[3]。
我欲因之梦吴越,一夜飞度镜湖月[4]。
湖月照我影,送我至剡溪[5]。
谢公宿处今尚在[6],渌水荡漾清猿啼。
脚着谢公屐[7],身登青云梯[8]。
半壁见海日,空中闻天鸡[9]。
千岩万转路不定,迷花倚石忽已暝[10]。

熊咆龙吟殷岩泉[11],慄深林兮惊层巅。
云青青兮欲雨,水澹澹兮生烟。
列缺霹雳,丘峦崩摧。
洞天石扉,訇然中开[12]。
青冥浩荡不见底[13],日月照耀金银台[14]。
霓为衣兮风为马,云之君兮纷纷而来下[15]。
虎鼓瑟兮鸾回车,仙之人兮列如麻。
忽魂悸以魄动,怳惊起而长嗟。
惟觉时之枕席,失向来之烟霞[16]。
世间行乐亦如此,古来万事东流水[17]。
别君去时何时还,且放白鹿青崖间,
须行即骑访名山[18]。
安能摧眉折腰事权贵,使我不得开心颜[19]。

注释

[1] 诗题或依《李诗通》作《梦游天姥吟留别东鲁诸公》。诗作于李白去朝后。天姥山,在浙江新昌县境。《诗比兴笺》曰:"太白被放以后,回首蓬莱宫殿,有若梦游,故托天姥以寄意。"

[2] 瀛洲:海上仙山名。

[3] "天姥"四句:极言天姥山势之高峻雄伟。五岳,东岳泰山、西岳华山、北岳恒山、南岳衡山、中岳嵩山。赤城,山名,在台州。天台,山名,在台州,《大清一统志》:"山高一万八千丈,周八百里。"四万八千丈,夸张之辞。东南倾,倾倒于东南,天台山位于天姥山之东南方。

[4] 镜湖:在会稽(今浙江绍兴)。

[5] 剡溪:在越州剡县(今新昌、嵊州一带)。

[6] "谢公"句:写南朝刘宋诗人谢灵运登天姥山事,其《登临海峤初发彊中作与从弟惠连见羊何共和之》诗云:"暝投剡中宿,明登天姥岑。高高入云霓,还期那可寻。"

[7] 谢公屐:南朝谢灵运创制的一种木屐,"上山则去前齿,下山去其后齿"。见《宋书·谢灵运传》。

［8］"身登"句：出自谢灵运《登石门最高顶》："惜无同怀客，共登青云梯。"
［9］天鸡：《初学记》卷三○引《玄中记》："桃都山有大树曰桃都，枝相去三千里，上有天鸡，日出照木，天鸡即鸣，天下鸡皆鸣。"
［10］忽已暝：梦境中天色转暗。
［11］殷岩泉：熊咆龙吟之声震荡于山水之间。殷，洪大。
［12］"列缺"四句：列缺，闪电。霹雳，雷鸣。洞天石扇，仙境之门。訇（hōng 轰）然，声音巨大。
［13］青冥：青天。浩荡：深远。
［14］金银台：仙台。李白《游泰山》诗有"登高望蓬瀛，想象金银台"句。
［15］云之君：仙人。
［16］"忽魂"四句：悸，同忼。觉，睡醒。向来之烟霞，即梦中仙境。
［17］"世间"二句：意谓世间一切美事（包括供奉翰林这样的荣耀），都如东流逝水，最终像一场好梦一样虚幻。即清沈德潜所云："因梦游推开，见世事皆成虚幻也。"（《唐诗别裁集》卷六）
［18］"别君"三句：回应诗题"留别东鲁诸公"。由此至诗末为诗人留别之际对"东鲁诸公"所说的话，表明自己要到名山胜水间寻找精神寄托。白鹿，隐者所乘。青崖间，山水间。
［19］"安能"二句：对供奉翰林经历的反思，表示不能向权贵低首下心而使精神遭遇约束。

金陵酒肆留别

风吹柳花满店香，吴姬压酒唤客尝[1]。
金陵子弟来相送，欲行不行各尽觞[2]。
请君试问东流水，别意与之谁短长[3]。

注释

［1］压酒：在酒槽中压榨取酒，将酒糟压去，滤出酒浆。
［2］欲行不行："欲行"指被送者，即诗人自己；"不行"指送行者，即金陵子弟。或以为指将行未行的时刻，亦通。

[3]"请君"二句：诗人给金陵子弟的留别赠言。谁短长，虽以问句出之，实谓"别意"更比"东流水"长。

送友人[1]

青山横北郭，白水绕东城。
此地一为别，孤蓬万里征[2]。
浮云游子意，落日故人情[3]。
挥手自兹去，萧萧班马鸣[4]。

注释

[1]送友人：味诗意，应为诗人登上旅途时作此诗以送友人。

[2]孤蓬：诗人自喻。

[3]"浮云"二句：王琦注："浮云一往而无定迹，故以比游子之意；落日衔山而不遽去，故以比故人之情。"

[4]班马：离别之人所乘的马。语出《左传·襄公十八年》："有班马之声，齐师其遁。"杜预注："班，别也。"

送友人入蜀

见说蚕丛路[1]，崎岖不易行。
山从人面起，云傍马头生。
芳树笼秦栈，春流绕蜀城[2]。
升沉应已定，不必问君平[3]。

注释

[1]蚕丛路：由秦入蜀之路，见《蜀道难》注[3][4]。

[2]"芳树"二句：上句写秦，下句写蜀，表明是在秦地送友人前往蜀地。

[3]君平：严君平，汉代蜀郡人，成都市上有名的卖卜人。

宣州谢朓楼饯别校书叔云[1]

弃我去者,昨日之日不可留。
乱我心者,今日之日多烦忧。
长风万里送秋雁,对此可以酣高楼。
蓬莱文章建安骨[2],中间小谢又清发[3]。
俱怀逸兴壮思飞,欲上青天览日月[4]。
抽刀断水水更流,举杯销愁愁更愁。
人生在世不称意,明朝散发弄扁舟[5]。

注释

[1] 诗题《文苑英华》作《陪侍御叔华登楼歌》。谢朓楼:谢朓为宣州太守时所建,在郡城中。校书:校书郎,属秘书省。校书叔云,李云,见于《新唐书·宗室世系表》。

[2] "蓬莱"句:赞校书叔云文采。蓬莱,代指秘书省,即李云供职之处。蓬莱本指东汉国家藏书处东观,唐代秘书省掌图籍,所以诗中称之为"蓬莱";蓬莱文章,即居官"蓬莱"之李云文章。建安骨,东汉末年以"三曹""七子"为代表的"建安风骨",以志深笔长、慷慨多气为特点,向为后世推重。

[3] "中间"句:隐以谢朓自拟,并呼应诗题中"谢朓楼"。中间,东汉至唐代之间。小谢,谢朓,与谢灵运并称"大、小谢",长于五言,沈约赞曰"二百年来无此诗也"(《南齐书》本传)。清发,清新俊发,即《诗品》所谓"奇章秀句,往往警遒"。

[4] "俱怀"二句:酒酣后逸兴飙飞,精神大振,并发为奇妙想象。俱,指自己与李云。

[5] 散发:古代男子蓄发,披散其发,意为摆脱拘束,弃绝世事。弄扁舟:用范蠡故事。范蠡为越大夫,辅佐越王勾践灭吴兴越,功成即隐退,泛舟于五湖。

山中问答[1]

问余何意栖碧山[2],笑而不答心自闲。
桃花流水窅然去[3],别有天地非人间。

注释

[1]此篇似作于居家安陆时。

[2]碧山:指安陆白兆山。

[3]桃花:白兆山西麓有桃花岩。

把酒问月[1]

青天有月来几时,我今停杯一问之。
人攀明月不可得,月行却与人相随。
皎如飞镜临丹阙[2],绿烟灭尽清辉发[3]。
但见宵从海上来,宁知晓向云间没。
白兔捣药秋复春[4],嫦娥孤栖与谁邻[5]。
今人不见古时月,今月曾经照古人。
古人今人若流水,共看明月皆如此。
唯愿当歌对酒时[6],月光长照金樽里。

注释

[1]题下有注:"故人贾淳令予问之。"

[2]皎:明亮。临:照临。丹阙:赤色殿堂,此指人间。

[3]绿烟:即云烟、云彩。清辉:月光。

[4]白兔捣药:出自民间传说。傅玄《拟天问》:"月中何有? 白兔捣药。"

[5]嫦娥:出自民间传说。《搜神记》卷一四:"羿请无死之药于西王母,嫦娥窃之以奔月。"

[6]当歌对酒:从曹操《短歌行》"对酒当歌"句化出。

客中行[1]

兰陵美酒郁金香[2],玉碗盛来琥珀光[3]。
但使主人能醉客,不知何处是他乡。

注释

[1]客中行:诗题亦作《客中作》。
[2]兰陵:唐代沂州承县,在今山东枣庄之南,旧称兰陵。郁金香:香草名,产于西域。
[3]琥珀光:用郁金香浸酒,酒色金黄如琥珀。

早发白帝城[1]

朝辞白帝彩云间[2],千里江陵一日还[3]。
两岸猿声啼不尽,轻舟已过万重山[4]。

注释

[1]乾元二年(759)暮春,李白长流夜郎途中遇赦东归,至江陵作。
[2]白帝:白帝城,东汉初公孙述所建,在夔州奉节县城东山上,位居三峡西口,下瞰大江。
[3]"千里"句:应为写实,兼用典。《水经注·江水》:"自三峡七百里中,两岸连山,略无阙处。……至于夏水襄陵,沿溯阻绝,或王命急宣,有时朝发白帝,暮到江陵,其间千二百里,虽乘奔御风,不以疾也。"杜甫《最能行》:"朝发白帝暮江陵,顷来目击信有征。"
[4]"两岸"二句:写实兼用典。《水经注·江水》:"每至晴初霜旦,林寒涧肃,常有高猿长啸,属引凄异,空谷传响,哀转久绝。"

秋下荆门[1]

霜落荆门江树空,布帆无恙挂秋风[2]。
此行不为鲈鱼鲙,自爱名山入剡中[3]。

注释

[1]作于李白初出蜀时。荆门:指荆门山,位于峡州(今湖北宜昌)宜都县(今湖北宜都)西北,为荆楚之门户。

[2]布帆无恙:意即旅程一帆风顺。晋人顾恺之给殷仲堪信中有"行人安稳,布帆无恙"语,见《晋书·顾恺之传》。

[3]"此行"二句:用晋人张翰故事而别出己意,表明此行是为游览越中山水而非美食。张翰在洛阳做官,见秋风起,因思吴中菰菜羹、鲈鱼鲙,遂命驾而归。见《世说新语·识鉴》。剡(shàn 善)中,即剡县(今浙江新昌、嵊州一带),属越州,因剡溪而得名,其地山水风光佳胜。

夜泊牛渚怀古[1]

牛渚西江夜,青天无片云。
登舟望秋月,空忆谢将军[2]。
余亦能高咏,斯人不可闻[3]。
明朝挂帆席,枫叶落纷纷。

注释

[1]牛渚:《元和郡县志》宣州当涂县:"牛渚山,在县北三十五里,山突出江中,谓之牛渚圻,津渡处也。"牛渚圻,即牛渚矶,一名采石矶,在今安徽马鞍山市。

[2]谢将军:谢尚,晋镇西将军,曾于牛渚闻袁宏吟咏自作《咏史诗》,大相叹赏。

[3]"余亦"二句:以袁宏自况而叹世无谢尚。

月下独酌(四首录一)[1]

花间一壶酒,独酌无相亲。
举杯邀明月,对影成三人[2]。
月既不解饮,影徒随我身。

暂伴月将影[3]，行乐须及春。
我歌月裴回[4]，我舞影零乱。
醒时同交欢，醉后各分散。
永结无情游[5]，相期邈云汉。

注释

[1]题下有诗四首，此为第一首。

[2]对影：陶渊明《杂诗》："欲言无予和，挥杯劝孤影。"

[3]将：连词，和、与。

[4]裴回：同徘徊。

[5]无情：忘情，超越世俗之情。

独坐敬亭山[1]

众鸟高飞尽，孤云独去闲。
相看两不厌，只有敬亭山。

注释

[1]敬亭山：在宣城城北。

怨情

美人卷珠帘[1]，深坐颦蛾眉[2]。
但见泪痕湿，不知心恨谁。

注释

[1]卷：将帘子卷起，更便于向外望。

[2]深坐：久坐。颦：皱眉。

韦应物

韦应物(735—790),字义博,京兆杜陵人,出身名门望族。天宝八载(749),以十五岁少年门荫补右千牛,为玄宗侍卫。曾入太学,改官左羽林仓曹。安史乱后,曾任高陵尉、洛阳丞、河南兵曹、京兆功曹。代宗大历十三年(778)任鄠县令,后又任栎阳令。旋辞官隐居长安西南郊沣水旁福善精舍。德宗建中二年(781)为比部员外郎,三年秋出任滁州刺史,后任江州刺史,入朝为左司郎中。贞元四年(788)领苏州刺史,贞元六年末罢任,居苏州永定寺,旋卒。世称"韦苏州"。所著诗文六百余篇,行于当时。白居易评曰:"韦苏州歌行,才丽之外,颇近讽兴。其五言诗又高雅闲淡,自成一家之体。"(《与元九书》)司空图将其与王维并称,谓"王右丞、韦苏州,澄澹精致,格在其中"(《与李生论诗书》)。近年有韦应物及其妻元苹墓志出土。

拟古诗(十二首录二)[1]

黄鸟何关关[2],幽兰亦靡靡[3]。
此时深闺妇,日照纱窗里。
娟娟双青娥[4],微微启玉齿。
自惜桃李年,误身游侠子。
无事久离别,不知今生死。

绮楼何氛氲,朝日正杲杲[5]。
四壁含清风,丹霞射其牖。
玉颜上哀啭,绝耳非世有[6]。
但感离恨情,不知谁家妇。
孤云忽无色,边马为回首。
曲绝碧天高,余声散秋草。
徘徊帷中意,独夜不堪守。
思逐朔风翔,一去千里道。

注释

[1]题下共十二首，上首为其二，下首为其四。或谓上篇拟《古诗十九首》之"青青河畔草"，下篇拟《古诗十九首》之"西北有高楼"。

[2]黄鸟：即黄莺。关关：鸟鸣声。

[3]靡靡：花开纷乱貌。

[4]娟娟：美好貌。双青娥：女子眉毛。

[5]杲杲：日出光明貌。

[6]玉颜：美女。绝耳：此前未曾听闻。

杂体（五首录二）[1]

沉沉匣中镜，为此尘垢蚀[2]。
辉光何所如，月在云中黑。
南金既雕错，鞶带共辉饰[3]。
空存鉴物名，坐使妍蚩惑[4]。
美人竭肝胆，思照冰玉色。
自非磨莹工[5]，日日空叹息。

春罗双鸳鸯[6]，出自寒夜女。
心精烟雾色[7]，指历千万绪。
长安贵豪家，妖艳不可数[8]。
裁此百日功，唯将一朝舞。
舞罢复裁新，岂思劳者苦。

注释

[1]题下共五首，第一篇为第一首，第二篇为第四首。

[2]此诗以镜为喻，刺执政者用人之不明。沉沉，遭埋没情形。

[3]南金：出自南方的铜材。鞶(pán)带：大带，此指镜上的彩色丝带。

[4]坐：徒然。妍蚩惑：美丑颠倒。

[5]磨莹工：磨亮镜子的工匠。

[6]罗：轻而薄的丝织品。双鸳鸯：指图案。

[7]烟雾：云霞。

[8]妖艳：指舞女。

淮上喜会梁川故人[1]

江汉曾为客[2]，相逢每醉还。
浮云一别后，流水十年间[3]。
欢笑情如旧，萧疏鬓已斑。
何因北归去，淮上对秋山。

注释

[1]淮上：指诗人途径的楚州（今江苏淮安），地处淮河之滨。梁川：指梁州，今陕西汉中，在汉水之滨，故曰"梁川"。

[2]江汉：偏指汉水，即诗题之"梁川"。

[3]浮云：喻行踪不定。流水：喻时光飞逝。

郡斋雨中与诸文士燕集[1]

兵卫森画戟，宴寝凝清香[2]。
海上风雨至，逍遥池阁凉。
烦疴近消散[3]，嘉宾复满堂。
自惭居处崇，未睹斯民康。
理会是非遣，性达形迹忘[4]。
鲜肥属时禁[5]，蔬果幸见尝。
俯饮一杯酒，仰聆金玉章[6]。
神欢体自轻，意欲凌风翔。
吴中盛文史，群彦今汪洋[7]。
方知大藩地，岂曰财赋疆[8]。

注释

[1] 贞元五年苏州刺史任上作。燕集：举行宴会。

[2] "兵卫"句：写门前仪仗。森，森然。画戟，彩绘木戟。"宴寝"句：写内室氛围。宴寝，通称燕寝。

[3] 烦疴：扰人的疾病。

[4] 理会：领会了玄理。是非遣：无是非之念。性达：性情达观。形迹忘：即不拘形迹。

[5] 鲜肥：指鱼肉。时禁：当时禁屠宰的敕令。

[6] 金玉章：美妙的辞章。

[7] 吴中：指苏州。群彦：在座的俊彦。汪洋：喻才学宏富。

[8] 大藩地：指苏州，属上郡。岂曰：意即"不仅仅"。财赋疆：广有财富之地。

听嘉陵江水声寄深上人[1]

凿崖泄奔湍，称古神禹迹[2]。

夜喧山门店，独宿不安席。

水性自云静[3]，石中本无声。

如何两相激，雷转空山惊[4]。

贻之道门旧，了此物我情[5]。

注释

[1] 嘉陵江：源出陕西凤县，流经四川，于重庆汇入长江。上人：对僧人的尊称。

[2] 神禹迹：大禹治水的遗迹。

[3] 自云：犹"自然"。

[4] 雷转：水声如雷。

[5] 道门旧：即深上人。物我情：指红尘俗世之欲。

自巩洛舟行入黄河即事寄府县僚友[1]

夹水苍山路向东,东南山豁大河通。

寒树依微远天外,夕阳明灭乱流中。

孤村几岁临伊岸[2],一雁初晴下朔风。

为报洛桥游宦侣[3],扁舟不系与心同。

注释

[1]巩洛:巩县及洛水。府县:河南府及河南、洛阳两县。

[2]伊:伊水。

[3]洛桥:洛阳洛水上的天津桥。

初发扬子寄元大校书[1]

凄凄去亲爱,泛泛入烟雾。

归棹洛阳人,残钟广陵树[2]。

今朝此为别,何处还相遇。

世事波上舟,沿洄安得住[3]。

注释

[1]扬子:扬子津,在长江北岸江都县(今扬州市邗江区)。元大校书:似为元伯和,宰相元载之子。校书,校书郎。

[2]"归棹"句:谓此行将归返洛阳。行人由扬子津出发,借道运河北上,经淮河、黄河,为当时南北要道。"残钟"句:谓由扬州首途。广陵,即扬州。

[3]沿:顺流而下。洄:逆流而上。

淮上即事寄广陵亲故[1]

前舟已眇眇,欲渡谁相待。
秋山起暮钟,楚雨连沧海。
风波离思满,宿昔容鬓改[2]。
独鸟下东南,广陵何处在[3]。

注释

[1]此诗与前诗相接,北行经淮河时作。

[2]宿昔:犹"旦夕",谓时间之短。

[3]"独鸟"二句:诗人北行,见一鸟飞向东南,引起对广陵的思念。

同德寺雨后寄元侍御李博士[1]

川上风雨来,须臾满城阙。
岩峣青莲界[2],萧条孤兴发。
前山遽已净,阴霭夜来歇。
乔木生夏凉,流云吐华月。
严城自有限,一水非难越[3]。
相望曙河远,高斋坐超忽[4]。

注释

[1]同德寺:在洛阳。元侍御:名字不详。李博士:应为国子监博士。

[2]岩峣:高峻貌。青莲界:指佛寺。

[3]严城:戒严中的都城。唐代都城实行宵禁。一水:指洛水。

[4]曙河:拂晓时分的银河。超忽:遥远貌。

对雨寄韩库部协[1]

飒至池馆凉,霭然和晓雾[2]。
萧条集新荷,氤氲散高树[3]。
闲居兴方澹,默想心已屡[4]。
暂出仍湿衣,况君东城住[5]。

注释

[1]库部:尚书省兵部所属官曹之一,或为郎中,或为员外郎。韩协又见于《元和姓纂》,为驾部郎中。

[2]飒:风声。霭然:昏暝貌。和:伴随。

[3]氤氲:水气弥漫状。

[4]心已屡:多次念及。

[5]东城:指长安东城。

寄子西[1]

夏景已难度[2],怀贤思方续。
乔树落疏阴,微风散烦燠[3]。
伤离枉芳札,忻遂见心曲[4]。
蓝上舍已成[5],田家雨新足。
托邻素多欲,残帙犹见束[6]。
日夕上高斋,但望东原绿。

注释

[1]子西:卢康,字子西,曾为京兆府田曹参军。

[2]夏景:夏日时光。

[3]烦燠:闷热。

[4]枉:谦辞。芳札:对来信的美称。忻遂:欣喜于心愿的实现。

[5]蓝上:蓝谷水边。水在京兆府蓝田县,子西居处所在。

[6]托邻：与对方结邻而居。素多欲：一向怀有的愿望。残帙：为官剩余的任期。帙，通"秩"。见束：被约束，即身不由己。

寺居独夜寄崔主簿[1]

幽人寂不寐，木叶纷纷落。
寒雨暗深更，流萤度高阁。
坐使青灯晓[2]，还伤夏衣薄[3]。
宁知岁方晏[4]，离居更萧索。

注释

[1]寺：诗人当时所居住的善福精舍，在长安西南郊澧上。崔主簿：名崔倬。
[2]坐使：犹言"眼巴巴地看着"。坐，徒然。
[3]夏衣薄：据诗中景象时令已入秋，故有"夏衣薄"之感。
[4]岁方晏：指入秋。

新秋夜寄诸弟[1]

两地俱秋夕，相望共星河。
高梧一叶下[2]，空斋归思多。
方用忧人瘼，况自抱微痾[3]。
无将别来近，颜鬓已蹉跎[4]。

注释

[1]在滁州作。
[2]一叶下：出《淮南子·说山训》："见一叶落，而知岁之将暮。"
[3]方用：正因。人瘼：民瘼，老百姓的疾苦。痾：病。
[4]将：谓，以为。蹉跎：岁月虚度。

寄李儋元锡[1]

去年花里逢君别，今日花开已一年。

世事茫茫难自料[2]，春愁黯黯独成眠。
身多疾病思田里，邑有流亡愧俸钱。
闻道欲来相问讯，西楼望月几回圆。

注释
[1]在滁州作。李儋、元锡：二人均曾来滁州拜访诗人。
[2]世事：指建中四年朱泚称帝长安，德宗出奔奉天事。

寄全椒山中道士[1]

今朝郡斋冷，忽念山中客。
涧底束荆薪，归来煮白石[2]。
欲持一瓢酒，远慰风雨夕。
落叶满空山，何处寻行迹。

注释
[1]全椒：滁州属县（今属安徽）。
[2]煮白石：道家一种服食方式。

西涧即事示卢陟[1]

寝扉临碧涧[2]，晨起澹忘情。
空林细雨至，圆文遍水生[3]。
永日无余事，山中伐木声。
知子尘喧久，暂可散烦缨[4]。

注释
[1]西涧：滁州地名。卢陟：诗人外甥。
[2]寝扉：住处。碧涧：指西涧。
[3]圆文：细雨激起的波纹。
[4]"知子"句：卢陟当时在淮南军中任职。散烦缨，松开冠带，解脱为官的约束。缨，系冠的带子。

秋夜寄丘二十二员外[1]

怀君属秋夜,散步咏凉天。
山空松子落,幽人应未眠。

注释　[1] 在苏州刺史任作。丘二十二员外:名丘丹,诗人丘为之弟,时官祠部员外郎,韦应物墓志的撰写者,可知二人交谊深厚。

答郑骑曹青橘绝句[1]

怜君卧病思新橘,试摘犹酸亦未黄。
书后欲题三百颗,洞庭须待满林霜[2]。

注释　[1] 在苏州作。骑曹:骑曹参军事,十六卫属官。郑骑曹名字未详。青橘:或谓当作"请橘"。
[2] 洞庭:山名,在太湖中,产橘。

长安遇冯著[1]

客从东方来,衣上灞陵雨[2]。
问客何为来,采山因买斧。
冥冥花正开,飏飏燕新乳[3]。
昨别今已春,鬓丝生几缕。

注释　[1] 冯著:诗人密友。
[2] 灞陵:汉文帝陵,在长安东。
[3] 冥冥:花开繁密貌。飏飏:燕子自由飞翔。

休暇日访王侍御不遇[1]

九日驱驰一日闲,寻君不遇又空还。
怪来诗思清人骨,门对寒流雪满山。

注释

[1]休暇日:唐制官员十日一休沐,即首句所写。王侍御:名不详。

出还[1]

昔出喜还家,今还独伤意。
入室掩无光,衔哀写虚位[2]。
凄凄动幽幔,寂寂惊寒吹。
幼女复何知[3],时来庭下戏。
咨嗟日复老,错莫身如寄[4]。
家人劝我餐,对案空垂泪。

注释

[1]诗作于大历十一年冬,夫人元苹去世后。据韦应物撰《故夫人河南元氏墓志铭》,元苹生于开元庚辰岁(740),天宝丙申岁(756)与韦应物婚配,大历丙辰(776)卒。
[2]写:指情感的抒发与宣泄。虚位:元氏夫人灵位。
[3]幼女:元氏去世时,此女年五岁。
[4]错莫:心烦意乱。身如寄:自身暂在世间。

除日[1]

思怀耿如昨,季月已云暮[2]。
忽惊年复新,独恨人成故。
冰池始泮绿,梅榢还飘素[3]。
淑景方转延[4],朝朝自难度。

注释

[1]大历十一年除夕为悼念亡妻元氏作。

[2]耿：心情郁结。季月：每季最后一月，此指十二月。

[3]泮：融解。梅楥：梅柳。飘素：柳絮飞扬。

[4]淑景：春日美景。转延：漫长。

过昭国里故第[1]

不复见故人，一来过故宅。
物变知景暄[2]，心伤觉时寂。
池荒野筱合[3]，庭绿幽草积。
风散花意谢，鸟还山光夕。
宿昔方同赏，讵知今念昔。
缄室在东厢，遗器不忍觌[4]。
柔翰全分意，芳巾尚染泽[5]。
残工委筐篚，余素经刀尺[6]。
收此还我家，将还复愁惕[7]。
永绝携手欢，空存旧行迹。
冥冥独无语，杳杳将何适。
唯思今古同，时缓伤与戚[8]。

注释

[1]大历十二年春末夏初悼念亡妻作。昭国里：长安街坊名，诗人为京兆府功曹时所居。

[2]景暄：春景和暖。

[3]筱：竹。

[4]缄室：锁闭的住室，元氏居处。遗器：元氏遗留的器物。觌：看。

[5]柔翰：毛笔。全：甚。分意：心思关注。泽：脂粉香。

[6]残工：未完成的女工。余素：剩余的布帛。

[7]惕：忧伤。

[8]缓:减轻。

登西南冈卜居，遇雨，寻竹浪至沣壖，萦带数里，清流茂树，云物可赏[1]

登高创危构[2]，林表见川流。
微雨飒已至，萧条川气秋。
下寻密竹尽，忽旷沙际游。
纡曲水分野，绵延稼盈畴。
寒花明废墟，樵牧笑榛丘。
云水成阴澹[3]，竹树更清幽。
适自恋佳赏，复兹永日留。

注释
[1]作于长安。卜居:选择居处。沣:沣水,在长安西南郊。壖(ruǎn):河边地。
[2]创危构:建一所位于高处的房子。
[3]阴澹:暗淡。

游开元精舍[1]

夏衣始轻体，游步爱僧居。
果园新雨后，香台照日初。
绿阴生昼静，孤花表春余。
符竹方为累[2]，形迹一来疏。

注释
[1]开元精舍:即开元寺。开元二十六年之后,各州均建有开元寺。
[2]符竹:刺史的符信,此指受命任官。

题桐叶

参差剪绿绮,潇洒覆琼柯[1]。
忆在沣东寺[2],偏书此叶多。

注释

[1]参差:纷繁貌。绿绮:形容桐叶如绿色的绮锦剪成。潇洒:清凉。琼柯:形容桐树枝干似玉。

[2]沣东寺:诗人隐居的福善精舍。

滁州西涧[1]

独怜幽草涧边生,上有黄鹂深树鸣。
春潮带雨晚来急,野渡无人舟自横。

注释

[1]西涧:《大明一统志·滁州》:"西涧,在州城西,俗名乌土河。"

温泉行[1]

出身天宝今年几,顽钝如锤命如纸[2]。
作官不了却来归,还是杜陵一男子[3]。
北风惨惨投温泉,忽忆先皇游幸年。
身骑厩马引天仗[4],直入华清列御前。
玉林瑶雪满寒山,上升玄阁游绛烟。
平明羽卫朝万国,车马合沓溢四廛[5]。
蒙恩每浴华池水,扈猎不蹂渭北田。
朝廷无事共欢燕,美人丝管从九天。
一朝铸鼎降龙驭,小臣髯绝不得去[6]。
今来萧瑟万井空,唯见苍山起烟雾。
可怜蹭蹬失风波[7],仰天大叫无奈何。

弊裘羸马冻欲死，赖遇主人杯酒多。

注释

[1] 温泉：温泉宫，即华清宫，在长安东骊山下。玄宗每年十月，即移居温泉宫，天宝中诗人为玄宗侍卫，曾从驾。

[2] 出身：以身事君。命如纸：谓薄命。

[3] 不了：未完结。杜陵：诗人故里。

[4] 厩马：皇家御厩中马。

[5] 羽卫：羽林军，皇家卫队。合沓：繁盛貌。四廛：四方街市。

[6] "一朝"二句：写玄宗之死。《史记·封禅书》载，黄帝铸鼎荆山，鼎成，有龙垂胡髯下迎，黄帝骑龙升天，群臣后宫七十余人从之，其余小臣悉持龙髯欲上，龙髯拔，人皆堕下。

[7] 蹭蹬：路途险阻难行，谓官场失势。

听莺曲

东方欲曙花冥冥[1]，啼莺相唤亦可听。
乍去乍来时近远，才闻南陌又东城。
忽似上林翻下苑[2]，绵绵蛮蛮如有情[3]。
欲啭不啭意自娇，羌儿弄笛曲未调[4]。
前声后声不相及，秦女学筝指犹涩[5]。
须臾风暖朝日曛[6]，流音变作百鸟喧。
谁家懒妇惊残梦，何处愁人忆故园。
伯劳飞过声局促，戴胜下时桑田绿[7]。
不及流莺日日啼花间，能使万家春意闲[8]。
有时断续听不了，飞去花枝犹袅袅。
还栖碧树锁千门，春漏方残一声晓。

注释

[1] 花冥冥：花色迷蒙。

[2] 上林：上林苑，西汉皇家园林。

[3]绵绵蛮蛮:鸟鸣声。《诗经·小雅·绵蛮》:"绵蛮黄鸟,止于丘阿。"

[4]曲未调:未成曲调。

[5]指犹涩:谓筝音不流畅。

[6]暾:明亮和暖。

[7]伯劳、戴胜:皆鸟名。

[8]春意闲:春意融融。

張謂

春園家宴

南園春色正相宜大婦同行少婦隨
竹裏登樓人不見花間覓路鳥先知櫻
桃解結垂簷子楊柳能低入戶枝山簡
醉來歌一曲參差笑殺鄴中兒

张谓

张谓(?—778?),字正言,河内(今河南沁阳)人。天宝二年(743)进士及第,天宝十三、十四载间,曾入安西四镇节度副大使封常清军幕。乾元元年(758)为尚书郎,出使夏口,与李白相遇,李白作有《泛沔州城南郎官湖》诗,今汉阳仍有郎官湖。大历初任潭州刺史,后入朝为太子左庶子。大历六年(771)任礼部侍郎,曾典七、八、九年贡举,十年主东都洛阳试,时人称其"妙选彦才"。《唐才子传》称其诗"格度严密,语致精深,多击节之音"。

春园家宴

南园春色正相宜,大妇同行少妇随[1]。
竹里登楼人不见,花间觅路鸟先知。
樱桃解结垂檐子,杨柳能低入户枝。
山简醉来歌一曲,参差笑杀郢中儿[2]。

注释

[1] 大妇、少妇:妻与妾。

[2] 山简:西晋时为征南将军,驻节襄阳,常往汉侍中习郁所造"习家池"游观,谓之"高阳池",每大醉而归,儿童为之歌曰:"山公出何许?往至高阳池。日夕倒载归,酩酊无所知。复能乘骏马,倒著白接离。"参差:杂乱状。郢中:楚国都城,此指襄阳。

岑参

岑参(715—769),江陵(今属湖北)人。出身相门。三十岁中进士,授右内率府兵曹参军。天宝八载(749)赴安西,为安西节度使高仙芝僚属,至十载春。天宝十三载第二次赴西域,供职于伊西北庭节度使封常清军幕,为判官。后为度支副使。在北庭历时三年,至德二载(757)入朝,初任右补阙,转起居舍人。后出为虢州长史。再入朝历任太子中允、殿中侍御史、祠部员外郎、考功员外郎、虞部郎中、屯田郎中、库部郎中。永泰元年(765)出为嘉州长史,世称"岑嘉州"。大历三年(768)罢官后旅居成都,卒于客舍。岑参是盛唐边塞诗的代表作家,与高适齐名,并称"高岑"。

与高适薛据登慈恩寺浮图[1]

塔势如涌出[2],孤高耸天宫。
登临出世界,磴道盘虚空[3]。
突兀压神州,峥嵘如鬼工[4]。
四角碍白日[5],七层摩苍穹。
下窥指高鸟,俯听闻惊风。
连山若波涛,奔凑似朝东[6]。
青槐夹驰道[7],宫馆何玲珑。
秋色从西来,苍然满关中[8]。
五陵北原上[9],万古青濛濛。
净理了可悟,胜因夙所宗[10]。
誓将挂冠去,觉道资无穷[11]。

注释

[1] 天宝十一载(752)秋作。慈恩寺:贞观二十二年(648)太子李治为追荐其母文德皇后所建,寺西院有大雁塔,唐人称大雁塔为慈恩寺塔。浮图:佛家语,即塔。与诗人同时登塔的有高适、薛据、储光羲、杜甫。

[2] 涌出:《妙法莲华经》形容佛前七宝塔,有"从地涌出"之说。

[3] 世界:佛家语,即宇宙。磴道:塔中盘旋而上的阶梯。

［4］鬼工：鬼斧神工。

［5］四角：塔为四面体。

［6］"连山"二句：塔上遥望终南山，连绵的山势如波涛一样向东奔流而去。奔凑，奔赴。朝东，向东方朝拜。

［7］驰道：皇帝车驾奔驰的大道。

［8］关中：函谷关之中，指长安所在的渭河平原。

［9］五陵：汉代帝王的五座陵墓。北原：渭河北岸。

［10］净理：佛家清净妙理。了：了然。悟：佛家所谓明心见性。胜因：佛家认为可得善报的因缘。夙所宗：一向信仰。

［11］挂冠：辞官归隐。觉道：大觉之道，即对佛理的彻底归向。资：凭借。无穷：永远，即人生归宿。

白雪歌送武判官归京[1]

北风卷地白草折，胡天八月即飞雪[2]。
忽然一夜春风来，千树万树梨花开。
散入珠帘湿罗幕，狐裘不暖锦衾薄。
将军角弓不得控，都护铁衣冷难着[3]。
瀚海阑干百丈冰，愁云惨淡万里凝[4]。
中军置酒饮归客[5]，胡琴琵琶与羌笛。
纷纷暮雪下辕门，风掣红旗冻不翻[6]。
轮台东门送君去，去时雪满天山路[7]。
山回路转不见君，雪上空留马行处。

注释

［1］天宝十四载（755）秋作于北庭军幕。武判官：诗人同僚，名字不详。《吐鲁番出土文书》有"武判官"的记载。

［2］白草：俗称芨芨草，秋天草色变白，株干高过一米。折：倒伏。即：表意外，犹"竟"。

［3］控：开弓。着：穿衣。

［4］瀚海：通常指大漠，有新解谓指天山阴崖。阑干：纵横列布。愁云：阴云。

［5］中军：主将营帐。饮：饯行。

［6］辕门：军营之门，以车辕相向临时架成。掣：拉动。冻不翻：如结冻一样不能飘动。隋虞世基《出塞》："霜旗冻不翻。"

［7］轮台：指北庭节度使驻地，即存留至今的北庭故城遗址，在庭州金满县（今新疆吉木萨尔县），系全国重点文物保护单位。天山路：指穿越天山的通道，连通天山之北的庭州与天山之南的西州。

走马川行奉送出师西征[1]

君不见，走马川行雪海边[2]，
平沙莽莽黄入天。 轮台九月风夜吼[3]，
一川碎石大如斗[4]，随风满地石乱走。
匈奴草黄马正肥，金山西见烟尘飞，
汉家大将西出师[5]。将军金甲夜不脱，
半夜军行戈相拨，风头如刀面如割。
马毛带雪汗气蒸，五花连钱旋作冰[6]，
幕中草檄砚水凝[7]。虏骑闻之应胆慑，
料知短兵不敢接，车师西门伫献捷[8]。

注释

［1］走马川：其地未详，应在轮台附近。奉送对象为伊西北庭节度使封常清。西征：其事未详。

［2］雪海：指广袤无边的雪原。

［3］轮台：见上篇注［7］。

［4］斗：酒杯，其大如拳。

［5］匈奴：指敌方。金山：阿尔泰山。汉家大将：指封常清。此处"以汉代唐"，是唐诗中习见的表达方式。

［6］五花、连钱：指马的毛色花纹。旋：转眼间。

［7］檄：声讨敌人的文书。

［8］车师西门：即北庭故城遗址西门。庭州故地在汉代为车师后王国。伫：期待。

包佶

包佶（727？—792），字幼正，润州延陵（在今江苏丹阳市）人。包融之子。天宝六载（747）登进士第。代宗初入刘晏转运幕府，检校大理评事。代宗大历中历官度支郎中、谏议大夫、知制诰。德宗时授江州刺史。建中二年（781）入朝为户部郎中，又曾任江淮水陆运使、汴东水陆运盐铁使。贞元元年（785）在朝为刑部侍郎、国子祭酒。二年知贡举。四年转秘书监。八年卒。包佶甚有诗名，与兄包何并称"二包"。

岭下卧疾寄刘长卿员外[1]

唯有贫兼病，能令亲爱疏。
岁时供放逐[2]，身世付空虚。
胫弱秋添絮，头风晓废梳[3]。
波澜喧众口，藜藿静吾庐。
丧马思开卦，占鸮懒发书[4]。
十年江海隔，离恨子知予。

注释

[1]刘长卿：见前作者小传。此诗当作于大历间刘长卿以检校祠部员外郎出任转运使判官时。

[2]放逐：听任流逝。

[3]胫：小腿。头风：头痛。晓废梳：古人蓄发，清晨要梳头。

[4]"丧马"二句：意谓不考虑自己的得失祸福。丧马，《周易·睽卦》："初九……丧马勿逐自复。"占鸮，贾谊《服（鵩）鸟赋》："谊为长沙王傅三年，有服飞入谊舍，止于坐隅。服似鸮，不祥鸟也。……乃为赋以自广也。其辞曰：'……发书占之，谶言其度。'"

戏题诸判官厅壁

六十老翁无所取，二三君子不相遗[1]。

愿留今日交欢意,直到瘝官谢病时[2]。

注释

[1]不相遗:不相背弃。

[2]瘝官:解职,罢官。谢病:因病告退。

李嘉祐

李嘉祐（生卒年不详），字从一，赵州（今河北赵县）人。天宝七载（748）登进士第，授秘书正字，擢监察御史。至德元载（756）贬鄱阳令，稍后移江阴令。又迁台州刺史，罢任后漫游吴越。大历初入朝，历官工部员外郎、司勋员外郎。六、七年间出为袁州刺史。罢任后居苏州，约卒于大历末年。肃、代时期，诗名颇著，与钱起、郎士元、刘长卿并称"钱郎刘李"。

早秋京口旅泊，章侍御寄书相问，因以赠之，时七夕[1]

移家避寇逐行舟，厌见南徐江水流[2]。
吴越征徭非旧日，秣陵凋弊不宜秋[3]。
千家闭户无砧杵，七夕何人望斗牛。
只有同时骢马客，偏宜尺牍问穷愁[4]。

注释

[1] 京口：在今江苏镇江。章侍御：其人未详。
[2] 南徐：即镇江。东晋时在京口侨置徐州，南朝刘宋时改称南徐州。
[3] 秣陵：即南京，唐代称金陵。
[4] 骢马客：又称骢马使，指任官御史者，此即章侍御。偏宜：颇宜，甚宜。

送严员外[1]

春风倚棹阖闾城[2]，水国春寒阴复晴。
细雨湿衣看不见，闲花落地听无声。
日斜江上孤帆影，草绿湖南万里情。
君去若逢相识问，青袍今已误儒生。

注释

[1] 此篇实为刘长卿诗，题为《别严士元》。严士元，严武从兄弟。天宝末任江陵府参军事。安史乱中，永王率舟师东下之际，士元"受命南国"，曾到苏州。
[2] 阖闾城：苏州，春秋时吴王阖闾建都于此。

包何

包何(生卒年不详),字幼嗣,润州延陵(在今江苏丹阳市)人。唐玄宗天宝七载(748)进士及第。代宗大历中,官起居舍人,有诗名,与弟包佶合称"二包"。

和程员外春日东郊即事[1]

郎官休浣怜迟日[2],野老欢娱为有年。
几处折花惊蝶梦,数家留叶待蚕眠[3]。
藤垂宛地萦珠履[4],泉迸侵阶浸绿钱。
直到闭关朝谒去,莺声不散柳含烟。

注释

[1]程员外:其人未详。诗作于长安。

[2]休浣:唐制,官员十日一休沐。怜:珍惜。

[3]"几处"句:写休浣郎官。"数家"句:写野老。

[4]宛:摇动。

高适

高适（701—765），字达夫。渤海蓨（tiáo，今河北景县）人。少有大志，务功名，尚节义，喜谈王霸大略。二十岁西游长安，进身无门，长期客居梁宋，曾北游燕赵，到达东北边塞。天宝三载（744）至六载，与李白、杜甫同游梁宋齐鲁。天宝八载，经睢阳太守张九皋推荐，举有道科，授封丘尉。十载曾送兵再游东北边塞。天宝十一载因不堪俗务而辞去封丘尉，西游长安。随即赴西北边塞，入陇右节度使哥舒翰军幕，任左骁卫兵曹参军，充掌书记。十四载岁末安史乱起，拜左拾遗，转监察御史，佐哥舒翰守潼关。十五载六月哥舒兵败，高适追随奔蜀玄宗车驾，拜御史中丞，随驾至成都。当年十二月任淮南节度使，率军讨永王，并参与征讨安史叛军。后为彭州、蜀州刺史，又曾任剑南节度使。还京后为刑部侍郎，转散骑常侍，加银青光禄大夫，进封渤海县侯。永泰元年正月卒。《旧唐书》本传说"有唐已来，诗人之达者，唯适而已"。与岑参同为盛唐边塞诗的代表作家。

登广陵栖灵寺塔[1]

淮南富登临[2]，兹塔信奇最。
直上造云族，凭虚纳天籁[3]。
迥然碧海西，独立飞鸟外。
始知高兴尽，适与赏心会。
连山黯吴门，乔木吞楚塞[4]。
城池满窗下，物象归掌内。
远思驻江帆[5]，暮时结春霭。
轩车疑蠢动[6]，造化资大块[7]。
何必了无身，然后知所退[8]。

注释

[1] 作于淮南节度使任上。广陵：郡名，即扬州。

[2] 淮南：扬州属淮南道。

[3] 纳天籁：听到大自然的音响。

[4]吴门:古吴国的都门。楚塞:古楚国的疆塞。
[5]远思:远念家国之思。
[6]蠢动:如昆虫一样蠕动。
[7]造化:即天。资:赋予。大块:大地。
[8]"何必"二句:化自《老子》:"吾所以有大患者,为吾有身。及吾无身,吾又何患?"又:"功成,名遂,身退,天之道。"诗人当时担任重要军职,故对《老子》"无身"之说持保留态度。

蓟中作[1]

策马自沙漠,长驱登塞垣。
边城何萧条,白日黄云昏。
一到征战处,每愁胡虏翻[2]。
岂无安边书,诸将已承恩[3]。
惆怅孙吴事,归来独闭门[4]。

注释

[1]天宝十载(751)送兵边塞时作。蓟中:今河北北部及北京一带。
[2]翻:反叛。
[3]"岂无"二句:对边地形势的忧虑及无计可施的惆怅。天宝十载,安禄山兼领河东节度使,范阳、平卢、河东三镇兵马尽入掌握之中,《资治通鉴》载:"禄山既兼领三镇,赏刑己出,日益骄恣……又见武备堕弛,有轻中国之心。"
[4]孙吴:春秋战国时代著名军事家孙武、吴起。事见《史记·孙子吴起列传》。

燕歌行 并序[1]

开元二十六年,客有从御史大夫张公出塞而还者,作《燕歌行》以示适,感征戍之事,因而和焉[2]。

汉家烟尘在东北，汉将辞家破残贼[3]。
男儿本自重横行，天子非常赐颜色[4]。
摐金伐鼓下榆关，旌旆逶迤碣石间[5]。
校尉羽书飞瀚海，单于猎火照狼山[6]。
山川萧条极边土，胡骑凭陵杂风雨[7]。
战士军前半死生，美人帐下犹歌舞[8]。
大漠穷秋塞草腓[9]，孤城落日斗兵稀。
身当恩遇恒轻敌，力尽关山未解围[10]。
铁衣远戍辛勤久，玉箸应啼别离后[11]。
少妇城南欲断肠，征人蓟北空回首。
边庭飘飖那可度，绝域苍茫更何有[12]。
杀气三时作阵云，寒声一夜传刁斗[13]。
相看白刃血纷纷，死节从来岂顾勋[14]。
君不见沙场征战苦，至今犹忆李将军[15]。

注释

[1]燕歌行：乐府古题。《乐府诗集》"题解"引《广题》曰："燕，地名也。言良人从役于燕，而为此曲。"高适诗写燕地征战，对古题题旨有所切合，内容则为新创。

[2]御史大夫张公：幽州节度使兼御史大夫张守珪。开元二十六年（738），张守珪部将假托其命令，出击叛奚余党，先胜后败，张守珪掩盖败状，虚报战功，事情真相后来泄露。事见《旧唐书·张守珪传》及《资治通鉴》。据诗序，是一位原属张守珪部下的人从边塞归来，写了一首《燕歌行》，高适所作为和诗。

[3]汉家、汉将：均为"以汉代唐"的说法，唐诗中习见。残贼：指敌方。

[4]横行：驰骋疆场。赐颜色：给予极大的信任及荣宠。

[5]摐（chuāng）金伐鼓：鸣钲击鼓。榆关：即山海关。碣石：山名，在今山海关之西。

[6]羽书：军中文书，上插羽毛以示紧急。瀚海：大漠。单于：匈奴首领，此指敌方首领。猎火：战火。狼山：本属阴山，此指战地所在。

[7]极:延伸到最远。凭陵:逼近、侵入。

[8]半死生:形容牺牲惨重。美人:军中歌女。帐下:主将军帐。

[9]腓:枯黄。

[10]"身当"二句:主将辜负了朝廷的恩宠,玩忽军务,招致失败,边地形势依然危急。

[11]铁衣:指战士。玉箸:唐诗习用语,此指女子的双泪。

[12]飘飘:遥远。绝域:边地极远处。

[13]三时:一天的早、午、晚,即整天。刁斗:军中用锅,白日造饭,夜间打更。

[14]死节:为国效死。岂顾勋:不考虑勋赏。

[15]李将军:战国时赵国将军李牧。李牧戍边,不轻易出战,数年后,匈奴以为他胆怯,贸然来犯,李牧一战杀敌十余万骑,单于遁逃,十余年不敢近赵边城。见《史记·廉颇蔺相如列传》。

人日寄杜二拾遗[1]

人日题诗寄草堂,遥怜故人思故乡[2]。
柳条弄色不忍见,梅花满枝空断肠。
身在远藩无所预[3],心怀百忧复千虑。
今年人日空相忆,明年人日知何处。
一卧东山三十春,岂知书剑老风尘[4]。
龙钟还忝二千石,愧尔东西南北人[5]。

注释

[1]作于蜀州刺史任上。人日:正月初七。杜二拾遗:杜甫,时居成都。

[2]草堂:杜甫在城西浣花溪畔营造的住处。今为草堂公园。故人:杜甫。

[3]远藩:指时任蜀州刺史。无所预:不能参与朝政。

[4]卧东山:东晋谢安高卧东山,出山为国建立奇功。三十春:诗人自二十岁西游长安至五十岁步入仕途,经历了三十年。书剑:文才武略。老风尘:消磨于人世风尘之中,即抱负未能实现。

[5]龙钟:年龄老大。忝:有愧。二千石:代指刺史,汉代刺史俸禄为二千石。东西南北人:指生涯漂流无定的杜甫。

封丘作[1]

我本渔樵孟诸野[2],一生自是悠悠者。
乍可狂歌草泽中,宁堪作吏风尘下[3]。
只言小邑无所为[4],公门百事皆有期。
拜迎官长心欲碎,鞭挞黎庶令人悲[5]。
归来向家问妻子,举家尽笑今如此。
生事应须南亩田,世情付与东流水[6]。
梦想旧山安在哉,为衔君命且迟回[7]。
乃知梅福徒为尔,转忆陶潜归去来[8]。

注释

[1]诗题亦作《封丘县》。

[2]孟诸:水泽名,在宋城东北。

[3]乍可:只可。宁堪:岂堪。

[4]无所为:意即居官清静。

[5]"拜迎"二句:任封丘县尉的职责及苦恼。据《唐六典》,县尉的职责是"亲理庶务,分判众曹,割断追催,收率课调"。

[6]生事:生计。南亩:语出《诗经·豳风·七月》:"馌彼南亩。"泛指田地。世情:世间俗事。

[7]衔君命:受朝廷任命。迟回:行动犹豫。

[8]梅福:西汉人,曾为南昌尉,多次上书言事,不被采纳。事见《汉书·梅福传》。陶潜:东晋陶渊明。归去来:陶渊明辞去彭泽县令时,作《归去来兮辞》。

送李少府贬峡中王少府贬长沙[1]

嗟君此别意何如,驻马衔杯问谪居[2]。

巫峡啼猿数行泪，衡阳归雁几封书[3]。
青枫江上秋天远，白帝城边古木疏[4]。
圣代即今多雨露[5]，暂时分手莫踌躇。

注释

[1] 长安作。李少府、王少府名皆不详。少府：县尉。峡中：指夔州巫山县。长沙：潭州属县。

[2] 衔杯：饯别。

[3] "巫峡"句：《水经注·江水》："故渔者歌曰：'巴东三峡巫峡长，猿鸣三声泪沾裳。'""衡阳"句：长沙地近衡阳，衡阳之衡山有回雁峰，传说大雁冬天南飞至此，等待明年春北归。

[4] 青枫江：指长沙，《楚辞·招魂》："湛湛江水兮上有枫。"白帝城：在夔州。

[5] 圣代：当今朝廷。

咏史[1]

尚有绨袍赠，应怜范叔寒[2]。
不知天下士，犹作布衣看[3]。

注释

[1] 似作于封丘尉任上。

[2] "尚有"二句：用战国时范雎故事。范雎（即范叔）曾在魏国中大夫须贾手下做事，因被须贾诬告而得罪，几乎被魏相打死，逃到秦国，封为应侯。须贾出使秦国，范雎敝衣微行往见，谎称为人做佣，须贾哀怜他，赠他一件绨袍。过后须贾得知真情，前去谢罪，范雎念其有赠绨袍的情分，不念旧恶而放归。见《史记·范雎蔡泽列传》。

[3] 天下士：为天下所重的士人。布衣：无官职的人。

营州歌[1]

营州少年厌原野，狐裘蒙茸猎城下[2]。

虏酒千钟不醉人[3]，胡儿十岁能骑马。

注释
[1]营州：即柳城郡，郡治所柳城县（今辽宁朝阳），与奚、契丹接界。
[2]厌：习惯，熟悉。蒙茸：毛茸茸状。城下：柳城郊外。
[3]虏酒：奚、契丹族的酒。

别董大[1]

十里黄云白日曛[2]，北风吹雁雪纷纷。
莫愁前路无知己，天下谁人不识君。

注释
[1]董大：名字不详。大，兄弟排行老大。
[2]曛：日色浑黄。

送桂阳孝廉[1]

桂阳年少西入秦，数经甲科犹白身[2]。
即今江海一归客，他日云霄万里人。

注释
[1]桂阳：郡名，即郴州（今属湖南）。孝廉：汉代郡国选举科目，此指举子。
[2]甲科：指科举。白身：未中科举者。

除夜作[1]

旅馆寒灯独不眠，客心何事转凄然。
故乡今夜思千里，愁鬓明朝又一年。

注释
[1]除夜：除夕之夜。

杜甫

杜甫（712—770），字子美，祖籍襄阳（在今湖北），出生于巩县（今河南巩义）。早年南游吴越，北游齐赵，裘马清狂而科场失利，未能考中进士。后入长安，困顿十年，以献《三大礼赋》，始得微官。安史乱起，为叛军所俘，脱险后赴凤翔，麻鞋见天子，被任为左拾遗。收京后，又被贬为华州司功参军。后弃官西行，客秦州，寓同谷，入蜀定居成都浣花草堂。严武镇蜀，荐授检校工部员外郎。严武死后，即移居夔州。后携家出峡，漂泊江湘，死于舟中。诗人迭经盛衰离乱，饱受艰难困苦，写出了许多反映现实、忧国忧民的诗篇，其诗歌被称为"诗史"。杜甫集诗歌艺术之大成，是继往开来的伟大诗人。

奉赠韦左丞丈二十二韵[1]

纨袴不饿死[2]，儒冠多误身[3]。
丈人试静听，贱子请具陈[4]。
甫昔少年日，早充观国宾。
读书破万卷，下笔如有神[5]。
赋料扬雄敌，诗看子建亲。
李邕求识面[6]，王翰愿卜邻[7]。
自谓颇挺出[8]，立登要路津[9]。
致君尧舜上，再使风俗淳。
此意竟萧条[10]，行歌非隐沦[11]。
骑驴三十载，旅食京华春。
朝扣富儿门，暮随肥马尘。
残杯与冷炙[12]，到处潜悲辛。
主上顷见征，欻然欲求伸。
青冥却垂翅，蹭蹬无纵鳞。
甚愧丈人厚[13]，甚知丈人真。
每于百僚上，猥诵佳句新。

窃效贡公喜[14],难甘原宪贫[15]。
焉能心怏怏[16],只是走踆踆[17]。
今欲东入海,即将西去秦。
尚怜终南山,回首清渭滨。
常拟报一饭[18],况怀辞大臣。
白鸥没浩荡[19],万里谁能驯[20]。

注释

[1] 韦左丞:即韦济。左丞,指尚书左丞。尚书省设左右丞各一人,掌管省内诸司纠驳。左丞总吏、户、礼三部。

[2] 纨:细绢。袴:同"裤"。纨袴,借指衣着华美的富贵子弟,也作纨绔。

[3] 儒冠:古时读书人戴的帽子,这里指读书人,杜甫自谓。

[4] 贱子:年少位卑者自谦之辞,这里是杜甫自称。具陈:细说。

[5] 如有神:形容才思敏捷,运笔自如,如有神助。

[6] 李邕:唐代文豪、著名书法家。杜甫少年在洛阳时,李邕曾主动去结识他,所以说"求识面"。

[7] 王翰:当时著名诗人。卜邻:作邻居。相传古代卜地而居。

[8] 自谓:自以为。挺出:特出。

[9] 津:渡口。要路津,比喻显要的地位。语出《古诗十九首·今日良宴会》:"何不策高足,先据要路津。"

[10] 此意:指诗人的政治抱负。萧条:冷落。这里有落空意。

[11] 行歌:且行且歌。隐沦:隐逸之士。

[12] 残杯、冷炙:指富儿残剩的酒食。

[13] 厚:厚望,厚待。

[14] 贡公:指西汉人贡禹。他听说好友王吉贵显,高兴得弹冠相庆。这里杜甫自比贡禹,以王吉比韦济。

[15] 原宪:孔子的弟子,能安于贫困。

[16] 怏怏:气愤不平貌。

[17] 踆(cūn)踆:且进且退貌。

[18] 拟:打算,想要。报一饭:报答一饭之恩。

[19]白鸥：一种水鸟。此杜甫自比。浩荡：广远貌，指无边波涛。没浩荡，灭没于浩荡的烟波之间。

[20]驯：驯服，引申为约束。

游龙门奉先寺

已从招提游[1]，更宿招提境。
阴壑生虚籁[2]，月林散清影。
天阙象纬逼[3]，云卧衣裳冷。
欲觉闻晨钟，令人发深省。

注释

[1]招提：寺院的别称，这里指奉先寺。

[2]虚籁：天籁，指风声。《庄子·齐物论》有天籁、地籁、人籁之说。

[3]天阙：天门。此指龙门的高险山势。象纬：日月五星。

望岳

岱宗夫如何[1]，齐鲁青未了[2]。
造化钟神秀[3]，阴阳割昏晓[4]。
荡胸生曾云，决眦入归鸟[5]。
会当凌绝顶[6]，一览众山小[7]。

注释

[1]岱宗：泰山别称。泰山为五岳之首，故称岱宗。夫：指代词，即实指岱宗而言。

[2]齐鲁：周代两大诸侯国名，均在今山东境内。青：指山色。未了：没有尽头。

[3]造化：谓天地，大自然。钟：聚。神秀：神奇峻秀。

[4]阴：指山北。阳：指山南。割：分。山南向阳，故天色晓；山北背阴，故日色昏。一山之隔，判若昏晓，可见泰山之高大。

[5]决：裂开。眦(zì)：眼角。

[6]会当：定当，表示心所预期。凌：登临。绝顶：最高峰。

[7]众山小：化用《孟子·尽心上》"孔子登东山而小鲁，登泰山而小天下"意。

玄都坛歌寄元逸人

故人昔隐东蒙峰[1]，已佩含景苍精龙[2]。
故人今居子午谷[3]，独在阴崖结茅屋。
屋前太古玄都坛，青石漠漠常风寒。
子规夜啼山竹裂，王母昼下云旗翻。
知君此计成长往，芝草琅玕日应长。
铁锁高垂不可攀，致身福地何萧爽[4]。

注释

[1]东蒙峰：即蒙山，在今山东境内。

[2]含景：剑名。苍精龙：道家的青龙符。

[3]子午谷：在今陕西秦岭山中，谷长六百六十里，为川陕交通要道。

[4]萧爽：清静闲适。

贫交行

翻手作云覆手雨[1]，纷纷轻薄何须数[2]。
君不见管鲍贫时交[3]，此道今人弃如土[4]。

注释

[1]"翻手"句：喻人反复无常。后成语"翻云覆雨"即出自此。

[2]轻薄：轻佻浮薄，不敦厚。数：计数。何须数，意谓数不胜数。

[3]管鲍：指管仲和鲍叔牙。二人皆为春秋时齐国人，后人以管鲍之交为交友的典范。

[4]今人：指轻薄辈。

兵车行

车辚辚[1],马萧萧[2],行人弓箭各在腰[3]。
耶娘妻子走相送[4],尘埃不见咸阳桥[5]。
牵衣顿足阑道哭,哭声直上干云霄[6]。
道傍过者问行人[7],行人但云点行频[8]。
或从十五北防河,便至四十西营田。
去时里正与裹头[9],归来头白还戍边。
边亭流血成海水[10],武皇开边意未已[11]。
君不闻汉家山东二百州[12],千村万落生荆杞[13]。
纵有健妇把锄犁,禾生陇亩无东西。
况复秦兵耐苦战[14],被驱不异犬与鸡。
长者虽有问[15],役夫敢申恨。
且如今年冬,未休关西卒[16]。
县官急索租,租税从何出。
信知生男恶,反是生女好。
生女犹是嫁比邻[17],生男埋没随百草。
君不见青海头[18],古来白骨无人收[19]。
新鬼烦冤旧鬼哭,天阴雨湿声啾啾[20]。

注释

[1]辚(lín)辚:众车声。

[2]萧萧:马长嘶声。

[3]行人:出征之人,唐人诗中亦称征人。

[4]耶:同"爷"。

[5]咸阳桥:在咸阳西南渭水上,汉时名便桥。

[6]干:冲犯。此句犹言哭声震天。

[7]过者:过路人,实即杜甫自己。

[8]点行:按丁籍强制征调。频:频繁。

[9]里正:唐以百户为里,每里设正一人,负责里中事务。

[10]边亭:边疆,边境。

[11]武皇:本指汉武帝。武帝喜开边,唐玄宗亦好开边,犹似武帝,故比之武帝。

[12]山东:指崤山或华山以东。亦称关东,因在函谷关以东。

[13]落:人聚居之地。荆杞:因连年战争,兵乱地荒,遂尽生荆棘枸杞。

[14]秦兵:关中之兵。耐苦战:能苦战。

[15]长者:行人对杜甫之尊称。

[16]关西:指函谷关以西。

[17]比邻:犹近邻。

[18]青海:古名鲜水、西海,北魏时始名青海,在今青海省境内。

[19]白骨无人收:语出梁鼓角横吹曲《企喻歌》:"尸丧狭谷中,白骨无人收。"

[20]啾啾:即唧唧,呜咽声。

醉时歌

诸公衮衮登台省[1],广文先生官独冷[2]。
甲第纷纷厌粱肉[3],广文先生饭不足。
先生有道出羲皇[4],先生有才过屈宋[5]。
德尊一代常轗轲,名垂万古知何用。
杜陵野客人更嗤[6],被褐短窄鬓如丝[7]。
日籴太仓五升米[8],时赴郑老同襟期[9]。
得钱即相觅,沽酒不复疑。
忘形到尔汝,痛饮真吾师。
清夜沉沉动春酌[10],灯前细雨檐花落。
但觉高歌有鬼神[11],焉知饿死填沟壑。
相如逸才亲涤器[12],子云识字终投阁[13]。
先生早赋归去来[14],石田茅屋荒苍苔。
儒术于我何有哉,孔丘盗跖俱尘埃[15]。

不须闻此意惨怆[16]，生前相遇且衔杯[17]。

注释

[1]诸公：谓当时幸进者。衮(gǔn)衮：相继不绝貌。台省：朝廷显要之职。台是御史台，省指中书、尚书和门下三省。

[2]广文先生：指郑虔。冷：清冷，指职微禄薄。

[3]甲第：指豪门权贵之宅第。厌：饱。梁肉：泛指美食。

[4]出：超出。羲皇：指伏羲氏。古以燧人、伏羲、神农为三皇。

[5]过：超过。屈宋：指屈原和宋玉，为楚辞代表作家。

[6]杜陵野客：杜甫自称。嗤：讥笑。

[7]褐(hè)：粗布衣，贫者所服，入仕称"解褐"，时杜甫尚为布衣，故曰"被褐"。

[8]籴(dí)：买入米谷。

[9]时赴：不时赴，时时赴。襟期：犹怀抱、抱负。

[10]沉沉：夜深貌。春酌：指酒。

[11]高歌：犹放歌。有鬼神：似有鬼神相助，指文思喷涌。

[12]相如：指西汉司马相如，著名辞赋家。

[13]子云投阁：扬雄字子云，博学多才。王莽时，刘棻因献符命得罪，雄受牵连。当使者来收捕时，扬雄从天禄阁上自投下，几死。

[14]归去来：指陶渊明辞彭泽令归田园隐居作《归去来兮辞》。

[15]盗跖：相传为春秋时之大盗，姓柳下，名跖。俱尘埃：谓至圣与大恶均化为尘埃。

[16]闻此：指上"俱尘埃"句。惨怆：极悲伤意。

[17]衔杯：饮酒。

赠卫八处士

人生不相见，动如参与商[1]。
今夕复何夕，共此灯烛光。
少壮能几时，鬓发各已苍。

访旧半为鬼[2],惊呼热中肠[3]。
焉知二十载,重上君子堂[4]。
昔别君未婚,儿女忽成行[5]。
怡然敬父执,问我来何方。
问答乃未已[6],驱儿罗酒浆[7]。
夜雨剪春韭,新炊间黄粱[8]。
主称会面难[9],一举累十觞[10]。
十觞亦不醉,感子故意长[11]。
明日隔山岳,世事两茫茫[12]。

注释

[1] 动如:动不动就像。参(shēn)商:二星名,参在西,商在东,此出彼没,永不相见。后常以比喻双方会面之难。

[2] 访旧:打听故旧的下落。半为鬼:大多亡故。

[3] 热中肠:为故旧的死亡而深感悲痛,五内俱焚。

[4] 君子:指卫八。

[5] 成行:众多。

[6] 乃未已:还没有说完。

[7] 罗酒浆:摆上酒菜。

[8] 新炊:刚煮熟的饭。间(jiàn):掺和。黄粱:即黄小米。

[9] 主称:主人说。

[10] 累:接连。觞(shāng):酒杯。

[11] 子:指卫八。故意:故旧情义。长:深长,深厚。

[12] 世事:指时局发展和个人命运。两茫茫:指别后世事如何,杜甫与卫八都茫然无知,不能预料。

同诸公登慈恩寺塔

高标跨苍天[1],烈风无时休[2]。
自非旷士怀[3],登兹翻百忧。

方知象教力[4]，足可追冥搜[5]。
仰穿龙蛇窟[6]，始出枝撑幽[7]。
七星在北户，河汉声西流。
羲和鞭白日[8]，少昊行清秋。
秦山忽破碎[9]，泾渭不可求。
俯视但一气，焉能辨皇州[10]。
回首叫虞舜[11]，苍梧云正愁[12]。
惜哉瑶池饮[13]，日晏昆仑丘。
黄鹄去不息[14]，哀鸣何所投[15]。
君看随阳雁[16]，各有稻粱谋[17]。

注释

[1] 高标：指塔。跨：凌跨。

[2] 烈风：劲疾之风。

[3] 自非：倘若不是。旷士：旷达绝俗之士。

[4] 象教：亦作像教，即佛教。

[5] 冥搜：犹言探幽。释作想象亦可。

[6] 龙蛇窟：谓塔内磴道屈曲而升，犹如穿龙蛇之窟。窟，洞穴。

[7] 始出：指登临塔上。枝撑：指塔内斜柱。幽：幽暗。

[8] 羲和：传说为日神的御者。

[9] 秦山：谓终南诸山。

[10] 皇州：天子之都曰"皇州"，此指长安。

[11] 虞舜：虞是我国传说中远古部落名，即有虞氏，舜为其首领，故称"虞舜"。以虞舜比喻唐太宗，惋惜唐太宗时期的清明政治已难追寻。

[12] 苍梧：即九嶷山，在今湖南宁远县东南。相传舜南巡死于此地。

[13] 瑶池：相传为西王母所居之仙境。

[14] 黄鹄：大鸟名，一名天鹅。此喻贤才。

[15] 何所投：意谓无处可投。

[16] 随阳雁：雁为候鸟，秋由北而南，春由南而北，故曰"随阳雁"。此喻小人。

[17] 稻粱谋：为利禄谋算。

送孔巢父谢病归游江东兼呈李白

巢父掉头不肯住[1],东将入海随烟雾。
诗卷长留天地间,钓竿欲拂珊瑚树。
深山大泽龙蛇远,春寒野阴风景暮。
蓬莱织女回云车[2],指点虚无是征路。
自是君身有仙骨,世人那得知其故[3]。
惜君只欲苦死留,富贵何如草头露。
蔡侯静者意有余[4],清夜置酒临前除。
罢琴惆怅月照席[5],几岁寄我空中书[6]。
南寻禹穴见李白,道甫问信今何如[7]。

注释

[1] 掉头:转头。住:留下来。
[2] 蓬莱:传说中海上三仙山之一。织女:星名,神话中天帝的孙女,这里泛指仙子。
[3] 知其故:指巢父弃官访道的缘由。
[4] 蔡侯:生平不详。侯是尊称。静者:恬静的人,谓不热衷富贵者。
[5] 罢琴:指筵席将散。
[6] 空中书:仙人寄来的信,指孔巢父的来信。
[7] "南寻"二句:嘱托巢父南行若见李白,请代为问好。

饮中八仙歌

知章骑马似乘船[1],眼花落井水底眠[2]。
汝阳三斗始朝天[3],道逢曲车口流涎[4],
恨不移封向酒泉[5]。
左相日兴费万钱[6],饮如长鲸吸百川,
衔杯乐圣称世贤。
宗之潇洒美少年[7],举觞白眼望青天,

皎如玉树临风前。
苏晋长斋绣佛前，醉中往往爱逃禅[8]。
李白一斗诗百篇，长安市上酒家眠，
天子呼来不上船，自称臣是酒中仙。
张旭三杯草圣传[9]，脱帽露顶王公前，
挥毫落纸如云烟。
焦遂五斗方卓然[10]，高谈雄辩惊四筵[11]。

注释

[1]知章：即贺知章，自号四明狂客，嗜酒，性放达。

[2]眼花：醉眼昏花。

[3]汝阳：汝阳王李琎，唐玄宗的侄子。

[4]曲车：酒车。涎（xián）：口水。

[5]移封：改换封地。

[6]左相：李适之。天宝元年（742）作左丞相，天宝五载（746）四月，为李林甫排斥而罢相，七月贬为宜春太守，到任后服毒而死。

[7]宗：崔宗之，开元初吏部尚书崔日用之子，官右司郎中，与李白交情深厚。

[8]逃禅：有两义，一是逃出禅戒，一是遁世而参禅。此处指前者。

[9]张旭：著名书法家，善草书，有"草圣"之称。

[10]焦遂：袁郊《甘泽谣》载：陶岘开元中家于昆山，自制三舟，"一舟自载，一舟置宾，一舟贮饮馔。客有前进士孟彦深、进士孟云卿、布衣焦遂，各置仆妾共载"。卓然：神采焕发貌。

[11]惊四筵：使四座的人为之惊叹。筵席分四面而坐，故称"四筵"。

曲江三章章五句

曲江萧条秋气高，菱荷枯折随风涛，
游子空嗟垂二毛[1]。

白石素沙亦相荡[2]，哀鸿独叫求其曹[3]。

即事非今亦非古[4]，长歌激越梢林莽[5]，
比屋豪华固难数[6]。
吾人甘作心似灰[7]，弟侄何伤泪如雨。

自断此生休问天[8]，杜曲幸有桑麻田[9]，
故将移住南山边[10]。
短衣匹马随李广，看射猛虎终残年[11]。

注释

[1] 游子：指自己。垂二毛：年纪将老。二毛，头发斑白。

[2] 素沙：白沙。

[3] 曹：同类。

[4] 即事：眼前事物。

[5] 长歌：连章叠歌之意。激越：歌声浑厚高亢。梢：摧折。林莽：丛生的草木。此句意谓长歌当哭，悲愤激越，声震草木。

[6] 比屋豪华：形容富贵豪宅之多。比，相接连。

[7] 吾人：犹我辈，指杜甫自己。

[8] 休问天：不必问天命如何。

[9] 杜曲：在长安城南，杜甫的祖籍。

[10] 南山：指终南山。杜曲在终南山麓，所以称"南山边"。

[11] "短衣"二句：据《史记·李将军列传》载：李广贬为庶人，家居数岁，尝于蓝田南山中射猎，见草中石，以为虎而射之，中石没镞。此二句谓将在杜曲看李广射虎，以终残年。

丽人行

三月三日天气新[1],长安水边多丽人。
态浓意远淑且真,肌理细腻骨肉匀。
绣罗衣裳照暮春,蹙金孔雀银麒麟。
头上何所有?翠微匐叶垂鬓唇。
背后何所见?珠压腰衱稳称身[2]。
就中云幕椒房亲,赐名大国虢与秦。
紫驼之峰出翠釜[3],水精之盘行素鳞[4]。
犀箸厌饫久未下[5],鸾刀缕切空纷纶[6]。
黄门飞鞚不动尘[7],御厨络绎送八珍[8]。
箫鼓哀吟感鬼神[9],宾从杂遝实要津。
后来鞍马何逡巡[10],当轩下马入锦茵[11]。
杨花雪落覆白蘋[12],青鸟飞去衔红巾[13]。
炙手可热势绝伦[14],慎莫近前丞相嗔[15]。

注释

[1] 三月三日:上巳节。唐人重视这个节日,长安士女多于这天游赏曲江。

[2] 腰衱(jié):裙带。

[3] 紫驼之峰:即驼峰,是骆驼脊背上隆起的肉。唐代贵族名食中有驼峰炙。翠釜:以翠玉为饰的锅。

[4] 水精:即水晶。行:按次序传送。素鳞:指鱼。

[5] 犀箸:用犀牛角做的筷子。厌饫(yù):饱食生腻。久未下:是说因为吃腻了,面对精美的食品,没有胃口,反觉无以下箸。

[6] 鸾刀:刀环系有小铃的刀。缕切:细切,谓切脍如丝缕之细。潘岳《西征赋》:"雍人缕切,鸾刀若飞。"

[7] 黄门:宦官。以其服役黄门之内,故名。鞚:马勒。飞鞚即驰马如飞。不动尘:形容驰马轻快,亦喻骑术高超,虽骑马飞驰而尘土不扬。

[8] 御厨:专供皇帝用的厨房。亦指为皇帝做膳食的人。络绎:往来不绝。八珍:原指八种烹饪方法,后用以泛指珍贵的食品。

〇一四八 \ 杜甫

[9]箫鼓:两种乐器名。哀吟:指音乐宛转动人。故下云"感鬼神",极力形容歌舞之盛,演奏之妙。

[10]后来鞍马:指杨国忠。逡巡:徐行貌。

[11]轩:车的通称。锦茵:锦制的地毯。

[12]"杨花"句:古人认为蘋为萍之大者,又有"杨花入水化为浮萍"之说。杨花即柳花,又谐应杨姓。据此,则杨花、萍、蘋虽为三物,实出一体,故以杨花覆蘋影射杨国忠与虢国夫人的暧昧关系。

[13]青鸟:传说为西王母使者。

[14]炙手:烫手。炙手可热,形容气焰灼人。势绝伦:权势无人可与伦比。

[15]慎莫:千万不要。丞相:指杨国忠。

自京赴奉先县咏怀五百字

杜陵有布衣[1],老大意转拙。
许身一何愚[2],窃比稷与契[3]。
居然成濩落[4],白首甘契阔[5]。
盖棺事则已,此志常觊豁。
穷年忧黎元[6],叹息肠内热。
取笑同学翁,浩歌弥激烈。
非无江海志[7],萧洒送日月[8]。
生逢尧舜君[9],不忍便永诀。
当今廊庙具[10],构厦岂云缺[11]。
葵藿倾太阳,物性固莫夺。
顾惟蝼蚁辈,但自求其穴。
胡为慕大鲸,辄拟偃溟渤[12]。
以兹悟生理,独耻事干谒[13]。
兀兀遂至今[14],忍为尘埃没[15]。
终愧巢与由,未能易其节。
沉饮聊自适,放歌颇愁绝[16]。

岁暮百草零[17]，疾风高冈裂。
天衢阴峥嵘[18]，客子中夜发[19]。
霜严衣带断，指直不得结[20]。
凌晨过骊山，御榻在嵽嵲[21]。
蚩尤塞寒空，蹴踏崖谷滑[22]。
瑶池气郁律[23]，羽林相摩戛[24]。
君臣留欢娱，乐动殷樛嶱[25]。
赐浴皆长缨[26]，与宴非短褐[27]。
彤庭所分帛[28]，本自寒女出。
鞭挞其夫家，聚敛贡城阙[29]。
圣人筐篚恩，实欲邦国活[30]。
臣如忽至理[31]，君岂弃此物。
多士盈朝廷[32]，仁者宜战慄[33]。
况闻内金盘[34]，尽在卫霍室[35]。
中堂舞神仙，烟雾散玉质。
暖客貂鼠裘，悲管逐清瑟[36]。
劝客驼蹄羹[37]，霜橙压香橘[38]。
朱门酒肉臭[39]，路有冻死骨。
荣枯咫尺异[40]，惆怅难再述[41]。
北辕就泾渭，官渡又改辙。
群冰从西下[42]，极目高崒兀[43]。
疑是崆峒来[44]，恐触天柱折。
河梁幸未坼[45]，枝撑声窸窣[46]。
行旅相攀援，川广不可越。
老妻寄异县[47]，十口隔风雪。
谁能久不顾，庶往共饥渴[48]。
入门闻号咷[49]，幼子饥已卒[50]。
吾宁舍一哀，里巷亦呜咽。
所愧为人父，无食致夭折[51]。

岂知秋未登[52]，贫窭有仓卒[53]。
生常免租税，名不隶征伐[54]。
抚迹犹酸辛[55]，平人固骚屑。
默思失业徒[56]，因念远戍卒。
忧端齐终南[57]，澒洞不可掇[58]。

注释

[1]杜陵布衣：作者自称。杜陵，地名，在长安南。杜甫祖籍杜陵，困守长安时，亦曾居此。

[2]许身：期望自己。

[3]稷、契（xiè）：都是传说中尧舜时代的贤臣。稷，即后稷，曾教民稼穑。契，曾佐禹治水。

[4]居然：竟然。濩（huò）落：为叠韵联绵字，犹言落拓。

[5]契阔：勤苦，劳苦。《诗经·邶风·击鼓》："死生契阔，与子成说。"毛传："契阔，勤苦也。"

[6]穷年：一年到头。黎元：老百姓。

[7]江海志：隐遁江海的愿望。

[8]萧洒：同"潇洒"，无拘无束、自由自在的样子。送日月：犹度日月。

[9]尧舜君：尧舜似的皇帝。此代指唐玄宗。

[10]廊庙具：朝廷中栋梁之臣。廊庙，朝廷。

[11]构厦：比喻成就稷、契的事业。

[12]辄拟：总打算。偃：伏卧，休息。溟渤：指大海。

[13]干谒：钻营请托。

[14]兀（wù）兀：劳苦貌。

[15]忍：岂忍。尘埃没：没于尘埃，被埋没。

[16]愁绝：愁极。

[17]零：凋谢。

[18]天衢（qú）：天空。天空广阔，任意通行，如世之广衢，故称。峥嵘：高爽空旷。

[19]客子：旅居在外的人。这里是作者自指。中夜：半夜。发：出发。

〔20〕指直：手指冻得僵直。

〔21〕"御榻"句：指皇帝住在骊山。嵽嵲（diéniè）：本山高貌，此处指代骊山。

〔22〕蹴（cù）：踩，踏。

〔23〕瑶池：古代传说中昆仑山上的池名，西王母所居。此指骊山温泉。郁律：烟雾蒸腾貌。

〔24〕羽林：羽林军，皇帝的禁卫军。摩戛（jiá）：犹摩擦。

〔25〕殷：盛，引申为充塞。樛嶱（jiūkě）：深远广大貌，此指天空。

〔26〕长缨：长帽带，指权贵。

〔27〕短褐：粗布短衣，指平民。

〔28〕彤庭：朝廷。汉代宫殿以朱漆涂饰，故称。后亦泛指皇宫。

〔29〕聚敛：横征暴敛。城阙：本为城门上的建筑物，此指京城、朝廷。

〔30〕邦国：国家。

〔31〕忽：忽视，轻视。至理：最正确的道理。

〔32〕多士：群臣。

〔33〕仁者：此指体恤民劳的官员。战栗：同"战栗"，引申有警惕的意思。

〔34〕内金盘：内廷的金盘。内，大内，皇帝的宫禁。

〔35〕卫霍：卫青、霍去病，都是汉武帝的外戚，这里借指杨氏家族。

〔36〕"悲管"句：指管瑟合奏。悲、清，都是形容乐器的音色。逐，伴随。

〔37〕劝客：敬客。驼蹄羹：用骆驼蹄做成的肉汤，即八珍之一。

〔38〕霜橙：极言果品之新鲜。

〔39〕朱门：指贵族官僚之家。

〔40〕荣：指朱门的荣华。枯：指冻死骨。咫尺：形容距离近。八寸为咫。

〔41〕惆怅：伤感。

〔42〕群冰：指泾渭诸水或水上的冰块。

〔43〕崒（zú）兀：高而险貌。

〔44〕崆峒（kōngtóng）：山名，在甘肃平凉西，泾河发源地。

〔45〕河梁：桥。

〔46〕枝撑：指桥的支柱。窸窣（xīsū）：象声词，形容轻微细碎之声。

〔47〕寄：寄居。异县：他县，此指奉先县。

[48] 庶：庶几。

[49] 号咷（táo）：放声大哭。

[50] 卒：死。

[51] 夭折：人幼年死亡。

[52] 登：庄稼成熟。

[53] 贫窭（jù）：贫穷，指贫苦人家。窭，贫。仓卒（cù）：突然，此指发生突然事故，即幼子夭折。

[54] 隶：属。征伐：征讨，此指被征从军。

[55] 抚迹：犹抚事，回忆发生的事。

[56] 失业徒：失去产业（土地）的人。

[57] 忧端：忧思的端绪。齐终南：和终南山一样高。终南，山名，在长安南，为秦岭山脉的主峰。

[58] 澒洞（hòngdòng）：绵延，弥漫。掇（duō）：收拾。

奉先刘少府新画山水障歌[1]

堂上不合生枫树[2]，怪底江山起烟雾。
闻君扫却赤县图[3]，乘兴遣画沧洲趣。
画师亦无数，好手不可遇。
对此融心神[4]，知君重毫素。
岂但祁岳与郑虔[5]，笔迹远过杨契丹。
得非悬圃裂，无乃潇湘翻[6]。
悄然坐我天姥下，耳边已似闻清猿。
反思前夜风雨急，乃是蒲城鬼神入[7]。
元气淋漓障犹湿[8]，真宰上诉天应泣。
野亭春还杂花远[9]，渔翁暝蹋孤舟立[10]。
沧浪水深青溟阔[11]，欹岸侧岛秋毫末。
不见湘妃鼓瑟时，至今斑竹临江活。
刘侯天机精，爱画入骨髓。

自有两儿郎，挥洒亦莫比[12]。

大儿聪明到[13]，能添老树巅崖里。

小儿心孔开，貌得山僧及童子。

若耶溪，云门寺，

吾独胡为在泥滓，青鞋布袜从此始。

注释

[1] 刘少府：指刘单，时任奉先（今陕西蒲城）尉。山水障：画有山水的屏障。

[2] 不合：不该。

[3] 君：指刘单。扫却：画成。

[4] 此：指山水障。融心神：全副身心都用进画里，即呕心沥血作画。

[5] 祁岳：与杜甫同时的著名画家。夏文彦《图绘宝鉴·补遗》说他"工山水"。郑虔：杜甫好友。《图绘宝鉴》卷二说他"善画山水，山饶墨，树枝老硬"。

[6] "得非"二句："得非"与"无乃"互文，都有莫不是意。玄圃，传说为昆仑山巅名，乃仙人所居之处。潇湘，指湖南的潇水、湘江，潇水在零陵县入湘江，合称"潇湘"。

[7] 蒲城：奉先县旧名。开元四年（716），以奉祀睿宗桥陵，改名奉先。

[8] 元气：生成天地万物的原始之气。淋漓：沾湿貌，酣畅貌。

[9] 春还：春气回还。

[10] 暝：暮色苍茫。

[11] 沧浪：水青苍色。青溟：大海。

[12] 挥洒：指挥洒笔墨作画。亦莫比：也无人可比。

[13] 聪明到：犹言绝顶聪明。

哀江头

少陵野老吞声哭[1]，春日潜行曲江曲[2]。

江头宫殿锁千门[3]，细柳新蒲为谁绿。

忆昔霓旌下南苑[4]，苑中万物生颜色[5]。

昭阳殿里第一人[6]，同辇随君侍君侧。

辇前才人带弓箭[7]，白马嚼啮黄金勒[8]。
翻身向天仰射云，一箭正坠双飞翼。
明眸皓齿今何在[9]，血污游魂归不得[10]。
清渭东流剑阁深，去住彼此无消息[11]。
人生有情泪沾臆[12]，江水江花岂终极[13]。
黄昏胡骑尘满城[14]，欲往城南忘南北[15]。

注释

[1] 少陵：为汉宣帝许皇后陵墓，在宣帝杜陵东南，杜甫曾住家于此，故自称"少陵野老"。吞声：不敢出声。吞声哭，犹饮泣。

[2] 潜行：秘密行走。曲江：在唐国都长安（今陕西西安）东南，当时为游赏胜地。

[3] 江头宫殿：指曲江边紫云楼、芙蓉苑、杏园、慈恩寺等建筑物。因无人居住，一片荒凉，故曰"锁千门"。

[4] 霓旌：云霓般的彩色旗帜，指天子仪仗。南苑：指芙蓉苑，在曲江之南。

[5] 生颜色：谓皇帝游幸，万物增辉。

[6] 昭阳殿：汉代宫殿名。汉成帝皇后赵飞燕居昭阳殿，甚得宠幸。此以赵飞燕比玄宗杨贵妃。

[7] 才人：宫中女官名。

[8] 啮（niè）：咬。黄金勒：以黄金为饰的马嚼口。

[9] 明眸皓齿：指杨贵妃。

[10] 归不得：一是贵妃已死，二是长安沦陷，故云。

[11] 去住彼此：指玄宗、贵妃。去指玄宗幸蜀西去，住指贵妃死葬渭滨。彼去此住，生死相隔，故曰"无消息"。

[12] 臆：胸膛。

[13] 终极：犹穷尽。

[14] 胡骑：指安史叛军。

[15] 欲往：犹将往。城南：原注："甫家居城南。"忘南北：惶恐至不知地之南北。一作"望城北"。

哀王孙

长安城头头白乌[1]，夜飞延秋门上呼[2]。
又向人家啄大屋[3]，屋底达官走避胡[4]。
金鞭断折九马死[5]，骨肉不待同驰驱。
腰下宝玦青珊瑚[6]，可怜王孙泣路隅[7]。
问之不肯道姓名，但道困苦乞为奴。
已经百日窜荆棘[8]，身上无有完肌肤[9]。
高帝子孙尽隆准[10]，龙种自与常人殊[11]。
豺狼在邑龙在野[12]，王孙善保千金躯[13]。
不敢长语临交衢[14]，且为王孙立斯须[15]。
昨夜东风吹血腥，东来橐驼满旧都[16]。
朔方健儿好身手，昔何勇锐今何愚[17]。
窃闻天子已传位，圣德北服南单于。
花门剺面请雪耻[18]，慎勿出口他人狙。
哀哉王孙慎勿疏[19]，五陵佳气无时无[20]。

注释

[1] 头白乌：即白头乌，俗传为不祥之鸟。
[2] 延秋门：唐长安禁苑西面二门，南曰延秋门。玄宗幸蜀，自延秋门出，由便桥渡渭水，自咸阳经马嵬而西。
[3] 大屋：达官所居。
[4] 屋底：犹屋里。走：逃跑。胡：指安史叛军。
[5] 金鞭：天子所用。九马：天子御用之马。
[6] 宝玦(jué)：环形有缺口的佩玉。
[7] 路隅：路边墙角，不易被人注意处。
[8] 百日：犹言多日，不必实指。
[9] "身上"句：犹言体无完肤。
[10] 高帝：指汉高祖刘邦。隆准：即高鼻子。史称刘邦隆准龙颜，帝王之相。
[11] 龙种：皇帝后裔，即王孙。

[12] 豺狼：指安禄山。龙：指玄宗。

[13] 善保：好好保重。千金躯：犹言贵体。

[14] 长语：长时间交谈。交衢：四通八达的交通要道。

[15] 斯须：须臾，极言时间之短。

[16] 橐（tuó）驼：即骆驼。安禄山陷两京，常以骆驼运御府珍宝至范阳老巢。范阳在长安以东，故云"东来橐驼"。旧都：指长安。

[17] 朔方健儿：指哥舒翰军。禄山反，玄宗命哥舒翰为太子先锋兵马元帅，领河、陇、朔方、奴剌等十二部兵二十万守潼关，一旦为贼所败，翰亦被执而降贼。昔翰率军御吐蕃号称天下精兵，今却一败涂地，全军覆没，故曰"昔何勇锐今何愚"。

[18] 花门：回纥的代称。剺（lí）面：用刀割面。古代匈奴、回纥等民族遇到大忧大丧，则割面流血以示忠诚哀痛。安史叛军攻陷京都，回纥剺面以请雪耻。

[19] 疏：疏忽大意。

[20] 五陵：指玄宗以前唐五代皇帝的陵墓，即高祖献陵、太宗昭陵、高宗乾陵、中宗定陵、睿宗桥陵，皆在长安近畿。

述怀一首

去年潼关破，妻子隔绝久[1]。
今夏草木长[2]，脱身得西走[3]。
麻鞋见天子，衣袖露两肘。
朝廷愍生还，亲故伤老丑[4]。
涕泪授拾遗，流离主恩厚。
柴门虽得去[5]，未忍即开口。
寄书问三川[6]，不知家在否。
比闻同罹祸，杀戮到鸡狗。
山中漏茅屋，谁复依户牖[7]。
摧颓苍松根，地冷骨未朽。
几人全性命，尽室岂相偶。

嶔岑猛虎场[8]，郁结回我首[9]。
自寄一封书，今已十月后。
反畏消息来，寸心亦何有。
汉运初中兴[10]，生平老耽酒[11]。
沉思欢会处，恐作穷独叟。

注释

[1]"去年"两句：天宝十五载（756）六月，安禄山破潼关，玄宗仓皇奔蜀。七月，太子李亨即位灵武，是为肃宗，改元至德。八月，杜甫只身投奔灵武，途中被叛军俘至长安，与家人隔绝，至此已近一年，故云"隔绝久"。

[2]今夏：指至德二载（757）四月。草木长：比较容易隐蔽逃脱。陶渊明《读山海经》："孟夏草木长。"

[3]西走：凤翔在长安西，故云"西走"。

[4]亲故：亲友故旧。老丑：形容憔悴苍老。

[5]柴门：指在鄜州的家。

[6]寄书：寄家信。三川：县名，治今陕西富县三川驿，唐属鄜州。杜甫家即在三川。

[7]茅屋、户牖：都指自己的家。

[8]嶔（qīn）岑：山高峻貌。猛虎：喻叛军的残暴。猛虎场，指叛军纵乱之地。

[9]郁结：心中的疙瘩。回我首：思念顾望。

[10]汉运：以汉喻唐，谓唐朝国运。初中兴：这时两京都还未收复，但形势已经有了转机，故云。

[11]耽酒：嗜酒。

彭衙行

忆昔避贼初[1]，北走经险艰。
夜深彭衙道[2]，月照白水山[3]。
尽室久徒步，逢人多厚颜。
参差谷鸟吟，不见游子还。

痴女饥咬我，啼畏虎狼闻。
怀中掩其口，反侧声愈嗔。
小儿强解事[4]，故索苦李餐。
一旬半雷雨，泥泞相牵攀。
既无御雨备[5]，径滑衣又寒。
有时经契阔，竟日数里间。
野果充糇粮，卑枝成屋椽。
早行石上水，暮宿天边烟。
少留周家洼[6]，欲出芦子关[7]。
故人有孙宰[8]，高义薄曾云[9]。
延客已曛黑[10]，张灯启重门。
暖汤濯我足，剪纸招我魂[11]。
从此出妻孥[12]，相视涕阑干[13]。
众雏烂熳睡，唤起沾盘餐。
誓将与夫子，永结为弟昆。
遂空所坐堂，安居奉我欢[14]。
谁肯艰难际，豁达露心肝。
别来岁月周[15]，胡羯仍构患[16]。
何当有翅翎[17]，飞去堕尔前[18]。

注释

[1]"忆昔"句：指去年六月避兵乱事。

[2]彭衙：地名，故址在今陕西白水县东北六十里。

[3]白水山：白水县的山。

[4]强解事：稍懂事。强，稍微。

[5]御雨备：指雨具。

[6]少留：短期逗留。周家洼：孙宰所居村庄，当在白水县境内。

[7]芦子关：关隘名，是陕北关防要地。

[8]故人：老朋友。孙宰：生平不详。

[9]薄曾云：形容义气之高。薄，迫近。曾，同"层"。

[10] 延:邀请。已曛黑:已经是日落昏黑。

[11] "剪纸"句:剪纸招魂是古代民俗,表示给途中备受惊险的诗人一家压惊。

[12] 从此:接着。出妻孥(nú):又唤出家人。妻孥,指妻和子。

[13] 涕阑干:涕泪纵横的样子。

[14] "遂空"二句:写孙宰把房间腾出来,安排杜甫一家安然住下。

[15] 岁月周:已满一年。

[16] 胡羯:指安史叛军。构患:制造灾祸。

[17] 何当:怎能。翅翎:翅膀。

[18] 堕:落下。尔:指孙宰。

羌村

峥嵘赤云西[1],日脚下平地[2]。
柴门鸟雀噪,归客千里至。
妻孥怪我在[3],惊定还拭泪。
世乱遭飘荡[4],生还偶然遂[5]。
邻人满墙头,感叹亦歔欷[6]。
夜阑更秉烛,相对如梦寐。

晚岁迫偷生,还家少欢趣。
娇儿不离膝,畏我复却去。
忆昔好追凉[7],故绕池边树。
萧萧北风劲,抚事煎百虑。
赖知禾黍收,已觉糟床注[8]。
如今足斟酌,且用慰迟暮。

群鸡正乱叫,客至鸡斗争。
驱鸡上树木[9],始闻叩柴荆。

父老四五人，问我久远行。
手中各有携，倾榼浊复清[10]。
苦辞酒味薄，黍地无人耕。
兵革既未息，儿童尽东征。
请为父老歌，艰难愧深情。
歌罢仰天叹，四座泪纵横。

注释

［1］峥嵘：高峻貌。

［2］日脚：云间透出的阳光。

［3］妻孥：本指妻和子，此处仅指妻。

［4］飘荡：颠沛流离。

［5］遂：如愿。

［6］歔欷（xūxī）：哽咽，抽泣。

［7］昔：指一年前初来羌村时。追凉：乘凉。

［8］糟床：榨酒的器具。

［9］"驱鸡"句：黄河流域养鸡，到唐代还一直有让鸡栖息在树上的。"驱鸡上树木"，就是把鸡赶回窝，让它们安静下来。

［10］榼（kē）：古时盛酒的器具。

新安吏

客行新安道[1]，喧呼闻点兵[2]。
借问新安吏，县小更无丁。
府帖昨夜下，次选中男行。
中男绝短小，何以守王城。
肥男有母送，瘦男独伶俜[3]。
白水暮东流，青山犹哭声。
莫自使眼枯[4]，收汝泪纵横。
眼枯即见骨，天地终无情。

我军取相州，日夕望其平。
岂意贼难料，归军星散营。
就粮近故垒，练卒依旧京。
掘壕不到水，牧马役亦轻。
况乃王师顺[5]，抚养甚分明[6]。
送行勿泣血[7]，仆射如父兄[8]。

注释

[1] 客：杜甫自谓。新安：即今河南新安县，东临洛阳。

[2] 点兵：征调丁壮。

[3] 伶俜(língpīng)：孤苦貌。

[4] 眼枯：哭瞎眼睛。

[5] 况乃：何况。王师顺：唐朝政府的官军顺应天理民意平叛，师出有名。

[6] 抚养：指将官爱护士卒。

[7] 泣血：形容哭得极度悲伤。

[8] 仆射：官职名，在唐朝相当于宰相，这里指郭子仪。

石壕吏

暮投石壕村[1]，有吏夜捉人。
老翁逾墙走[2]，老妇出门看。
吏呼一何怒[3]，妇啼一何苦。
听妇前致词[4]，三男邺城戍[5]。
一男附书至[6]，二男新战死。
存者且偷生，死者长已矣[7]。
室中更无人，惟有乳下孙[8]。
有孙母未去，出入无完裙。
老妪力虽衰[9]，请从吏夜归。
急应河阳役[10]，犹得备晨炊[11]。
夜久语声绝，如闻泣幽咽[12]。

天明登前途[13]，独与老翁别。

注释　[1]投:投宿。

　　　[2]逾:翻越。

　　　[3]一何:何其，多么。

　　　[4]致词:述说。

　　　[5]三男:三个儿子。

　　　[6]附书:捎信。

　　　[7]长已矣:永远完了。

　　　[8]乳下孙:正吃奶的小孙子。

　　　[9]老妪(yù):犹言老婆子，老妇自称。

　　　[10]河阳:今河南孟州。相州失败后，河阳是前线重要防地。

　　　[11]备晨炊:置备早饭。指在军中做饭。

　　　[12]幽咽(yè):抽泣声。

　　　[13]前途:前去的路。

新婚别

兔丝附蓬麻，引蔓故不长。
嫁女与征夫，不如弃路旁。
结发为妻子，席不暖君床。
暮婚晨告别，无乃太匆忙。
君行虽不远，守边赴河阳。
妾身未分明，何以拜姑嫜[1]。
父母养我时，日夜令我藏[2]。
生女有所归[3]，鸡狗亦得将[4]。
君今往死地，沉痛迫中肠。
誓欲随君去，形势反苍黄。
勿为新婚念，努力事戎行。

妇人在军中，兵气恐不扬。
自嗟贫家女，久致罗襦裳。
罗襦不复施，对君洗红妆。
仰视百鸟飞，大小必双翔。
人事多错迕[5]，与君永相望[6]。

注释

[1]"妾身"二句：古代婚俗是暮婚，次晨新妇拜公婆，第三日告庙上坟，整个婚礼才算完成，新娘的名分始定。而此新郎，"暮婚晨告别"，没有完成婚礼，所以新妇身份未明；身份不明就不便拜公婆，故曰"何以"。姑嫜，丈夫的母亲称姑，丈夫的父亲称嫜。

[2]藏：深居闺中，不轻易见人，表示恪守妇道礼法。

[3]归：指女子出嫁。

[4]"鸡狗"句：即"嫁鸡随鸡，嫁狗随狗"之意。将，顺从。

[5]错迕(wǔ)：错杂交迕，这里指生活中的不如意。

[6]"与君"句：表示自己对丈夫的忠贞不渝。

垂老别

四郊未宁静[1]，垂老不得安。
子孙阵亡尽，焉用身独完[2]。
投杖出门去[3]，同行为辛酸。
幸有牙齿存，所悲骨髓干[4]。
男儿既介胄，长揖别上官。
老妻卧路啼，岁暮衣裳单[5]。
孰知是死别，且复伤其寒[6]。
此去必不归，还闻劝加餐[7]。
土门壁甚坚，杏园度亦难。
势异邺城下，纵死时犹宽。
人生有离合，岂择衰老端。

忆昔少壮日，迟回竟长叹[8]。
万国尽征戍，烽火被冈峦[9]。
积尸草木腥，流血川原丹。
何乡为乐土，安敢尚盘桓[10]。
弃绝蓬室居[11]，塌然摧肺肝[12]。

注释

[1]"四郊"句：指京都周围有战乱。这里的京都是指东都洛阳。

[2]焉用：哪用。独完：独自活着。

[3]投杖：愤然扔掉拐杖。

[4]骨髓干：是说年老力衰。

[5]岁暮：指年纪大。

[6]"孰知"二句：是说分明知道这一别是死别，还是担心其衣服单薄。孰知，即熟知。且，尚且。

[7]劝加餐：勉励多保重身体。这是转述老妻的嘱咐，故云"还闻"。

[8]迟回：徘徊。竟：终于。

[9]烽火：战火。被：覆盖。冈峦：山冈。

[10]安敢：怎敢。盘桓：流连不去。

[11]蓬室：故居。

[12]塌然：哀痛貌。摧肺肝：五内俱碎，形容悲痛之极。

无家别

寂寞天宝后[1]，园庐但蒿藜。
我里百余家[2]，世乱各东西。
存者无消息，死者为尘泥[3]。
贱子因阵败[4]，归来寻旧蹊[5]。
人行见空巷，日瘦气惨凄。
但对狐与狸，竖毛怒我啼[6]。
四邻何所有，一二老寡妻。

宿鸟恋本枝，安辞且穷栖。
方春独荷锄，日暮还灌畦。
县吏知我至，召令习鼓鞞[7]。
虽从本州役[8]，内顾无所携[9]。
近行止一身，远去终转迷。
家乡既荡尽，远近理亦齐。
永痛长病母，五年委沟溪。
生我不得力[10]，终身两酸嘶[11]。
人生无家别，何以为烝黎[12]。

注释　[1]天宝后：指安史之乱后。

[2]里：坊里。唐制，百户为一里。

[3]为尘泥：指尸骨朽烂。

[4]贱子：老兵自谓。阵败：指邺城之败。

[5]旧蹊：旧路。此指故里。

[6]怒我啼：向我愤怒啼叫。狐狸对人啼，可见人宅已成狐穴。

[7]习鼓鞞(pí)：练习敲打军鼓，指又要他去打仗。鞞，同"鼙"，军用小鼓。

[8]从本州役：在本州服兵役，言服役之近。

[9]无所携：是说家中没有人可以告别的。携，离。

[10]不得力：指不能救母于死，母死又不能葬。

[11]两酸嘶：言母子二人共同饮恨。一说指母病不能养，母死不能葬，没有尽到做儿子的责任，感到痛心。亦通。酸嘶，失声痛哭。

[12]烝黎：黎民百姓。

夏夜叹

永日不可暮，炎蒸毒我肠。
安得万里风，飘飖吹我裳。
昊天出华月，茂林延疏光。

仲夏苦夜短,开轩纳微凉。
虚明见纤毫,羽虫亦飞扬。
物情无巨细,自适固其常。
念彼荷戈士,穷年守边疆[1]。
何由一洗濯,执热互相望[2]。
竟夕击刁斗,喧声连万方。
青紫虽被体[3],不如早还乡。
北城悲笳发,鹳鹤号且翔。
况复烦促倦,激烈思时康。

注释

[1]穷年:终年,一年到头。
[2]执热:苦热,苦于炎热。
[3]青紫:本为古时公卿服饰,因借指高官显爵。

佳人

绝代有佳人,幽居在空谷。
自云良家子[1],零落依草木[2]。
关中昔丧乱[3],兄弟遭杀戮。
官高何足论,不得收骨肉。
世情恶衰歇[4],万事随转烛[5]。
夫婿轻薄儿[6],新人已如玉[7]。
合昏尚知时[8],鸳鸯不独宿[9]。
但见新人笑,那闻旧人哭[10]。
在山泉水清,出山泉水浊。
侍婢卖珠回,牵萝补茅屋。
摘花不插发,采柏动盈掬[11]。
天寒翠袖薄[12],日暮倚修竹[13]。

注释

[1] 良家子：清白人家的女子。

[2] 零落：犹飘零。依草木：应上"幽居在空谷"。

[3] 关中：今陕西中部一带。

[4] 世情：世态人情。恶（wù）：厌恶，嫌弃。衰歇：衰败失势。

[5] 转烛：比喻世事变幻，富贵无常。亦喻时间变化迅速，转瞬即逝。

[6] 轻薄儿：谓夫婿喜新厌旧。

[7] 新人：指丈夫新娶的妻子。

[8] 合昏：即夜合花，又名合欢花，朝开夜合，故曰"知时"。

[9] 鸳鸯：水鸟，雌雄永不分离。

[10] 旧人：指弃妇，佳人自谓。

[11] 动：常常。掬（jū）：两手捧取。

[12] 翠袖：泛指佳人衣着。

[13] 修竹：长竹。竹有节而挺立，以喻佳人的坚贞操守。

梦李白二首

死别已吞声[1]，生别常恻恻[2]。
江南瘴疠地[3]，逐客无消息。
故人入我梦[4]，明我长相忆[5]。
恐非平生魂[6]，路远不可测[7]。
魂来枫叶青，魂返关塞黑。
君今在罗网，何以有羽翼。
落月满屋梁，犹疑照颜色。
水深波浪阔，无使蛟龙得。

浮云终日行，游子久不至。
三夜频梦君，情亲见君意。

告归常局促[8]，苦道来不易[9]。
江湖多风波，舟楫恐失坠。
出门搔白首，若负平生志。
冠盖满京华[10]，斯人独憔悴[11]。
孰云网恢恢[12]，将老身反累。
千秋万岁名，寂寞身后事[13]。

注释

[1] 已：止。

[2] 恻恻：悲痛貌。

[3] 瘴疠：南方山林湿热地区流行的瘟疫。

[4] 故人：指李白。

[5] 明：表明。二句谓故人入梦，正表明我对他思念之深。

[6] 平生魂：生时之魂。当时杜甫疑心李白或许死了，故曰"恐非"。

[7] 不可测：生死未明，不敢断定。

[8] 告归：告别。

[9] 苦道：苦苦诉说。

[10] 冠盖：冠冕和车盖。借指达官贵人。京华：京城。

[11] 斯人：这个人，指李白。憔悴：困顿失意貌。

[12] 孰云：谁说。

[13] 寂寞：指死后无知无为的境界。身后：即死后。

前出塞九首

戚戚去故里[1]，悠悠赴交河[2]。
公家有程期，亡命婴祸罗。
君已富土境[3]，开边一何多[4]。
弃绝父母恩[5]，吞声行负戈。

注释

[1]戚戚:愁苦貌。去:离开。故里:故乡。

[2]悠悠:遥远貌。交河:唐贞观十四年(640)置安西都护府,治交河城,在今新疆吐鲁番西北。

[3]君:皇帝,此指玄宗。

[4]开边:发动边境战争。一何:何其,多么。

[5]父母恩:指父母养育之恩。

出门日已远,不受徒旅欺[1]。
骨肉恩岂断[2],男儿死无时。
走马脱辔头[3],手中挑青丝[4]。
捷下万仞冈[5],俯身试搴旗[6]。

注释

[1]徒旅:军中伙伴。

[2]骨肉恩:即"父母恩"。

[3]走马:即跑马。脱:去掉。辔头:马络头。

[4]青丝:马缰。

[5]捷下:飞驰而下。仞:古代以八尺为一仞,一说七尺。万仞,极言其高。

[6]搴:拔取。

磨刀呜咽水[1],水赤刃伤手。
欲轻肠断声[2],心绪乱已久。
丈夫誓许国[3],愤惋复何有[4]。
功名图骐骥[5],战骨当速朽。

注释

[1]呜咽水:指陇头水。

[2]轻:轻忽,不在意。

[3]丈夫:征夫自谓,犹言男儿。誓许国:誓死以身报国。

[4]愤惋:悲愤惋惜。

[5]骐驎:指麒麟阁。

送徒既有长[1],远戍亦有身。
生死向前去,不劳吏怒嗔。
路逢相识人,附书与六亲[2]。
哀哉两决绝[3],不复同苦辛。

注释

[1]徒:指征夫。长:押送征夫之胥吏。

[2]六亲:父母、兄弟、妻、子。

[3]决绝:永别。

迢迢万余里,领我赴三军。
军中异苦乐,主将宁尽闻。
隔河见胡骑,倏忽数百群。
我始为奴仆,几时树功勋[1]。

注释

[1]树:建立。

挽弓当挽强[1],用箭当用长。
射人先射马,擒贼先擒王。
杀人亦有限[2],列国自有疆[3]。
苟能制侵陵[4],岂在多杀伤。

注释

[1]挽弓:拉弓。强:指硬弓。

[2]限:限度。

[3]疆:疆界。

[4]苟:假如,如果。制侵陵:制止侵略。

  驱马天雨雪[1],军行入高山。
  径危抱寒石,指落曾冰间[2]。
  已去汉月远,何时筑城还。
  浮云暮南征,可望不可攀。

注释

[1]雨(yù):降。

[2]曾冰:即"层冰",厚冰。

  单于寇我垒,百里风尘昏。
  雄剑四五动,彼军为我奔。
  虏其名王归[1],系颈授辕门。
  潜身备行列,一胜何足论。

注释

[1]名王:匈奴声名显赫的王。

  从军十年余,能无分寸功[1]。
  众人贵苟得[2],欲语羞雷同[3]。
  中原有斗争[4],况在狄与戎[5]。
  丈夫四方志,安可辞固穷。

注释

[1]能无:犹岂无,哪能没有。分寸功:极言功小。

[2]众人:指冒功邀赏者。贵:重视,追求。苟得:苟且贪得,不当得而得。

[3]羞:耻于。雷同:不当同而同。
[4]中原:指中国内地。
[5]狄与戎:古称我国北方少数民族为"狄",西方少数民族为"戎"。此泛指边疆少数民族。

后出塞五首(录三)

余二首或是我遗忘

男儿生世间,及壮当封侯。
战伐有功业,焉能守旧丘[1]。
召募赴蓟门[2],军动不可留。
千金买马鞭,百金装刀头。
闾里送我行[3],亲戚拥道周[4]。
斑白居上列[5],酒酣进庶羞[6]。
少年别有赠,含笑看吴钩。

朝进东门营[7],暮上河阳桥[8]。
落日照大旗[9],马鸣风萧萧。
平沙列万幕,部伍各见招。
中天悬明月,令严夜寂寥。
悲笳数声动,壮士惨不骄。
借问大将谁,恐是霍嫖姚[10]。

古人重守边,今人重高勋。
岂知英雄主,出师亘长云。
六合已一家,四夷且孤军。
遂使貔虎士,奋身勇所闻。
拔剑击大荒,日收胡马群。
誓开玄冥北[11],持以奉吾君。

注释

[1] 旧丘：故乡，故园。

[2] 召募：唐代从开元十年（722）起实行募兵制。蓟门：指幽州范阳郡，当时属渔阳节度使安禄山管辖，其地在今北京一带。

[3] 闾里：邻居。

[4] 道周：路边。

[5] 斑白：头发花白，泛指老人。居上列：坐在上位。

[6] 庶羞：多种菜肴。品多为"庶"，肴美为"羞"。

[7] 东门：指洛阳东门。

[8] 河阳桥：在河南省孟津县，是以船为脚的浮桥。

[9] 大旗：指大将所用的红旗。

[10] 霍嫖姚：汉武帝时霍去病为嫖姚校尉。

[11] 玄冥：传说中的北方水神。此指极北之地。

万丈潭

青溪合冥莫，神物有显晦。
龙依积水蟠，窟压万丈内。
跼步凌垠堮[1]，侧身下烟霭。
前临洪涛宽，却立苍石大。
山色一径尽，崖绝两壁对。
削成根虚无，倒影垂澹瀩[2]。
黑如湾澴底，清见光炯碎。
孤云倒来深，飞鸟不在外。
高萝成帷幄，寒木累旍旆。
远川曲通流，嵌窦潜泄濑[3]。
造幽无人境，发兴自我辈。
告归遗恨多，将老斯游最。

闭藏修鳞蛰，出入巨石碍。
何事暑天过[4]，快意风云会。

注释

[1] 垠堮(è)：悬崖。

[2] 澹濧(duì)：荡漾。

[3] 嵌窦：山洞。

[4] 过：来访。

石龛[1]

熊罴哮我东，虎豹号我西。
我后鬼长啸，我前狨又啼[2]。
天寒昏无日[3]，山远道路迷。
驱车石龛下，仲冬见虹霓。
伐竹者谁子，悲歌上云梯。
为官采美箭，五岁供梁齐。
苦云直幹尽[4]，无以充提携[5]。
奈何渔阳骑[6]，飒飒惊烝黎[7]。

注释

[1] 石龛：石壁上凿成的洞阁。在今甘肃西和县东南八十里石峡乡。

[2] 狨(róng)：猿的一种，尾作金色，俗称金丝猴。

[3] 昏无日：昏暗没有日头。

[4] 苦云：诉苦说。直幹(gǎn)尽：适合作箭杆的小竹子已经采尽。

[5] "无以"句：没有办法交差。

[6] 渔阳骑：指安史叛军，安禄山所部皆渔阳突骑。

[7] 飒飒：风声。烝黎：百姓。

乾元中寓居同谷县作歌七首

有客有客字子美[1],白头乱发垂过耳。
岁拾橡栗随狙公[2],天寒日暮山谷里。
中原无书归不得[3],手脚冻皴皮肉死[4]。
呜呼一歌兮歌已哀,悲风为我从天来。

注释

[1]客:杜甫自称。

[2]岁:这里指岁暮。时当十一月,故云。橡栗:栎树的果实,似栗而小,长圆形,又名橡子,味苦涩,荒年穷人常用来充饥。狙(jū):一种猴子。狙公:驯养猴子的老人。

[3]中原:指故乡。书:书信。

[4]皴(cūn):皮肤因受冻而裂开。皮肉死:指皮肉冻得已没有了知觉。

长镵长镵白木柄[1],我生托子以为命。
黄精无苗山雪盛[2],短衣数挽不掩胫[3]。
此时与子空归来,男呻女吟四壁静。
呜呼二歌兮歌始放[4],邻里为我色惆怅[5]。

注释

[1]镵(chán):铁制尖头掘土器,有长木柄,所以称长镵。

[2]黄精:一种野生的土芋植物。遇霜雪,枯无苗,可蒸食。

[3]挽:扯,拉。胫:小腿。

[4]放:放声悲歌。歌始放,亦"放歌破愁绝"意。

[5]色惆怅:悲悯愁苦的表情。

有弟有弟在远方,三人各瘦何人强[1]。
生别展转不相见,胡尘暗天道路长。

东飞鸳鹅后鹙鸧,安得送我置汝旁[2]。

呜呼三歌兮歌三发,汝归何处收兄骨。

注释

[1]"有弟"二句:杜甫有四个弟弟:颖、观、丰、占。除了幼弟杜占这时跟随在身边外,其余三人都远在山东、河南等地。各瘦,每个人都很瘦。何人强,没有一个强健的。

[2]"东飞"二句:见群鸟东飞,遂生欲乘之去会诸弟的奇想。鸳(jiā)鹅,一种野鹅。鹙鸧(qiūcāng),两种水鸟,鹙即秃鹙,鸧即鸧鸹。安得,怎能。

有妹有妹在钟离[1],良人早殁诸孤痴[2]。

长淮浪高蛟龙怒[3],十年不见来何时。

扁舟欲往箭满眼,杳杳南国多旌旗[4]。

呜呼四歌兮歌四奏,林猿为我啼清昼[5]。

注释

[1]"有妹"句:杜甫有妹嫁韦氏,夫亡寡居。钟离,即今安徽凤阳县。

[2]良人:丈夫。殁:死。孤:孤儿。痴:指年幼不懂事。

[3]长淮:即淮河,钟离临淮河,故欲从水路探望。浪高蛟龙怒:极力形容水行的凶险。

[4]"扁舟"二句:箭满眼、多旌旗,均指战乱不宁。杳杳,远貌。南国,犹南方。

[5]清昼:凄清的白天。猿多夜啼,今山林中猿却为我感动而昼啼,可见悲之极矣。

四山多风溪水急,寒雨飒飒枯树湿[1]。

黄蒿古城云不开[2],白狐跳梁黄狐立[3]。

我生何为在穷谷[4],中夜起坐万感集[5]。

呜呼五歌兮歌正长,魂招不来归故乡。

注释

[1]飒飒:形容风雨声。

[2]黄蒿:一种野草,常借以写荒凉景象。

[3]跳梁:跳跃。因人少,故狐狸活跃。

[4]何为:为什么。

[5]中夜:半夜。

南有龙兮在山湫[1],古木巃枞枝相樛[2]。
木叶黄落龙正蛰[3],蝮蛇东来水上游[4]。
我行怪此安敢出,拔剑欲斩且复休。
呜呼六歌兮歌思迟,溪壑为我回春姿。

注释

[1]湫(qiū):深潭。此指同谷县东南七里的万丈潭,相传有龙自潭中飞出。

[2]巃枞(lóngzōng):高峻貌。樛(jiū):树枝盘曲下垂貌。

[3]蛰(zhé):动物冬眠,潜伏不动不食。

[4]蝮蛇:一种毒蛇。时当仲冬,蛇应蛰伏,但因同谷气暖,故得出游。

男儿生不成名身已老[1],三年饥走荒山道[2]。
长安卿相多少年,富贵应须致身早。
山中儒生旧相识[3],但话宿昔伤怀抱。
呜呼七歌兮悄终曲[4],仰视皇天白日速[5]。

注释

[1]男儿:杜甫自称。身已老:杜甫这年四十八岁,已变得很衰老了。

[2]三年:杜甫从至德二载(757)四月奔凤翔行在,闰八月放还鄜州,乾元元年(758)六月贬华州,冬去洛阳,二年春回华州,七月弃官客秦州,直到此时流寓同谷,三年来奔走于荒山野道之间,吃尽苦头。

[3]"山中"句:这位流落到同谷山中的旧友,当指李衔。

[4]悄终曲:悄然结束吟唱。悄,既是无声,又有忧意。

[5]白日速:白驹过隙,时不我待。

戏题画山水图歌[1]

十日画一水,五日画一石。
能事不受相促迫,王宰始肯留真迹。
壮哉昆仑方壶图[2],挂君高堂之素壁。
巴陵洞庭日本东[3],赤岸水与银河通,
中有云气随飞龙[4]。
舟人渔子入浦溆,山木尽亚洪涛风。
尤工远势古莫比[5],咫尺应须论万里[6]。
焉得并州快剪刀[7],剪取吴松半江水[8]。

注释

[1]题下原注:"宰画丹青绝伦。"王宰,蜀中人,为唐代著名画家,善画山水、树石。

[2]昆仑:我国西部大山,也是神话传说中的仙山。方壶:神话传说海上有三座仙山,方壶是其一。

[3]巴陵:山名,又称巴丘,在今湖南岳阳市西南,濒临洞庭湖。日本:即今日本国。

[4]"中有"句:形容画中云气流动,波涛汹涌。

[5]尤工:特别擅长。远势:远景。

[6]咫尺:形容篇幅极小。周制,八寸为咫。

[7]并州:即今山西太原一带,其地所产剪刀以锋利著称。

[8]吴松:即今吴淞江,俗称苏州河。

戏为双松图歌

天下几人画古松,毕宏已老韦偃少[1]。

绝笔长风起纤末，满堂动色嗟神妙。
两株惨裂苔藓皮，屈铁交错回高枝[2]。
白摧朽骨龙虎死，黑入太阴雷雨垂。
松根胡僧憩寂寞[3]，庞眉皓首无住着[4]。
偏袒右肩露双脚[5]，叶里松子僧前落。
韦侯韦侯数相见[6]，我有一匹好东绢[7]，
重之不减锦绣段[8]。
已令拂拭光凌乱[9]，请公放笔为直干[10]。

注释

[1] 毕宏：当时著名画家，善画古松奇石，天宝年间官为御史，后拜给事中。韦偃：京兆（今陕西西安）人，寓居于蜀，善画山水、松石、花鸟。

[2] 屈铁：比喻松枝弯曲而色黑如铁。

[3] 胡僧：西域僧人。憩：休息。

[4] 庞眉皓首：长眉白头。住着：佛教用语，即执着。

[5] 偏袒右肩：佛教徒身披袈裟，袒露右肩，以表示恭敬。

[6] 韦侯：即韦偃。数（shuò）：快、速。

[7] 东绢：四川盐亭县有鹅溪，县出绢，谓之鹅溪绢，亦名东绢。

[8] 锦绣段：精美的丝织品。

[9] 光凌乱：指素绢舒展时光影凌乱的样子。

[10] 直干：指树干挺拔的松树。

百忧集行

忆年十五心尚孩，健如黄犊走复来[1]。
庭前八月梨枣熟，一日上树能千回[2]。
即今倏忽已五十[3]，坐卧只多少行立。
强将笑语供主人[4]，悲见生涯百忧集[5]。
入门依旧四壁空，老妻睹我颜色同。
痴儿未知父子礼，叫怒索饭啼门东。

注释

[1] 黄犊：小黄牛。走复来：跑过来又跑过去。

[2] 能千回：形容上树次数之多。

[3] 倏(shū)忽：极快地。

[4] 强：勉强。主人：指作者所依附、求援的官僚。

[5] 生涯：指自己的生活。

戏作花卿歌[1]

成都猛将有花卿，学语小儿知姓名[2]。
用如快鹘风火生[3]，见贼唯多身始轻。
绵州副使著柘黄[4]，我卿扫除即日平。
子章髑髅血糢糊[5]，手提掷还崔大夫[6]。
李侯重有此节度[7]，人道我卿绝世无。
既称绝世无，天子何不唤取守东都[8]。

注释

[1] 花卿：即花惊定，西川节度使崔光远部将，曾平定梓州段子璋叛乱，恃功骄横，抢掠平民，崔光远不能禁。

[2] "学语"句：《南史·桓康传》载，齐桓康随武帝起兵，摧坚陷阵，骁勇过人，而所过村邑，恣行暴害，江南人畏之，以其名怖小儿。这里隐指花惊定。

[3] 鹘：一种猛禽。

[4] 绵州副使：指段子璋。柘黄：用柘木汁染的赤黄色，隋唐以来为帝王的服色，此指龙袍。

[5] 子章：即段子璋。髑髅(dú lóu)：死人的骨头。糢糊：即模糊。

[6] 崔大夫：崔光远。

[7] 李侯：李奂。叛乱平息后，李奂复东川节度使之职。

[8] 东都：洛阳。此时洛阳仍为史思明占据。

茅屋为秋风所破歌

八月秋高风怒号,卷我屋上三重茅[1]。
茅飞度江洒江郊,高者挂罥长林梢[2],
下者飘转沉塘坳。南村群童欺我老无力,
忍能对面为盗贼[3],公然抱茅入竹去。
唇焦口燥呼不得[4],归来倚杖自叹息。
俄顷风定云墨色[5],秋天漠漠向昏黑[6]。
布衾多年冷似铁,骄儿恶卧踏里裂[7]。
床床屋漏无干处,雨脚如麻未断绝[8]。
自经丧乱少睡眠[9],长夜沾湿何由彻[10]。
安得广厦千万间,大庇天下寒士俱欢颜[11],
风雨不动安如山。
呜呼!何时眼前突兀见此屋[12],
吾庐独破受冻死亦足[13]。

注释

[1]三重:三层。三,言其多。

[2]挂罥(juàn):挂结。

[3]忍能:忍心这样。盗贼:此是气恨之词。

[4]呼不得:即呼喊不出声来。

[5]俄顷:顷刻,一会儿。

[6]秋天:秋季的天空。漠漠:阴沉迷蒙貌。向:接近。

[7]恶卧:睡相不好,脚乱蹬,把被里子都蹬破了,所以说"踏里裂"。

[8]雨脚如麻:形容密雨如麻线一样,不断倾注。

[9]丧乱:指安史之乱。

[10]长夜沾湿:指茅屋整夜漏雨。彻:彻晓,天亮。何由彻,怎么挨到天亮?

[11]庇(bì):遮护。寒士:贫寒之人。

[12]突兀(wù):高耸貌。见:同"现"。

[13]庐:茅舍,即草堂。

短歌行

王郎酒酣拔剑斫地歌莫哀[1],
我能拔尔抑塞磊落之奇才[2]。
豫章翻风白日动[3],鲸鱼跋浪沧溟开,
且脱佩剑休裴回[4]。
西得诸侯棹锦水,欲向何门趿珠履[5]。
仲宣楼头春色深,青眼高歌望吾子[6],
眼中之人吾老矣[7]。

注释

[1] 酒酣:半醉。斫(zhuó):用刀斧砍。
[2] 拔:提拔,拔擢。抑塞:犹抑郁,谓才不得展。磊落:光明坦荡。
[3] 豫章:大木,樟类。
[4] 脱:取下。裴回:犹"徘徊",犹豫不决,指哀歌之态。
[5] 趿(tā):穿。
[6] 青眼:据《晋书·阮籍传》,阮籍能为青白眼,待贤者以青眼,待不肖者以白眼。高歌:犹放歌。望:望其得遇知己以施展奇才。吾子:相亲之词,指王郎。
[7] 眼中之人:指王郎。

韦讽录事宅观曹将军画马图

国初已来画鞍马,神妙独数江都王[1]。
将军得名三十载,人间又见真乘黄[2]。
曾貌先帝照夜白[3],龙池十日飞霹雳[4]。
内府殷红马脑碗,婕妤传诏才人索。
碗赐将军拜舞归,轻纨细绮相追飞。
贵戚权门得笔迹,始觉屏障生光辉。

昔日太宗拳毛䯄[5]，近时郭家师子花[6]。

今之新图有二马，复令识者久叹嗟。

此皆骑战一敌万，缟素漠漠开风沙[7]。

其余七匹亦殊绝，迥若寒空动烟雪。

霜蹄蹴踏长楸间，马官厮养森成列。

可怜九马争神骏，顾视清高气深稳。

借问苦心爱者谁，后有韦讽前支遁[8]。

忆昔巡幸新丰宫[9]，翠华拂天来向东。

腾骧磊落三万匹，皆与此图筋骨同。

自从献宝朝河宗，无复射蛟江水中。

君不见，金粟堆前松柏里[10]，龙媒去尽鸟呼风[11]。

注释

[1] 江都王：《历代名画记》载，江都王李绪，霍王李元轨之子，太宗之侄，善书画，工鞍马。

[2] 乘黄：古代传说中的神马。

[3] 照夜白：玄宗有两匹御马，一名照夜白，一名玉花骢。

[4] 龙池：《长安志》载，龙池在南内南薰殿北、跃龙门南，深数丈，常有云气，或见黄龙出其中。

[5] 拳毛䯄(guā)：唐太平所乘六骏，其五曰拳毛䯄。

[6] 师子花：范阳节度使李德山贡给唐代宗骏马，代宗赐给郭子仪。

[7] 缟素：画绢。

[8] 支遁：东晋僧人，喜养马。

[9] 新丰宫：指华清宫，在骊山西北麓，玄宗经常来此过冬。

[10] 金粟：山名，在今陕西省蒲城县东北三十里，玄宗墓地所在，名泰陵。

[11] 龙媒：指骏马。

丹青引赠曹将军霸

将军魏武之子孙[1],于今为庶为清门[2]。
英雄割据虽已矣[3],文彩风流犹尚存[4]。
学书初学卫夫人[5],但恨无过王右军[6]。
丹青不知老将至,富贵于我如浮云。
开元之中常引见[7],承恩数上南熏殿[8]。
凌烟功臣少颜色[9],将军下笔开生面。
良相头上进贤冠[10],猛将腰间大羽箭[11]。
褒公鄂公毛发动[12],英姿飒爽来酣战[13]。
先帝天马玉花骢[14],画工如山貌不同[15]。
是日牵来赤墀下[16],迥立阊阖生长风[17]。
诏谓将军拂绢素[18],意匠惨澹经营中[19]。
斯须九重真龙出[20],一洗万古凡马空[21]。
玉花却在御榻上[22],榻上庭前屹相向[23]。
至尊含笑催赐金[24],圉人太仆皆惆怅[25]。
弟子韩幹早入室,亦能画马穷殊相[26]。
幹惟画肉不画骨[27],忍使骅骝气凋丧[28]。
将军画善盖有神,必逢佳士亦写真[29]。
即今飘泊干戈际[30],屡貌寻常行路人[31]。
途穷反遭俗眼白,世上未有如公贫。
但看古来盛名下,终日坎壈缠其身[32]。

注释

[1]魏武:指魏武帝曹操。曹髦为曹操曾孙,霸为髦后,故云。

[2]庶:庶人。清门:寒门。

[3]英雄割据:指东汉末年曹操割据中原。已:过去。

[4]文彩风流:曹操能诗,曹髦善画,故云。曹霸学书善画,故曰"犹尚存"。

[5]书:书法。卫夫人:东晋著名女书法家。

[6]无过:没有超过。王右军:即东晋大书法家王羲之,曾官右军将军,故

人称"王右军"。

［7］引见：应诏被引领觐见皇帝。

［8］数（shuò）：屡次。南熏殿：在长安南内兴庆宫内。

［9］凌烟：指凌烟阁，在长安西内三清殿侧。

［10］进贤冠：文臣所戴朝冠。

［11］大羽箭：一种四羽大竿长箭。唐太宗尝自制以旌武功。

［12］褒公：褒国公段志玄。鄂公：鄂国公尉迟敬德。

［13］飒爽：威武英俊貌。

［14］先帝：指玄宗。天马：一作"御马"。玉花骢：玄宗所乘御马名。

［15］画工如山：极言画工之多。貌不同：画得与真马不相同，即画得不像。

［16］赤墀（chí）：皇帝宫殿阶地涂丹漆，故称赤墀，也称丹墀。

［17］迥立：昂首挺立。阊阖（chānghé）：天门，此指天子宫门。生长风：形容马飞动神骏之英姿。

［18］绢素：绘画用的白绢。

［19］意匠：巧妙构思。惨澹经营：苦心规划设计。

［20］斯须：一会儿。九重：指皇宫。

［21］一洗：犹一扫。谓霸画马胜过所有人间凡马，为空前绝作。

［22］却在：不该在而在。御榻：御床。

［23］榻上：指曹霸画马。庭前：指赤墀下真马。屹：屹立。

［24］至尊：皇帝，指玄宗。

［25］圉（yǔ）人：养马的人。太仆：掌马的官。

［26］穷殊相：穷形尽相，曲尽变态。

［27］画肉：指韩幹画马肥大。骨：指马的神骏风韵。

［28］骅骝：传说为周穆王八骏之一。气凋丧：精神衰颓，没有神气。

［29］佳士：卓越非凡之人。写真：画像。

［30］干戈：指战乱。飘泊干戈，指避安史之乱。

［31］屡貌：常常描绘。此句谓霸为了糊口，不得不为寻常人画像，可见境遇落魄。

［32］坎壈（lǎn）：穷困潦倒。

四松

四松初移时,大抵三尺强。
别来忽三载,离立如人长[1]。
会看根不拔,莫计枝凋伤。
幽色幸秀发,疏柯亦昂藏[2]。
所插小藩篱,本亦有堤防。
终然扵拨损[3],得吝千叶黄。
敢为故林主,黎庶犹未康。
避贼今始归,春草满空堂。
览物叹衰谢,及兹慰凄凉。
清风为我起,洒面若微霜。
足以送老姿,聊待偃盖张[4]。
我生无根带,配尔亦茫茫。
有情且赋诗,事迹可两忘[5]。
勿矜千载后,惨淡蟠穹苍。

注释

[1]离:并。

[2]柯:树枝。昂藏:气度轩昂。

[3]扵(chēng)拨:碰撞。

[4]偃盖:松树形如车盖。

[5]事迹:指松树有根而自己飘泊诸事。

古柏行

孔明庙前有老柏[1],柯如青铜根如石[2]。
霜皮溜雨四十围[3],黛色参天二千尺[4]。
君臣已与时际会,树木犹为人爱惜。
云来气接巫峡长,月出寒通雪山白。

忆昨路绕锦亭东,先主武侯同閟宫[5]。
崔嵬枝干郊原古[6],窈窕丹青户牖空[7]。
落落盘踞虽得地[8],冥冥孤高多烈风[9]。
扶持自是神明力,正直原因造化功。
大厦如倾要梁栋,万牛回首丘山重。
不露文章世已惊[10],未辞翦伐谁能送。
苦心岂免容蝼蚁[11],香叶终经宿鸾凤[12]。
志士幽人莫怨嗟,古来材大难为用。

注释

[1]孔明庙:即武侯庙,诸葛亮字孔明。

[2]青铜:形容颜色苍老。如石:形容扎根坚牢。

[3]霜皮溜雨:指树干色白光滑。围:一人合抱为一围。四十围,极言柏粗。

[4]黛色:青黑色,形容柏叶葱郁之状。参天:高耸云霄。二千尺:极言柏高。

[5]"忆昨"二句:此二句忆成都武侯祠。锦亭,此指杜甫在成都所居草堂,因紧靠锦江,中有台亭,故称锦亭。先主,指刘备。武侯,诸葛亮封武乡侯。閟(bì)宫,祠庙。因成都武侯祠原附在先主庙中,故曰"同閟宫"。而武侯祠在草堂东,杜甫常去拜谒,故曰"路绕锦亭东"。

[6]崔嵬:高峻貌。

[7]窈窕(yǎotiǎo):深邃貌。丹青:指庙内壁画。牖(yǒu):窗户。户牖空,谓寂静无人。

[8]落落:卓立不群貌。得地:占得地势之利。

[9]冥冥:高远貌。孤高:独立高空。烈风:大风。

[10]文章:文采。

[11]苦心:柏心味苦。容蝼蚁:为蝼蚁所蛀蚀。

[12]香叶:柏叶有香气。宿鸾凤:为鸾凤一类高贵的鸟所栖宿。

缚鸡行

小奴缚鸡向市卖,鸡被缚急相喧争。

家中厌鸡食虫蚁[1],不知鸡卖还遭烹。
虫鸡于人何厚薄[2],吾叱奴人解其缚[3]。
鸡虫得失无了时,注目寒江倚山阁。

注释

[1]厌:厌恶,讨厌。

[2]何厚薄:虫、鸡于人并无厚薄之分,而人又何必厚此薄彼呢?

[3]叱:呵令。

负薪行

夔州处女发半华[1],四十五十无夫家。
更遭丧乱嫁不售,一生抱恨堪咨嗟[2]。
土风坐男使女立,应当门户女出入。
十犹八九负薪归,卖薪得钱应供给。
至老双鬟只垂颈,野花山叶银钗并。
筋力登危集市门[3],死生射利兼盐井[4]。
面妆首饰杂啼痕,地褊衣寒困石根。
若道巫山女粗丑,何得此有昭君村[5]。

注释

[1]发半华:头发花白。华,同"花"。

[2]一生:终生,一辈子。咨嗟:感伤叹气。

[3]筋力登危:用力气登上高山,指打柴的艰辛。筋力,犹体力、气力。集市门:到集市上,指卖柴。

[4]死生射利:为生活所迫,不顾性命地挣钱。兼盐井:除打柴外,还负运盐井所出的盐。

[5]"若道"二句:此二句意谓夔州一带妇女并非天生粗丑,其粗丑是生活的艰难、繁重的劳动造成的。昭君村,在归州东北(今湖北兴山县宝坪村),是著名美女王昭君的故乡。

暇日小园散病将种秋菜督勒耕牛兼书触目

不爱入州府[1],畏人嫌我真。
及乎归茅宇,旁舍未曾嗔[2]。
老病忌拘束,应接丧精神。
江村意自放,林木心所欣。
秋耕属地湿,山雨近甚匀。
冬菁饭之半[3],牛力晚来新。
深耕种数亩,未甚后四邻。
嘉蔬既不一,名数颇具陈。
荆巫非苦寒,采撷接青春。
飞来两白鹤,暮啄泥中芹。
雄者左翮垂,损伤已露筋。
一步再流血,尚经矰缴勤[4]。
三步六号叫,志屈悲哀频。
鸾皇不相待,侧颈诉高旻[5]。
杖藜俯沙渚,为汝鼻酸辛。

注释

[1]州府:此指官府。

[2]旁舍:邻居。此指农民。

[3]冬菁:秋菜名。蔓菁之类。

[4]矰缴(zēngzhuó):带绳的箭镞。

[5]高旻(mín):高天。

观公孙大娘弟子舞剑器行

昔有佳人公孙氏,一舞剑气动四方[1]。
观者如山色沮丧[2],天地为之久低昂。
㸌如羿射九日落,矫如群帝骖龙翔[3]。

来如雷霆收震怒[4],罢如江海凝清光。
绛唇珠袖两寂寞[5],况有弟子传芬芳[6]。
临颍美人在白帝[7],妙舞此曲神扬扬[8]。
与余问答既有以[9],感时抚事增惋伤。
先帝侍女八千人,公孙剑器初第一。
五十年间似反掌,风尘倾动昏王室[10]。
梨园子弟散如烟[11],女乐余姿映寒日[12]。
金粟堆南木已拱[13],瞿唐石城草萧瑟[14]。
玳筵急管曲复终,乐极哀来月东出。
老夫不知其所往[15],足茧荒山转愁疾。

注释

[1] 动四方:轰动四方。

[2] 观者如山:形容人多,犹言人山人海。色沮丧:形容舞蹈之妙让观众眼花缭乱,惊心动魄,面为改色。

[3] 矫:矫健。群帝:众天神。骖(cān)龙翔:驾龙飞翔。

[4] 雷霆:形容击鼓声。收震怒:谓舞者在鼓声骤停时出场。

[5] 绛唇:红唇,指人。珠袖:指舞。两寂寞:谓公孙大娘人与舞俱亡。

[6] 弟子:指李十二娘。芬芳:香气,此指美妙的舞艺。

[7] 临颍美人:即李十二娘。白帝:白帝城,指夔州。

[8] 神扬扬:神采飞扬。

[9] 既有以:既有根由。

[10] 风尘倾动:犹言天昏地暗,指安史之乱。

[11] 梨园子弟:指唐代宫廷内的梨园乐工。散如烟:像烟一样消散。安史之乱,京师乐工歌伎多流散各地,故云。

[12] 女乐:歌伎,舞女。余姿:容颜中衰。

[13] 金粟堆:即金粟山,在今陕西蒲城县,玄宗泰陵所在地。

[14] 瞿唐石城:指白帝城。该城依山石为城,下临瞿塘峡,故云。萧瑟:萧条冷落。

[15] 老夫:杜甫自谓。

夜归

夜来归来冲虎过,山黑家中已眠卧。
傍见北斗向江低,仰看明星当空大[1]。
庭前把烛嗔两炬,峡口惊猿闻一个。
白头老罢舞复歌[2],杖藜不睡谁能那[3]。

注释
[1]明星:金星,古称太白星。
[2]老罢:犹言"老去",即"老了"之意。
[3]那:奈何。

醉为马坠诸公携酒相看

甫也诸侯老宾客[1],罢酒酣歌拓金戟。
骑马忽忆少年时,散蹄迸落瞿塘石。
白帝城门水云外,低身直下八千尺[2]。
粉堞电转紫游缰[3],东得平冈出天壁。
江村野堂争入眼,垂鞭嚲鞚凌紫陌[4]。
向来皓首惊万人,自倚红颜能骑射。
安知决臆追风足[5],朱汗骖䮼犹喷玉[6]。
不虞一蹶终损伤,人生快意多所辱。
职当忧戚伏衾枕[7],况乃迟暮加烦促。
明知来问腆我颜,杖藜强起依僮仆。
语尽还成开口笑,提携别扫清溪曲。
酒肉如山又一时,初筵哀丝动豪竹。
共指西日不相贷[8],喧呼且覆杯中渌[9]。
何必走马来为问,君不见嵇康养生遭杀戮[10]。

注释
[1]诸侯:指柏中丞伯茂琳。

[2] 八千尺：自城门驰下瞿塘峡，约计八千尺，并非是说从如此高处坠落。
[3] 粉堞(dié)：白色矮墙。电转：快如闪电。紫游缰：紫色的缰绳。
[4] 觯鞚(duǒkòng)：放松马勒。紫陌：大道。
[5] 决臆：恣意。追风：骏马名，以疾驰而称。
[6] 朱汗：指汗血马。骖驔：飞腾迅猛貌。喷玉：言马雄猛，踏岸则喷沙，激水则喷玉。
[7] 职当：理应。
[8] 不相贷：不停留。
[9] 渌：渌酒，即清酒。
[10] 嵇康：魏晋时诗人，曾著《养生论》，后遭司马氏杀害。

夜闻觱篥[1]

夜闻觱篥沧江上，衰年侧耳情所向[2]。
邻舟一听多感伤，塞曲三更歘悲壮[3]。
积雪飞霜此夜寒，孤灯急管复风湍。
君知天地干戈满，不见江湖行路难。

注释

[1] 觱篥(bìlì)：古乐器，传自西域，声悲壮，有类于笳。
[2] 情所向：谓旅情顿起。
[3] 歘(xū)：忽然。

风雨看舟前落花戏为新句

江上人家桃树枝，春寒细雨出疏篱。
影遭碧水潜勾引，风妒红花却倒吹。
吹花困癫傍舟楫，水光风力俱相怯。
赤憎轻薄遮入怀[1]，珍重分明不来接。
湿久飞迟半日高，萦沙惹草细于毛。

蜜蜂蝴蝶生情性，偷眼蜻蜓避百劳[2]。

注释

[1] 赤憎：方言，犹言生憎，即厌恶之意。

[2] 百劳：鸟名，即伯劳，性独而恶，故众鸟畏之。

赠李白

秋来相顾尚飘蓬[1]，未就丹砂愧葛洪[2]。
痛饮狂歌空度日[3]，飞扬跋扈为谁雄[4]。

注释

[1] 相顾：犹见顾。飘蓬：随风飘转不定的蓬草，常喻人之流离飘泊。

[2] 就：炼成。丹砂：即朱砂，炼丹所用药。葛洪：自号抱朴子，东晋道教理论家、炼丹术家，曾在罗浮山炼丹，积年而卒，人以为尸解。

[3] 空度日：虚度年华。

[4] 飞扬跋扈：不守常规，狂放不羁。

登兖州城楼

东郡趋庭日[1]，南楼纵目初[2]。
浮云连海岳，平野入青徐。
孤嶂秦碑在[3]，荒城鲁殿余。
从来多古意[4]，临眺独踌躇[5]。

注释

[1] 趋庭：古时称子承父教为"趋庭"。典出《论语·季氏》："鲤趋而过庭。"

[2] 纵目初：初次登临眺望。

[3] 孤嶂：指峄山，在今山东省邹县东南。秦碑：指秦始皇登峄山所刻石碑。

[4] 古意：怀古之意。

[5] 踌躇：徘徊。

房兵曹胡马诗[1]

胡马大宛名[2],锋棱瘦骨成[3]。
竹批双耳峻,风入四蹄轻[4]。
所向无空阔[5],真堪托死生[6]。
骁腾有如此[7],万里可横行。

注释

[1]兵曹:兵曹参军事的省称。房兵曹,名字不可考。胡马:泛指当时西北边疆地区所产的马。

[2]大宛(yuān):汉代西域国名,其地在今乌兹别克斯坦共和国境内,盛产良马。胡中良马,以产自大宛者最著名,故曰"大宛名"。

[3]锋棱:形容胡马神旺气锐。

[4]"风入"句:形容马在奔驰时四蹄轻快,犹如风驰电掣一般。

[5]无空阔:意为不知有空阔,极言马之善走。

[6]堪:胜任。托死生:意谓此马可使人临危脱险,化险为夷。

[7]骁腾:骁勇飞腾。

画鹰

素练风霜起[1],苍鹰画作殊[2]。
㧑身思狡兔[3],侧目似愁胡[4]。
绦镟光堪摘[5],轩楹势可呼[6]。
何当击凡鸟[7],毛血洒平芜[8]。

注释

[1]素练:画鹰所用的白绢。风霜起:形容画中鹰神态威猛,使人产生一种如风霜忽起的肃杀之感。

[2]画作殊:画得特别出色。

[3]㧑(sǒng):同"竦",挺立。思狡兔:想要攫取狡兔。

[4]侧目:侧目而视,即斜视。似愁胡:形容鹰的眼睛色碧而锐利。愁胡指

发愁时的胡人。因胡人（西域人）碧眼，故以为喻。

[5]绦：丝绳，系鹰所用。镟（xuàn）：金属转轴，系鹰用铁环。光堪摘：是说绦镟闪着亮光，简直可以从画上摘下。

[6]轩楹：堂前廊柱，这里指画鹰所在的地方。势可呼：样子似乎可以呼之去打猎。

[7]何当：何时才能。凡鸟：平凡的鸟。

[8]平芜：草原。

春日忆李白

白也诗无敌，飘然思不群[1]。
清新庾开府[2]，俊逸鲍参军[3]。
渭北春天树[4]，江东日暮云[5]。
何时一尊酒[6]，重与细论文[7]。

注释

[1]飘然：高超之意。思：指才思。不群：不同于一般人。

[2]清新：自然新鲜，力避陈腐。庾开府：即庾信，字子山。南朝梁代著名诗人，后入北周，官至骠骑大将军、开府仪同三司，故称"庾开府"。

[3]俊逸：飘逸洒脱，不同凡俗。鲍参军：即鲍照，字明远。南朝刘宋时著名诗人，曾为前军参军，掌书记之任，故称"鲍参军"。

[4]渭北：渭水之北，借指长安一带，为杜甫所在地。

[5]江东：泛指长江以东地区，即今江苏南部与浙江北部一带，为李白当时所在地。

[6]尊：同"樽"，酒器。

[7]论文：即论诗。

对雪

战哭多新鬼[1]，愁吟独老翁[2]。

乱云低薄暮[3]，急雪舞回风[4]。
瓢弃尊无绿[5]，炉存火似红。
数州消息断，愁坐正书空[6]。

注释

[1]多新鬼：指陈陶斜、青坂战败伤亡之众。

[2]老翁：杜甫自谓。

[3]薄暮：傍晚。

[4]回风：旋风。

[5]瓢弃：无酒可舀，故瓢可弃。无绿：无酒。酒色绿，亦称"绿蚁"，后遂以绿代指酒。

[6]书空：《世说新语·黜免》载：殷浩被废后，终日书空，作"咄咄怪事"四字。

月夜

今夜鄜州月[1]，闺中只独看[2]。
遥怜小儿女，未解忆长安[3]。
香雾云鬟湿[4]，清辉玉臂寒[5]。
何时倚虚幌[6]，双照泪痕干[7]。

注释

[1]鄜州：今陕西富县。

[2]闺中：指妻子。

[3]未解：不懂得。

[4]香雾：雾本无香，乃鬟香透入夜雾，故云。

[5]清辉：指月光。

[6]虚幌：薄帷。

[7]双照：指妻子与自己双方而言。

春望

国破山河在[1],城春草木深[2]。
感时花溅泪[3],恨别鸟惊心[4]。
烽火连三月,家书抵万金。
白头搔更短[5],浑欲不胜簪[6]。

注释

[1]国:指国都。国破,谓长安陷落。山河在:山河依旧。

[2]草木深:草木丛生,意谓人烟稀少。

[3]感时:感伤时局。花溅泪:见花开而溅泪。

[4]鸟惊心:闻鸟鸣而心惊。

[5]白头:指白发。短:短少。

[6]浑欲:简直,几乎。不胜:犹不能。簪:用来束发于冠的饰具。

独酌成诗

灯花何太喜[1],酒绿正相亲。
醉里从为客,诗成觉有神。
兵戈犹在眼,儒术岂谋身。
共被微官缚[2],低头愧野人。

注释

[1]灯花:灯心余烬结成的花状物。俗以灯花为吉兆。

[2]微官:当时杜甫任左拾遗,官阶从八品。

曲江二首

一片花飞减却春[1],风飘万点正愁人[2]。

且看欲尽花经眼[3]，莫厌伤多酒入唇[4]。
江上小堂巢翡翠[5]，苑边高冢卧麒麟[6]。
细推物理须行乐[7]，何用浮名绊此身[8]。

朝回日日典春衣[9]，每日江头尽醉归[10]。
酒债寻常行处有[11]，人生七十古来稀。
穿花蛱蝶深深见[12]，点水蜻蜓款款飞。
传语风光共流转[13]，暂时相赏莫相违[14]。

注释

［1］减却：减去。

［2］万点：指落花。

［3］欲尽花：将尽之花。经眼：犹过眼。

［4］伤多酒：伤于酒多也。

［5］翡翠：鸟名。

［6］苑：指芙蓉苑，在曲江西南。冢：坟墓。麒麟：传说中的瑞兽名。此指石麒麟。

［7］物理：事物盛衰变化之理。盛衰无常，故当及时行乐。

［8］浮名：虚名。绊：羁绊，比喻束缚。

［9］朝回：退朝回来。典：典当。

［10］江头：指曲江。

［11］寻常：平常。行处：到处。

［12］蛱蝶：蝴蝶。深深见：谓忽隐忽现。

［13］传语：寄语，转告。共流转：犹共盘桓。

［14］莫相违：谓春光不要抛人而去。

曲江对酒

苑外江头坐不归[1]，水精春殿转霏微[2]。

判人共棄孄朝真與世相違吏情更覺滄
洲遠老大悲傷未拂衣

曲江對雨

城上春雲覆苑牆江亭晚色靜年芳林花
著雨燕脂透落水荇牽風翠帶長龍
武新軍深駐輦芙蓉別殿謾焚香何時
詔此金錢會輒醉佳人錦瑟旁

桃花细逐杨花落[3]，黄鸟时兼白鸟飞。

纵饮久判人共弃[4]，懒朝真与世相违。

吏情更觉沧洲远[5]，老大悲伤未拂衣[6]。

注释

[1] 苑：指芙蓉苑，在唐长安东南曲江池南。

[2] 霏微：雨雾弥漫的样子。

[3] 细：轻盈貌。

[4] 判(pān)：甘愿。

[5] 吏情：为官之情。沧洲：指隐士的居所。

[6] 拂衣：振衣而去，指隐退。

曲江对雨

城上春云覆苑墙，江亭晚色静年芳。

林花著雨燕脂落，水荇牵风翠带长[1]。

龙武新军深驻辇[2]，芙蓉别殿谩焚香[3]。

何时诏此金钱会[4]，暂醉佳人锦瑟旁。

注释

[1] 荇：多年水生草本植物，叶子略呈圆形，根生水底，花黄色。

[2] 龙武军：皇家宿卫队，由功臣子弟组成。

[3] 芙蓉别殿：即芙蓉苑，昔为皇上游幸之处。

[4] 金钱会：《旧唐书》载，玄宗开元元年(713)九月，宴王公百寮于承天门，令左右于楼下撒金钱，许中书以上五品官及诸司三品以上官员争拾之。

曲江陪郑八丈南史饮

雀啄江头黄柳花,鵁鶄鸂鶒满晴沙[1]。
自知白发非春事,且尽芳尊恋物华。
近侍即今难浪迹,此身那得更无家。
丈人文力犹强健,岂傍青门学种瓜[2]。

注释

[1] 鵁鶄(jiāojīng):即池鹭,一种水鸟。鸂鶒(xīchì):俗称紫鸳鸯。
[2] "岂傍"句:汉朝初年,故秦东陵侯邵平种瓜于长安城东门外,其门涂青色,故称青门。

秦州杂诗二十首(录四首)

满目悲生事[1],因人作远游[2]。
迟回度陇怯,浩荡及关愁。
水落鱼龙夜,山空鸟鼠秋。
西征问烽火[3],心折此淹留。

鼓角缘边郡[4],川原欲夜时。
秋听殷地发[5],风散入云悲。
抱叶寒蝉静,归来独鸟迟。
万方声一概,吾道竟何之。

莽莽万重山,孤城山谷间。
无风云出塞,不夜月临关。
属国归何晚[6],楼兰斩未还[7]。
烟尘独长望,衰飒正摧颜。

山头南郭寺[8],水号北流泉[9]。
老树空庭得[10],清渠一邑传。
秋花危石底,晚景卧钟边。
俯仰悲身世,溪风为飒然。

注释

[1]生事:世事。

[2]因人:依靠人。

[3]西征:秦州在长安西方,故云。问烽火:恐前路不静,故问有无战事。

[4]边郡:指秦州。

[5]殷:震动。

[6]属国:即"典属国",秦汉时官名,掌少数民族事务。此处指赴吐蕃之使臣。

[7]楼兰:汉时西域国名。汉昭帝时,楼兰与匈奴通好,不亲汉朝。傅介子至楼兰,斩其王首而归。此以楼兰代指与唐为敌的吐蕃。

[8]南郭寺:位于秦州城东南约三华里的慧音山北坡,今尚存。

[9]北流泉:在南郭寺内,因泉水北流而得名。今存泉井一眼,水味甘甜。

[10]老树:南郭寺庭院有古柏两株,今尚存活。

月夜忆舍弟

戍鼓断人行[1],秋边一雁声。
露从今夜白,月是故乡明。
有弟皆分散,无家问死生[2]。
寄书长不达[3],况乃未休兵[4]。

注释

[1]戍鼓:戍楼夜时所击禁鼓。断人行:谓宵禁戒严。

[2]无家:时杜甫巩县老家毁于安史之乱,已无人,故云。

[3]书:家信。

[4]况乃:何况是。

遣怀

愁眼看霜露,寒城菊自花。

天风随断柳,客泪堕清笳[1]。

水净楼阴直,山昏塞日斜。

夜来归鸟尽,啼杀后栖鸦。

注释

[1]清笳:凄清的胡笳声。胡笳,古时管乐器,常用作军中号角。

送远

带甲满天地[1],胡为君远行[2]。

亲朋尽一哭[3],鞍马去孤城[4]。

草木岁月晚,关河霜雪清。

别离已昨日[5],因见古人情[6]。

注释

[1]带甲:披甲的士兵。满天地:到处皆兵。

[2]胡为:何为。

[3]尽一哭:同声一哭。

[4]去孤城:离开秦州。

[5]昨日:往日。

[6]古人情:古人殷殷惜别之情。

天末怀李白

凉风起天末[1],君子意如何[2]。
鸿雁几时到[3],江湖秋水多。
文章憎命达[4],魑魅喜人过[5]。
应共冤魂语[6],投诗赠汨罗[7]。

注释

[1]凉风:时值秋天,故云。
[2]君子:指李白。
[3]鸿雁:代指书信。
[4]文章:泛指诗文。命达:谓仕途通达。
[5]魑魅(chī mèi):山泽中精怪,此喻奸邪小人。过:经过。
[6]冤魂:指屈原。
[7]投诗:谓李白投诗汨罗以吊屈原。

独立

空外一鸷鸟[1],河间双白鸥。
飘飘搏击便,容易往来游。
草露亦多湿,蛛丝仍未收。
天机近人事,独立万端忧。

注释

[1]鸷鸟:凶猛的鸟。

野望

清秋望不极,迢递起曾阴[1]。
远水兼天净,孤城隐雾深。
叶稀风更落,山迥日初沉。

独鹤归何晚,昏鸦已满林。

注释　[1]迢递:遥远貌。

蜀相[1]

丞相祠堂何处寻[2],锦官城外柏森森[3]。
映阶碧草自春色[4],隔叶黄鹂空好音[5]。
三顾频烦天下计,两朝开济老臣心[6]。
出师未捷身先死[7],长使英雄泪满襟。

注释　[1]蜀相:指诸葛亮。公元221年,刘备在蜀称帝,任命诸葛亮为丞相。

[2]丞相祠堂:即武侯祠,在今成都南郊。

[3]锦官城:在成都西南部,汉代主管织锦业的官员居此,故称。后作为成都的别称。森森:高大茂密貌。传说武侯祠前有一柏为诸葛亮手植。

[4]映:遮掩。自春色:自为春色。

[5]空好音:空作好音。

[6]开济:经邦济世。

[7]出师未捷:指诸葛亮在《出师表》中提出的"北定中原,兴复汉室,还于旧都"的理想未得实现。

卜居

浣花流水水西头[1],主人为卜林塘幽[2]。
已知出郭少尘事[3],更有澄江销客愁[4]。
无数蜻蜓齐上下,一双鸂鶒对沉浮。
东行万里堪乘兴,须向山阴上小舟。

注释

[1]浣花:浣花溪,在四川成都市西郊,为锦江支流,杜甫结草堂于溪旁。
[2]主人:指当地的亲友;有人认为指剑南节度使裴冕。卜:卜居,择地居住。林塘幽:指草堂周围的环境幽雅。
[3]出郭:在郊外。少尘事:没有俗世打扰。
[4]澄江:指浣花溪。

梅雨

南京西浦道[1],四月熟黄梅。
湛湛长江去[2],冥冥细雨来。
茅茨疏易湿,云雾密难开。
竟日蛟龙喜[3],盘涡与岸回。

注释

[1]南京:成都。至德二载(757)十二月,玄宗自成都回长安,成都号称南京。西浦:一作"犀浦",旧县名,属成都府,垂拱二年(686)析成都县置。
[2]长江:当指锦江。
[3]蛟龙:古代传说能发洪水的龙。

有客

幽栖地僻经过少[1],老病人扶再拜难[2]。
岂有文章惊海内,漫劳车马驻江干[3]。
竟日淹留佳客坐,百年粗粝腐儒餐[4]。
不嫌野外无供给,乘兴还来看药栏。

注释

[1]幽栖:指草堂的清静。经过少:来访的人很少。
[2]再拜:郑重的礼节。这里是说因自己老病,不能行再拜之礼,请客人原谅。
[3]漫劳:空劳。江干:江边,这里指草堂。
[4]粗粝:粗米。

狂夫

万里桥西一草堂[1],百花潭水即沧浪[2]。
风含翠筱娟娟静[3],雨裛红蕖冉冉香[4]。
厚禄故人书断绝[5],恒饥稚子色凄凉[6]。
欲填沟壑唯疏放[7],自笑狂夫老更狂。

注释

[1]万里桥:在成都南门外,横跨锦江。

[2]百花潭:浣花溪的一段。

[3]翠筱(xiǎo):绿色细竹。娟娟:美好貌。

[4]雨裛(yì):受雨湿润。红蕖(qú):红色的荷花。冉冉:犹徐徐,淡淡。

[5]厚禄故人:俸禄优厚的故交。此指裴冕。书:音信。

[6]恒饥:常常挨饿。稚子:幼子,指宗文、宗武。色凄凉:面带饥色。

[7]填沟壑:指死。疏放:疏狂放浪。

堂成

背郭堂成荫白茅[1],缘江路熟俯青郊[2]。
桤林碍日吟风叶[3],笼竹和烟滴露梢[4]。
暂止飞乌将数子[5],频来语燕定新巢[6]。
旁人错比扬雄宅[7],懒惰无心作解嘲。

注释

[1]背郭:背靠城郭。草堂在成都城西,故云。荫:覆盖。白茅:茅草的一种,又叫丝茅草,可用作盖屋的材料。荫白茅,指屋顶用白茅覆盖。

[2]缘江:沿江。江,指浣花溪。俯青郊:俯视暮春青绿的郊野。

[3]桤(qī):一种落叶乔木。碍日:挡住阳光。吟风叶:风吹树叶发出的声响,犹如吟唱一般动听。

[4]笼竹:指慈竹。烟:指竹林间弥漫的雾霭。

[5]暂止:暂时栖止。将:携带。数子:几只雏鸟。

[6]语燕:燕子呢喃作语。定新巢:筑新巢。

[7]扬雄:西汉蜀郡成都人,其宅在成都少城西南隅,因其曾在此闭门著《太玄经》,故又名"草玄堂"。

进艇[1]

南京久客耕南亩[2],北望伤神坐北窗[3]。
昼引老妻乘小艇,晴看稚子浴清江。
俱飞蛱蝶元相逐[4],并蒂芙蓉本自双[5]。
茗饮蔗浆携所有[6],瓷罂无谢玉为缸[7]。

注释

[1]进艇:即划小船。船小而长者为艇。

[2]南京:谓成都。

[3]北望:指北望长安和中原地区。

[4]俱飞:比翼双飞。蛱蝶:蝴蝶。元相逐:喻夫妻相亲相爱。

[5]芙蓉:即荷花。本自双:喻夫妻成双成对。

[6]茗饮:茶水。蔗浆:蔗汁。

[7]瓷罂(yīng):陶制容器,小口大肚。无谢:犹不让。

江村

清江一曲抱村流[1],长夏江村事事幽[2]。
自去自来堂上燕,相亲相近水中鸥。
老妻画纸为棋局,稚子敲针作钓钩。
多病所须唯药物,微躯此外更何求[3]。

注释

[1]清江:指浣花溪。抱:环绕。

[2]幽:幽静安闲。

[3]微躯:微贱之躯,是自谦之词。

南邻[1]

锦里先生乌角巾[2]，园收芋粟不全贫。
惯看宾客儿童喜，得食阶除鸟雀驯[3]。
秋水才深四五尺，野航恰受两三人[4]。
白沙翠竹江村暮，相对柴门月色新。

注释

[1] 南邻：即朱山人，又称朱老。

[2] 锦里先生：即朱山人。乌角巾：古代隐士所戴的一种黑头巾。

[3] 阶除：阶沿。

[4] 野航：指农家小船。受：承受。

暮登四安寺钟楼寄裴十迪

暮倚高楼对雪峰，僧来不语自鸣钟。
孤城返照红将敛[1]，近市浮烟翠且重。
多病独愁常阒寂[2]，故人相见未从容。
知君苦思缘诗瘦，大向交游万事慵[3]。

注释

[1] 孤城：指新津县城，在成都南。

[2] 阒（qù）寂：静寂，孤寂。

[3] 慵：慵懒。

客至[1]

舍南舍北皆春水[2]，但见群鸥日日来。
花径不曾缘客扫，蓬门今始为君开[3]。
盘餐市远无兼味[4]，樽酒家贫只旧醅[5]。

肯与邻翁相对饮[6],隔篱呼取尽余杯[7]。

注释

[1]题下原注:"喜崔明府相过。"崔明府,名未详,杜甫舅氏,时为县令。

[2]舍:指浣花草堂。

[3]"花径"二句:花径指植有花草的舍间小径。缘,因为。客,指俗客。蓬门,犹柴门。君,指崔明府。两句互文。

[4]盘餐:指菜肴。兼味:即重味。无兼味,谦称菜少。

[5]旧醅(pēi):隔年而又未过滤的浊酒。

[6]肯:犹肯否,能否。邻翁:邻居野老。

[7]篱:篱笆。呼取:唤来。尽余杯:一起喝完剩下的酒。

漫成二首

野日荒荒白[1],春流泯泯清[2]。
渚蒲随地有,村径逐门成。
只作披衣惯,常从漉酒生[3]。
眼前无俗物[4],多病也身轻。

江皋已仲春[5],花下复清晨。
仰面贪看鸟,回头错应人。
读书难字过[6],对酒满壶频。
近识峨眉老[7],知予懒是真[8]。

注释

[1]荒荒白:不甚白。

[2]泯泯清:不甚清。

[3]漉:滤。

[4]"俗物"句:《世说新语·排调》载,嵇康、阮籍、山涛、刘伶在竹林酣饮,王戎后至,阮籍曰:"俗物已复来败人意!"此句以阮籍自比,抒写远俗自适、傲岸不群之情。

[5] 江皋:江边。

[6] "读书"句:有陶渊明"好读书不求甚解"之意。

[7] 峨眉老:东山隐者。

[8] 懒是真:疏懒正是任本真而不矫饰的表现。

春夜喜雨

好雨知时节[1],当春乃发生[2]。
随风潜入夜[3],润物细无声[4]。
野径云俱黑[5],江船火独明。
晓看红湿处[6],花重锦官城[7]。

注释

[1] 时节:时令节气,此指春天。

[2] 乃:就。发生:应时而降。

[3] 潜:犹悄悄。潜入,犹言神不知鬼不觉地来临。

[4] 润物:滋润万物。

[5] 野径:田野小路。

[6] 红湿:经雨浸湿的花。

[7] 花重:花湿而重,愈加鲜艳,故曰"花重"。锦官城:即成都。

江亭

坦腹江亭暖,长吟野望时。
水流心不竞,云在意俱迟。
寂寂春将晚,欣欣物自私。
故林归未得[1],排闷强裁诗[2]。

注释

[1] 故林:故园。

[2]排闷：为排遣心中烦闷。强：勉强。裁诗：写诗。

可惜

花飞有底急[1]，老去愿春迟。
可惜欢娱地，都非少壮时。
宽心应是酒，遣兴莫过诗。
此意陶潜解[2]，吾生后汝期。

注释　[1]底：何，什么。
　　　[2]陶潜：即陶渊明。

落日

落日在帘钩，溪边春事幽[1]。
芳菲缘岸圃，樵爨倚滩舟[2]。
啅雀争枝坠[3]，飞虫满院游。
浊醪谁造汝，一酌散千忧。

注释　[1]春事：春色。
　　　[2]樵爨（cuàn）：劈柴烧饭。
　　　[3]啅（zhuó）：通"啄"。

后游

寺忆新游处，桥怜再渡时。
江山如有待[1]，花柳更无私[2]。
野润烟光薄，沙暄日色迟[3]。
客愁全为减，舍此复何之[4]。

注释

[1] 如有待：好像待人重游。

[2] 更无私：谓游者可尽情赏玩。

[3] "野润"二句：写出春色之丽。遍野如润，则烟光为之薄矣；沙亦为暄，则日色之去迟矣。烟，烟霭。暄，暖。

[4] 此：指修觉寺。复何之：更何往。

江上值水如海势聊短述

为人性僻耽佳句[1]，语不惊人死不休[2]。
老去诗篇浑漫兴[3]，春来花鸟莫深愁。
新添水槛供垂钓[4]，故著浮槎替入舟[5]。
焉得思如陶谢手[6]，令渠述作与同游[7]。

注释

[1] 性僻：性情怪僻。耽(dān)：沉溺，入迷。

[2] 死不休：至死不肯罢休，非改好不可。

[3] 老去诗篇：年老以后所写的诗。浑漫兴：随意兴发，不刻意雕镂。

[4] 水槛：水边的栏杆。

[5] 故：因。著：安置。槎：木筏子。

[6] 陶谢：指陶渊明、谢灵运，前代著名的田园山水诗人。

[7] 渠：他们。述作：写作。

少年行二首

莫笑田家老瓦盆[1]，自从盛酒长儿孙。
倾银注瓦惊人眼[2]，共醉终同卧竹根。

巢燕养雏浑去尽,江花结子已无多。
黄衫年少来宜数[3],不见堂前东逝波。

注释

[1]瓦盆:指盛酒的陶器。

[2]银:指银制的酒壶。

[3]黄衫:隋唐时少年穿的黄色华贵的衣服。

赠花卿

锦城丝管日纷纷[1],半入江风半入云。
此曲只应天上有,人间能得几回闻。

注释

[1]锦城:指成都。丝管:弦乐和管乐,泛指音乐。日纷纷:见得打胜仗后的欢庆景象。

少年行

马上谁家薄媚郎[1],临阶下马坐人床[2]。
不通姓字粗豪甚[3],指点银瓶索酒尝[4]。

注释

[1]薄媚:一作"白面"。

[2]床:胡床,一种可以折叠的轻便坐具,亦称交床、交椅。

[3]不通姓字:不报姓名。见其傲慢。

[4]银瓶:银制酒器。

绝句漫兴九首

眼见客愁愁不醒[1]，无赖春色到江亭[2]。
即遣花开深造次[3]，便觉莺语太丁宁[4]。

注释

[1]眼见：眼见得。愁不醒：是说客愁无法排遣。

[2]无赖：谓春色恼人。江：指浣花溪。

[3]遣：派遣，安排。深：很，太。造次：匆忙，仓猝。

[4]丁宁：再三嘱咐。

手种桃李非无主[1]，野老墙低还似家[2]。
恰似春风相欺得[3]，夜来吹折数枝花[4]。

注释

[1]手种：自己亲手栽植。

[2]野老：杜甫自指。

[3]得：句末语助词，唐人口语，相当于"呢"。

[4]夜来：昨夜。

熟知茅斋绝低小[1]，江上燕子故来频。
衔泥点污琴书内，更接飞虫打著人。

注释

[1]茅斋：指草堂。

二月已破三月来，渐老逢春能几回。
莫思身外无穷事，且尽生前有限杯[1]。

注释　[1]"莫思"二句：此二句为无可奈何而自宽之词。

　　　　肠断春江欲尽头，杖藜徐步立芳洲。
　　　　颠狂柳絮随风去，轻薄桃花逐水流[1]。

注释　[1]"颠狂"二句：此因惜春而憎怪桃花柳絮之无情。

　　　　懒慢无堪不出村[1]，呼儿日在掩柴门。
　　　　苍苔浊酒林中静，碧水春风野外昏。

注释　[1]无堪：无可人意的景致。

　　　　糁径杨花铺白毡[1]，点溪荷叶叠青钱。
　　　　笋根稚子无人见[2]，沙上凫雏傍母眠[3]。

注释　[1]糁(sǎn)径：指杨花散落路面。
　　　[2]稚子：有的解作笋名，有的解作鼠名，有的解作杜甫子宗文字稚子。一作"雉子"，雉的幼雏。较善。见：同"现"。
　　　[3]凫：野鸭。

　　　　舍西柔桑叶可拈，江畔细麦复纤纤。
　　　　人生几何春已夏，不放香醪如蜜甜[1]。

注释　[1]香醪：美酒。

隔户杨柳弱袅袅[1],恰似十五女儿腰。
谁谓朝来不作意,狂风挽断最长条。

注释　[1]袅袅:细长柔软。

江畔独步寻花七绝句

江上被花恼不彻,无处告诉只颠狂。
走觅南邻爱酒伴[1],经旬出饮独空床。

注释　[1]作者原注:"斛斯融,吾酒徒。"斛斯融是杜甫的南邻和酒友。

稠花乱蕊畏江滨,行步欹危实怕春[1]。
诗酒尚堪驱使在,未须料理白头人。

注释　[1]欹(qī)危:歪斜不平貌。

江深竹静两三家,多事红花映白花[1]。
报答春光知有处,应须美酒送生涯。

注释　[1]多事:指春光撩人。

东望少城花满烟[1],百花高楼更可怜。
谁能载酒开金盏,唤取佳人舞绣筵[2]。

注释　[1]少城:小城,在大城西面。
　　　[2]佳人:指歌伎。

黄师塔前江水东[1],春光懒困倚微风。
桃花一簇开无主,可爱深红爱浅红。

注释　[1]黄师塔:僧人所葬之处。

黄四娘家花满蹊,千朵万朵压枝低。
留连戏蝶时时舞,自在娇莺恰恰啼[1]。

注释　[1]恰恰啼:刚好叫起来。

不是爱花即肯死,只恐花尽老相催。
繁枝容易纷纷落,嫩叶商量细细开[1]。

注释　[1]"繁枝"二句:意为花到盛时就容易纷纷飘落,嫩蕊啊请你们商量着慢慢地开放。

三绝句

楸树馨香倚钓矶[1],斩新花蕊未应飞[2]。
不如醉里风吹尽,可忍醒时雨打稀。

注释　[1]楸(qiū)树:落叶乔木,花冠白色。
　　　[2]斩新:即崭新。

门外鸬鹚去不来[1]，沙头忽见眼相猜。
自今已后知人意，一日须来一百回。

注释　[1]鸬鹚：鱼鹰。

无数春笋满林生，柴门密掩断人行。
会须上番看成竹[1]，客至从嗔不出迎。

注释　[1]上番：初番，头回。指第一批长出的竹笋。这种竹笋壮大，可养成竹。

戏为六绝句

庾信文章老更成[1]，凌云健笔意纵横。
今人嗤点流传赋[2]，不觉前贤畏后生[3]。

注释　[1]庾信：南北朝末期作家。老更成：到老年创作更成熟。
　　　[2]嗤点：讥笑，指责。流传赋：指庾信留传下来的《拟咏怀二十七首》《哀江南赋》等诗赋。
　　　[3]前贤：指庾信。

杨王卢骆当时体[1]，轻薄为文哂未休[2]。
尔曹身与名俱灭[3]，不废江河万古流。

注释　[1]杨王卢骆：唐初作家杨炯、王勃、卢照邻、骆宾王，即所谓"初唐四杰"。
　　　[2]轻薄为文：是当时人批评"四杰"文风不正的话。哂：嘲笑。休：停止。
　　　[3]尔曹：你们，你等。

纵使卢王操翰墨,劣于汉魏近风骚[1]。
龙文虎脊皆君驭[2],历块过都见尔曹。

注释

[1]风骚:"国风"和"楚骚"。

[2]龙文、虎脊:皆为良马名,此处喻"四杰"。

才力应难夸数公[1],凡今谁是出群雄。
或看翡翠兰苕上[2],未掣鲸鱼碧海中[3]。

注释

[1]数公:指前面所述的庾信和"四杰"。

[2]翡翠:鸟名。兰苕:香草。翡翠兰苕上,比喻当时研揣声病、寻章摘句之徒。

[3]掣:牵引。鲸鱼碧海:比喻胸怀宽广、气势宏大的诗人。

不薄今人爱古人,清词丽句必为邻[1]。
窃攀屈宋宜方驾[2],恐与齐梁作后尘[3]。

注释

[1]为邻:接近,不加排斥。

[2]方:并。方驾,并车而行,并驾齐驱。

[3]齐梁:南北朝时期南朝的两个朝代,齐梁时期文风浮艳卑下。

未及前贤更勿疑[1],递相祖述复先谁[2]。
别裁伪体亲风雅[3],转益多师是汝师。

注释

[1]前贤:指过去有成就的作家,包括庾信、"四杰"。

[2]递相祖述:一代一代地次第沿袭、继承。复先谁:还能以谁为先,意思是不必重此轻彼。

[3]别裁伪体：区别和裁去虚伪浮华的诗风。风雅：《诗经》的"国风"和"二雅"中所体现的诗歌精神。

花鸭

花鸭无泥滓，阶前每缓行。
羽毛知独立，黑白太分明[1]。
不觉群心妒，休牵众眼惊。
稻粱沾汝在[2]，作意莫先鸣[3]。

注释

[1]"黑白"句：此句借羽毛之黑白分明，寓作者是非分明的品德。

[2]稻粱：喻禄位。

[3]先鸣：喻直言。

野望

西山白雪三奇戍[1]，南浦清江万里桥[2]。
海内风尘诸弟隔[3]，天涯涕泪一身遥。
唯将迟暮供多病[4]，未有涓埃答圣朝[5]。
跨马出郊时极目[6]，不堪人事日萧条。

注释

[1]西山：今名雪宝顶、雪栏山，在四川省松潘县，为岷山主峰。因山顶终年积雪，故称雪岭、雪山。三奇戍：在今四川都江堰市西。

[2]清江：指锦江。万里桥：在今成都市南，架锦江上，因相传诸葛亮送费祎赴吴，云"万里之行，始于此桥"而得名。

[3]风尘：指战乱。诸弟：杜甫有四弟：颖、观、丰、占，时只占随身边。

[4]迟暮：指年老，杜甫时年五十。多病：杜甫曾患肺病、疟疾、头风等症，故云。

[5]涓:细流。埃:微尘。圣朝:称颂当朝,意谓自己对国家没有微末贡献。
[6]极目:纵目远望。

水槛遣心二首

去郭轩楹敞[1],无村眺望赊[2]。
澄江平少岸,幽树晚多花。
细雨鱼儿出,微风燕子斜。
城中十万户,此地两三家。

蜀天常夜雨,江槛已朝晴。
叶润林塘密,衣干枕席清。
不堪只老病,何得尚浮名。
浅把涓涓酒[3],深凭送此生。

注释
[1]轩楹:指草堂廊间。
[2]赊:远。
[3]涓涓:水流纤细的样子。

屏迹三首(录二)

用拙存吾道[1],幽居近物情。
桑麻深雨露,燕雀半生成。
村鼓时时急,渔舟个个轻。
杖藜从白首,心迹喜双清。

晚起家何事,无营地转幽[2]。
竹光团野色,舍影漾江流。

失学从儿懒,长贫任妇愁。
百年浑得醉,一月不梳头。

注释

[1]"用拙"句:指用拙弃巧以维护我的人生之道。

[2]"无营"句:无所营求因而住地也就显得清幽。

不见

不见李生久,佯狂真可哀[1]。
世人皆欲杀,吾意独怜才[2]。
敏捷诗千首,飘零酒一杯。
匡山读书处[3],头白好归来[4]。

注释

[1]佯狂:假装为狂人。

[2]独怜才:独独怜惜李白的诗才。

[3]匡山:指大匡山,在今四川江油,李白青少年时曾在此读书。

[4]头白:指年岁已老。

客夜

客睡何曾著[1],秋天不肯明。
卷帘残月影[2],高枕远江声[3]。
计拙无衣食,途穷仗友生[4]。
老妻书数纸,应悉未归情[5]。

注释

[1]著:入睡。

[2]残月:将要落的月亮。

[3]江:指涪江,涪江从梓州城东流过。

[4]仗:依靠。友生:朋友。

[5]悉:知道。

客亭

秋窗犹曙色,落木更天风。
日出寒山外,江流宿雾中[1]。
圣朝无弃物,老病已成翁。
多少残生事,飘零似转蓬[2]。

注释

[1]宿雾:隔夜之雾。

[2]转蓬:随风飘转的蓬草,以喻身世飘零。

闻官军收河南河北

剑外忽传收蓟北[1],初闻涕泪满衣裳[2]。
却看妻子愁何在[3],漫卷诗书喜欲狂[4]。
白日放歌须纵酒[5],青春作伴好还乡[6]。
即从巴峡穿巫峡[7],便下襄阳向洛阳[8]。

注释

[1]剑外:剑门关以外,即剑南。蓟北:指幽州,是安史之乱的发源地,为叛军老巢。

[2]初闻:乍听到。

[3]却看:回头看。

[4]漫卷:胡乱地卷起,有喜不暇整之意。

[5]放歌:放声高歌。纵酒:开怀痛饮。

[6]青春:大好春光。

[7]即:即刻,立即。巴峡:指嘉陵江流经阆中至巴县(今重庆市)一段。巫峡:长江三峡之一,西起今重庆巫山县大宁河口,东至湖北巴东县官渡口。

[8]襄阳:在今湖北襄樊,为杜甫祖籍。洛阳:今属河南,为杜甫故乡。

涪城县香积寺官阁

寺下春江深不流，山腰官阁迥添愁。
含风翠壁孤云细[1]，背日丹枫万木稠[2]。
小院回廊春寂寂[3]，浴凫飞鹭晚悠悠[4]。
诸天合在藤萝外[5]，昏黑应须到上头。

注释

[1] 含：夹杂。

[2] 丹枫：枫树。

[3] 寂寂：写境地之幽。

[4] 凫：野鸭。悠悠：状物性之闲。

[5] 诸天：指佛教中神界的众神位，此指香积山顶寺中的佛像。合：应该。

倦夜

竹凉侵卧内，野月满庭隅[1]。
重露成涓滴，稀星乍有无。
暗飞萤自照，水宿鸟相呼。
万事干戈里[2]，空悲清夜徂[3]。

注释

[1] 庭隅：庭院的角落。

[2] 干戈：指战乱。

[3] 徂（cú）：消逝。

登高

风急天高猿啸哀[1]，渚清沙白鸟飞回[2]。
无边落木萧萧下[3]，不尽长江滚滚来[4]。

万里悲秋常作客,百年多病独登台。

艰难苦恨繁霜鬓[5],潦倒新停浊酒杯[6]。

注释

[1]猿啸哀:巫峡多猿,鸣声甚哀。

[2]渚:水中小洲。回:回旋。

[3]落木:落叶。萧萧:风吹叶动之声。

[4]滚滚:相继不绝,奔腾不息。

[5]艰难:一指个人生活多艰,一指国家世乱多难。苦恨:极恨。繁霜鬓:白发日多。

[6]潦倒:犹衰颓,因多病故潦倒。浊酒:混浊的酒,指劣酒。

伤春（五首录一）

天下兵虽满,春光日自浓。

西京疲百战,北阙任群凶。

关塞三千里,烟花一万重。

蒙尘清路急,御宿且谁供。

殷复前王道,周迁旧国容。

蓬莱足云气[1],应合总从龙。

注释

[1]蓬莱:指长安大明宫,为臣子朝君之处。

登楼

花近高楼伤客心[1],万方多难此登临[2]。

锦江春色来天地[3],玉垒浮云变古今[4]。

北极朝廷终不改[5],西山寇盗莫相侵[6]。

可怜后主还祠庙[7],日暮聊为梁甫吟[8]。

注释

[1] 客：杜甫自谓。

[2] 万方多难：指到处都是战乱。

[3] 锦江：为岷江支流，自成都市郫都区流经成都西南，传说江水濯锦，其色鲜艳于他水，故名锦江，又名流江、汶江，俗名府河。

[4] 玉垒：山名，在今四川都江堰市北岷江东岸。

[5] 北极：北极星，一名北辰，喻指朝廷。

[6] 西山：即成都西雪岭。

[7] 后主：蜀先主刘备之子后主刘禅。后主庙在成都南先主庙东侧，西侧即武侯祠。

[8] 聊为：有暂且借咏以寄慨意。梁甫吟：乐府曲名。

宿府

清秋幕府井梧寒[1]，独宿江城蜡炬残[2]。
永夜角声悲自语[3]，中天月色好谁看。
风尘荏苒音书绝[4]，关塞萧条行路难[5]。
已忍伶俜十年事，强移栖息一枝安[6]。

注释

[1] 幕府：指严武节度使府。井梧：井边的梧桐树。

[2] 江城：指成都。蜡炬：蜡烛。

[3] 永夜：长夜。角声：号角声。

[4] 风尘荏苒(rěnrǎn)：时光在战乱中流逝。荏苒，谓时间渐进推移。

[5] 关塞：关隘要塞。萧条：寂寞冷落。

[6] 强移栖息：勉强栖身。一枝安：《庄子·逍遥游》："鹪鹩巢于深林，不过一枝。"此句谓幕府供职。

旅夜书怀

细草微风岸,危樯独夜舟[1]。
星垂平野阔,月涌大江流[2]。
名岂文章著,官应老病休。
飘飘何所似[3],天地一沙鸥[4]。

注释

[1] 危樯(qiáng):高高的船桅杆。

[2] 大江:指长江。

[3] 飘飘:不定貌。

[4] 沙鸥:一种水鸟,飞于江海之上,栖息沙洲。

阁夜[1]

岁暮阴阳催短景[2],天涯霜雪霁寒宵[3]。
五更鼓角声悲壮[4],三峡星河影动摇[5]。
野哭几家闻战伐[6],夷歌数处起渔樵[7]。
卧龙跃马终黄土[8],人事音书漫寂寥[9]。

注释

[1] 阁:指西阁,故址在今重庆奉节白帝山上。

[2] 阴阳:犹日月。短景:冬天日短,故云"短景"。景,同"影"。

[3] 天涯:天边,此指夔州。霁:天晴,此指雪光明朗。

[4] 鼓角:更鼓和号角。

[5] 三峡:指瞿塘峡、巫峡、西陵峡。西阁临瞿塘峡西口。星河:星辰和银河。

[6] 战伐:当指蜀中自永泰元年(765)开始的崔旰、郭英乂、杨子琳等辈的混战。

[7] 夷歌:指当地少数民族的歌曲。起渔樵:起于渔人樵夫之口。

[8] 卧龙:指诸葛亮。跃马:指东汉公孙述。他恃蜀地险要,时局动荡,自称白帝。终黄土:指都死而同归黄土。

[9] 人事:指交游。音书:指亲朋间的音信。寂寥:孤独寂寞。

秋兴（八首录一）

闻道长安似弈棋[1]，百年世事不胜悲[2]。
王侯第宅皆新主，文武衣冠异昔时。
直北关山金鼓振[3]，征西车马羽书驰[4]。
鱼龙寂寞秋江冷[5]，故国平居有所思[6]。

注释

[1] 似弈棋：是说长安政局不定，你争我夺，局势的反复变化如同下棋一样。
[2] 百年世事：作者指其一生经历。
[3] 直北：正北，指长安一带。金鼓振：指有战事，这里是指抗击回纥。
[4] 征西：指抵御吐蕃。羽书：插着羽毛的紧急公文。
[5] 鱼龙：鱼和龙，泛指鳞介水族。相传龙以秋为夜，秋分之后，潜于深渊。
[6] 故国：指长安。平居：平素所居之处。

咏怀古迹五首

支离东北风尘际[1]，漂泊西南天地间[2]。
三峡楼台淹日月[3]，五溪衣服共云山[4]。
羯胡事主终无赖[5]，词客哀时且未还[6]。
庾信平生最萧瑟，暮年诗赋动江关[7]。

注释

[1] 支离：犹流离。东北：指中原地区，与下"西南"相对。
[2] 西南：指巴蜀。
[3] 楼台：泛指当地民居。淹：淹留、滞留。淹日月，言漂泊日久。
[4] 共云山：言与五溪蛮共处杂居。
[5] 羯胡：古匈奴族别部，此指安禄山。无赖：谓狡诈反复。
[6] 词客：杜甫自谓，兼指庾信。未还：作者未得还故乡，庾信未得还故国。
[7] 江关：指江南，庾氏初仕之地。

摇落深知宋玉悲[1],风流儒雅亦吾师[2]。
怅望千秋一洒泪,萧条异代不同时[3]。
江山故宅空文藻,云雨荒台岂梦思。
最是楚宫俱泯灭[4],舟人指点到今疑。

注释

[1]宋玉:战国晚期屈原之后杰出的辞赋家,著有《九辩》以抒发落拓不遇的悲愁。

[2]风流儒雅:指宋玉的人品标格和文学才能。

[3]异代:不同时代。

[4]楚宫:在夔州巫山县(今属四川)。俱泯灭:言楚宫今已荡然无存。

群山万壑赴荆门[1],生长明妃尚有村[2]。
一去紫台连朔漠[3],独留青冢向黄昏[4]。
画图省识春风面,环珮空归月夜魂[5]。
千载琵琶作胡语[6],分明怨恨曲中论[7]。

注释

[1]荆门:山名,在今湖北宜昌市东南长江南岸。

[2]明妃:即王昭君,名嫱,汉元帝时宫人,远嫁匈奴呼韩邪单于。晋人避司马昭讳,改昭君为明君,故曰"明妃"。昭君村在今湖北兴山县南妃台山下,唐属归州。

[3]紫台:即紫宫,天子所居。此指汉宫。朔漠:北方沙漠之地,指匈奴。

[4]青冢:王昭君墓,在今内蒙古自治区呼和浩特市南。

[5]空归:魂归而身不得归,故云"空归"。

[6]胡语:犹胡音。

[7]曲:指琴曲《昭君怨》。

蜀主窥吴幸三峡[1],崩年亦在永安宫[2]。

翠华想像空山里[3]，玉殿虚无野寺中[4]。
古庙杉松巢水鹤，岁时伏腊走村翁[5]。
武侯祠屋常邻近[6]，一体君臣祭祀同。

注释

[1]蜀主：指刘备。幸：皇帝临驾。

[2]永安宫：故址在今重庆市奉节县城，是刘备在白帝城的行宫。刘备攻吴，败归白帝城（夔州），死在永安宫。

[3]翠华：以翠羽为饰的帝王旗帜。

[4]玉殿：指刘备在永安建造的宫殿。

[5]伏腊：伏日和腊日，是古代祭祀之日。伏日在夏六月，腊日在腊月初八。

[6]武侯祠屋：诸葛亮庙，在先主庙西，二庙相邻。

诸葛大名垂宇宙，宗臣遗像肃清高[1]。
三分割据纡筹策[2]，万古云霄一羽毛[3]。
伯仲之间见伊吕[4]，指挥若定失萧曹[5]。
福移汉祚难恢复[6]，志决身歼军务劳。

注释

[1]宗臣：宗庙社稷之重臣。肃清高：言后人仰其清高而肃然起敬。

[2]三分割据：指魏、蜀、吴三分天下而成鼎足之势。纡筹策：用尽心智为之计谋策划。

[3]万古：犹言旷古。

[4]伯仲：兄弟排行。伯仲之间，犹谓不相上下。

[5]指挥若定：谓策划谋略若得实现则平定天下。失：犹"无"，掩没也。萧曹：萧何和曹参，皆为汉之开国元勋，所谓"一代之宗臣"。

[6]福：一作"运"，国运，天运。祚：帝位。

诸将（五首录二）

汉朝陵墓对南山[1]，胡虏千秋尚入关[2]。
昨日玉鱼蒙葬地，早时金碗出人间[3]。
见愁汗马西戎逼[4]，曾闪朱旗北斗殷[5]。
多少材官守泾渭[6]，将军且莫破愁颜。

韩公本意筑三城[7]，拟绝天骄拔汉旌[8]。
岂谓尽烦回纥马[9]，翻然远救朔方兵[10]。
胡来不觉潼关隘[11]，龙起犹闻晋水清[12]。
独使至尊忧社稷[13]，诸君何以答升平[14]。

注释

[1] 汉朝陵墓：借指唐朝诸帝王陵墓。南山：终南山。

[2] 胡虏：指吐蕃、回纥等西部边疆少数民族。

[3] "昨日"两句：玉鱼、金碗昨日蒙葬，今晨即被发掘，极言陪葬品出土之速。两句互文。

[4] 见愁：指呈现于眼前的愁事，即上举吐蕃的几次入侵。汗马：汗血马，此指战马。西戎：指吐蕃、回纥等。

[5] 朱旗：红旗。殷：深红色。

[6] 材官：勇武之士。泾渭：二水名，即泾水、渭水，皆在京畿之内。

[7] 韩公：指张仁愿。景龙二年（708）三月，朔方军总管张仁愿在黄河以北筑东、西、中三受降城以抗拒突厥，以拂云祠为中城（在今内蒙古包头市西南），与东受降城（在今内蒙古托克托县南）、西受降城（在今内蒙古杭锦后旗北乌加河北岸，狼山口南）相距各四百余里，并置烽火台一千八百所，首尾呼应，巩固了北部边防。自是突厥不得度山放牧，朔方无复寇掠，减镇兵数万人。七月，张仁愿以功进同中书门下三品，累封韩国公。

[8] 拟绝：意在断绝。天骄：本指匈奴，此借指突厥。拔汉旌：拔掉汉家旗帜，此指入侵唐境。

［9］岂谓：岂料。

［10］翻然：反而。朔方兵：朔方节度使郭子仪所统领的部队，实概指唐军。

［11］胡来：指天宝十五载（756）安禄山破潼关、陷长安事。

［12］"龙起"句：此以唐高祖李渊起兵太原灭隋兴唐，比拟广平王李俶（即后来的代宗）收复两京，中兴有望。晋水，发源于山西太原西南的悬瓮山，东流注入汾水。时代宗即位不久，故云"犹闻"。古人认为河清为瑞兆，是真主龙兴之象。

［13］至尊：指代宗。社稷：国家。

［14］升平：太平。

江上

江上日多雨[1]，萧萧荆楚秋[2]。
高风下木叶，永夜揽貂裘[3]。
勋业频看镜，行藏独倚楼[4]。
时危思报主，衰谢不能休。

注释

［1］日：每日。

［2］萧萧：指风雨声。荆楚：这里指夔州。

［3］永夜：整夜。揽貂裘：暗用苏秦典，含有功业未成的感慨。

［4］行藏：本谓出仕即行其所学之道，否则退隐藏道以待时机，后以指出处或行止。

江汉

江汉思归客[1]，乾坤一腐儒[2]。
片云天共远，永夜月同孤[3]。
落日心犹壮[4]，秋风病欲苏。
古来存老马，不必取长途。

注释

[1] 思归客：思归故乡的游子，作者自指。

[2] 乾坤：犹天地。腐儒：迂腐的儒者。

[3] 永夜：长夜。

[4] 落日：比喻暮年。时作者五十七岁。心犹壮：壮心犹在。

燕子来舟中作

湖南为客动经春[1]，燕子衔泥两度新。
旧入故园常识主，如今社日远看人[2]。
可怜处处巢君室，何异飘飘托此身。
暂语船樯还起去，穿花落水益沾巾。

注释

[1] 湖南：此指长沙。长沙地处洞庭湖以南，故称。

[2] 社日：祭祀土地神的节日。立春后的第五个戊日为社日。

小寒食舟中作

佳辰强饭食犹寒[1]，隐几萧条带鹖冠[2]。
春水船如天上坐，老年花似雾中看。
娟娟戏蝶过闲幔，片片轻鸥下急湍。
云白山青万余里，愁看直北是长安[3]。

注释

[1] 食犹寒：古时寒食节禁火三天，小寒食（寒食节次日）还没有生火，还得吃冷食，故云"食犹寒"。

[2] 鹖(hé)冠：用鹖鸟羽毛做装饰的帽子，传说是隐士冠帽。

[3] 直北：正北。

贾至

贾至(718—772),字幼几,又作幼邻。洛阳(今属河南)人。天宝元年(742)中明经科,授校书郎,出为单父尉。天宝末为起居舍人、知制诰。安史乱中,从玄宗入蜀,迁中书舍人。至德元载(756)八月,撰传位册文,随韦见素、房琯奉册文至灵武。后坐房琯党于乾元元年(758)贬汝州刺史,二年秋再贬岳州司马。代宗朝复入为中书舍人,先后任尚书右丞、礼部侍郎、兵部侍郎。大历五年(770)转京兆尹,兼御史大夫。七年以右散骑常侍卒。贾至与李白、杜甫均有交谊,李白拟之为贾谊,杜甫赞其"雄笔映千古"。

巴陵寄李二户部张十四礼部[1]

江南春草初幂幂[2],愁杀江南独愁客。
秦中杨柳也应新,转忆秦中相忆人。
万里莺花不相见,登高一望泪沾巾。

注释
[1]作于贬岳州司马期间。巴陵:郡名,即岳州。李二户部、张十四礼部:未详。
[2]幂幂:浓密貌。

送王员外赴长沙[1]

携手登临处,巴陵天一隅。
春生云梦泽,水溢洞庭湖。
共叹虞翻枉,同悲阮籍途[2]。
长沙旧卑湿[3],今古不应殊。

注释
[1]岳州作。王员外似被贬长沙。
[2]虞翻:三国时吴臣,屡犯颜直谏,被遣徙交州。阮籍:三国时魏步兵校尉,"竹林七贤"之一,常出行至途穷,恸哭而返。
[3]"长沙"句:出《史记·贾谊传》:"贾生既辞往行,闻长沙卑湿。"

早朝大明宫呈两省僚友[1]

银烛熏天紫陌长,禁城春色晓苍苍[2]。
千条弱柳垂青琐,百啭流莺绕建章[3]。
剑佩声随玉墀步[4],衣冠身惹御炉香。
共沐恩波凤池上,朝朝染翰侍君王[5]。

注释

[1] 在朝为中书舍人时作。大明宫:唐皇宫,朝廷政治中心,其含元殿为皇帝临朝处。今已建成遗址公园。两省:中书省、尚书省。

[2] 紫陌:宫城内大道。禁城:宫城。

[3] 青琐:宫门。建章:汉代长安宫殿名,此代指唐宫殿。

[4] 玉墀:宫殿前的石阶。

[5] 凤池:凤凰池,宫中池沼。染翰:犹执笔。

春思二首

草色青青柳色黄,桃花历乱李花香。
东风不为吹愁去,春日偏能惹恨长。

红粉当垆弱柳垂,金花腊酒解酴醾[1]。
笙歌日暮能留客,醉杀长安轻薄儿[2]。

注释

[1] 红粉:卖酒女子。垆:放置酒坛的台面。金花腊酒:腊月间酿好的用菊花泡制的酒。酴醾:酒名。

[2] 轻薄儿:行乐的青年男子。

钱起

钱起(710?—782?),字仲文。湖州(今属浙江)人。天宝十载(751)进士及第,授秘书省校书郎。约天宝十二、十三年任蓝田尉。广德初回朝,先后任司勋员外郎、司封郎中。德宗建中初任考功郎中,世称"钱考功"。约卒于贞元中。名列"大历十才子"之首。

杪秋南山西峰题准上人兰若[1]

向山看霁色,步步豁幽性。
返照乱流明[2],寒空千嶂净。
石门有余好,霞残月欲映。
上诣远公庐[3],孤峰悬一径。
云里隔窗火,松下闻山磬。
客到两忘言,猿心与禅定[4]。

注释

[1]南山:终南山。上人:尊称僧人。兰若:僧舍。
[2]返照:夕阳回照。
[3]远公:东晋高僧慧远。此以慧远拟准上人。
[4]猿心:心之浮躁如猿,佛家语,出《维摩诘经·香积佛品》:"以难化之人,心如猿猴。"禅定:佛家语,坐禅时住心于一境,冥思佛理。

和张仆射塞下曲[1]

月黑雁飞高,单于夜遁逃。
欲将轻骑逐,大雪满弓刀。

注释

[1]此卢纶诗,又见录于卢纶名下。

归雁

潇湘何事等闲回[1],水碧沙明两岸苔。
二十五弦弹夜月[2],不胜清怨却飞来。

注释
[1]潇湘:潇水、湘江,泛指湖南。等闲:寻常。
[2]二十五弦:指琴瑟。

元结

元结(719—772),字次山。汝州鲁山(今河南鲁山县)人。天宝十三载(754)进士及第。安史乱起,逃难于猗玗洞,招集邻里二百余家,玄宗异而征之,因移居瀼溪未果。乾元二年(759),上《时议》三篇于肃宗,擢授右金吾兵曹,摄监察御史,充山南东道节度使参谋。讨史思明有功,进水部员外郎,兼殿中侍御史。复任荆南节度使官。宝应元年(762)拜著作郎,旋辞官退隐武昌樊口。代宗广德元年任道州刺史。后罢官,又复任。大历三年(768)迁容州都督,兼侍御史、本管经略使。四年拜左金吾卫将军、御史中丞。七年奉诏回长安,因病卒。编有《箧中集》,以体现其反对"拘限声病,喜尚形似"、提倡"极帝王理乱之道,系古人规讽之说"的诗歌主张。

贼退示官吏[1]

昔岁逢太平,山林二十年。
泉源在庭户,洞壑当门前。
井税有常期,日晏犹得眠。
忽然遭世变,数岁亲戎旃[2]。
今来典斯郡,山夷又纷然[3]。
城小贼不屠,人贫伤可怜。
是以陷邻境,此州独见全。
使臣将王命[4],岂不如贼焉。
今彼征敛者,迫之如火煎。
谁能绝人命,以作时世贤。
思欲委符节,引竿自刺船[5]。
将家就鱼麦[6],归老江湖边。

注释
[1] 作于道州刺史任上。
[2] 世变:指安史乱起。戎旃:军旗,代指军事。
[3] 山夷:当地的西原蛮。纷然:指叛乱。

[4]使臣:租庸使。将王命:奉朝廷旨意。

[5]委符节:意即弃官。刺船:撑船,即隐居于江湖。

[6]就:从事。鱼麦:犹耕钓。

宿洄溪翁宅[1]

长松万株绕茅舍,怪石寒泉近岩下。
老翁八十犹能行,将领儿孙行拾穗[2]。
吾羡老翁居处幽,吾爱老翁无所求。
时俗是非何足道,得似老翁吾即休。

注释

[1]洄溪:在道州江华县。

[2]拾穗:捡取收割后田里遗留的谷穗。

张继

张继（？—779？），字懿孙，襄州（今湖北襄阳）人。天宝十二载（753）登进士第。安史乱中避地江左，游历越州、杭州、苏州、润州等地。大历初在朝任侍御（监察御史或殿中侍御史）。大历末在洪州，以检校祠部员外郎出任转运使判官。约于大历十四年卒于洪州。

枫桥夜泊[1]

月落乌啼霜满天，江枫渔火对愁眠[2]。
姑苏城外寒山寺，夜半钟声到客船。

注释
[1]枫桥：在苏州阊门外。
[2]愁眠：因旅次之愁而难以安眠。

归山[1]

心事数茎白发，生涯一片青山。
空林有雪相待，古道无人独还。

注释
[1]此顾况诗，又录于顾况名下。

韩翃

韩翃（生卒年不详），字君平，南阳（今属河南）人。天宝十三载（754）中进士第。宝应元年（762）为淄青节度使侯希逸从事，检校金部员外郎。后闲居长安十年。大历九年（774）为汴宋节度使田神玉从事，此后随汴地形势变化，先后为李忠臣、李希烈、李勉幕府从事。建中元年为驾部郎中，知制诰，进中书舍人。约卒于贞元初。"大历十才子"之一。

送孙泼赴云中[1]

黄骢少年舞双戟，目视旁人皆辟易[2]。
百战能夸陇上儿[3]，一身复作云中客。
寒风动地气苍茫，横吹先悲出塞长[4]。
敲石军中传夜火，斧冰河畔汲朝浆。
前锋直指阴山外[5]，虏骑纷纷胆应碎。
匈奴破尽人看归，金印酬功如斗大。

注释

[1] 孙泼：又作孙征。云中：郡名，即今山西大同。
[2] 辟易：退避。
[3] 陇上儿：古乐府《陇上歌》："陇上壮士有陈安。"
[4] 横吹：古乐府有"横吹曲辞"。出塞：古乐府有《出塞》。
[5] 阴山：指北方边塞。山在今内蒙古南部。

送客水路归陕

相风竿影晓来斜[1]，渭水东流去不赊[2]。
枕上未醒秦地酒，舟前已见陕人家。
春桥杨柳应齐叶，古县棠梨也作花[3]。
好是吾贤佳赏地，行逢三月会连沙[4]。

注释

[1] 相风：观察风向。

[2] 不赊：距离不远。

[3]"古县"句：美称其地，出自《诗经·召南·甘棠》："蔽芾甘棠，勿翦勿伐，召伯所茇。"

[4] 连沙：似指水边沙地。杜审言《晦日宴游》："解绅宜就水，张幕会连沙。"

送陈明府赴淮南

年华近逼清明，落日微风送行。
黄鸟绵蛮芳树，紫骝蹙蹀东城[1]。
花间一杯促膝，烟外千里含情。
应渡淮南信宿，诸侯拥旆相迎[2]。

注释

[1] 绵蛮：鸟鸣声。《诗经·小雅·绵蛮》："绵蛮黄鸟，止于丘阿。"蹙蹀：小步缓行。

[2] 信宿：两个夜晚。诸侯：当地官员。

寒食[1]

春城无处不飞花，寒食东风御柳斜。
日暮汉宫传蜡烛，轻烟散入五侯家[2]。

注释

[1] 寒食：清明前一日，禁烟火。孟启《本事诗》载，韩翃以此诗得德宗青睐，御笔亲注为知制诰。

[2] 传蜡烛：《西京杂记》载，禁火日赐侯家蜡烛。五侯：指近臣。

赠李翼[1]

王孙别舍拥朱轮[2],不羡空名乐此身。
门外碧潭春洗马,楼前红烛夜迎人[3]。

注释

[1] 李翼:吴廷燮《唐方镇年表》载,贞元五年"以司农卿李翼为陕虢都防御观察使"。

[2] 别舍:本宅之外的宅第。

[3] 红烛:代指美人。

郎士元

郎士元(？—780？)，字君胄，中山(今河北定州)人。天宝十五载(756)登进士第，授校书郎。后为渭南尉。代宗时入朝为拾遗，大历中在朝为补阙、员外郎。德宗建中元年授郢州刺史，后入朝为郎中，卒。其诗与钱起齐名，时谓"前有沈、宋，后有钱、郎"。

送李将军赴定州[1]

双旌汉飞将[2]，万里授横戈[3]。
春色临边尽，黄云出塞多。
鼓鼙悲绝漠，烽戍隔长河。
莫断阴山路，天骄已请和[4]。

注释

[1]定州：即博陵郡(今河北定州)，时在易定节度使辖区。

[2]双旌：唐代节度使兼刺史者出行时的仪仗。

[3]横戈：作战。

[4]阴山：指北方边塞。山在今内蒙古南部。天骄：天之骄子，匈奴自称，见《汉书·匈奴传》。

送张南史[1]

雨余深巷静，独酌送残春。
车马虽嫌僻，莺花不弃贫。
虫丝黏户网，鼠迹印床尘。
借问山阳会[2]，如今有几人。

注释

[1]张南史：生活于玄宗天宝末至德宗贞元初。

[2]山阳会：魏晋人嵇康寓居山阳县，"竹林七贤"常于此聚会，后世因称故友聚会为山阳会。

盩厔县郑礒宅送钱大[1]

暮蝉不可听,落叶岂堪闻。
共是悲秋客,那知此路分。
荒城背流水,远雁入寒云。
陶令门前菊[2],余花可赠君。

注释　[1]盩厔(zhōuzhì)县:京兆府属县,今名周至,西安市辖县。钱大:钱起排行为大,或即此人。
[2]陶令:陶渊明,曾为彭泽县令。

皇甫冉

皇甫冉(717—770),字茂政,润州丹阳(今江苏丹阳)人。天宝十五载(756)中进士举,授无锡尉。乾元元年(758)罢任游吴越,在常州阳羡山中营有别墅。后任左金吾卫兵曹参军。广德二年(764)入河南元帅、东都留守王缙幕为掌书记。大历二年(767)入朝为左拾遗。五年奉使江淮,省家丹阳,卒。诗与其弟皇甫曾齐名。

婕妤怨[1]

由来咏团扇,今已值秋风。
事逐时皆往,恩无日再中。
早鸿闻上苑,寒露下深宫。
颜色年年谢,相如赋岂工[2]。

注释

[1]婕妤怨:乐府古题。《乐府解题》曰:"《婕妤怨》者,为汉成帝班婕妤作也。婕妤……美而能文,初为帝所宠爱。后幸赵飞燕姊弟,冠于后宫。婕妤自知见薄,乃退居东宫,作赋及纨扇诗以自伤悼。后人伤之而为《婕妤怨》也。"
[2]"颜色"二句:谓无计使君王回心转意。司马相如《长门赋序》记,汉武帝陈皇后失宠,独居长门宫,以黄金百斤聘司马相如为作《长门赋》以感动武帝,复得武帝宠幸。

秋日东郊作

闲看秋水心无事,卧对寒松手自栽。
庐岳高僧留偈别,茅山道士寄书来[1]。
燕知社日辞巢去[2],菊为重阳冒雨开。
浅薄将何称献纳[3],临岐终日自迟回。

注释

[1]庐岳高僧:东晋高僧慧远,居庐山,为净土宗始祖。偈:佛教颂词。茅

山道士：道教上清派以茅山为发源地，始祖陶弘景。茅山位于今江苏句容。此指僧、道方外之士。

[2] 社日：谓秋社，立秋后第六个戊日。

[3] 献纳：向朝廷进言。

送郑二之茅山[1]

水流绝涧终日，草长深山暮春。
犬吠鸡鸣几处，条桑种杏何人[2]。

注释

[1] 茅山：见上诗注[1]。

[2] 条：动词，治理。

问李二司直所居云山[1]

门外水流何处，天边树绕谁家。
山色东西多少[2]，朝朝几度云遮。

注释

[1] 司直：唐太子东宫属官。

[2] 山色东西：东边的山色与西边的山色。

寄权器[1]

露湿青芜时欲晚[2]，水流黄叶意无穷。
节近重阳念归否，眼前篱菊带秋风。

注释

[1] 权器：曾官户部员外郎、校书郎，见岑仲勉《唐尚书省郎官石柱题名考》卷一二。

[2] 芜：丛生的野草。

夜发沅江寄李颍川刘侍郎[1]

半夜回舟入楚乡,月明山水共苍苍。
孤猿更发秋风里,不是愁人亦断肠。

注释　[1]沅江:县名,今属湖南益阳市,在洞庭湖之南。

春思

莺啼燕语报新年,马邑龙堆路几千[1]。
家住秦城邻汉苑,心随明月到胡天。
机中锦字论长恨[2],楼上花枝笑独眠。
为问元戎窦车骑,何时反旆勒燕然[3]。

注释　[1]马邑、龙堆:指边地。马邑,秦县名,唐属朔州,故地在今山西朔县境。龙堆,沙漠名,即白龙堆,在罗布泊东北,今新疆若羌县境。
[2]"机中"句:《晋书·窦滔妻传》载,窦滔为秦州刺史,徙流沙,妻苏氏思之,织锦为回文璇玑图以赠滔,词甚凄婉。
[3]"为问"二句:《后汉书·窦宪传》载,宪为车骑将军,大破匈奴。登燕然山,刻石勒功,记汉威德,班师而还。反旆,班师。

刘方平

刘方平（生卒年不详），洛阳（今属河南）人，家世显贵。天宝九载（750）入京，应进士试不中。后退居颍水、汝水，终生未仕。令狐楚编《御览诗》，置刘方平于卷首。

夜月

更深月色半人家，北斗阑干南斗斜[1]。
今夜偏知春气暖，虫声新透绿窗纱[2]。

注释
[1]人家：指院落。阑干：横斜。南斗：六星，在北斗七星之南。
[2]偏：甚，颇。新透：初透。

春怨

纱窗日落渐黄昏，金屋无人见泪痕[1]。
寂寞空庭春欲晚，梨花满地不开门。

注释
[1]金屋：女子居处，用汉武帝金屋藏娇事，见《汉武故事》。

代春怨[1]

朝日残莺伴妾啼，开帘只见草萋萋。
庭前时有东风入，杨柳千条尽向西[2]。

注释
[1]代春怨：代思妇作春怨诗。
[2]向西：意谓征人在西方。

王之涣

王之涣(688—742),字季凌,绛州(今山西新绛)人。其父王昱,曾为汴州浚仪令,之涣以门荫补冀州衡水主簿。后去官,优游山水,足迹遍及黄河南北。开元二十年(732)前后北游蓟门,与高适交游。晚年补莫州文安尉,天宝元年二月逝于官舍。靳能为撰墓志铭,谓其"歌从军,吟出塞","传乎乐章,布在人口"。

登鹳雀楼[1]

白日依山尽[2],黄河入海流。
欲穷千里目,更上一层楼[3]。

注释　[1]唐芮挺章《国秀集》载此诗,作者为"处士朱斌"。鹳雀楼:在今山西永济市蒲州古城西,黄河东岸。
　　　[2]山:中条山。
　　　[3]"更上"句:宋沈括《梦溪笔谈》记,鹳雀楼三层。今新建亦三层。

送别

杨柳东风树,青青夹御河。
近来攀折苦,应为别离多[1]。

注释　[1]"近来"二句:唐代长安有灞桥折柳送别的习俗。

凉州词(二首录一)[1]

黄河远上白云间[2],一片孤城万仞山。
羌笛何需怨杨柳[3],春光不度玉门关[4]。

注释

[1] 凉州词：乐府古题。诗题亦作《出塞》。

[2] 黄河远上：宋计有功《唐诗纪事》作"黄沙直上"，元辛文房《唐才子传》作"黄沙远上"。

[3] 杨柳：古笛曲《折杨柳》。

[4] 春光：亦作"春风"。玉门关：通向西域的要道，亦即汉长城的一处关隘，汉玉门关遗址尚存，唐玉门关遗址原在今甘肃省瓜州县，已不存。

郑虔

郑虔（685？—764？），字若齐，一作弱齐，郑州荥阳（今属河南）人。开元中任左监门录事参军。开元末任协律郎，后遭贬十余年。天宝九载（750），授广文馆博士，世称"郑广文"。天宝末迁著作郎。安史乱中陷贼，伪署水部郎中，称疾不就，并以密章潜通灵武。乱平后被贬台州司户参军，卒于贬所。郑虔与杜甫厚交，杜甫称其"有才过屈宋"。工书法，擅丹青，尝自作诗并画，进献玄宗，御题"郑虔三绝"。

闺情[1]

银钥开香阁，金台照夜灯。
长征君自惯，独卧妾何曾[2]。

注释

[1]闺情：为闺中女子代言。

[2]何曾：以反问句表否定意，即"不曾（习惯独卧）"。

刘眘虚

刘眘虚（生卒年不详），字全乙，洪州新吴（今江西奉新）人。曾官校书郎，后流落不偶。殷璠《河岳英灵集》云"惜其不永，天碎国宝"，知其卒于天宝十二载（753）之前；又谓"顷东南高唱者数人，然声律宛态，无出其右"，"自永明以还，可杰立江表"。

阙题

道由白云尽，春与青溪长。　　（长字末笔）太长
时有落花至，远随流水香。
闲门向山路[1]，深柳读书堂。
幽映每白日，清辉照衣裳。

注释　[1]闲门：无人出入之门。

柳中庸

柳中庸(生卒年不详),名淡,以字行,蒲州虞乡(今山西永济)人。天宝中师事萧颖士,颖士以女妻之。安史乱中避地江南。大历九年(774)在湖州,与颜真卿、皎然等交游,有联唱《吴兴集》。后往洪州,授户曹参军,不就而卒。

河阳桥送别[1]

黄河流出有浮桥,晋国归人此路遥[2]。
若傍阑干千里望,北风驱马雨萧萧。

注释

[1]河阳:唐河阳县,今为河南孟州市。
[2]"晋国"句:渡过河阳桥,北临古晋国(今山西)地。

征怨[1]

岁岁金河复玉关,朝朝马策与刀环[2]。
三春白雪归青冢,万里黄河绕黑山[3]。

注释

[1]诗题亦作《征人怨》。
[2]金河:在今内蒙古境,注入黄河。玉关:即玉门关,见前王之涣《凉州词》注[4]。马策:马鞭。刀环:即刀。
[3]青冢:汉王昭君墓,在今内蒙古呼和浩特市郊。黑山:在今内蒙古境。

凉州曲(二首录一)[1]

关山万里远征人,一望关山泪满巾。
青海戍头空有月[2],黄沙碛里本无春。

注释

[1]凉州曲:同乐府古题《凉州词》。
[2]青海:青海湖。

王季友

王季友（生卒年不详），河南（今河南洛阳）人。天宝间隐于滑州山中。宝应年间，任华阴尉、虢州录事参军。曾在朝为太子司仪郎。广德二年（764），被江西观察使李勉聘为幕僚，为副使，兼监察御史。三年后从李勉至长安，旋即归隐，至终老。杜甫称其"豪俊"，岑参赞曰"王生今才人，时辈咸所仰"。

还山留别长安知己[1]

出山不见家，还山见家在。
山门是门前，此去长樵采。
青溪谁招隐，白发自相待。
惟余涧底松，依依色不改[2]。

注释　[1]作于从李勉至长安后，行将归隐之际。
　　　[2]涧底松：出左思《咏史》"郁郁涧底松"句。依依：应同"郁郁"，茂盛貌。

宿东溪李十五山亭

上山下山入山谷，溪中落日留我宿。
松石依依当主人[1]，主人不在意亦足。
名花出地两重阶，绝顶平天一小斋。
本意由来是山水，何用相逢语旧怀。

注释　[1]依依：爱恋不舍状。

观于舍人壁画山水

野人宿在人家少，朝见此山谓山晓。
半壁仍栖岭上云，开帘欲放湖中鸟。

独坐长松是阿谁,再三招手起来迟[1]。
于公大笑向予说,小弟丹青能尔为。

注释　[1]"独坐"二句:谓画中人物。起来迟,即迟迟不起。

代贺若令誉赠沈千运[1]

相逢问姓名亦存,别时无子今有孙。
山上双松长不改,百家唯有三家村。
村南村西车马道,一宿通舟水浩浩。
涧中磊磊十里石,河上淤泥种桑麦。
平坡冢墓皆我亲,满田主人是旧客。
举声酸鼻问同年,十人六七归下泉。
分手如何更此地[2],回头不语泪潸然。

注释　[1]贺若:复姓。令誉:贺若氏名。沈千运:唐诗人,与王季友同在《箧中集》中。
　　　[2]更:经过。

秦系

秦系(720？—800？),字公绪,号东海钓客,越州会稽(今浙江绍兴)人。天宝中曾赴京应进士试未举。天宝末避乱归越,隐居剡山。后流寓睦州、泉州等地。贞元七年(791)徐泗濠节度使张建封辟为从事,检校秘书省校书郎。十六年建封卒,遂返吴地,居茅山,未几卒,享年八十余。诗擅五言,戴叔伦称其"诗名满世间"。

山中赠张正则评事[1]

终年常避喧,师事五千言[2]。
流水闲过院,春风与闭门。
山茶邀上客,桂实落前轩。
莫强教余起,微官不足论。

注释

[1] 张正则:见于《新唐书·宰相世系表》及《新唐书·崔造传》,代宗时人。
评事:大理寺属官。
[2] 五千言:指老子《道德经》。

任华

任华（生卒年不详），青州乐安（今山东博兴）人。常自称"野人""逸人"。肃宗朝曾任秘书省校书郎、太常寺属吏、监察御史。大历末年，入桂管防御观察使李昌巙幕府，后不知所终。存诗仅三首。

寄李白[1]

古来文章有能奔逸气，耸高格，
清人心神，惊人魂魄。
我闻当今有李白，《大猎赋》《鸿猷》文[2]；
嗤长卿，笑子云[3]。
班张所作琐细不入耳，未知卿云得在嗤笑限[4]。
登庐山，观瀑布，海风吹不断，
江月照还空[5]，余爱此两句；
登天台，望渤海，云垂大鹏飞，
山压巨鳌背[6]，斯言亦好在。
至于他作多不拘常律，振摆超腾，既俊且逸。
或醉中操纸，或兴来走笔。
手下忽然片云飞，眼前划见孤峰出[7]。
而我有时白日忽欲睡，睡觉欻然起攘臂[8]。
任生知有君，君也知有任生未？
中间闻道在长安，及余戾止[9]，
君已江东访元丹[10]，邂逅不得见君面。
每常把酒，向东望良久。
见说往年在翰林，胸中矛戟何森森。
新诗传在宫人口，佳句不离明主心。
身骑天马多意气[11]，目送飞鸿对豪贵[12]。
承恩召入凡几回[13]，待诏归来仍半醉。
权臣妒盛名，群犬多吠声。

有敕放君却归隐沦处,高歌大笑出关去。
且向东山为外臣[14],诸侯交迓驰朱轮。
白璧一双买交者,黄金百镒相知人。
平生傲岸其志不可测;
数十年为客,未尝一日低颜色。
八咏楼中坦腹眠[15],五侯门下无心忆。
繁花越台上,细柳吴宫侧。
绿水青山知有君,白云明月偏相识[16]。
养高兼养闲,可望不可攀。
庄周万物外,范蠡五湖间[17]。
人传访道沧海上,丁令王乔每往还[18]。
蓬莱径是曾到来,方丈岂唯方一丈[19]。
伊余每欲乘兴往相寻,江湖拥隔劳寸心。
今朝忽遇东飞翼,寄此一章表胸臆。
倘能报我一片言,但访任华有人识。

注释

[1] 天宝五载(746),华至长安寻访李白,未遇而作。

[2]《大猎赋》:李白作,见其文集。《鸿猷》文:唐刘全白《唐故翰林学士李君碣记》:"天宝初,玄宗辟翰林待诏,因为和蕃书,并上《宣唐鸿猷》一篇,上重之。"

[3] 嗤长卿,笑子云:李白《大猎赋序》:"相如、子云竞夸辞赋,历代以为文雄,莫敢诋评。……迨今观之,何龌龊之甚也。"长卿,汉代辞赋家司马相如字。子云,汉代辞赋家扬雄字。

[4] 班张:东汉辞赋家班固、张衡。卿云:司马长卿、扬子云。

[5] "海风"二句:见李白《望庐山瀑布二首》。

[6] "登天台"四句:李白《天台晓望》:"凭高远登览,直下见溟渤。云垂大鹏翻,波动巨鳌没。"

[7] 划:突然。

[8] 欻(xū)然:忽然。攘臂:捋起衣袖,伸开胳膊。

[9]戾止：来到。

[10]元丹：元丹丘，道教徒，李白故交。天宝初李白奉诏入朝时，元丹丘为西京大昭成观威仪。

[11]"身骑"句：李白《从驾温泉宫醉后赠杨山人》："幸陪鸾辇出鸿都，身骑飞龙天马驹。"

[12]"目送"句：李白《鞠歌行》："双目送飞鸿。"

[13]"承恩"句：李白《赠从弟南平太守之遥》："承恩初入银台门。"

[14]外臣：隐居不仕者。

[15]八咏楼：南朝诗人沈约所建，故址在今浙江金华。坦腹：用王逸少东床坦腹故事，见《世说新语·雅量》。

[16]偏：甚辞，颇，最。

[17]万物外：《庄子》所谓"道"，超越于天地万物之外。五湖间：范蠡辅佐越王功成后，泛舟于五湖之上。见《吴越春秋·勾践伐吴外传》。

[18]丁令：丁令威；王乔：王子乔。俱传说中的仙人。分见《搜神后记》《列仙传》。

[19]蓬莱、方丈：传说中的海上仙山。

寄杜拾遗[1]

杜拾遗，名甫第二才甚奇。
任生与君别，别来已多时，何尝一日不相思。
杜拾遗，知不知？
昨日有人诵得数篇黄绢词[2]，
吾怪异奇特借问，果然称是杜二之所为。
势攫虎豹，气腾蛟螭，
沧海无风似鼓荡，华岳平地欲奔驰。
曹刘俯仰惭大敌，沈谢逡巡称小儿[3]。
昔在帝城中，盛名君一个。
诸人见所作，无不心胆破[4]。

郎官丛里作狂歌，丞相阁中常醉卧。
前年皇帝归长安，承恩阔步青云端[5]。
积翠扈游花匝匝，披香寓直月团栾[6]。
英才特达承天眷，公卿无不相钦羡。
只缘汲黯好直言，遂使安仁却为掾[7]。
如今避地锦城隅，幕下英僚每日相随提玉壶[8]。
半醉起舞捋髭须，乍低乍昂傍若无。
古人制礼但为防俗士，岂得为君设之乎。
而我不飞不鸣亦何以，只待朝廷有知己。
已曾读却无限书，拙诗一句两句在人耳。
如今看之总无益，又不能崎岖傍朝市。
且当事耕稼，岂得便徒尔。
南阳葛亮为友朋，东山谢安作邻里[9]。
闲常把琴弄，闷即携樽起。
莺啼二月三月时，花发千山万山里。
此时幽旷无人知，火急将书凭驿使，为报杜拾遗。

注释

[1]广德二年(764)作。杜拾遗：杜甫在肃宗朝曾官左拾遗。

[2]黄绢词：绝妙诗文。见《世说新语·捷悟》。

[3]曹刘：三国魏诗人曹植、刘桢。沈谢：南朝诗人沈约、谢灵运（或谢朓）。

[4]心胆破：内心敬畏折服。

[5]"前年"二句：至德二载(757)，肃宗自凤翔归长安，杜甫授官左拾遗。

[6]匝匝：周匝环绕。团栾：形容月圆。

[7]"只缘"二句：乾元元年(758)八月杜甫因谏房琯事被贬华州司功参军。汲黯，汉武帝时名臣，以直言敢谏著称。见《史记》本传。安仁，西晋潘岳字。在朝为司空掾，因撰《藉田赋》，招致忌恨，十年不得升迁。

[8]"如今"二句：代宗广德二年，剑南东西川节度使严武表荐杜甫为节度参谋，检校工部员外郎。诗句写幕中事。

[9]南阳葛亮：诸葛亮隐居地隆中，旧属南阳邓县，见《汉晋春秋》。隆中今

属湖北襄阳。东山谢安：谢安隐居地在会稽东山，见《晋书·谢安传》。东山在今浙江上虞。

怀素上人草书歌[1]

吾尝好奇，古来草圣无不知。
岂不知右军与献之[2]，虽有壮丽之骨，
恨无狂逸之姿。中间张长史[3]，
独放荡而不羁，以颠为名倾荡于当时。
张老颠，殊不颠于怀素。
怀素颠，乃是颠。
人谓尔从江南来，我谓尔从天上来。
负颠狂之墨妙，有墨狂之逸才。
狂僧前日动京华，朝骑王公大人马，
暮宿王公大人家。谁不造素屏？
谁不涂粉壁[4]？ 粉壁摇晴光，
素屏凝晓霜，待君挥洒兮不可弥忘。
骏马迎来坐堂中，金盆盛酒竹叶香。
十杯五杯不解意，百杯已后始颠狂。
一颠一狂多意气，大叫一声起攘臂[5]。
挥毫倏忽千万字，有时一字两字长丈二。
翕若长鲸泼剌动海岛，欻若长蛇戍律透深草[6]。
回环缭绕相拘连，千变万化在眼前。
飘风骤雨相击射，速禄飒拉动檐隙[7]。
掷华山巨石以为点，掣衡山阵云以为画。
兴不尽，势转雄，恐天低而地窄，
更有何处最可怜，裹裹枯藤万丈悬。
万丈悬，拂秋水，映秋天；
或如丝，或如发，风吹欲绝又不绝。

锋芒利如欧冶剑,劲直浑是并州铁[8]。
时复枯燥何缡褷[9],忽觉阴山突兀横翠微。
中有枯松错落一万丈,倒挂绝壁蹙枯枝[10]。
千魑魅兮万魍魉,欲出不可何闪尸[11]。
又如翰海日暮愁阴浓,忽然跃出千黑龙。
天矫偃蹇[12],入乎苍穹。
飞沙走石满穷塞[13],万里飕飕西北风。
狂僧有绝艺,非数仞高墙不足以逞其笔势。
或逢花笺与绢素,凝神执笔守恒度[14]。
别来筋骨多情趣,霏霏微微点长露[15]。
三秋月照丹凤楼,二月花开上林树[16]。
终恐绊骐骥之足,不得展千里之步。
狂僧狂僧,尔虽有绝艺,犹当假良媒。
不因礼部张公将尔来[17],如何得声名一旦喧九垓。

注释

[1] 怀素:唐僧人,书法家。俗姓钱,字藏真,长沙人。其书法以狂草著称,论者谓同时代另一前辈草书家张旭为"颠",怀素为"狂"。李白为怀素作有《草书歌行》。

[2] 右军:东晋书法家王羲之,曾为右将军,故称。献之:羲之之子,亦书法家。

[3] 张长史:张旭,曾官左率府长史、金吾长史,故称。

[4] 素屏:白色屏风。粉壁:白色墙壁。均可写书作画。

[5] 攘臂:卷起袖子,露出臂膀。

[6] 翕、欻:忽然。泼剌:鱼跃出水面的声音。戍律:蛇蜿蜒爬行状。

[7] 速禄飒拉:象声词,状风声。

[8] 欧冶:欧冶子,春秋战国时越国人,善铸剑。并州:在今山西太原,其地产铁器,杜甫《戏题画山水图歌》:"焉得并州快剪刀,剪取吴松半江水。"

[9] 缡褷(líshī):散乱纷披貌。

[10] 蹙:聚。

［11］闪尸：忽隐忽现。

［12］夭矫、偃蹇：俱纵恣貌。

［13］穷塞：极远的边地。

［14］恒度：法度、常规。

［15］霏霏微微：飘逸貌。

［16］丹凤楼、上林树：谓皇家宫苑。

［17］张公：张谓，时官礼部侍郎（见陶敏《全唐诗人名汇考》）。

严武

严武（726—765），字季鹰，华州华阴（今属陕西）人。父为中书侍郎严挺之。始以门荫补太原府参军事。天宝六载（747），为陇右节度副大使哥舒翰判官，迁侍御史。安史乱中从玄宗入蜀，擢谏议大夫。后赴灵武，为给事中。两京收复后，授京兆少尹，兼御史中丞，又曾任河南尹。乾元元年（758）为巴州刺史，兼山南西道度支判官。后移绵州刺史，迁剑南东川节度使、剑南西川节度使，兼成都尹。代宗朝，入为兵部侍郎、京兆尹等。广德二年（764），再度镇蜀，为成都尹、剑南节度使。永泰元年卒于任所。杜甫在成都时，以严武为依靠。卒后杜甫有诗悼之，称其"落笔惊四座"。

军城早秋[1]

昨夜秋风入汉关，朔云边月满西山[2]。
更催飞将追骄虏[3]，莫遣沙场匹马还。

注释

[1] 应作于诗人任两川节度使时。

[2] 西山：由成都西向遥望，可见雪山，即杜甫诗所谓"窗含西岭千秋雪""西山白雪三城戍"，此为防御吐蕃之前哨。

[3] 飞将：汉李广，匈奴称之为"飞将军"。

韩滉

韩滉（723—787），字太冲，京兆万年（今陕西西安）人。天宝中以门荫为同官主簿。至德中为山南采访使判官，转通州长史，彭王府谘议参军。乾元二年（759）为殿中侍御史，历祠部、考功、吏部员外郎。代宗朝历官吏部郎中、给事中、尚书右丞，又任户部侍郎、判度支，与刘晏分领诸道财赋。大历十四年（779）为太常卿，出为晋州刺史。德宗朝授浙江东西道观察使。建中四年（783）德宗奔奉天，韩滉转输江南粟帛，朝廷赖之。贞元元年（785）加同平章事、江淮转运使。二年封晋国公。三年卒。

听乐怅然自述

万事伤心对管弦，一身含泪向春烟。
黄金用尽教歌舞，留与他人乐少年[1]。

注释　[1]乐少年：意同"及时行乐"。

严维

严维(?—780),字正文,越州山阴(今浙江绍兴)人。至德二载(757)登进士第,授诸暨尉。广德元年(763)至大历五年(770)在浙东节度幕,检校金吾卫长史,与鲍防等联唱,结为《大历年浙东联唱集》。大历十二年入河南幕,兼河南尉。十四年入朝为秘书郎,建中元年卒。梅尧臣曾赞其诗句"状难写之景,如在目前"。

送李端[1]

故关衰草遍,离别正堪悲。
路出寒云外,人归暮雪时。
少孤为客早[2],多难识君迟。
掩泣空相向,风尘何所期。

注释

[1]李端:"大历十才子"之一。
[2]"少孤"句:应是自言身世,少年丧父,早岁离家。为客,客居在外。

丹阳送韦参军[1]

丹阳郭里送行舟,一别心知两地秋。
日晚江南望江北,寒鸦飞尽水悠悠。

注释

[1]丹阳:郡名,即润州,今江苏镇江。韦参军:名不详。

顾况

顾况(727？—816？)，字逋翁，自号华阳山人，苏州海盐(今浙江海盐)人。至德二载(757)登进士第。曾为杭州新亭监盐官。大历六年(771)至九年任温州永嘉监盐官。建中元年(780)任镇海军节度使韩滉判官。贞元二年(786)入朝为大理寺司直。贞元四年为秘书省著作佐郎，世称"顾著作"。五年贬饶州司户。九年去官，隐居茅山，受道箓。贞元后期，盘桓于湖州、宣州、扬州、温州等地。约卒于元和中。

囝一章[1]

囝，哀闽也[2]。

囝生闽方，闽吏得之，乃绝其阳[3]。

为臧为获，致金满屋[4]。

为髡为钳[5]，如视草木。

天道无知，我罹其毒[6]。

神道无知，彼受其福[7]。

郎罢别囝，吾悔生汝。

及汝既生，人劝不举[8]。

不从人言，果获是苦。

囝别郎罢，心摧血下。

隔地绝天，乃至黄泉，不得在郎罢前。

注释

[1] 顾况有《上古之什补亡训传十三章》，为一组仿《诗经》的四言诗。此为第十一章。

[2] 囝，哀闽也：每章之首皆标举诗题及诗旨，本章题为"囝"，诗旨"哀闽也"。唐代宦官多出闽中，《新唐书·宦者传》曰："当时谓闽为中官区薮。"囝(jiǎn)：原句下注："囝音蹇。闽俗，呼子为囝，父为郎罢。"

[3] 绝其阳：阉割其生殖器。

[4] 臧、获：奴婢。致金满屋：谓闽吏获得丰厚利益。

[5]髡、钳:古代施于罪人的刑罚,去发为髡,以铁圈束颈为钳。

[6]罹其毒:遭遇祸殃。

[7]彼:指闽吏。

[8]举:养育。

我行自东一章[1]

我行自东,不遑居也[2]。
我行自东,山海其空,旅棘有丛[3]。
我行自西,垒与云齐[4],雨雪凄凄。
我行自南,烈火满林,日中无禽[5],雾雨淫淫。
我行自北,烛龙寡色[6],何枉不直[7]。
我忧京京[8],何道不行兮[9]?

注释

[1]此为组诗第十二章。

[2]我行自东:《诗经·豳风·东山》:"我来自东,零雨其濛。"不遑居也:《诗经·小雅·采薇》:"不遑启居。"遑(huáng),空闲。

[3]旅棘:野生的荆棘。

[4]垒:营垒。《礼记·曲礼》:"四郊多垒",指战事。

[5]日中无禽:谓日色晦暗。禽,传说太阳中的三足乌。

[6]烛龙:传说中的神龙,其眼开为昼,闭为夜。寡色:无光。

[7]何枉不直:谓世路崎岖不直。

[8]京京:高大的样子,此指多。

[9]何道不行:无路可行。

弃妇词

古人虽弃妇,弃妇有归处。
今日妾辞君,辞君欲何去。

本家零落尽，恸哭来时路。
忆昔未嫁君，闻君甚周旋[1]。
及与同结发，值君适幽燕[2]。
孤魂托飞鸟，两眼如流泉。
流泉咽不燥[3]，万里关山道。
及至见君归，君归妾已老。
物情弃衰歇，新宠方妍好。
拭泪出故房，伤心剧秋草[4]。
妾以憔悴捐，羞将旧物还。
余生欲有寄，谁肯相留连[5]。
空床对虚牖[6]，不觉尘埃厚。
寒水芙蓉花，秋风堕杨柳。
记得初嫁君，小姑始扶床。
今日君弃妾，小姑如妾长[7]。
回头语小姑，莫嫁如兄夫。

注释

[1] 周旋：举止仪容符合礼仪。《孟子·尽心下》："动容周旋中礼者，盛德之至也。"

[2] 幽燕：泛指北方边地。

[3] 不燥：不干，谓泪流不止。

[4] 剧：甚于。

[5] 留连：顾念，眷恋。

[6] 虚牖：不闭的窗户。

[7] "记得"四句：出自《古诗为焦仲卿妻作》："新妇初来时，小姑始扶床；今日被驱遣，小姑如我长。"

上湖至破山赠文周萧元植[1]

一别二十年，依依过故辙。

湖上非往态，梦想频虚结[2]。
二子伴我行，我行感徂节[3]。
后人应不识，前事寒泉咽[4]。
一别二十年，人堪几回别。

注释

[1]上湖：即芙蓉湖，在常州（今属江苏）。破山：在今江苏常熟。文周：无考。萧元植：官仓部郎（郎中或员外郎），见陶敏《全唐诗人名汇考》。

[2]虚结：想象。

[3]徂节：季节变化。

[4]寒泉咽：谓前事欲说还休，如寒泉之幽咽。

长安道[1]

长安道，人无衣，
马无草[2]，何不归来山中老。

注释

[1]长安道：乐府古题。应是在长安有感而作。

[2]"长安道"三句：德宗贞元初年，藩镇割据，边患频起，长安并非太平岁月，诗人故有此感慨。

梁广画花歌[1]

王母欲过刘彻家，飞琼夜入云辁车[2]。
紫书分付与青鸟[3]，却向人间求好花。
上元夫人最小女[4]，头面端正能言语。
手把梁生画花看，凝睇掩笑心相许。
心相许，为白阿娘从嫁与[5]。

注释

[1]梁广：唐代画家，约为中唐时人。郑谷《海棠》诗有"莫愁粉黛临窗懒，

梁广丹青点笔迟"之句。

[2]刘彻:汉武帝名。飞琼:许飞琼,西王母侍女。云辁车:仙人所乘。汉武帝好神仙,《汉武帝内传》记载了汉武帝与西王母交往的故事。

[3]紫书:西王母的书信,道家谓神仙用紫色笔书写。青鸟:西王母使者。

[4]上元夫人:女仙,位在西王母之后。

[5]阿娘:指上元夫人。

行路难(三首录一)[1]

君不见担雪塞井空用力,炊砂作饭岂堪食[2]。
一生肝胆向人尽,相识不如不相识。
冬青树上挂凌霄,岁晏花凋树不凋[3]。
凡物各自有根本,种禾终不生豆苗。
行路难,行路难,何处是平道。
中心无事当富贵,今日看君颜色好。

注释

[1]行路难:乐府古题。题下共三首,此为第一首。

[2]炊砂作饭:佛家语。《楞严经》:"佛言若不断淫修禅定者,如蒸砂石,欲其成饭,经百千劫,只名热砂。"

[3]冬青:常绿乔木,冬季不凋。凌霄:即凌霄花,缘木而生。

悲歌一[1]

边城路,今人犁田昔人墓。
岸上沙,昔日江水今人家。
今人昔人共长叹,四气相催节回换[2]。
明月皎皎入华池[3],白云离离渡霄汉[4]。

注释

[1]悲歌:组诗,共六首。《乐府诗集·相和歌辞》收录,题为《短歌行六首》。

[2]四气:春夏秋冬四季节候。

[3]华池:传说中仙池,在昆仑山。

[4]离离:分明,清晰。

悲歌二(一作《短歌行》)

我欲升天天隔霄,我欲渡水水无桥。
我欲上山山路险,我欲汲井井泉遥。
越人翠被今何夕[1],独立沙边江草碧。
紫燕西飞欲寄书,白云何处逢来客。

注释

[1]"越人"句:出自刘向《说苑》。《乐府诗集·杂歌谣辞一》录《越人歌》,序引刘向《说苑》:"鄂君子晳泛舟于新波之中,乘青翰之舟,张翠盖,会钟鼓之音毕,榜枻越人拥楫而歌,于是鄂君乃揄修袂,行而拥之,举绣被而覆之。"

苔藓山歌[1]

野人夜梦江南山,江南山深松桂闲。
野人觉后长叹息,帖藓黏苔作山色。
闭门无事任盈虚[2],终日欹眠观四如[3]。
一如白云飞出壁,二如飞雨岩前滴,
三如腾虎欲咆哮,四如懒龙遭霹雳。
嵼峭嵌空潭洞寒[4],小儿两手扶栏干。

注释

[1]苔藓山:盆景小山,山石贴苔藓。

[2]盈虚:指时光流逝。《易·丰》:"天地盈虚,与时消息。"

[3]欹眠:斜倚床上而眠。

[4]嵼:同"险"。嵌空:玲珑的样子。

范山人画山水歌[1]

山峥嵘,水泓澄[2]。
漫漫汗汗一笔耕[3],一草一木栖神明。
忽如空中有物,物中有声。
复如远道望乡客,梦绕山川身不行。

注释

[1] 范山人:名字不详。山人,指隐士。

[2] 泓澄:水势深广的样子。

[3] 漫漫汗汗:水势渺茫无边。

宜城放琴客歌[1]

琴客,宜城爱妾也[2]。宜城请老[3],爱妾出嫁,不禁人之欲而私耳目之娱,达者也。况承命作歌。

佳人玉立生此方,家住邯郸不是倡[4]。
头髻鬟鬟手爪长[5],善抚琴瑟有文章。
新妍笼裙云母光[6],朱弦绿水喧洞房[7]。
忽闻斗酒初决绝,日暮浮云古离别。
巴猿啾啾峡泉咽,泪落罗衣颜色暍[8]。
不知谁家更张设,丝履墙偏钗股折[9]。
南山阑干千丈雪,七十非人不暖热[10]。
人情厌薄古共然[11],相公心在持事坚[12]。
上善若水任方圆[13],忆昨好之今弃捐。
服药不如独自眠,从他更嫁一少年[14]。

注释

[1] 宜城:诗人友人柳浑。贞元元年(785)拜兵部侍郎,封宜城县伯。三年,加同中书门下平章事。

[2] 琴客:未必是"爱妾"真名,因其"善抚琴瑟"而称之。

［3］请老：告老。

［4］邯郸倡：乐府古辞《相逢行》："黄金为君门，白玉为君堂。堂上置樽酒，作使邯郸倡。"

［5］鬖髽（wǒduǒ）：亦作"倭堕"，古代女子一种发型，发髻松垂，侧于一边，似将堕落。手爪长：指甲修长，有称"鸟爪"者。

［6］笼裙：侍女所服。云母：裙上装饰的闪光云母片。

［7］绿水：琴曲名。

［8］喝：变色。

［9］"不知"二句：想象爱妾嫁人的场景。婚礼十分热闹，宾客众多，场面纷乱，丝履踩踏使墙偏倒，女客钗股折断。

［10］"七十"句：出《礼记·王制》："五十始衰，六十非肉不饱，七十非帛不暖，八十非人不暖，九十虽得人不暖矣。"柳浑年过七十，变通用"八十"句。

［11］厌薄：犹"厚薄"。厌：丰厚。

［12］相公：对丞相的尊称，此指柳浑。

［13］上善若水：《老子》："上善若水，水善利万物而不争。"

［14］从：任由。

李供奉弹箜篌歌[1]

国府乐手弹箜篌[2]，赤黄绦索金错头[3]。
早晨有敕鸳鸯殿，夜静遂歌明月楼。
起坐可怜能抱撮[4]，大指调弦中指拨。
腕头花落舞制裂，手下鸟惊飞拨剌[5]。
珊瑚席，一声一声鸣锡锡；
罗绮屏，一弦一弦如撼铃[6]。
急弹好，迟亦好[7]；宜远听，宜近听。
左手低，右手举，易调移音天赐与。
大弦似秋雁，联联度陇关；
小弦似春燕，喃喃向人语[8]。

手头疾，腕头软，来来去去如风卷。
声清泠泠鸣索索，垂珠碎玉空中落。
美女争窥玳瑁帘，圣人卷上真珠箔[9]。
大弦长，小弦短，小弦紧快大弦缓。
初调锵锵似鸳鸯水上弄新声，
入深似太清仙鹤游秘馆[10]。
李供奉，仪容质[11]，身才稍稍六尺一。
在外不曾辄教人，内里声声不遣出。
指剥葱，腕削玉，饶盐饶酱五味足[12]。
弄调人间不识名，弹尽天下崛奇曲。
胡曲汉曲声皆好，弹着曲髓曲肝脑[13]。
往往从空入户来，瞥瞥随风落春草[14]。
草头只觉风吹入，风来草即随风立。
草亦不知风到来，风亦不知声缓急。
爇玉烛[15]，点银灯；光照手，实可憎[16]。
只照箜篌弦上手，不照箜篌声里能。
驰凤阙，拜鸾殿，天子一日一回见。
王侯将相立马迎，巧声一日一回变。
实可重，不惜千金买一弄[17]。
银器胡瓶马上驮，瑞锦轻罗满车送。
此州好手非一国，一国东西尽南北[18]。
除却天上化下来，若向人间实难得。

注释

[1] 李供奉：梨园弟子李凭。梨园属教坊，供奉内廷之需，故梨园弟子称供奉。箜篌：《旧唐书·音乐志二》："（箜篌）似瑟而小，七弦，用拨弹之，如琵琶。竖箜篌，胡乐也。……体曲而长，二十有二弦，竖抱于怀，用两手齐奏，俗谓之擘箜篌。"

[2] 国府：宫中。

[3] 绦索：丝绳。锘头：锄头形的装饰。

[4] 可怜：可爱。抱撮：抱于怀中，可知所弹为竖箜篌。

[5] 花落、鸟惊：俱渲染乐声的效果。舞制：舞衣。拨剌：鸟翅抖动的声音。

[6] 锡锡：象声词，声音细小。

[7] 迟：舒缓。

[8] 大弦：粗弦。小弦：细弦。

[9] 圣人：指皇帝。箔：帘幕。

[10] 太清：仙境。秘馆：仙宫。

[11] 质：本色平凡。

[12] 饶：多。

[13] 曲髓曲肝脑：乐曲最精妙处。

[14] 瞥瞥：飘忽状。

[15] 爇（ruò）：点燃。

[16] 可憎：美好可爱。

[17] 一弄：一曲。

[18] 一国：谓国手。

洛阳早春

何地避春愁，终年忆旧游。
一家千里外，百舌五更头[1]。
客路偏逢雨，乡山不入楼。
故园桃李月，伊水向东流[2]。

注释

[1] 百舌：鸟名，其鸣声能模仿各种鸟。
[2] 伊水：发源于熊耳山南麓，穿伊阙，流经洛阳，后注入洛河，汇流入黄河。

题歙山栖霞寺[1]

明征君旧宅[2]，陈后主题诗[3]。

迹在人亡处，山空月满时。
宝瓶无破响[4]，道树有低枝[5]。
已是伤离客，仍逢靳尚祠[6]。

注释

[1]歆山：又名摄山，即栖霞山，在南京城东北郊。

[2]"明征君"句：明僧绍，南朝宋、齐时人，朝廷屡次征辟而不就，齐高帝欲见之，乃遁居摄山。见《南齐书·高逸传》及《南史》本传。

[3]"陈后主"句：南朝陈代亡国之君陈叔宝，作有《同江仆射游摄山栖霞寺》诗。

[4]"宝瓶"句：谓佛法普照众生。《华阳经》谓日出普照世间，其影现于一切净水瓶中，如一器破，便不现日影。

[5]"道树"句：谓佛法护佑众生。道树，即菩提树，出摩迦陀国，如来佛于此树下成道。此树枝叶青翠，经冬不凋。至佛入灭日，变色凋落，此日国王、人民收叶而归，以为瑞也。此日过后还生。见段成式《酉阳杂俎·前集》。

[6]"已是"二句：自伤身命。靳尚：战国时楚怀王佞臣，交通秦国，陷害屈原，致楚亡。宋张敦颐《六朝事迹编类》记，靳尚遭天谴，化为大蟒，穴居摄山，后人为之立庙。被视为淫祀。

归山作[1]

心事数茎白发，生涯一片青山。
空林有雪相待，古道无人独还。

注释

[1]归茅山时作。

题叶道士山房[1]

水边垂柳赤栏桥，洞里仙人碧玉箫。

近得麻姑音信否[2],浔阳江上不通潮[3]。

注释

[1]叶道士:其人不详。山房:应在匡庐、彭蠡之间。

[2]麻姑:传说中女仙。

[3]浔阳江:流经浔阳的一段长江,过庐山下。不通潮:潮有信,此婉指无有音信。

山中[1]

野人爱向山中宿,况在葛洪丹井西[2]。
庭前有个长松树,夜半子规来上啼[3]。

注释

[1]在杭州作。

[2]葛洪丹井:据《西湖游览志·北山胜迹》,北山一带有葛洪井数处,并有葛洪墓及葛岭。

[3]子规:杜鹃鸟。

听子规

栖霞山中子规鸟[1],口边血出啼不了[2]。
山僧后夜初出定[3],闻似不闻山月晓。

注释

[1]栖霞山:见前《题歙山栖霞寺》注[1][2]。

[2]"口边"句:子规鸟暮春时节啼叫,口边出血。

[3]出定:从参禅入定状态出,即恢复常态。

耿沣

耿沣,生卒年不详,蒲州(今山西永济)人。宝应二年(763)举进士,授周至尉。大历初在朝为左拾遗。大历十年、十一年间充括图书使往江淮,与江南诗人交游唱和。贞元初为许州司法参军事。约卒于贞元间。诗名列于"大历十才子"中。

过王山人旧居[1]

故宅春山中,来逢夕阳入。
汲少井味变,开稀户枢涩[2]。
树朽鸟不栖,阶闲云自湿。
先生何处去,惆怅空独立。

注释

[1] 过:造访。王山人:名不详。
[2] 井味变:谓井水已不堪饮用。户枢涩:门的枢轴不能灵活转动。

秋晚卧疾寄司空拾遗曙卢少府纶[1]

寒几坐空堂,疏髯似积霜。
老医迷旧疾,朽药误新方。
晚果红低树,秋苔绿遍墙。
惭非蒋生径,不敢望求羊[2]。

注释

[1] 诗当作于大历六年(771)或稍后。司空曙大历间曾任左拾遗,卢纶大历六年任阌乡尉,故称少府。
[2] 蒋生径、求羊:汉末人蒋诩,哀帝时为兖州刺史,王莽摄政,诩称病免官,隐居乡里,舍前竹下辟三径,唯故人羊仲、求仲与之游。

秋日

反照入闾巷[1],忧来与谁语?
古道无人行,秋风动禾黍。

注释　[1]反照:夕阳的反光。

戎昱

戎昱（744？—800？），荆州（今湖北江陵）人。广德元年（763）荆南节度使颜真卿辟为从事，未行。大历元年（766）游蜀，二年为荆南节度从事，四年入湖南观察使幕，次年罢幕职，流寓湘中。八年入桂管防御观察使李昌巙幕。建中初年入朝，任职御史台，四年（783）出为辰州刺史。贞元七年（791）前后曾任虔州刺史。其咏史诗曾获唐宪宗叹赏。

苦哉行（五首录三）[1]

彼鼠侵我厨，纵狸授粱肉[2]。
鼠虽为君却，狸食自须足。
冀雪大国耻，翻是大国辱。
膻腥逼绮罗，砖瓦杂珠玉[3]。
登楼非骋望，目笑是心哭。
何意天乐中，至今奏胡曲。

妾家清河边，七叶承貂蝉[4]。
身为最小女，偏得浑家怜[5]。
亲戚不相识，幽闺十五年。
有时最远出，只到中门前。
前年狂胡来，惧死翻生全[6]。
今秋官军至，岂意遭戈铤。
匈奴为先锋，长鼻黄发拳[7]。
弯弓猎生人[8]，百步牛羊膻。
脱身落虎口[9]，不及归黄泉。
苦哉难重陈，暗哭苍苍天。

可汗奉亲诏，今月归燕山[10]。

忽如乱刀剑，搅妾心肠间。
出户望北荒，迢迢玉门关[11]。
生人为死别，有去无时还。
汉月割妾心，胡风凋妾颜。
去去断绝魂，叫天天不闻。

注释

[1]题下共五首，题下原有注："宝应中过滑州、洛阳后同王季友作。"宝应为代宗初即位的年号，当年朝廷再借回纥兵以平定史朝义叛军，诗写宝应二年春回纥军在洛阳一带为非作恶事。此选其一、四、五。

[2]狸：猫。此诗借猫、鼠之喻，批评朝廷借助回纥抵御叛军的政策失误。

[3]膻腥、砖瓦：指回纥。

[4]七叶：七世。貂蝉：貂尾和附蝉，贵近之臣的冠饰。

[5]浑家：全家。

[6]狂胡：指叛军。翻：却，意外地。

[7]匈奴：指回纥军。拳：蜷曲。

[8]猎生人：以生人为射猎目标。

[9]落虎口：谓己身落入回纥之手。

[10]可汗：古代北方游牧民族如柔然等最高首领称号，此指回纥首领。燕山：指回纥之地。

[11]玉门关：指边塞。

早梅[1]

一树寒梅白玉条，迥临村路傍溪桥。
应缘近水花先发，疑是经春雪未销。

注释

[1]此诗《全唐诗》又载张谓名下，非是。

移家别湖上亭

好是春风湖上亭,柳条藤蔓系离情。
黄莺久住浑相识[1],欲别频啼四五声。

注释　[1]浑:皆,都。

古意[1]

女伴朝来说,知君欲弃捐。
懒梳明镜下,羞到画堂前。
有泪霑脂粉,无情理管弦。
不知将巧笑,更遣向谁怜。

注释　[1]古意:即拟古。

咏史

汉家青史上,计拙是和亲。
社稷依明主,安危托妇人。
岂能将玉貌[1],便拟静胡尘。
地下千年骨,谁为辅佐臣。

注释　[1]将:用。

桂州腊夜

坐到三更尽,归仍万里赊[1]。
雪声偏傍竹[2],寒梦不离家。

晓角分残漏，孤灯落碎花[3]。

二年随骠骑[4]，辛苦向天涯。

注释　[1]赊：远，长。

[2]偏：只，表示范围。

[3]碎花：灯芯燃烧，会结成花状。

[4]骠骑：汉骠骑将军霍去病，此代指李昌巙。

窦叔向

窦叔向（？—779？），字遗直，京兆金城（今陕西兴平）人。大历初中进士举，曾任国子博士、转运使判官、江阴令。十二年（777）入朝任左拾遗，十四年出为溧水令，旋卒。《唐才子传》称其"诗法谨严，又非常格"。五子常、牟、群、庠、巩皆有诗名。

夏夜宿表兄话旧

夜合花开香满庭，夜深微雨醉初醒。
远书珍重何曾达，旧事凄凉不可听。
去日儿童皆长大，昔年亲友半凋零。
明朝又是孤舟别，愁见河桥酒幔青[1]。

注释　[1]酒幔：酒旗。

窦群

窦群(765—814),字丹列,窦叔向之子,京兆金城(今陕西兴平)人。贞元十八年(802)经京兆尹韦夏卿荐,授左拾遗。累任侍御史、膳部员外郎。元和元年(806)出为唐州刺史,改山南东道节度副使。二年入朝为吏部郎中,三年迁御史中丞。后出为黔州观察使。又曾任开州刺史、容管经略使。九年被召还朝,至衡州卒。与诸兄弟撰有《窦氏联珠集》。

初入谏司喜家室至[1]

一旦悲欢见孟光,十年辛苦伴沧浪[2]。
不知笔砚缘封事,犹问佣书日几行[3]。

注释

[1]初任左拾遗时作。谏司:谏官公署,左拾遗为谏官。

[2]孟光:东汉隐者梁鸿之妻。鸿为佣工,光每食必举案齐眉,以示敬爱。此喻指自己家室。沧浪:鬓发斑白。

[3]封事:谏官向皇帝所上奏章。佣书:受雇为人写作文书。

窦巩

窦巩（771—830），字友封，窦叔向之子，京兆金城（今陕西兴平）人。元和二年（807）登进士第，为滑州节度从事。八年为山南东道节度掌书记，次年改荆南节度掌书记，十四年为平卢节度掌书记，迁副使。宝历元年（825）入朝为侍御史，转司勋员外郎、刑部郎中。大和初年浙东观察使元稹辟为副使，四年（830）随元稹移驻武昌，五年元稹卒，巩北归，至长安卒。

赠阿史那都尉

较猎燕山经几春[1]，雕弓白羽不离身。
年来马上浑无力，望见飞鸿指似人[2]。

注释
[1]较猎：同"校猎"，此指打猎。
[2]浑：全然。"望见"句：谓空中雁行似"人"字。

襄阳寒食寄宇文籍[1]

烟水初销见万家[2]，东风吹柳万条斜。
大堤欲上谁相伴[3]，马踏春泥半是花。

注释
[1]作于山南东道节度幕中。宇文籍：《旧唐书》有传，记曰："窦群自处士征为右拾遗，表籍自代，由是知名。"故窦巩与籍亦有交往。
[2]烟水：水面雾气。
[3]大堤：汉江大堤。

张叔卿

张叔卿,生卒年不详,肃、代宗时人。曾官御史,坐事流桂州。存诗仅二首。

流桂州[1]

莫问苍梧远[2],而今世路难。
胡尘不到处,即是小长安。

注释

[1]桂州:今广西桂林。
[2]苍梧:汉郡名,此指桂州。

陈润

陈润,生卒年不详,苏州(今属江苏)人。大历五年(770)登明经第,六年中茂才异等科制举。曾官坊州鄜城令。卒于贞元后期。晚唐张为《诗人主客图》列其为"高古奥逸主"孟云卿之及门。

宿北乐馆[1]

欲眠不眠夜深浅,越鸟一声空山远。
庭木萧萧落叶时,溪声雨声听不辨。
溪流潺潺雨习习,灯影山光满窗入。
栋里不知浑是云[2],晓来但觉衣裳湿。

注释

[1]北乐馆:应在越地,待考。
[2]浑是:全是。

戴叔伦

戴叔伦（732—789），字次公，润州金坛（今属江苏）人。大历初任湖南转运留后，曾督赋至夔州。建中元年（780）以监察御史里行为东阳令，颇有治绩。四年为江西节度从事。兴元元年（784）任抚州刺史，贞元四年（788）为容州刺史、本管经略使。五年四月以疾受代，上表请为道士，旋卒。出萧颖士之门，有诗名，其论诗云："诗家之景，如蓝田日暖，良玉生烟，可望而不可置于眉睫之前也。"被司空图《与极浦书》征引，颇为后世称道。

女耕田行

乳燕入巢笋成竹，谁家二女种新谷。
无人无牛不及犁，持刀斫地翻作泥。
自言家贫母年老，长兄从军未娶嫂。
去年灾疫牛圈空[1]，截绢买刀都市中。
头巾掩面畏人识，以刀代牛谁与同。
姊妹相携心正苦，不见路人唯见土。
疏通畦陇防乱苗，整顿沟塍待时雨[2]。
日正南冈下饷归[3]，可怜朝雉扰惊飞[4]。
东邻西舍花发尽，共惜余芳泪满衣。

注释

[1] 牛圈：牛圈。

[2] 塍（chéng）：田埂。

[3] 下饷：回家吃饭。

[4] 朝雉惊扰飞：古题乐府有《雉朝飞操》，古辞曰："雉朝飞兮鸣相和，雌雄群游于山阿。"诗句伤未嫁。雉：野鸡。

屯田词[1]

春来耕田遍沙碛，老稚欣欣种禾麦[2]。

麦苗渐长天苦晴,土干确确锄不得[3]。
新禾未熟飞蝗至,青苗食尽余枯茎。
捕蝗归来守空屋,囊无寸帛瓶无粟。
十月移屯来向城[4],官教去伐南山木。
驱牛驾车入山去,霜重草枯牛冻死。
艰辛历尽谁得知,望断天南泪如雨。

注释　[1]屯田:此指在自家土地上耕作。
　　　[2]老稚:老人与孩童。
　　　[3]确确:坚硬的样子。
　　　[4]移屯:离开屯垦之地。

除夜宿石头驿[1]

旅馆谁相问,寒灯独可亲。
一年将尽夜,万里未归人。
寥落悲前事,支离笑此身[2]。
愁颜与衰鬓,明日又逢春。

注释　[1]石头驿:在今江西省南昌市新建区赣江西岸。
　　　[2]支离:流浪。

别友人

扰扰倦行役,相逢陈蔡间[1]。
如何百年内,不见一人闲。
对酒惜余景[2],问程愁乱山。
秋风万里道,又出穆陵关[3]。

注释

[1] 扰扰：风尘仆仆。陈蔡间：其地在今河南上蔡。
[2] 余景：落日残留的光辉。
[3] 穆陵关：唐之穆陵关在沂州沂水县，今为山东临朐县。

暮春感怀（二首录一）

杜宇声声唤客愁，故园何处此登楼。
落花飞絮成春梦，剩水残山异昔游。
歌扇多情明月在，舞衣无意彩云收。
东皇去后韶华尽[1]，老圃寒香别有秋。

注释

[1] 东皇：司春之神。韶华尽：指百花凋谢。

转应词[1]

边草，边草，边草尽来共老[2]。
山南山北雪晴，千里万里月明。
明月，明月，胡笳一声愁绝。

注释

[1] 转应词：亦称转应曲、调笑令，词牌名。
[2] 尽：死，谓边草。共老：草与人共老。

于良史

于良史,生卒年不详,约天宝末入仕,大历中任监察御史。贞元中曾为徐泗濠节度使张建封从事。其诗句"风兼残雪起,河带断冰流",被《中兴间气集》编者高仲武赞曰:"吟之未终,皎然在目。"

春山夜月

春山多胜事,赏玩夜忘归。
掬水月在手,弄花香满衣。
兴来无远近,欲去惜芳菲。
南望鸣钟处,楼台深翠微[1]。

注释

[1] 翠微:山色,此指山。

冬日野望寄李赞府[1]

地际朝阳满[2],天边宿雾收。
风兼残雪起,河带断冰流。
北阙驰心极,南图尚旅游[3]。
登临思不已,何处得销愁。

注释

[1] 赞府:县丞。李赞府,无考。

[2] 地际:地平线。

[3] 北阙:朝廷。南图:犹"图南",语出《庄子·逍遥游》,以大鹏图南借喻人的远大抱负。

江上送友人

看尔动行棹,未收离别筵。

千帆忽见及,乱却故人船[1]。
纷泊雁群起,逶迤沙溆连[2]。
长亭十里外,应是少人烟。

注释

[1]"千帆"二句:谓故人之船混杂于许多船只之中。

[2]逶迤:连续不断的样子。沙溆(xù):临水的沙滩。

卢纶

卢纶(748？—798？)，字允言，蒲州(今山西永济)人。大历初，数举进士不第。六年(771)，宰相元载荐为阌乡尉，改密县令。八九年间宰相王缙荐为集贤学士、秘书省校书郎。后坐累去官。贞元元年(785)咸宁郡王浑瑊拔为元帅判官，检校金部郎中。从瑊至河中。贞元十三四年之际，被德宗召入，超拜户部郎中。未久即卒。卢纶列"大历十才子"中，元和中令狐楚选《御览诗》，卢纶诗入选居十分之一，仅次于李益。

得耿湋司法书，因叙长安故友零落，兵部苗员外发、秘省李校书端相次倾逝，潞府崔功曹峒、长林司空丞曙俱谪远方，余以摇落之时，对书增叹，因呈河中郑仓曹、畅参军昆季[1]

鬓似衰蓬心似灰，惊悲相集老相催。
故友九泉留语别，逐臣千里寄书来[2]。
尘容带病何堪问，泪眼逢秋不喜开。
幸接野居宜屣步[3]，冀君清夜一申哀。

注释

[1]耿湋司法：耿湋贞元初为许州司法参军事。潞府崔功曹峒：曹曾为潞州大都督府功曹参军事。长林：江陵府属县，故治在今湖北荆门境。摇落之时：谓秋天。河中郑仓曹：郑损。河中：县名，故治在今山西永济县蒲州镇。仓曹：司仓参军事。畅参军昆季：畅当，曾为山南东道节度使参军。其弟畅诸。
[2]故友：指已逝之苗发、李端。逐臣：指远谪之曹峒、司空曙。司空曙有《江园书事寄卢纶》诗。
[3]屣步：徒步。

和张仆射塞下曲(六首录二)[1]

林暗草惊风，将军夜引弓。
平明寻白羽，没在石棱中[2]。

月黑雁飞高，单于夜遁逃[3]。

欲将轻骑逐，大雪满弓刀。

注释

[1]组诗共六首，此为第二首。张仆射：张延赏，贞元初为左仆射。贞元二年（786）秋唐军与吐蕃战而胜之，组诗当作于此时。

[2]"林暗"四句：《史记·李将军列传》："（李）广出猎，见草中石，以为虎而射之，中石没镞。视之，石也。"

[3]单于：古时北方少数民族如匈奴首领称谓。

早春归盩厔旧居却寄耿拾遗湋李校书端[1]

野日初晴麦垄分，竹园相接鹿成群。

几家废井生青草，一树繁花傍古坟。

引水忽惊冰满涧，向田空见石和云[2]。

可怜荒岁青山下[3]，惟有松枝好寄君。

注释

[1]盩厔（zhōuzhì）：京兆府属县，在长安西。今改称周至。耿拾遗湋：耿湋宝应二年（763）为盩厔尉，大历初入朝为左拾遗。李端为校书郎在大历五年（770）。

[2]石和云：意即不见田禾，田地荒芜。

[3]荒岁：灾年。《旧唐书·五行志》载，大历四年，长安淫雨成灾，"京师米斗八百文"。

李益

李益(748—829),字君虞,凉州姑臧(今甘肃武威)人。大历四年(769)登进士第,授华州郑县(今陕西华县)尉。两年后又中制举,官郑县主簿。大历九年入渭北节度使臧希让幕,随军至北方边塞。建中二年(781)入朔方节度使李怀光幕。四年登书判拔萃科制举,授侍御史。贞元元年(785)入灵州大都督杜希全幕,再度出塞。六年前后,入邠宁节度使张献甫幕。十三年入幽州节度使刘济幕,由从事进为营田副使。十六年脱离幕府,数年间漫游江淮。宪宗时入朝为都官郎中,迁中书舍人。元和五年(810)前后一度出为河南少尹,复入为秘书监、集贤殿学士。官至右散骑常侍。文宗大和元年(827)加礼部尚书衔致仕,又二年,八十二岁卒。诗名甚著,令狐楚选《御览诗》,收李益诗最多。晚唐张为《诗人主客图》列其为"清奇雅正主"。

饮马歌

百马饮一泉,一马争上游。
一马喷成泥,百马饮浊流。
上有沧浪客[1],对之空叹息。
自顾缨上尘,裴回终日夕[2]。
为问泉上翁,何时见沙石[3]。

注释

[1]沧浪客:高洁避世之人,语出《楚辞·渔父》:"渔父歌曰:'沧浪之水清兮,可以濯吾缨。沧浪之水浊兮,可以濯吾足。'"
[2]缨:系在颔下的帽带。裴回:同徘徊。
[3]泉上翁:隐居者。见沙石:谓水清。

竹窗闻风寄苗发司空曙[1]

微风惊暮坐,临牖思悠哉。
开门复动竹,疑是故人来。
时滴枝上露,稍沾阶下苔。

何当一入幌，为拂绿琴埃[2]。

注释　[1]竹窗：临竹之窗。苗发、司空曙：见前卢纶《得耿沣司法书……》注[2]。
　　　[2]何当：何妨，参见张相《诗词曲语辞汇释》。绿琴：琴的雅称。司马相如有绿绮琴。

喜见外弟又言别[1]

十年离乱后[2]，长大一相逢。
问姓惊初见，称名忆旧容。
别来沧海事[3]，语罢暮天钟。
明日巴陵道[4]，秋山又几重。

注释　[1]外弟：表弟。
　　　[2]十年离乱：指安史之乱。
　　　[3]沧海事：谓纷乱变化的世事。
　　　[4]巴陵：郡名，即岳州，今湖南岳阳。

同崔邠登鹳雀楼[1]

鹳雀楼西百尺樯，汀洲云树共茫茫。
汉家箫鼓空流水[2]，魏国山河半夕阳[3]。
事去千年犹恨速，愁来一日即为长。
风烟并起思归望，远目非春亦自伤。

注释　[1]崔邠：曾官中书舍人、太常卿等。鹳雀楼：北周宇文护所建，位于河中府（今山西永济县蒲州镇）城西南黄河之滨，楼高三层，可远瞻中条山，俯瞰黄河。今之楼系当代重建。
　　　[2]汉家箫鼓：《汉武故事》载，武帝"行幸河东，祀后土"，作《秋风辞》，有"泛楼船兮济汾河，横中流兮扬素波，箫鼓鸣兮发棹歌"之句。

[3] 魏国山河：河中府战国时属魏国地，《史记·孙子吴起列传》载，魏武侯曾"浮西河而下，中流，顾而谓吴起曰：'美哉！山河之固，此魏国之宝也。'"

盐州过胡儿饮马泉[1]

绿杨着水草如烟，旧是胡儿饮马泉。
几处吹笳明月夜，何人倚剑白云天[2]。
从来冻合关山路，今日分流汉使前[3]。
莫遣行人照容鬓，恐惊憔悴入新年。

注释

[1] 盐州：州治五原县（今陕西定边），诗题又作《过五原胡儿饮马泉》。
[2] 倚剑白云天：化用宋玉《大言赋》"长剑耿耿倚天外"句。
[3] 汉使：诗人自谓。

江南词[1]

嫁得瞿塘贾[2]，朝朝误妾期。
早知潮有信，嫁与弄潮儿[3]。

注释

[1] 江南词：亦作《江南曲》，乐府古题。诗用女子口气写成。
[2] 瞿塘贾：由瞿塘峡入蜀的商人。瞿塘峡位于长江三峡西端，行船最为惊险。
[3] 潮有信：潮水涨落有可预知的时间。弄潮儿：在潮头表演技艺的男子。

度破讷沙二首[1]

眼见风来沙旋移，经年不省草生时[2]。
莫言塞北无春到，总有春来何处知。

破讷沙头雁正飞，鸊鹈泉上战初归[3]。

平明日出东南地,满碛寒光生铁衣[4]。

注释

[1]破讷沙:沙漠名,即今内蒙古自治区库布齐沙漠。
[2]"经年"句:意谓沙漠寸草不生。不省,不知。
[3]鸊鹈泉:在唐丰州(今内蒙古五原县)城北,胡人饮马处。
[4]碛:沙漠。

从军北征

天山雪后海风寒[1],横笛偏吹行路难[2]。
碛里征人三十万,一时回向月明看。

注释

[1]天山:此指燕然山,即今蒙古国境内杭爱山。海风:大漠沙海之风。
[2]偏:正,恰。行路难:乐府古题,《乐府解题》云:"《行路难》备言世路艰险及离别悲伤之意。"

写情

水纹珍簟思悠悠[1],千里佳期一夕休[2]。
从此无心爱良夜,任他明月下西楼。

注释

[1]水纹:编织成水波纹状。簟:竹席。
[2]佳期:男女相互约定之期。

句

闲庭草色能留马,当路杨花不避人[1]。

注释

[1]《全唐诗》小注:"见张为《主客图》。"

李端

古別離二首

水國葉黃時洞庭霜落夜行舟聞商
估宿在楓林下此地送君還茫茫似夢
間後期知幾日前路轉多山巫峽通湘
浦迢迢隔雲雨天晴見海檣月落聞
津鼓人老多愁自多愁水深難急流清寒

李端

李端（？—785？），字正己，行二，赵州（今河北赵县）人。大历五年（770）进士，曾官秘书省校书郎、杭州司马，为"大历十才子"之一，《旧唐书·卢简辞传》称："李端、钱起、韩翃辈能为五言诗，而辞情捷丽。"

古别离二首[1]

水国叶黄时[2]，洞庭霜落夜。
行舟闻商估[3]，宿在枫林下。
此地送君还，茫茫似梦间。
后期知几日[4]，前路转多山。
巫峡通湘浦[5]，迢迢隔云雨。
天晴见海樯[6]，月落闻津鼓[7]。
人老自多愁，水深难急流。
清宵歌一曲，白首对汀洲[8]。

注释

[1] 古别离：乐府《杂曲歌辞》篇名。

[2] 水国：即水乡。

[3] 商估：即商人。

[4] 后期：后会。

[5] 巫峡：因巫山得名，西起四川省巫山县大溪，东至湖北省巴东县官渡口。

湘浦：在今湖南岳阳市东北，即洞庭湖水入长江处。

[6] 海樯：海船的桅杆。

[7] 津鼓：古代在渡口设置的鼓，用以指挥船只交通。

[8] 汀洲：水中小洲。

与君桂阳别[1]，令君岳阳待[2]。
后事忽差池，前期日空在。
木落雁嗷嗷，洞庭波浪高。

远山云似盖,极浦树如毫[3]。
朝发能几里,暮来风又起。
如何两处愁,皆在孤舟里。
昨夜天月明,长川寒且清。
菊花开欲尽,荠菜泊来生。
下江帆势速,五两遥相逐[4]。
欲问去时人,知投何处宿。
空令猿啸时,泣对湘簟竹[5]。

注释

[1]桂阳:在今湖南郴州。

[2]岳阳:在今湖南省东北部,濒临洞庭湖。

[3]极浦:遥远的水涯。

[4]五两:古代测风器,系鸡毛于高竿顶,借以观测风向和风力。

[5]湘簟(diàn)竹:即湘妃竹。

芜城[1]

昔人登此地,丘陇已前悲[2]。
今日又非昔,春风能几时。
风吹城上树,草没城边路。
城里月明时,精灵自来去[3]。

注释

[1]芜城:即广陵城,在今扬州市江都区。刘宋竟陵王刘诞据此造反,兵败被杀,城亦荒芜,鲍照遂作《芜城赋》以讽之。

[2]丘陇:指坟墓。

[3]精灵:指灵魂。

赠康洽[1]

黄须康兄酒泉客,平生出入王侯宅。

今朝醉卧又明朝,忽忆故乡头已白。
流年恍惚瞻西日,陈事苍茫指南陌。
声名恒压鲍参军[2],班位不过扬执戟[3]。
迩来七十遂无机[4],空是咸阳一布衣。
后辈轻肥贱衰朽,五侯门馆许因依[5]。
自言万物有移改,始信桑田变成海。
同时献赋人皆尽,共壁题诗君独在。
步出东城风景和,青山满眼少年多。
汉家尚壮今则老,发短心长知奈何。
华堂举杯白日晚,龙钟相见谁能免[6]。
君今已反我正来,朱颜宜笑能几回。
借问朦胧花树下,谁家畚插筑高台[7]。

注释

[1]康洽:《唐才子传》:"洽,酒泉人,黄须美丈夫也。盛时携琴剑来长安,谒当道,气度豪爽。工乐府诗篇,宫女梨园,皆写于声律。玄宗亦知名,尝叹美之。所出入皆王侯贵主之宅,从游与宴,虽骏马苍头,如其己有。观服玩之光,令人归欲烧物,怜才乃能如是也。后遭天宝乱离,飘蓬江表。至大历间,年已七十余,龙钟衰老,谈及开元繁盛,流涕无从。往来两京,故侯馆谷空,咸阳一布衣耳。于时文士,愿与论交。"

[2]鲍参军:即鲍照。

[3]扬执戟:即扬雄。

[4]无机:没有机遇。

[5]五侯:指豪门权贵。

[6]龙钟:身体衰老、行动不便的样子。

[7]畚(běn):盛土的器具。锸(chā):起土的器具,用以指土建之事。

妾薄命

忆妾初嫁君,花鬟如绿云[1]。

回灯入绮帐，转面脱罗裙。
折步教人学[2]，偷香与客熏[3]。
容颜南国重，名字北方闻。
一从失恩意，转觉身憔悴。
对镜不梳头，倚窗空落泪。
新人莫恃新，秋至会无春。
从来闭在长门者，必是宫中第一人[4]。

注释

[1]花鬟：形容鬟发美丽。绿云：比喻女子鬟发乌黑光亮。

[2]折步：即折腰步，谓步姿妩媚妖冶。

[3]偷香：晋贾充之女贾午将武帝赐充之异香偷赠韩寿，后被充发觉，遂将之嫁寿。比喻女子爱恋男子。

[4]"从来"二句：陈阿娇为汉武帝皇后，后失宠，被遣长门宫。

茂陵山行陪韦金部[1]

宿雨朝来歇，空山秋气清。
盘云双鹤下，隔水一蝉鸣。
古道黄花落，平芜赤烧生[2]。
茂陵虽有病[3]，犹得伴君行。

注释

[1]茂陵：汉武帝陵，其地置茂陵县，在今陕西省兴平市东北。

[2]赤烧：指夕阳晚霞。

[3]茂陵：旧用以指司马相如，此处自指。

逢王泌自东京至[1]

逢君自乡至，雪涕问田园[2]。
几处生乔木[3]，谁家在旧村。

山峰横二室,水色映千门。
愁见游从处[4],如今花正繁。

注释

[1]东京:洛阳。

[2]雪涕:擦拭泪水。

[3]乔木:高大的树木。

[4]游从处:相随同游之处。

冬夜寄韩弇[1]

独坐知霜下,开门见木衰。
壮应随日去,老岂与人期。
废井虫鸣早,阴阶菊发迟。
兴来空忆戴,不似剡溪时[2]。

注释

[1]韩弇(yǎn)(753—787),河阳(今河南孟州)人,韩愈从兄。德宗建中四年(783)进士,官至殿中侍御史。贞元三年(787)随河中节度使浑瑊与吐蕃会盟,为吐蕃所害。

[2]"兴来"二句:用"雪夜访戴"事。《世说新语·任诞》:"王子猷居山阴,夜大雪,眠觉,开室,命酌酒。四望皎然,因起彷徨,咏左思《招隐》诗。忽忆戴安道,时戴在剡,即便夜乘小船就之。经宿方至,造门不前而返。人问其故,王曰:'吾本乘兴而行,兴尽而返,何必见戴?'"

慈恩寺暕上人房招耿拾遗[1]

悠然对惠远[2],共结故山期[3]。
汲井树阴下,闭门亭午时。
地闲花落厚,石浅水流迟。
愿与神仙客[4],同来事本师[5]。

注释

[1] 慈恩寺：在陕西西安东南曲江北。暕（jiǎn）上人：应为慈恩寺僧人。耿拾遗：即耿湋，详细介绍参考耿湋条。

[2] 惠远：晋代高僧。

[3] 故山：指家乡。

[4] 神仙客：指耿湋。

[5] 本师：指释迦牟尼。

拜新月[1]

开帘见新月，便即下阶拜。
细语人不闻，北风吹裙带。

注释

[1] 新月：指农历十五新满之月。

听筝

鸣筝金粟柱[1]，素手玉房前[2]。
欲得周郎顾，时时误拂弦[3]。

注释

[1] 金粟柱：谓筝柱装饰精美。

[2] 玉房：指华丽的房屋。

[3] "欲得"二句：《三国志·吴书·周瑜传》："（瑜）少精意于音乐，虽三爵之后，其有阙误，瑜必知之，知之必顾，故时人谣曰：'曲有误，周郎顾。'"

闺情

月落星稀天欲明，孤灯未火梦难成。
披衣更向门前望，不忿朝来鹊喜声[1]。

注释

[1]不忿:不满。

长门怨[1]

金壶漏尽禁门开[2],飞燕昭阳侍寝回[3]。
随分独眠秋殿里[4],遥闻语笑自天来。

注释

[1]长门怨:乐府楚调名,来自阿娇为汉武帝幽闭长门宫之事。

[2]金壶:指刻漏,古代用以计时。禁门:宫门。

[3]飞燕:汉成帝皇后赵飞燕。昭阳:指昭阳殿。

[4]随分:安守本分。

春晚游鹤林寺寄使府诸公[1]

野寺寻春花已迟[2],背岩惟有两三枝。
明朝携酒犹堪醉,为报春风且莫吹。

注释

[1]鹤林寺:在江苏省镇江南郊。

[2]迟:晚。

畅当

畅当,生卒年不详,排行大,河东(今山西永济)人。大历七年(772)进士,历仕弘文馆校书郎、太常博士、果州刺史,其间曾一度从军入幕。晚年客游澧州,约卒于贞元末年,《新唐书》有传。有诗名,与韦应物、卢纶、李端、司空曙等均有唱酬。宋计有功《唐诗纪事》称其诗"平淡多佳句"。

登鹳雀楼[1]

迥临飞鸟上,高出世尘间。
天势围平野,河流入断山[2]。

注释　[1]鹳雀楼:原在蒲州府(今山西省永济市)西南的黄河东岸。
　　　[2]断山:崖壁陡峭的高山。

杨凝

杨凝（？—803），字懋功，虢州弘农（今河南灵宝）人，徙居苏州（今属江苏）。大历十三年（778）进士，历仕节度书记、判官、起居郎、司封员外郎、右司郎中，官终兵部郎中，《新唐书》有传。凝工诗文，与兄凭、弟凌俱有显名，时号"三杨"。

送别

春愁不尽别愁来，旧泪犹长新泪催。
相思倘寄相思字，君到扬州扬子回[1]。

注释　[1]扬子：古津渡名，在今江苏省扬州市邗江区南。

司空曙

司空曙（720？—794？），字文明，一字文初，行十四，广平（今河北省邯郸市永年区）人，或谓京兆（今陕西西安）人。不详何年登进士第，曾官主簿。大历五年（770）任左拾遗，贬长林（今湖北荆门西北）丞。贞元间，在剑南西川节度使韦皋幕任职，官检校水部郎中，终虞部郎中。为卢纶表兄，亦是"大历十才子"之一。其诗多为行旅赠答之作，长于抒情，多有名句。胡震亨《唐音癸签》赞其"婉雅闲淡，语近性情"。

雨夜见投之作

出户繁星尽，池塘暗不开。
动衣凉气度，遰树远声来[1]。
灯外初行电，城隅偶隐雷。
因知谢文学[2]，晓望比尘埃[3]。

注释

[1] 遰(dì)：去，往。
[2] 谢文学：即谢朓。《南齐书·谢朓传》："转王俭卫军东阁祭酒、太子舍人，随王镇西功曹，转文学。"
[3] "晓望"句：谢朓《观朝雨》云："空濛如薄雾，散漫似轻埃。"

贼平后送人北归[1]

世乱同南去，时清独北还[2]。
他乡生白发，旧国见青山[3]。
晓月过残垒[4]，繁星宿故关。
寒禽与衰草，处处伴愁颜。

注释

[1] 贼平：指安史之乱被平定。
[2] 时清：时局安定，不复危乱。

[3]旧国:指故乡。

[4]垒:军中用于防守的墙壁。

观猎骑

缠臂绣纶巾[1],貂裘窄称身。
射禽风助箭,走马雪翻尘。
金埒争开道[2],香车为驻轮。
翩翩不知处[3],传是霍家亲[4]。

注释

[1]纶巾:青丝带做成的头巾。

[2]金埒(liè):指名贵的骏马。

[3]翩翩:形容行动轻快。

[4]霍家亲:指汉代霍光家族,用以指显达的外戚。

云阳馆与韩绅宿别[1]

故人江海别,几度隔山川。
乍见翻疑梦[2],相悲各问年。
孤灯寒照雨,湿竹暗浮烟。
更有明朝恨,离杯惜共传[3]。

注释

[1]云阳馆:指云阳的驿馆。云阳县,在今陕西省泾阳县东北部。

[2]翻:反而。

[3]惜:重视,珍惜。

立秋日

律变新秋至[1],萧条自此初。

花酣莲报谢[2],叶在柳呈疏。
澹日非云映[3],清风似雨余。
卷帘凉暗度,迎扇暑先除。
草静多翻燕,波澄乍露鱼。
今朝散骑省[4],作赋兴何如。

注释
[1]律:律吕,此谓季节。
[2]酣:浓。
[3]澹日:谓太阳不复夏时浓郁炎热。
[4]散骑省:指潘岳,其《秋兴赋·序》云:"寓直于散骑之省。"

病中嫁女妓

万事伤心在目前,一身垂泪对花筵[1]。
黄金用尽教歌舞,留与他人乐少年。

注释
[1]花筵:谓宴席华美。

江村即事

钓罢归来不系船,江村月落正堪眠。
纵然一夜风吹去,只在芦花浅水边。

喜外弟卢纶见宿[1]

静夜四无邻,荒居旧业贫[2]。
雨中黄叶树,灯下白头人。
以我独沉久[3],愧君相见频。
平生自有分[4],况是蔡家亲[5]。

注释

[1]外弟:表弟。卢纶是司空曙的表弟,详细介绍参考卢纶条。

[2]旧业:旧日的宅园。

[3]独沉:独自韬晦隐没。

[4]有分:有缘分。

[5]蔡家亲:谓姑表之亲。

寒塘

晓发梳临水[1],寒塘坐见秋。
乡心正无限,一雁度南楼。

注释

[1]梳临水:梳妆临水,见秋水澄澈。

崔峒

崔峒,生卒年不详,行八,郡望博陵(今河北安平),恒州井陉(今属河北)人。大历初进士,历为拾遗、集贤学士、左补阙,贞元初贬为潞州功曹参军。峒工诗,名列"大历十才子"中,与韦应物、戴叔伦、钱起、卢纶等唱和往还。其诗多登临、赠别之作,高仲武《中兴间气集》称其"文彩炳然,意思方雅"。

客舍有怀因呈诸在事

读书常苦节[1],待诏岂辞贫[2]。
暮雪犹驱马[3],晡餐又寄人[4]。
愁来占吉梦,老去惜良辰。
延首平津阁[5],家山日已春[6]。

注释

[1] 苦节:谓矢志不渝。

[2] 待诏:等待皇帝诏命。

[3] 驱马:策马行进。

[4] 晡(bū)餐:晚餐。

[5] 延首:伸长脖子,谓急切盼望。平津阁:汉公孙弘封平津侯,开东馆,招纳士人。后用以指达官招纳士人之所。

[6] 家山:指故乡。

王建

王建（766—829？），字仲初，行六，关辅（今陕西）人，郡望颍川（今河南许昌）。曾与张籍同学于齐州鹊山。贞元、元和间转历淄青、幽州、岭南、荆南、魏博幕，后任昭应丞。又历太府丞、秘书郎、陕州司马，晚年罢任闲居于京郊，约卒于大和年间。有诗名，长于乐府、宫词，与张籍并称"张王"。他们二人是新乐府运动的先导，所创作的新乐府诗颇受推崇。白居易《授王建秘书郎制》说他"所著章句，往往在人口中，求之辈流，亦不易得"。沈德潜《唐诗别裁集》称张王乐府"心思之巧，辞句之隽，最易启人聪颖"。

凉州行[1]

凉州四边沙皓皓[2]，汉家无人开旧道[3]。
边头州县尽胡兵[4]，将军别筑防秋城[5]。
万里人家皆已没，年年旌节发西京[6]。
多来中国收妇女[7]，一半生男为汉语。
蕃人旧日不耕犁[8]，相学如今种禾黍。
驱羊亦着锦为衣，为惜毡裘防斗时[9]。
养蚕缲茧成匹帛[10]，那堪绕帐作旌旗。
城头山鸡鸣角角[11]，洛阳家家学胡乐。

注释

[1]凉州：包括今甘肃省永昌以东、天祝以西地区。

[2]皓皓：浩大的样子。

[3]汉家：借指唐代。旧道：通往凉州的故道。

[4]边头：边地。

[5]防秋：西北游牧民族多趁秋高马肥时南侵，故当于秋季防范胡兵。

[6]旌节：使者所持，借指使者。西京：长安。

[7]收妇女：掠夺妇女。

[8]蕃人：指吐蕃。

[9]毡裘:用皮毛制成的衣服。

[10]缲(sāo)茧:煮茧抽取蚕丝。

[11]角角:象声词。

寒食行[1]

寒食家家出古城,老人看屋少年行。
丘垄年年无旧道[2],车徒散行入衰草[3]。
牧儿驱牛下冢头[4],畏有家人来洒扫。
远人无坟水头祭[5],还引妇姑望乡拜[6]。
三日无火烧纸钱,纸钱那得到黄泉?
但看垄上无新土,此中白骨应无主。

注释

[1]寒食:清明前日,不举火。

[2]丘垄:指坟墓。

[3]车徒:车马和仆从。

[4]冢头:坟头。

[5]远人:远行客居的人。

[6]妇姑:婆媳。

促刺词[1]

促刺复促刺,水中无鱼山无石。
少年虽嫁不得归[2],头白犹着父母衣。
田边旧宅非所有,我身不及逐鸡飞。
出门若有归死处,猛虎当衢向前去。
百年不遣踏君门,在家谁唤为新妇。
岂不见他邻舍娘,嫁来常在舅姑傍[3]。

注释

[1] 促刺:劳苦不安的样子。

[2] 归:归宁省亲。

[3] 舅姑:代指公婆。

北邙行[1]

北邙山头少闲土[2],尽是洛阳人旧墓。
旧墓人家归葬多[3],堆着黄金无买处。
天涯悠悠葬日促,冈坂崎岖不停毂[4]。
高张素幕绕铭旌[5],夜唱挽歌山下宿。
洛阳城北复城东,魂车祖马长相逢[6]。
车辙广若长安路,蒿草少于松柏树。
涧底盘陀石渐稀[7],尽向坟前作羊虎[8]。
谁家石碑文字灭,后人重取书年月。
朝朝车马送葬回,还起大宅与高台。

注释

[1] 北邙行:新乐府名。

[2] 北邙山:在河南省洛阳北,旧时王侯公卿多葬于此。

[3] 归葬:人死他乡,运回故乡埋葬。

[4] 冈坂:陡坡。毂:借指车。

[5] 铭旌:竖在灵柩前的旗幡,上面写着死者官职和姓名。

[6] 魂车:死者的衣冠之车。祖马:驾灵车的马匹。

[7] 盘陀:曲折不平的样子。

[8] 羊虎:指立于墓前的石羊石虎。

田家留客

人家少能留我屋[1],客有新浆马有粟[2]。

远行僮仆应苦饥,新妇厨中炊欲熟。
不嫌田家破门户,蚕房新泥无风土[3]。
行人但饮莫畏贫[4],明府上来何苦辛[5]。
丁宁回语屋中妻[6],有客勿令儿夜啼。
双冢直西有县路[7],我教丁男送君去[8]。

注释　[1]人家:指客人。
　　　[2]新浆:指新酿之酒。
　　　[3]蚕房:养蚕的房屋。
　　　[4]行人:行路之人。
　　　[5]明府:指作者。
　　　[6]丁宁:嘱咐。
　　　[7]县路:去往县城之路。
　　　[8]丁男:成年的儿子。

望夫石[1]

望夫处,江悠悠。
化为石,不回头。
上头日日风复雨,行人归来石应语[2]。

注释　[1]望夫石:在当涂采石矶北望夫山上。《太平寰宇记》:"望夫山,在太平州当涂县北四十七里。昔有人往楚,累岁不还,其妻登此山望夫,乃化为石。"
　　　[2]行人:指女子的丈夫。石:指望夫石。

簇蚕辞[1]

蚕欲老,箔头作茧丝皓皓[2]。
场宽地高风日多,不向中庭趁蒿草[3]。

神蚕急作莫悠扬,年来为尔祭神桑。
但得青天不下雨,上无苍蝇下无鼠。
新妇拜簇愿茧稠[4],女洒桃浆男打鼓[5]。
三日开箔雪团团[6],先将新茧送县官。
已闻乡里催织作,去与谁人身上着。

注释

[1] 簇:指蚕簇,多用竹草制成,供蚕吐丝作茧。

[2] 箔:养蚕的竹席。皓皓:洁白的样子。

[3] 晒(shài):通"晒"。

[4] 拜簇:拜祭蚕簇。茧稠:蚕茧多。

[5] 桃浆:即桃汁,用于祭祀辟邪。

[6] 雪团团:形容蚕茧既白且多。

失钗怨

1985年12月24日,
已三月不学书矣

贫女铜钗惜于玉,失却来寻一日哭。
嫁时女伴与作妆[1],头戴此钗如凤凰。
双杯行酒六亲喜[2],我家新妇宜拜堂。
镜中乍无失髻样[3],初起犹疑在床上。
高楼翠钿飘舞尘[4],明日从头一遍新。

注释

[1] 作妆:梳妆打扮。

[2] 双杯:谓夫妻各执酒杯。六亲:泛指亲属。

[3] 髻样:发髻原来的样式。

[4] 翠钿:翠玉首饰。

神树词

我家家西老棠树[1],须晴即晴雨即雨。

四时八节上杯盘[2],愿神莫离神处所。
男不着丁女在舍[3],官事上下无言语[4]。
老身长健树婆娑[5],万岁千年作神主[6]。

注释

[1] 棠树:即棠梨树。

[2] 四时:四季。八节:指立春、春分、立夏、夏至、立秋、秋分、立冬、冬至。杯盘:指供奉祭品。

[3] 着:遭遇。丁:指男子成年后所服的劳役。

[4] 官事:指官府之事。无言语:指不来找麻烦。

[5] 老身:指祭者。婆娑:枝叶繁茂。

[6] 神主:祭祀用的木质牌位。

祝鹊[1]

神鹊神鹊好言语[2],行人早回多利赂[3]。
我今庭中栽好树,与汝作巢当报汝。

注释

[1] 祝鹊:对喜鹊的祝词。

[2] 好言语:古以喜鹊噪鸣为将有喜事的征兆。

[3] 利赂:即财货。

行见月

月初生,居人见月一月行[1]。
行行一年十二月,强半马上看盈缺[2]。
百年欢乐能几何,在家见少行见多。
不缘衣食相驱遣[3],此身谁愿长奔波。
箧中有帛仓有粟[4],岂向天涯走碌碌[5]。
家人见月望我归,正是道上思家时。

注释

[1]居人:居家的人。一月行:谓行役一月。

[2]强半:大半。

[3]驱遣:驱使逼迫。

[4]箧:箱。

[5]碌碌:劳烦艰苦。

射虎行

自去射虎得虎归,官差射虎得虎迟[1]。
独行以死当虎命,两人因疑终不定[2]。
朝朝暮暮空手回,山下绿苗成道径。
远立不敢污箭镞[3],闻死还来分虎肉。
惜留猛虎着深山[4],射杀恐畏终身闲。

注释

[1]官差:谓官府派遣。

[2]因疑:互相猜忌。

[3]箭镞:金属箭头。

[4]惜:舍不得。

原上新居(十三首之五)

春来梨枣尽,啼哭小儿饥。
邻富鸡常去,庄贫客渐稀。
借牛耕地晚,卖树纳钱迟。
墙下当官路[1],依山补竹篱。

注释

[1]官路:官府修建之路。

贻小尼师[1]

新剃青头发，生来未扫眉[2]。
身轻礼拜稳，心慢记经迟。
唤起犹侵晓[3]，催斋已过时。
春晴阶下立，私地弄花枝[4]。

注释

[1]尼师：尼姑。

[2]扫眉：描画双眉。

[3]侵晓：天将明。

[4]私地：暗地。

惜欢

当欢须且欢，过后买应难。
岁去停灯守[1]，花开把火看。
狂来欺酒浅，愁尽觉天宽。
次第头皆白[2]，齐年人已残[3]。

1986年元旦

注释

[1]停灯：留灯。

[2]次第：转眼。

[3]齐年：年纪相同的人。

岁晚自感

人皆欲得长年少，无那排门白发催[1]。
一向破除愁不尽[2]，百方回避老须来。
草堂未办终须置[3]，松树难成亦且栽。
沥酒愿从今日后[4]，更逢二十度花开[5]。

一月二日

注释

[1] 无那:无奈。排门:挨家逐户,谓人人。

[2] 一向:一味。

[3] 草堂:茅草屋。

[4] 沥酒:洒酒于地以祈愿。

[5] "更逢"句:谓再期二十年之寿。

薛二十池亭

每个树边消一日,绕池行匝又须行[1]。
异花多是非时有,好竹皆当要处生。
斜竖小桥看岛势,远移山石作泉声。
浮萍著岸风吹歇[2],水面无尘晚更清。

注释

[1] 匝:一圈。

[2] 歇:止。

李处士故居[1]

露浓烟重草萋萋,树映阑干柳拂堤。
一院落花无客醉,半窗残月有莺啼。
芳筵想像情难尽[2],故榭荒凉路欲迷。
风景宛然人自改[3],却经门外马频嘶。

注释

[1] 处士:谓隐居不仕的士人。

[2] 芳筵:华美筵席。

[3] 宛然:真切清晰。

寄贾岛

尽日吟诗坐忍饥,万人中觅似君稀。
僮眠冷榻朝犹卧,驴放秋田夜不归。
傍暖旋收红落叶[1],觉寒犹着旧生衣[2]。
曲江池畔时时到[3],为爱鸬鹚雨后飞。

注释
[1]旋:旋即。
[2]生衣:即夏衣。
[3]曲江池:在今陕西省西安市东南。

小松

小松初数尺,未有直生枝。
闲即傍边立,看多长却迟[1]。

注释
[1]迟:慢。

新嫁娘词(三首录一)

三日入厨下[1],洗手作羹汤。
未谙姑食性[2],先遣小姑尝[3]。

注释
[1]"三日"句:古有新娘结婚三日后到厨房做饭之风俗。
[2]谙:熟悉,了解。姑:婆婆。食性:指口味。
[3]小姑:丈夫的妹妹。

故行宫

寥落古行宫[1],宫花寂寞红。

白头宫女在,闲坐说玄宗[2]。

注释

[1]寥落:冷清。

[2]玄宗:即唐玄宗李隆基。

酬从侄再看诗本[1]

眼暗没功夫[2],慵来剪刻粗[3]。
自看花样古[4],称得少年无[5]?

注释

[1]从侄:谓同宗而非嫡亲的侄子。

[2]眼暗:眼花。功夫:做事所需的精力和时间。

[3]慵:懒倦。剪刻:剪裁取舍文辞。

[4]花样:指诗的样式。

[5]称:称心。无:表示疑问。

江南三台词(四首录一)

扬州桥边少妇,长安城里商人。
二年不得消息,各自拜鬼求神[1]。

注释

[1]拜鬼求神:求得保佑。

宫人斜[1]

未央墙西青草路[2],宫人斜里红妆墓[3]。
一边载出一边来,更衣不减寻常数[4]。

注释

[1]宫人斜:宫人的墓地。

［2］未央：汉宫名，此借指宫殿。
［3］红妆：借指女子。
［4］更衣：指宫女。

长门[1]

长门闭定不求生，烧却头花卸却筝[2]。
病卧玉窗秋雨下，遥闻别院唤人声。

注释

［1］长门：汉宫名，借指失宠者所居。
［2］头花：古代发饰。

寄广文张博士[1]

春明门外作卑官[2]，病友经年不得看[3]。
莫道长安近于日[4]，升天却易到城难。

注释

［1］广文张博士：指张籍，时任广文馆博士。
［2］春明门：古长安城东门。
［3］病友：谓张籍。
［4］长安近于日：语本《世说新语·夙惠》："晋明帝数岁，坐元帝膝上。有人从长安来，元帝问洛下消息，潸然流涕。明帝问何以致泣？具以东渡意告之，因问明帝：'汝意谓长安何如日远？'答曰：'日远。不闻人从日边来，居然可知。'元帝异之。明日，集群臣宴会，告以此意。更重问之，乃答曰：'日近。'元帝失色曰：'尔何故异昨日之言邪？'答曰：'举目见日，不见长安。'"

早春书情

渐老风光不著人[1]，花溪柳陌早逢春。

近来行到门前少,趁暖闲眠似病人。

注释　[1]著:及。

宫词[1]

白玉窗前起草臣[2],樱桃初赤赐尝新[3]。
殿头传语金阶远[4],只进词来谢圣人[5]。

注释
[1]《全唐诗》收《宫词》一百首,本书录十六首。
[2]起草臣:拟写诏书之臣。
[3]"樱桃"句:唐代皇家用樱桃荐宗庙,荐庙后会将樱桃颁赐群臣。
[4]殿头:即殿头官,谓在殿上任宣召等事的内侍官。金阶:帝王宫殿的台阶。
[5]圣人:指皇帝。

城东北面望云楼,半下珠帘半上钩[1]。
骑马行人长远过,恐防天子在楼头[2]。

注释
[1]钩:谓用帘钩将卷起的帘子挂住。
[2]天子:君王。

射生宫女宿红妆[1],把得新弓各自张。
临上马时齐赐酒[2],男儿跪拜谢君王[3]。

注释
[1]射生:射猎禽兽。宿红妆:谓装扮与平素一样。
[2]赐酒:谓被赐酒。
[3]男儿跪拜:谓射生宫女像男儿一样跪拜。

新秋白兔大于拳,红耳霜毛趁草眠[1]。
天子不教人射杀,玉鞭遮到马蹄前[2]。

注释

[1]趁草:借草之便,谓藏在草中。

[2]遮:挡。

每夜停灯熨御衣[1],银熏笼底火霏霏[2]。
遥听帐里君王觉[3],上直钟声始得归[4]。

注释

[1]停灯:点燃灯火。

[2]熏笼:盖于火炉上供熏香烘衣的器物。霏霏:谓火势旺盛。

[3]觉:睡醒。

[4]上直:当值。

往来旧院不堪修,近敕宣徽别起楼[1]。
闻有美人新进入,六宫未见一时愁[2]。

注释

[1]近敕:近来皇帝下诏。宣徽:即宣徽院,唐肃宗以后设宣徽南北院使,以宦官担任,总领宫中事务。

[2]六宫:指后宫妃嫔。

自夸歌舞胜诸人,恨未承恩出内频[1]。
连夜宫中修别院,地衣帘额一时新[2]。

注释

[1]承恩:承得皇帝的恩宠。出内:出宫。

[2]地衣:即地毯。帘额:谓帘子上端。

御厨不食索时新[1]，每见花开即苦春。
白日卧多娇似病，隔帘教唤女医人。

注释　[1]时新：应时的新鲜食材。

丛丛洗手绕金盆[1]，旋拭红巾入殿门。
众里遥抛新摘子，在前收得便承恩[2]。

注释　[1]丛丛：聚集在一起的样子。
　　　[2]"众里"二句：谓谁把果子抛得最远便让谁去承恩。

御池水色春来好，处处分流白玉渠。
密奏君王知入月[1]，唤人相伴洗裙裾。

注释　[1]入月：谓女子来月经。

家常爱着旧衣裳[1]，空插红梳不作妆[2]。
忽地下阶裙带解[3]，非时应得见君王[4]。

注释　[1]家常：平时家居。
　　　[2]空：只。
　　　[3]忽地：忽然。
　　　[4]非时：不在规定之时。

教遍宫娥唱遍词，暗中头白没人知。
楼中日日歌声好，不问从初学阿谁[1]。

注释

[1] 从初：当初。阿谁：何人。

　　　　窗窗户户院相当，总有珠帘玳瑁床[1]。
　　　　虽道君王不来宿，帐中长是炷牙香[2]。

注释

[1] 玳瑁：形似龟，甲壳黄褐色，多用作装饰品。
[2] 炷（zhù）：烧。牙香：研磨多种香料制成的香。

　　　　雨入珠帘满殿凉，避风新出玉盆汤[1]。
　　　　内人恐要秋衣着，不住熏笼换好香[2]。

注释

[1] 汤：热水。
[2] 不住：不停。

　　　　树头树底觅残红[1]，一片西飞一片东。
　　　　自是桃花贪结子[2]，错教人恨五更风。

注释

[1] 残红：残花。
[2] 自是：原本是。结子：谓结桃子。

　　　　鸳鸯瓦上瞥然声[1]，昼寝宫娥梦里惊。
　　　　元是我王金弹子[2]，海棠花下打流莺。

注释

[1] 鸳鸯瓦：成对的屋瓦。瞥然：忽然。
[2] 弹子：弹丸。

刘商

刘商(？—807？)，字子夏，彭城(今江苏徐州)人。早岁进士及第，大历初任合肥令。建中年间任汴州观察判官、检校虞部郎中。后以病免官，为道士，隐于常州义兴(今江苏宜兴)山中。工画善诗，其乐府歌行，高雅殊绝，独步一时。

胡笳十八拍[1]

第二拍

马上将余向绝域[2]，厌生求死死不得。
戎羯腥膻岂是人[3]，豺狼喜怒难姑息[4]。
行尽天山足霜霰，风土萧条近胡国。
万里重阴鸟不飞[5]，寒沙莽莽无南北。

注释

[1] 胡笳十八拍：古乐府琴曲歌辞名，相传汉末蔡琰为匈奴所俘虏，后为左贤王之妻，生下一对儿女。曹操用重金将其赎回，归国后作《胡笳十八拍》。录十二拍。

[2] 将：带。绝域：极远的地方。

[3] 戎羯：古代异族戎和羯，指匈奴。腥膻：谓异族身上的腥味。

[4] 豺狼：谓异族。姑息：苟且偷安。

[5] 重阴：重重阴云。

第三拍

如羁囚兮在缧绁[1]，忧虑万端无处说[2]。
使余刀兮剪余发，食余肉兮饮余血。
诚知杀身愿如此，以余为妻不如死。
早被蛾眉累此身[3]，空悲弱质柔如水[4]。

注释

[1] 羁囚：囚犯。缧绁(léixiè)：牢狱。

[2] 万端：谓纷繁。

[3] 蛾眉：借指美貌。

[4]弱质:指女子之身。

第五拍

水头宿兮草头坐,风吹汉地衣裳破。
羊脂沐发长不梳[1],羔子皮裘领仍左[2]。
狐襟貉袖腥复膻[3],昼披行兮夜披卧[4]。
毡帐时移无定居[5],日月长兮不可过。

注释

[1]羊脂:羊油。沐发:洗头发。

[2]羔子:初生的小羊。皮裘:毛皮衣服。领仍左:谓衣襟向左开,汉族衣襟向右开,向左开是异族的装束。

[3]狐襟貉(hé)袖:狐皮衣襟,貉皮衣袖。

[4]披:谓穿戴。

[5]毡帐:毡制帐篷。

第六拍

怪得春光不来久[1],胡中风土无花柳。
天翻地覆谁得知,如今正南看北斗[2]。
姓名音信两不通,终日经年常闭口。
是非取与在指㧑[3],言语传情不如手。

注释

[1]怪得:感到奇怪。

[2]正南看北斗:北斗斗杓南指,天气进入夏季。

[3]指㧑(huī):即指挥,挥手示意。

第九拍

当日苏武单于问,道是宾鸿解传信[1]。
学他刺血写得书[2],书上千重万重恨。
髯胡少年能走马[3],弯弓射飞无远近。

遂令边雁转怕人,绝域何由达方寸[4]。

注释　[1]宾鸿:即鸿雁,语本《礼记·月令》:"鸿雁来宾。"《汉书·苏武传》曰:"昭帝即位数年,匈奴与汉和亲,汉求武等,匈奴诡言武死。后汉使复至匈奴,常惠请其守者与俱,得夜见汉使,具自陈道。教使者谓单于,言天子射上林中,得雁,足有系帛书,言武等在某泽中。使者大喜,如惠语以让单于。单于视左右而惊,谢汉使曰:'武等实在。'"
[2]刺血:谓将以血写书。
[3]氎胡:指匈奴。走马:骑马奔驰。
[4]方寸:内心。

第十拍

恨凌辱兮恶腥膻,憎胡地兮怨胡天。
生得胡儿欲弃捐[1],及生母子情宛然[2]。
貌殊语异憎还爱,心中不觉常相牵。
朝朝暮暮在眼前,腹生手养宁不怜[3]。

注释　[1]弃捐:抛弃。
[2]宛然:真切。
[3]宁不:怎不。怜:爱。

第十二拍

破瓶落井空永沉,故乡望断无归心。
宁知远使问姓名[1],汉语泠泠传好音[2]。
梦魂几度到乡国,觉后翻成哀怨深。
如今果是梦中事,喜过悲来情不任[3]。

注释　[1]宁知:怎知。
[2]泠(líng)泠:声音清越动听。

[3]不任:不能承受。

第十三拍

童稚牵衣双在侧,将来不可留又忆[1]。
还乡惜别两难分,宁弃胡儿归旧国[2]。
山川万里复边戍,背面无由得消息[3]。
泪痕满面对残阳,终日依依向南北[4]。

注释

[1]将来:谓带回故乡。

[2]宁:岂。

[3]背面:分别。

[4]依依:依恋不舍。

第十四拍

莫以胡儿可羞耻,恩情亦各言其子。
手中十指有长短,截之痛惜皆相似。
还乡岂不见亲族,念此飘零隔生死。
南风万里吹我心,心亦随风度辽水[1]。

注释

[1]辽水:辽河,指蔡文姬在匈奴之居所。

第十五拍

叹息襟怀无定分[1],当时怨来归又恨。
不知愁怨情若何,似有锋铓扰方寸[2]。
悲欢并行情未快[3],心意相尤自相问[4]。
不缘生得天属亲[5],岂向仇雠结恩信[6]。

注释

[1]襟怀:怀抱。定分:固定。

[2]锋铓:即锋芒,指刀剑尖刃。

[3]快：畅快。

[4]相尤：相责备。

[5]不缘：不因。天属亲：此指儿子。

[6]仇雠(chóu)：指匈奴。恩信：恩德信义。

第十六拍

去时只觉天苍苍，归日始知胡地长。
重阴白日落何处[1]，秋雁所向应南方。
平沙四顾自迷惑[2]，远近悠悠随雁行。
征途未尽马蹄尽，不见行人边草黄。

注释

[1]重阴：谓重重阴云。

[2]平沙：广阔的沙漠。

第十七拍

行尽胡天千万里，唯见黄沙白云起。
马饥跑雪衔草根，人渴敲冰饮流水。
燕山仿佛辨烽戍[1]，鼙鼓如闻汉家垒[2]。
努力前程是帝乡[3]，生前免向胡中死。

注释

[1]仿佛：隐约。

[2]鼙(pí)鼓：军中所用的大小鼓。垒：营垒。

[3]努力：勉力。帝乡：京城。

题潘师房

渡水傍山寻石壁，白云飞处洞门开。
仙人来往行无迹，石径春风长绿苔[1]。

注释

[1]石径：山间石路。

冷朝阳

冷朝阳,生卒年不详,润州江宁(今江苏南京)人。大历四年(769)进士,大历五年至八年间为薛嵩幕客,兴元元年(784)入朝为太子正字,贞元中官至监察御史。工诗,元辛文房《唐才子传》称其"在大历诸才子,法度稍弱,字韵清越不减"。

别郎上人[1]

过云寻释子[2],话别更依依[3]。
静室开来久[4],游人到自稀。
触风香气尽,隔水磬声微[5]。
独傍孤松立,尘中多是非[6]。

注释

[1]上人:对和尚的敬称。

[2]释子:谓僧徒。

[3]依依:恋恋不舍。

[4]静室:寺院里的住房。

[5]磬:寺中用铜铁制成的如钵器具。

[6]尘:尘世。

朱湾

朱湾,生卒年不详,字巨川,号沧洲子。代宗大历初隐居江南,大历八年(773)参佐永平军节度使李勉幕府,为从事。李勉归朝,湾久客宣州,后又曾假摄池州刺史,约卒于德宗贞元中。工诗,唐人高仲武《中兴间气集》称其"诗体幽远,兴用弘深,因词写意,穷理尽性,于咏物尤工"。

九日登青山[1]

昔人惆怅处,系马又登临。
旧地烟霞在[2],多时草木深。
水将空合色,云与我无心。
想见龙山会[3],良辰亦似今。

注释

[1]九日:九月九日重阳节。青山:青林山,在今安徽当涂东南,南朝诗人谢朓曾卜居于此,故又称谢公山。

[2]烟霞:泛指山水景物。

[3]龙山会:《晋书·桓温列传》载:"九月九日,温燕龙山,僚佐毕集。时佐吏并著戎服,有风至,吹嘉(孟嘉)帽堕落,嘉不之觉。温使左右勿言,欲观其举止。嘉良久如厕,温令取还之,命孙盛作文嘲嘉,著嘉坐处。嘉还见,即答之,其文甚美,四坐嗟叹。"

题段上人院壁画古松[1]

石上盘古根,谓言天生有。
安知草木性,变在画师手。
阴深方丈间[2],直趣幽且闲。
木纹离披势搓捽[3],中裂空心火烧出。
扫成三寸五寸枝[4],便是千年万年物。
莓苔浓淡色不同,一面死皮生蠹虫。

风霜未必来到此,气色杳在寒山中。

孤标可玩不可取[5],能使支公道场古[6]。

注释　[1]上人:对和尚的敬称。

[2]方丈间:指寺院居室。

[3]离披:参差错杂。搓挱(zuó):弯曲傲兀。

[4]扫:画。

[5]孤标:形容古松特出孤高。

[6]支公:支道林,东晋名僧。

张志和

张志和（743？—810？），初名龟龄，字子同，号烟波钓徒、玄真子、浪迹先生，婺州金华（今属浙江）人，《新唐书》有传。肃宗时以明经擢第，待诏翰林，授左金吾卫录事参军，后因事贬南浦尉，绝意仕进，隐居江湖。大历九年（774）游湖州刺史颜真卿幕，撰《渔歌子》词五首，广为传诵。

渔父歌

西塞山前白鹭飞[1]，桃花流水鳜鱼肥。

青箬笠[2]，绿蓑衣[3]，斜风细雨不须归。

注释

[1]西塞山：在湖北省黄石市东、长江南岸。

[2]箬笠：用箬叶编织的宽边帽。

[3]蓑衣：用草或棕制成的雨披。

郭郧

郭郧,生卒年不详,毗陵(今江苏常州)人。大历间与李纾、皇甫冉交往并酬唱。其诗《寒食寄李补阙》时人传为绝唱。

寒食寄李补阙[1]

兰陵士女满晴川[2],郊外纷纷拜古埏[3]。
万井闾阎皆禁火[4],九原松柏自生烟[5]。
人间后事悲前事,镜里今年老去年。
介子终知禄不及[6],王孙谁肯一相怜。

注释

[1]寒食:清明前一日。李补阙:即李纾(731—792),字仲舒,行十七,赵州(今河北赵县)人,礼部侍郎李希言之子。天宝末拜秘书省校书郎,后历左补阙、知制诰、中书舍人、礼部、兵部、吏部三侍郎。放达蕴藉,有文名,为李华所推知,刘禹锡亦称其诗,与包佶并称"包李"。

[2]兰陵:今山东临沂苍山县兰陵镇。

[3]古埏(yán):古墓。

[4]万井闾阎:谓整个民间。

[5]九原:指墓地。

[6]介子:介子推。《左传》载:"晋侯赏从亡者,介子推不言禄,禄亦弗及。"

李约

李约,生卒年不详,字存博,行十,宰相李勉之子,郡望陇西成纪(今甘肃秦安),居于洛阳。德宗时,尝为浙西从事,又入润州幕,官大理评事。元和四年(809)入官起居舍人,后迁兵部员外郎。工诗文,善书画。

观祈雨

桑条无叶土生烟[1],箫管迎龙水庙前。
朱门几处看歌舞[2],犹恐春阴咽管弦[3]。

注释　[1]土生烟:谓久旱土焦。

　　　[2]朱门:豪门贵族。

　　　[3]咽:阻塞。

于鹄

于鹄,生卒年不详,大历、建中年间久居长安,数应举不第,退隐汉阳。后历山南东道、荆南节度府从事,约卒于宪宗元和九年(814)前。有诗名,张为《诗人主客图》将其列为"清奇雅正主"李益之"入室"者。元辛文房《唐才子传》卷四称其"有诗甚工,长短间作,时出度外,纵横放逸,而不陷于疏远,且多警策"。

江南曲[1]

偶向江边采白蘋[2],还随女伴赛江神[3]。
众中不敢分明语[4],暗掷金钱卜远人[5]。

注释

[1]江南曲:乐府《相和曲》名。
[2]白蘋:即白萍,一种水草。
[3]赛江神:祭拜江神。
[4]分明:清楚。
[5]掷金钱:即掷铜钱占卜,以钱的正反面来判定吉凶。

巴女谣

巴女骑牛唱竹枝[1],藕丝菱叶傍江时。
不愁日暮还家错,记得芭蕉出槿篱[2]。

注释

[1]竹枝:即《竹枝词》,乐府曲名,由古代巴蜀民歌演变而来。
[2]槿篱:木槿篱笆。

古词(三首录二)

新长青丝发,哑哑言语黠[1]。

随人敲铜镜,街头救明月[2]。

东家新长儿[3],与妾同时生。
并长两心熟,到大相呼名。

注释

[1]哑哑:笑声。黠:狡猾聪明。

[2]"随人"二句:古逢月食,百姓敲锣打鼓、燃放爆竹来驱赶天狗,以此救月。

[3]新长:新长成的。

古挽歌[1]

阴风吹黄蒿[2],挽歌度秋水。
车马却归城[3],孤坟月明里。

注释

[1]四首录一。

[2]黄蒿:枯黄的蒿草。

[3]却归:回归。

卢群

卢群（742—800），字载初，范阳（今河北涿州）人。曾任淮南节度从事、监察御史、江西节度使李皋判官、兵部郎中、义成军行军司马等职。德宗贞元十六年（800）拜义成节度使，旋卒。

淮西席上醉歌

祥瑞不在凤凰麒麟，太平须得边将忠臣。
卫霍真诚奉主[1]，貔虎十万一身[2]。
江河潜注息浪[3]，蛮貊款塞无尘[4]。
但得百寮师长肝胆[5]，不用三军罗绮金银。

注释

[1]卫霍：指西汉名将卫青、霍去病。

[2]貔虎：用以指勇猛的将士。

[3]潜注：暗流。

[4]蛮貊（mò）：泛指四方的外族部族。款塞：谓外族部落前来通好。无尘：无战争。

[5]百寮：百官。师长：百官之长。肝胆：谓赤城。

武元衡

武元衡(758—815),字伯苍,缑氏(今河南偃师)人,武则天曾侄孙。建中四年(783)进士,宪宗朝两度入相,以力主削藩而为人所忌,元和十年(815)六月早朝,为淄青节度使李师道等派人刺杀于道,谥曰忠愍。《新唐书》《旧唐书》有传。工诗,尤善五言,重辞藻,诗句瑰美。

夏夜作

夜久喧暂息,池台惟月明。
无因驻清景[1],日出事还生。

注释　[1]无因:无法。清景:清丽之景。

权德舆

权德舆(761—818),字载之,行三,秦州略阳(今甘肃秦安)人,徙居润州丹阳(今属江苏)。四岁能诗,十五岁有《童蒙集》十卷,曾任大理评事摄监察御史充江西观察使李兼判官,德宗闻其名而征为太常博士,转左补阙。后历任中书舍人,礼、户、兵、吏部侍郎。元和五年(810)拜相,后罢出,转历礼部、刑部尚书,山南东道节度使,卒于任所,赠左仆射,谥文。贞元、元和间掌文柄,刘禹锡、柳宗元皆投其门下。性忠恕蕴藉,好学不倦。为文雅正,为诗赡缛浑厚,"工古调乐府,极多情致"(《唐才子传》卷五),严羽《沧浪诗话》谓其诗"有绝似盛唐者",《新唐书》《旧唐书》有传,有《权载之文集》行世。

三妇诗[1]

大妇刺绣文[2],中妇缝罗裙。
小妇无所作,娇歌遏行云[3]。
丈人且安坐,金炉香正薰。

注释

[1]三妇诗:题本汉乐府《相逢行》:"大妇织绮罗,中妇织流黄。小妇无所为,挟瑟上高堂。丈人且安坐,调丝方未央。"又《长安有狭斜行》:"大妇织绮纻,中妇织流黄。小妇无所为,挟琴上高堂。丈人且徐徐,调弦讵未央。"

[2]绣文:指彩色绣花丝织品。

[3]"娇歌"句:谓歌声嘹亮动听。

安语[1]

岩岩五岳镇方舆[2],八极廓清氛浸除[3]。
挥金得谢归里间,象床角枕支体舒[4]。

注释

[1]安语:以令人安心的事物成诗。

[2]岩岩：高峻耸立的样子。方舆：即大地。

[3]廓清：澄清。氛祲(jìn)：妖气，喻战乱。

[4]象床：象牙装饰之床。角枕：角制的枕头。支体：即肢体。

危语[1]

被病独行逢乳虎[2]，狂风骇浪失棹橹[3]。
举人看榜闻晓鼓[4]，孱夫孽子遇妒母[5]。

注释

[1]危语：以令人恐惧的事物成诗。

[2]乳虎：育有虎子的母虎，往往性情凶猛。

[3]棹橹：划船的工具。

[4]晓鼓：指报晓的鼓声。

[5]孱夫：性格懦弱之人。孽子：即庶子，非正妻所生。

大言[1]

华嵩为佩河为带[2]，南交北朔跬步内[3]。
抟鹏作腊巨鳌鲙[4]，伸舒轶出元气外[5]。

注释

[1]大言：以极大的事物成诗。

[2]华嵩：华山与嵩山。佩：玉佩。河：黄河。带：衣带。

[3]南交：指南方的交趾。北朔：指北方的朔方。跬步：一步。

[4]鹏：鲲鹏。腊：干肉。鲙(kuài)：细切的鱼肉。

[5]伸舒：舒展。轶出：超出。

小言[1]

醯鸡伺晨驾蚊翼[2]，毫端棘刺分畛域[3]。

蛛丝结构聊荫息，蚁垤崔嵬不可陟[4]。

注释

[1]小言：以极小的事物成诗。

[2]醯(xī)鸡：即蠛蠓，极小之虫。伺晨：报晓。

[3]毫端：指极纤细毛发的末端。棘刺：指荆棘芒刺的尖端。畛域：界限。

[4]蚁垤(dié)：围绕蚁穴隆起的小土堆。崔嵬：高大。陟：登。

玉台体(十二首录一)[1]

昨夜裙带解，今朝蟢子飞[2]。
铅华不可弃[3]，莫是藁砧归[4]。

注释

[1]玉台体：模仿南朝徐陵编《玉台新咏》之诗体。

[2]蟢子：也称喜子，一种蜘蛛，古人以为见到它是喜兆。

[3]铅华：化妆用的铅粉。

[4]藁砧(gǎozhēn)：称呼丈夫的隐语。

令狐楚

令狐楚（766—837），字㲄士，自号白云孺子，行四，太原人。贞元七年（791）进士，历德、顺、宪、穆、敬、文宗六朝，宪宗时曾入相，文宗时官至左仆射、封彭阳郡公。官终山南西道节度使。为政有德声，善为章表之文，著名当时。工诗，尤善为绝句，与李逢吉、广宣、刘禹锡唱和甚多，惜其唱和集已佚。元和中与王涯、张仲素俱为中书舍人，后人编其乐府诗为《三舍人集》，今存。编有《御览诗》，为唐人选唐诗之重要选本。

年少行（四首录一）

少小边州惯放狂[1]，骣骑蕃马射黄羊[2]。
如今年老无筋力，犹倚营门数雁行。

注释

[1] 边州：指边境附近的州邑。放狂：放纵性情。

[2] 骣（chǎn）骑：骑马不用马鞍。蕃：通"幡"，白色。

裴度

裴度（765—839），字中立，行十六，河东闻喜（今属山西）人。贞元五年（789）进士。官刑部侍郎时以力主削藩与武元衡同遭暗杀，幸未死。宪宗、穆宗、敬宗朝三历宰相。元和十二年（817）以平淮西叛镇吴元济，封晋国公，世称裴晋公。文宗时加中书令，人称裴令公。以宦官专权，国运衰微，晚年在洛阳筑绿野堂以自适，与白居易、刘禹锡唱和。为古文主张顺其自然，反对怪奇。《新唐书》《旧唐书》有传。

中书即事[1]

有意效承平[2]，无功答圣明[3]。
灰心缘忍事，霜鬓为论兵。
道直身还在，恩深命转轻。
盐梅非拟议[4]，葵藿是平生[5]。
白日长悬照，苍蝇谩发声[6]。
高阳旧田里[7]，终使谢归耕。

注释

[1] 中书：唐代的中书省。

[2] 承平：太平盛世。

[3] 圣明：指君主。

[4] 盐梅：盐和梅子，可以调味。《尚书·说命下》曰："若作和羹，尔惟盐梅。"喻指自己为宰相。

[5] 葵藿：葵菜与藿菜。葵藿之性均向阳，喻指自己的忠心。

[6] 谩：莫。

[7] "高阳"句：指故里田园。

韩愈

韩愈（768—824），字退之，河南河阳（今河南省孟州市）人。郡望昌黎，故称昌黎先生。贞元八年（792）进士，历任监察御史、阳山令、刑部侍郎、潮州刺史、吏部侍郎等职。大力提倡古文，与柳宗元并称"韩柳"。诗歌力主创新，与孟郊并称"韩孟"。以文为诗，开宋一代诗风。有《昌黎先生集》四十卷，外集十卷。

醉赠张秘书[1]

人皆劝我酒，我若耳不闻。
今日到君家，呼酒持劝君。
为此座上客[2]，及余各能文[3]。
君诗多态度[4]，蔼蔼春空云[5]。
东野动惊俗[6]，天葩吐奇芬[7]。
张籍学古淡[8]，轩鹤避鸡群[9]。
阿买不识字[10]，颇知书八分[11]。
诗成使之写，亦足张吾军[12]。
所以欲得酒，为文俟其醺[13]。
酒味既冷冽[14]，酒气又氛氲[15]。
性情渐浩浩[16]，谐笑方云云[17]。
此诚得酒意，余外徒缤纷[18]。
长安众富儿，盘馔罗膻荤[19]。
不解文字饮[20]，惟能醉红裙。
虽得一饷乐[21]，有如聚飞蚊。
今我及数子，固无莸与薰[22]。
险语破鬼胆，高词媲皇坟[23]。
至宝不雕琢，神功谢锄耘[24]。
方今向太平，元凯承华勋[25]。
吾徒幸无事，庶以穷朝曛[26]。

注释

[1] 张秘书：张署。张署与韩愈同贬、同赦、同官江陵曹掾。张署被邕管经略使奏辟为判官，未行，拜京兆府司录，回京稍早于韩愈。因张署谪灵武前曾任秘书省校书郎，唐人重京官内省职，故称张秘书。下文"君"指张署。

[2] 此：代词，指张署家设的宴席。座上客：指诗里所说孟、张等。

[3] 及：和，同。余：韩愈自称。各能文：都能诗会文。

[4] 态度：风姿。

[5] 蔼蔼：盛多的样子。

[6] 东野：中唐著名诗人孟郊的字，韩愈好友，韩孟诗派的创始者，与韩愈并称"韩孟"。

[7] 天葩：天上之花，即好花。

[8] 张籍：中唐著名诗人，与韩愈终生为师友。长于乐府诗，元和、长庆间与元稹、白居易共倡新乐府。古淡：古朴恬淡。

[9] 轩鹤：乘轩之鹤。轩鹤避鸡群，谓张籍诗古淡高雅，不同凡俗，如野鹤立于鸡群之中，高昂特出也。

[10] 阿买：疑为张彻。彻先为韩愈门人，后为侄婿，属晚辈，也能文。不识字：非不认识字，而是不识难字。

[11] 八分：书体的一种，即八分书。

[12] 吾军：我党，我派。

[13] 俟：等待。俟其醺，等待大家醉酒。

[14] 冷冽：酒液清凉香醇。

[15] 氛氲（fēnyūn）：云烟弥漫。

[16] 浩浩：以水之盛大形容人胸怀坦荡，意气风发。

[17] 谐笑：戏谑之笑，或和乐之态。云云：同"芸芸"，众多的样子。

[18] 余外：此外，指"吾党"以外的一般酒徒。

[19] 盘馔（zhuàn）：盘子里盛的食物。罗：陈列。膻（shān）荤：指牛羊鸡鸭等各种肉食。膻指牛羊的腥气。

[20] 解：懂得。文字饮：文人间把酒赋诗论文。

[21] 一饷：即一晌，表示时间，一会儿。

[22]莸(yóu)与薰:臭草与香草,比喻坏人和好人。无莸与薰,言会饮者无好坏之别。

[23]媲:匹敌、比配。皇坟:三皇之《三坟书》,是传说中我国最古老的书籍。

[24]神功:天工造化,非人力所能为。谢:辞谢。锄耘:借耘地锄草比喻文字加工锤炼。

[25]元凯:八元八凯,均为上古贤臣。华:舜之号。勋:尧之号。

[26]穷朝曛:穷尽一整天。曛,黄昏。

山石

山石荦确行径微[1],黄昏到寺蝙蝠飞。
升堂坐阶新雨足,芭蕉叶大支子肥[2]。
僧言古壁佛画好,以火来照所见稀。
铺床拂席置羹饭,疏粝亦足饱我饥[3]。
夜深静卧百虫绝[4],清月出岭光入扉[5]。
天明独去无道路,出入高下穷烟霏[6]。
山红涧碧纷烂漫,时见松枥皆十围[7]。
当流赤足蹋涧石,水声激激风吹衣。
人生如此自可乐,岂必局束为人鞿[8]。
嗟哉吾党二三子,安得至老不更归[9]?

注释

[1]荦(luò)确:形容山石奇险嵯峨,凸凹不平。行径微:山路狭窄崎岖。

[2]支子:又作卮子、栀子。常绿灌木,仲春开白花,甚芳香,夏秋结实,生青熟黄,可入药,又可作黄色染料。

[3]疏粝(lì):糙米。

[4]百虫绝:所有的虫都停止了鸣叫,衬托夜深静穆之感。

[5]扉:门。

[6]穷烟霏:走遍了云雾。

[7]枥(lì):同"栎",落叶乔木,树干粗大。

○三五七 \ 韩愈

[8]局束：同"拘束"。靰(jī)：马缰绳，这里当为人控制解。
[9]不更归：即更不归，更不想回去了。

忽忽[1]

忽忽乎余未知生之为乐也，愿脱去而无因。
安得长翮大翼如云生我身，乘风振奋出六合[2]，绝浮尘。
死生哀乐两相弃，是非得失付闲人。

注释

[1]忽忽：用《汉书·王褒传》太子"苦忽忽善忘不乐"句意，全诗反映了韩愈苦忽忽郁闷不乐的心情。
[2]六合：东、西、南、北、上、下为六合，即天地之间。

雉带箭

原头火烧静兀兀[1]，野雉畏鹰出复没。
将军欲以巧伏人，盘马弯弓惜不发[2]。
地形渐窄观者多，雉惊弓满劲箭加。
冲人决起百余尺，红翎白镞相倾斜[3]。
将军仰笑军吏贺，五色离披马前堕[4]。

注释

[1]原头：原野之上。兀兀：静谧的样子。
[2]盘马：勒马不进，盘旋凝视。弯：动词，挽也。惜不发：不肯轻发。
[3]红翎：雉伤流血把箭羽都染红了。白镞：明晃晃的箭头穿过雉身而露出。
[4]五色：雉的羽毛色彩斑斓。离披：散乱的样子。

桃源图

神仙有无何渺茫，桃源之说诚荒唐。

流水盘回山百转,生绡数幅垂中堂[1]。
武陵太守好事者[2],题封远寄南宫下[3]。
南宫先生忻得之[4],波涛入笔驱文辞。
文工画妙各臻极[5],异境恍惚移于斯[6]。
架岩凿谷开宫室,接屋连墙千万日。
嬴颠刘蹶了不闻[7],地坼天分非所恤[8]。
种桃处处惟开花,川原近远蒸红霞。
初来犹自念乡邑[9],岁久此地还成家。
渔舟之子来何所[10],物色相猜更问语[11]。
大蛇中断丧前王[12],群马南渡开新主[13]。
听终辞绝共凄然,自说经今六百年。
当时万事皆眼见,不知几许犹流传。
争持酒食来相馈,礼数不同樽俎异[14]。
月明伴宿玉堂空[15],骨冷魂清无梦寐。
夜半金鸡啁哳鸣[16],火轮飞出客心惊[17]。
人间有累不可住[18],依然离别难为情。
船开棹进一回顾,万里苍苍烟水暮。
世俗宁知伪与真,至今传者武陵人。

注释

[1] 生绡(xiāo):用细丝织成的极薄的绫帛之类的绸布,可作画画及裱画的底布。生绡数幅,指桃源图。

[2] 武陵太守:当是窦常。窦常字中行,叔向子,弟兄五人,为长,京兆金平(今陕西兴平)人。大历十四年(779),中进士。贞元十四年(798),任淮南节度参谋。元和六年(811)征为侍御史,转水部员外郎,明年,授朗州刺史。终国子祭酒。常父子均能诗,有《窦氏联珠集》。

[3] 南宫:本为南方列宿,汉用以比喻尚书省。唐代尚书省位置在大明宫南,习称南宫。

[4] 南宫先生:指卢汀,时卢为虞部郎中,属尚书省官。忻(xīn):喜悦,高兴。

[5] 文工：文章精巧工稳。画妙：画图则妙绝传神。臻极：达到极点。

[6] 异境：指桃花源的境界。恍惚：好像，仿佛。

[7] 嬴：秦朝的国君姓嬴，代指秦朝。颠：颠覆、倒塌，指秦灭亡。刘：汉朝的皇帝姓刘，代指汉朝。蹶：跌倒，亦指灭亡。此指陶渊明《桃花源记》所说："不知有汉，无论魏晋。"

[8] 地坼天分：指魏晋之间的动乱。

[9] 乡邑：家乡，故里。

[10] 渔舟之子：即《桃花源记》中的"武陵渔人"。

[11] 物色：访求，查询。相猜：相互怀疑。此指《桃花源记》中"见渔人，乃大惊，问所从来"。

[12] 大蛇中断：指汉高祖刘邦斩蛇起义而灭秦。丧前王：指汉灭秦。

[13] 群马南渡：指西晋亡，晋君臣南渡江偏安，是为东晋。开新主：指晋元帝司马睿建立东晋新政权。

[14] 樽俎(zǔ)：盛酒食的器具。樽盛酒，俎盛肉。

[15] 玉堂：本为宫殿的美称，也指仙人居所。

[16] 嘲哳(zhāozhā)：鸡杂乱的叫声。

[17] 火轮：太阳。

[18] 人间有累：指人间（桃源外的世界）有家人牵挂。不可住：不能久留在桃源。

感春

我所思兮在何所，情多地遐兮遍处处[1]。
东西南北皆欲往，千江隔兮万山阻。
春风吹园杂花开，朝日照屋百鸟语。
三杯取醉不复论，一生长恨奈何许[2]。

注释

[1] 地遐：路途遥远。

[2] 奈何许：怎么办？许，语助词。

剥啄行[1]

剥剥啄啄，有客至门。
我不出应，客去而嗔。
从者语我[2]，子胡为然。
我不厌客，困于语言。
欲不出纳，以堙其源[3]。
空堂幽幽，有秸有莞[4]。
门以两板，丛书于间。
窅窅深堑[5]，其墉甚完[6]。
彼宁可隳[7]，此不可干[8]。
从者语我，嗟子诚难。
子虽云尔，其口益蕃[9]。
我为子谋，有万其全。
凡今之人，急名与官。
子不引去，与为波澜。
虽不开口，虽不开关[10]。
变化咀嚼，有鬼有神。
今去不勇，其如后艰[11]。
我谢再拜，汝无复云。
往追不及[12]，来不有年。

注释

[1] 剥啄：叩门声。
[2] 语我：对我说。语，动词，我作语的宾语，构成动宾词组。
[3] 堙（yīn）：塞。
[4] 莞（guān）：蒲草。
[5] 窅（yǎo）窅：深远的样子。
[6] 墉（yōng）：墙。
[7] 隳（huī）：毁坏。

[8] 干：侵犯，冲撞。

[9] 蕃：繁盛的样子。

[10] 开关：开门。

[11] 其如后艰：翻用《诗经·大雅·凫鹥》"公尸燕饮，无有后艰"意，谓公今去不坚决，则可能会有灾难。

[12] 往追不及：用《论语·微子》"往者不可谏，来者犹可追"典故。

送无本师归范阳[1]

无本于为文，身大不及胆[2]。
吾尝示之难，勇往无不敢。
蛟龙弄角牙[3]，造次欲手揽[4]。
众鬼囚大幽[5]，下觑袭玄窞[6]。
天阳熙四海[7]，注视首不颔[8]。
鲸鹏相摩窣[9]，两举快一啖[10]。
夫岂能必然，固已谢黮䵣[11]。
狂词肆滂葩[12]，低昂见舒惨[13]。
奸穷怪变得[14]，往往造平澹。
蜂蝉碎锦缬[15]，绿池披菡萏[16]。
芝英擢荒榛[17]，孤翮起连菼[18]。
家住幽都远[19]，未识气先感。
来寻吾何能，无殊嗜昌歜[20]。
始见洛阳春，桃枝缀红糁[21]。
遂来长安里，时卦转习坎[22]。
老懒无斗心[23]，久不事铅椠[24]。
欲以金帛酬，举室常顑颔[25]。
念当委我去[26]，雪霜刻以憯[27]。
狞飙搅空衢[28]，天地与顿撼[29]。
勉率吐歌诗[30]，慰女别后览[31]。

注释

[1] 无本师：即贾岛。岛字浪仙，范阳人，初为浮屠，法名无本。韩愈教其为文，遂去浮屠，举进士。范阳：范阳郡，今属北京。

[2] 身大不及胆：身子虽大包不住胆，即俗曰胆大包身。

[3] 弄角牙：摆弄角牙，即成语张牙舞爪。造次：仓卒，急切。

[4] 揽：收敛。

[5] 大幽：地下极深极黑的地方，亦指地狱。

[6] 覷：窥伺，向下瞧。袭：入。玄窞（dàn）：黑暗幽深的洞穴。

[7] 天阳：太阳。熙：照耀、暴晒。

[8] 首不颔：不低头。

[9] 摩窣（sū）：摩擦。

[10] 唊：吞食。

[11] 黭黮（dǎn）：暗淡不明的样子。

[12] 狂词：狂放不羁之词。肆：极，尽。滂葩：形容蕴含丰富而文辞华美。

[13] 低昂：指音调的抑扬高低。见：同现，表现，显示。舒惨：乐与悲，欢乐与忧伤。

[14] 奸：巧思。穷：苦吟。

[15] 锦缬（xié）：印染花纹的丝织品，即彩绸与彩丝。

[16] 菡萏（hàn dàn）：荷花，又称水芙蓉。

[17] 芝英：灵芝，瑞草。以芝英比贾岛。荒榛：荆棘丛。

[18] 孤翾：独自高飞的鸟，比贾岛。菼（tǎn）：芦荻。

[19] 幽都：指贾岛故里范阳。

[20] 昌歜（zàn）：菖蒲根制成的咸菜。

[21] 缀红糁：桃树枝上长满了花蕾。糁（sǎn），小米粒，泛指散粒状的东西。

[22] 坎：位在子，十一月之卦。时卦转习坎，秋转为冬。

[23] 斗心：斗胜或进取之心。

[24] 事：从事。铅：笔札。古人以铅为刀（笔），为写字工具。椠（qiàn）：书写用的木片。

[25] 举室：全家。顑颔（kǎn hàn）：因饥饿而面色枯槁的样子。

[26] 委：舍弃也。

[27] 刻：形容寒风如刀刺肤。憯（cǎn）：惨痛。

[28] 狞飙：狂风。空衢：天衢，作天空解。

[29] 顿：表示时间之速，霎时、顿时。

[30] 勉率：勉强为之。率，率尔，率然。

[31] 慰女：即慰汝。女，通"汝"。

石鼓歌[1]

张生手持石鼓文[2]，劝我试作石鼓歌。
少陵无人谪仙死[3]，才薄将奈石鼓何。
周纲陵迟四海沸[4]，宣王愤起挥天戈[5]。
大开明堂受朝贺[6]，诸侯剑佩鸣相磨[7]。
蒐于岐阳骋雄俊[8]，万里禽兽皆遮罗[9]。
镌功勒成告万世，凿石作鼓隳嵯峨[10]。
从臣才艺咸第一，拣选撰刻留山阿[11]。
雨淋日炙野火燎，鬼物守护烦㧖呵[12]。
公从何处得纸本[13]，毫发尽备无差讹。
辞严义密读难晓，字体不类隶与科[14]。
年深岂免有缺画，快剑斫断生蛟鼍[15]。
鸾翔凤翥众仙下[16]，珊瑚碧树交枝柯。
金绳铁索锁纽壮，古鼎跃水龙腾梭[17]。
陋儒编诗不收入[18]，二雅褊迫无委蛇[19]。
孔子西行不到秦，掎摭星宿遗羲娥[20]。
嗟予好古生苦晚，对此涕泪双滂沱。
忆昔初蒙博士征[21]，其年始改称元和[22]。
故人从军在右辅，为我度量掘臼科[23]。
濯冠沐浴告祭酒[24]，如此至宝存岂多。
毡包席裹可立致[25]，十鼓只载数骆驼。

荐诸太庙比郜鼎[26]，光价岂止百倍过[27]。
圣恩若许留太学，诸生讲解得切磋。
观经鸿都尚填咽[28]，坐见举国来奔波。
剜苔剔藓露节角[29]，安置妥帖平不颇[30]。
大厦深檐与盖覆，经历久远期无佗[31]。
中朝大官老于事，讵肯感激徒媕婀[32]。
牧童敲火牛砺角，谁复着手为摩挲。
日销月铄就埋没[33]，六年西顾空吟哦。
羲之俗书趁姿媚[34]，数纸尚可博白鹅[35]。
继周八代争战罢[36]，无人收拾理则那[37]。
方今太平日无事，柄任儒术崇丘轲[38]。
安能以此上论列[39]，愿借辨口如悬河。
石鼓之歌止于此，呜呼吾意其蹉跎。

注释

[1] 石鼓：即石鼓文。唐初在天兴（今陕西省宝鸡市）三畤原发现十块鼓形石刻，每鼓石刻四言诗一首，合成一组。字体籀文（大篆），内容记叙秦国国君的游猎，也称"猎碣"，是我国迄今发现最早的石刻文字。

[2] 张生：即张彻。时彻辞潞州幕在东都，且好古，因彻为韩愈侄婿、门人，故称生。

[3] 少陵：杜甫。谪仙：李白。

[4] 周纲：周朝的纲纪。陵迟：凋零，败坏。

[5] 宣王：周厉王姬胡之子，名静，公元前827至公元前782年在位，废除弊政，北伐南征，平定四境，世称周朝中兴之主。挥天戈：挥舞天子戈矛，指讨伐猃狁、荆蛮、淮夷、徐戎等。

[6] 明堂：周天子举行朝会、祭祀、宴功、选贤和朝见诸侯等政治活动的场所。

[7] 鸣相磨：互相摩擦发出的声音。

[8] 蒐（sōu）：春猎。岐阳：岐山之南，在今陕西岐山县。因《诗经·小雅·车攻》开头"我车既攻，我马既同"两句与《石鼓文》首二句同，韩愈认为是写

周宣王游猎的诗。

[9] 遮罗:张网拦截捕捉禽兽。

[10] 嵯峨:高大的山石。

[11] 山阿:山陵。

[12] 拗(huī)呵:指责呵斥,此指鬼神严加守护。

[13] 纸本:以纸为底的字画,此指《石鼓文》的拓本。

[14] 隶与科:隶书与科斗文。

[15] 斫断:凿刻。蛟鼍(tuó):指鳄鱼之类,此喻指遒劲的笔画。

[16] 鸾翔凤翥:形容石鼓文字体势似鸾飞凤舞。

[17] 古鼎跃水:相传禹铸九鼎,三代奉为国宝,周东迁,秦攻周取九鼎,一沉泗水,秦始皇使千人打捞未出。龙腾梭:《晋书·陶侃传》记载,侃少时在雷泽捕鱼,网得一只织布梭,回家挂在墙上,一会儿雷雨大作,梭化为龙腾跃而去。

[18] 陋儒:指孔子前才能低下的文人,不能尽搜诗什。

[19] 二雅:《诗经》中的大雅、小雅。褊迫:指二雅编辑范围狭窄,未收入石鼓文。委蛇:同"逶迤",曲曲弯弯的样子。

[20] 掎摭:拾取。羲娥:羲,羲和,代指日;娥,嫦娥,代指月。

[21] 博士:唐国子学设博士五人,正五品上,掌管教授三品以上官和国公子孙。

[22] 元和:宪宗李纯年号。顺宗永贞二年(806)正月改为宪宗元和元年,韩愈由江陵司法参军召为国子博士。

[23] 臼科:洞穴,石鼓所在之处。

[24] 濯冠:洗涤头巾与衣裳,此乃朝见、祭祀的礼仪。

[25] 毡包席裹:用毡子包好,再用席子缠裹。立致:立即送到京城保管。

[26] 郜鼎:国之重器。

[27] 光价:名词,声名、身价,光耀祖宗的价值。

[28] 观经:事见《后汉书·蔡邕传》:"邕以经籍去圣久远,文字多谬,俗儒穿凿,疑误后学,熹平四年(175),乃与五官中郎将堂溪典、光禄大夫杨赐、谏议大夫马日䃰、议郎张驯、韩说、太史令单飏等,奏求正定《六经》文字。灵帝许之,邕乃自书丹于碑,使工镌刻立于太学门外。于是后儒晚学,咸取

正焉。及碑始立，其观视及摹写者，车乘日千余两，填塞街陌。"鸿都：鸿都门，在东汉京城洛阳。填咽：堵塞。

[29] 露节角：显示出字的笔画。

[30] 不颇：平正。颇，偏。

[31] 无佗(tuó)：无别的妨碍。佗，同"他"。

[32] 婀娜(ān'ē)：俯仰随人，无所作为，遇事不敢决断。

[33] 日销月铄：日月消失，光阴流逝。

[34] 羲之：王羲之，字逸少，晋代著名书法家。趁：呈现出。

[35] 博：换取。王羲之喜欢白鹅，见山阴一道士养一群白鹅，想买回。道士提出让他写一部《道德经》换这一群白鹅。

[36] 继周八代：指周以后石鼓所在地的八个朝代：秦、汉、魏、晋、元魏、北齐、北周、隋。

[37] 理：整理。则那：没奈何。

[38] 柄任：授以权力。丘：孔丘。轲：孟轲。

[39] 上论列：向朝廷提出陈述。

调张籍[1]

李杜文章在，光焰万丈长。
不知群儿愚[2]，那用故谤伤。
蚍蜉撼大树[3]，可笑不自量。
伊我生其后[4]，举颈遥相望。
夜梦多见之，昼思反微茫[5]。
徒观斧凿痕，不瞩治水航[6]。
想当施手时，巨刃磨天扬。
垠崖划崩豁[7]，乾坤摆雷硠[8]。
惟此两夫子[9]，家居率荒凉。
帝欲长吟哦，故遣起且僵[10]。
剪翎送笼中，使看百鸟翔。

平生千万篇,金薤垂琳琅[11]。
仙官敕六丁[12],雷电下取将。
流落人间者,太山一毫芒。
我愿生两翅,捕逐出八荒[13]。
精诚忽交通,百怪入我肠。
刺手拔鲸牙,举瓢酌天浆[14]。
腾身跨汗漫[15],不著织女襄[16]。
顾语地上友[17],经营无太忙。
乞君飞霞佩[18],与我高颉颃[19]。

注释

[1] 调:调笑,此为戏赠。张籍:韩愈的学生和朋友,中唐著名诗人。字文昌,行十八,祖籍吴郡(今江苏苏州),后移居和州(今安徽和县)。德宗贞元十五年(799)中进士,历太常寺太祝、国子助教、博士、水部员外郎、国子司业等。世称张司业、张水部。

[2] 不知:无知。

[3] 蚍蜉(pí fú):大蚂蚁。

[4] 伊:发语词,表示敬慕的语气。

[5] 微茫:形象模糊不清而又隐约可见。

[6] "徒观"二句:意为现在虽能看到李杜的诗歌作品,但无法看到他们的创作过程,犹如现在能看到夏禹开山凿渠的痕迹,却看不到他治水的航道一样。

[7] 垠崖:高大的渠壁石崖。划:辟开。崩豁:崩裂大豁口。

[8] 乾坤:天地。摆:震荡。雷硠(láng):山崩的声音。

[9] 两夫子:指李白、杜甫。

[10] 僵:跌倒,困顿失意。

[11] 金:金错书。薤(xiè):倒薤书。都是古代篆书体。

[12] 六丁:六丁神甲,道教神名。

[13] 捕逐:跟踪。八荒:指四海之外很远的地方。

[14] 天浆:甘美的汁液,即琼浆。上帝饮用的玉液称天浆。

[15] 汗漫:无边无际的太空。

[16] 织女襄：织女织成的丝绸，比喻李杜文章之美。

[17] 地上友：世俗之人。

[18] 君：指张籍。飞霞佩：以飞舞的云霞作佩饰，即神仙的佩饰。

[19] 颉颃（xié háng）：飞上飞下，即飞翔。"颉之颃之"的缩语，语本《诗经·邶风·燕燕》："燕燕于飞，颉之颃之。"

庭楸

庭楸止五株，共生十步间。
各有藤绕之，上各相钩联。
下叶各垂地，树颠各云连。
朝日出其东，我常坐西偏[1]。
夕日在其西，我常坐东边。
当昼日在上，我在中央间。
仰视何青青，上不见纤穿[2]。
朝暮无日时，我且八九旋。
濯濯晨露香[3]，明珠何联联[4]。
夜月来照之，蒨蒨自生烟[5]。
我已自顽钝，重遭五楸牵。
客来尚不见，肯到权门前。
权门众所趋，有客动百千。
九牛亡一毛，未在多少间。
往既无可顾，不往自可怜[6]。

注释

[1] 西偏：偏西的地方。

[2] 纤穿：穿叶而下的光线。

[3] 濯濯：光明的样子。

[4] 联联：联接不断。

[5] 蒨（qiàn）蒨：鲜明的样子。

[6]自可怜:自是可爱,自得其乐。

次同冠峡[1]

今日是何朝,天晴物色饶[2]。
落英千尺堕[3],游丝百丈飘[4]。
泄乳交岩脉[5],悬流揭浪标[6]。
无心思岭北[7],猿鸟莫相撩[8]。

注释

[1]次:旅行所止之处。同冠峡:在今广东省广州市阳山县西北七十里。
[2]饶:富足。此谓天气晴朗,物色更显得鲜活茂盛。
[3]落英:落花。
[4]游丝:蜘蛛或其他虫类所吐之丝,飞荡于空者,称游丝。
[5]泄乳:钟乳。岩脉:山石裂纹。
[6]悬流:飞流,瀑布。揭:高举。浪标:浪尖。
[7]岭北:五岭之北,指长安和故乡。
[8]撩:挑拨,逗引。

题木居士(二首录一)[1]

火透波穿不计春[2],根如头面干如身。
偶然题作木居士,便有无穷求福人。

注释

[1]木居士:庙在衡州耒阳(今属湖南)北沿流二十里鳌口寺。
[2]火透波穿:火烧水浸。不计春:不计年,即以朽木为神已无年代可考。

盆池五首

老翁真个似童儿,汲水埋盆作小池。

一夜青蛙鸣到晓,恰如方口钓鱼时[1]。

注释 [1]方口:河南济源盘谷附近地名。韩愈《卢郎中云夫寄示盘谷子诗两章歌以和之》有"平沙绿浪榜方口"。

莫道盆池作不成,藕稍初种已齐生[1]。
从今有雨君须记,来听萧萧打叶声。

注释 [1]藕稍:藕芽。齐生:一齐长出来。

瓦沼晨朝水自清[1],小虫无数不知名。
忽然分散无踪影,惟有鱼儿作队行。

注释 [1]瓦沼:即盆池,瓦盆做的池子。

泥盆浅小讵成池,夜半青蛙圣得知[1]。
一听暗来将伴侣,不烦鸣唤斗雄雌。

注释 [1]圣得:盖唐人方言,圣与听古通用。

池光天影共青青,拍岸才添水数瓶[1]。
且待夜深明月去,试看涵泳几多星[2]。

注释 [1]拍岸:水满盆池,似波击岸,谓盆容量小。
[2]涵泳:游泳也。星光映在水中,如星在水中潜行的样子。

晚春

草树知春不久归[1]，百般红紫斗芳菲。
杨花榆荚无才思[2]，惟解漫天作雪飞。

注释

[1]草树：草木也。归：去也。
[2]榆荚：榆树结的果实，形似铜钱，俗称榆钱。

落花

已分将身着地飞[1]，那羞践踏损光晖。
无端又被春风误，吹落西家不得归。

注释

[1]分：料想。

左迁至蓝关示侄孙湘[1]

一封朝奏九重天[2]，夕贬潮州路八千。
欲为圣朝除弊事[3]，肯将衰朽惜残年[4]。
云横秦岭家何在[5]，雪拥蓝关马不前。
知汝远来应有意，好收吾骨瘴江边[6]。

注释

[1]左迁：下降，即贬官。湘：韩湘，韩老成长子，字北渚。贞元十年（794）生，长庆三年（823）进士及第。出为江西从事，官大理丞。八仙之韩湘子，乃因韩湘为民做好事附会而成。韩愈因上《论佛骨表》左迁至蓝田关，湘赶来相送，韩愈感慨而成此诗。
[2]九重天：天九层，其上最高，此指朝廷。
[3]弊事：指朝廷上的弊政，此偏指迷信佛教。
[4]肯：犹岂也。衰朽：指衰弱多病的身体。惜残年：怜惜余生。时韩愈

五十二岁。

[5] 秦岭：秦岭山脉，此指长安南的终南山，横亘蓝田。

[6] 瘴江边：充满瘴气的韩江边上。

镇州初归

别来杨柳街头树，摆弄春风只欲飞[1]。
还有小园桃李在，留花不发待郎归。

注释　[1] 摆弄：摇动。中原人口语，至今仍用。

同水部张员外籍曲江春游寄白二十二舍人[1]

漠漠轻阴晚自开，青天白日映楼台。
曲江水满花千树，有底忙时不肯来[2]。

注释　[1] 水部张员外籍：张籍。白二十二舍人：白居易。
[2] 有底：有什么事。底，什么。

嘲鼾睡

澹师昼睡时[1]，声气一何猥[2]。
顽飙吹肥脂[3]，坑谷相嵬磊[4]。
雄哮乍咽绝，每发壮益倍。
有如阿鼻尸[5]，长唤忍众罪。
马牛惊不食，百鬼聚相待。
木枕十字裂，镜面生痱瘰[6]。
铁佛闻皱眉，石人战摇腿。
孰云天地仁，吾欲责真宰。

幽寻虮搜耳,猛作涛翻海。

太阳不忍明,飞御皆惰怠[7]。

乍如彭与黥[8],呼冤受菹醢[9]。

又如圈中虎,号疮兼吼馁[10]。

虽令伶伦吹[11],苦韵难可改。

虽令巫咸招[12],魂爽难复在[13]。

何山有灵药,疗此愿与采。

注释

[1] 澹师:或即诸葛觉。诸葛觉曾为僧,名澹然。

[2] 狠:多,恶。

[3] 顽飙:大风,形容鼾声之大。飙,暴风。

[4] 嵬磊:高低不平。

[5] 阿鼻尸:即阿鼻罪,阿鼻地狱之罪。佛徒术语,八大地狱之一,是最苦处。

[6] 痱癗(féi lěi):皮外小肿块,亦泛指疹样小粒块。

[7] 飞御:飞廉和日御,即传说中的风神和为日驾车的神。

[8] 彭:彭越。黥:黥布。都是刘邦的猛将,后被杀。

[9] 菹醢(zū hǎi):古代酷刑之一,把人剁成肉酱。

[10] 疮:伤也。馁:饿也。

[11] 伶伦:古乐师名。传说为黄帝时的乐官,古以为乐律的创始者。后用以乐人或戏曲演员的代称。

[12] 巫咸:古巫名,神巫。

[13] 魂爽:即魂魄。

王涯

王涯(764—835),字广津,太原人。贞元八年(792)进士及第,又登宏词科,调蓝田尉,后以左拾遗为翰林学士。宪宗元和年间累官至中书侍郎、同中书门下平章事。穆宗朝历任剑南东川节度使、御史大夫、户部尚书兼盐铁转运使等职。文宗时以吏部尚书总盐铁,进尚书右仆射、同中书门下平章事,甘露之变中为宦官杀害。兼擅诗文,文风或温丽或雄壮,诗歌以边塞诗与宫词最为人称道。《全唐诗》有诗一卷。

塞上曲二首[1]

天骄远塞行[2],出鞘宝刀鸣。
定是酬恩日,今朝觉命轻[3]。

塞虏常为敌,边风已报秋。
平生多志气,箭底觅封侯[4]。

注释

[1] 塞上曲:新乐府辞,由汉横吹曲辞演化而来。

[2] 天骄:天之骄子,本是匈奴自指,亦指少数民族的首领,此借指从军的英雄豪杰。

[3] "定是"二句:谓今日上了战场是报答朝廷恩德的时刻,生死置之度外。

[4] "箭底"句:谓凭借杀敌立功谋求封侯之赏。

陇上行[1]

负羽到边州[2],鸣笳度陇头[3]。
云黄知塞近,草白见边秋。

注释

[1] 陇上行:新乐府辞,由汉横吹曲辞演化而来。陇,陇山,又称陇头、陇坂,起自今陕西陇县,西北跨甘肃天水,六盘山是其主峰。

[2]负羽：背负武器。羽，箭上的羽毛，代指箭，此泛指武器。

[3]鸣笳：吹奏着胡笳。笳，胡笳，一种从北方游牧民族传入的乐器。

从军词（三首录一）

旄头夜落捷书飞[1]，来奏金门着赐衣[2]。
白马将军频破敌[3]，黄龙戍卒几时归[4]。

注释　[1]旄头：星名，即昴星。古人认为它是胡星（见《晋书·天文志》），故旄头星落象征胡人大败。

[2]金门：金马门的略称，汉代皇宫宫门名，学士待诏之处，代指皇帝所居。

[3]白马将军：汉末公孙瓒勇猛善战，在任北方边将时组织了一支骑白马的骑兵部队，对鲜卑等民族作战时屡战屡胜，威震边疆，他因此被人们称为白马将军（见《三国志·公孙瓒传》）。此借指英勇善战的边防将领。

[4]黄龙：地名，即黄龙冈，在今辽宁开原县西北，山势蜿蜒起伏，东接巨岭，西抵辽河，故名。古时因地处边防前线，驻扎重兵，又称黄龙戍。此以代指边塞。

塞下曲（二首录一）[1]

年少辞家从冠军[2]，金妆宝剑去邀勋[3]。
不知马骨伤寒水[4]，唯见龙城起暮云[5]。

注释　[1]塞下曲：乐府旧题，内容多写边塞战争，歌颂边防将士的英雄气概。

[2]冠军：西汉抗击匈奴的名将霍去病被封为冠军侯，见《史记·大将军骠骑将军列传》。此代指边防统帅。

[3]邀勋：邀功，求取功名与奖赏。

[4]"不知"句：东汉末年陈琳《饮马长城窟行》："饮马长城窟，水寒伤马骨。"

[5]龙城：地名，汉时匈奴祭天之所，代指侵扰边境的外族敌人的巢穴。

秋思（二首录一）

宫连太液见沧波[1]，暑气微消秋意多。
一夜清风蘋末起[2]，露珠翻尽满池荷。

注释
[1]太液：太液池，又名蓬莱池，位于唐代长安大明宫的北面，是唐代皇宫最重要的池苑，面积约十四万平方米。沧波：犹寒波。
[2]蘋（pín）末：指起风之处。宋玉《风赋》："风起于青蘋之末。"蘋，蕨类植物，生浅水中，也叫田字草。

春闺思

愁见游空百尺丝[1]，春风挽断更伤离。
闲花落尽青苔地[2]，尽日无人谁得知。

注释
[1]游空：在空中飘荡。百尺丝：指柳树的枝条。百尺，极言其长。
[2]闲花：指无人采摘自然凋落的花。

宫词（录九）[1]

白人宜着紫衣裳[2]，冠子梳头双眼长[3]。
新睡起来思旧梦，见人忘却道胜常。

春来新插翠云钗[4]，尚着云头踏殿鞋[5]。
欲得君王回一顾[6]，争扶玉辇下金阶[7]。

五更初起觉风寒，香炷烧来夜已残。
欲卷珠帘惊雪满，自将红烛上楼看。

一丛高鬓绿云光,官样轻轻淡淡黄[8]。
为看九天公主贵[9],外边争学内家装[10]。

永巷重门渐半开[11],宫官着锁隔门回[12]。
谁知曾笑他人处,今日将身自入来。

春风帘里旧青娥[13],无奈新人夺宠何。
寒食禁花开满树[14],玉堂终日闭时多。

碧绣檐前柳散垂,守门宫女欲攀时。
曾经玉辇从容处[15],不敢临风折一枝。

白雪猧儿拂地行[16],惯眠红毯不曾惊。
深宫更有何人到,只晓金阶吠晚萤。

银瓶泻水欲朝妆,烛焰红高粉壁光。
共怪满衣珠翠冷,黄花瓦上有新霜[17]。

注释

[1]宫词:古代诗歌中一个特殊题材,多写皇宫中后妃与宫女的生活,其中或寓有作者自己的现实感慨。

[2]白人:此指皮肤白皙的人。宜:适宜。

[3]冠子:帽子,此用作动词,把帽子戴在头上。

[4]翠云钗:有翠云纹饰的发钗。

[5]云头踏殿鞋:应召上殿见君所穿鞋头有云样装饰的精美鞋子。

[6]回一顾:回头看一眼。

[7]玉辇:皇帝所乘车辆的美称。

[8]官样:官家的式样。

[9]九天:天的最高处,相传天有九重。此指皇家。

［10］内家装：指皇宫中人的装束。

［11］永巷：皇帝后宫中长巷，监禁失宠的后妃、宫女之处。

［12］宫官：宫中的宦官。

［13］旧青娥：过去的美女。青娥，犹蛾眉，代指美女。

［14］寒食：寒食节，在清明前一日或二日。禁花：宫禁中的花。

［15］玉辇从容处：皇帝停留过的地方。

［16］猧(wō)儿：小狗。

［17］黄花瓦：皇宫所用黄色有花纹的瓦。

陈羽

陈羽,生卒年不详,江东人,活动于建中至元和时期。贞元八年(792)与王涯、韩愈等同榜进士及第,曾仕为东官卫佐。工诗,与戴叔伦及释灵澈等有诗往还。《全唐诗》有诗一卷。

古意[1]

十三学绣罗衣裳[2],自怜红袖闻馨香。
人言此是嫁时服,含笑不刺双鸳鸯[3]。
郎年十九髭未生,拜官天下闻郎名。
车马骈阗贺门馆[4],自然不失为公卿。
是时妾家犹未贫,兄弟出入双车轮。
繁华全盛两相敌[5],与郎年少为婚姻。
郎家居近御沟水[6],豪门客尽蹑珠履[7]。
雕盘酒器常不干,晓入中厨妾先起。
姑嫜严肃有规矩[8],小姑娇憨意难取[9]。
朝参暮拜白玉堂,绣衣着尽黄金缕[10]。
妾貌渐衰郎渐薄,时时强笑意索寞[11]。
知郎本来无岁寒[12],几回掩泪看花落。
妾年四十丝满头[13],郎年五十封公侯。
男儿全盛日忘旧,银床羽帐空飕飗[14]。
庭花红遍蝴蝶飞,看郎佩玉下朝时。
归来略略不相顾,却令侍婢生光辉。
郎恨妇人易衰老,妾亦恨深不忍道。
看郎强健能几时,年过六十还枯槁。

注释

[1] 古意:即拟古或仿古。

[2] 罗衣裳:用轻软的丝织品制成的衣裳。

[3] "含笑"句:双鸳鸯是古时嫁衣上常用的图案,象征婚姻和美,"不绣

（刺）"此图案含有否认是嫁衣之意。

[4] 骈阗（piántián）：聚集在一起。骈，聚集。阗，充满，填塞。

[5] 相敌：相匹，相当。

[6] 御沟：流经皇帝宫苑的河道。

[7] 蹑：穿着。珠履：镶嵌珍珠的华贵鞋子。

[8] 姑嫜（zhāng）：公婆。姑，婆婆。嫜，公公。

[9] 意难取：谓难以捉摸其心意。

[10] "绣衣"句：谓享尽奢华。绣衣，绣有花纹图案的衣服。黄金缕，金线。

[11] 索寞：消沉，精神颓丧，没有生气。

[12] 无岁寒：《论语·子罕》中以"岁寒然后知松柏之后凋也"喻人在困难的考验面前坚贞不变的情操与品格。此反用其意，谓其夫没有坚贞不渝的品格。

[13] 丝：喻白发。

[14] 飕飗（sōuliú）：像风声，形容寂寞冷清之状。

戏题山居（二首录一）

虽有柴门长不关，片云高木共身闲。
犹嫌住久人知处，见欲移居更上山[1]。

注释

[1] 见（xiàn）：现在。

欧阳詹

欧阳詹（755—800），字行周，泉州晋江（今福建泉州）人。贞元八年（792）进士及第，贞元十五年（799）任国子监四门助教。与韩愈友好，诗文兼擅，今有《欧阳行周集》十卷传世。《全唐诗》有诗一卷。

初发太原途中寄太原所思[1]

驱马觉渐远，回头长路尘。
高城已不见，况复城中人。
去意自未甘，居情谅犹辛[2]。
五原东北晋[3]，千里西南秦[4]。
一屦不出门，一车无停轮。
流萍与系匏[5]，早晚期相亲。

注释

[1] 太原所思：欧阳詹客游太原时，与一著名乐伎相爱，在分别时相约自己在长安立足后再来接她。此"所思"即其所爱乐伎。事见孟简《咏欧阳行周事》诗序。

[2] 辛：苦。

[3] "五原"句：长安附近有毕原、白鹿原、少陵原、高阳原、细柳原，合称"五原"。东北晋，指太原。

[4] "千里"句：谓自己此行目的是千里外西南方的长安。秦，代指长安。

[5] 流萍：随水流漂荡的浮萍，喻"所思"的境遇。系匏（páo）：拴起来的葫芦，喻经历坎坷不得出仕，或弃置闲散，典出《论语·阳货》。此为作者自比。

柳宗元

柳宗元（773—819），字子厚，河东（今山西运城）人。贞元九年（793）进士及第，贞元十四年（798）又中博学宏词科，历任蓝田尉、监察御史、礼部员外郎等职。顺宗朝积极参加王叔文主导的永贞革新，宪宗即位后被贬为永州司马，转柳州刺史，卒于贬所，世号柳柳州。诗文兼擅，文风雄深雅健，与韩愈一同倡导古文运动，影响巨大；诗风劲峭精刻，山水诗及政治咏怀诗均为人称道。有《柳河东集》四十五卷，《全唐诗》录诗四卷。

晨诣超师院读禅经[1]

汲井漱寒齿，清心拂尘服。
闲持贝叶书[2]，步出东斋读。
真源了无取[3]，妄迹世所逐[4]。
遗言冀可冥[5]，缮性何由熟[6]。
道人庭宇静[7]，苔色连深竹。
日出雾露余，青松如膏沐[8]。
澹然离言说，悟悦心自足[9]。

注释

[1] 超师：永州的僧人，事迹不可考。

[2] 贝叶书：古代印度常将珍贵的佛经刻写在贝多罗树的叶子上，唐人也用以写经，因此贝叶书成为佛经的别称。

[3] 真源：本源、本性。了：一点儿。

[4] 妄迹：虚幻的表象与事物，如名利等。

[5] 遗言：指佛留下来的著述，即佛经。冥：潜心思考。

[6] 缮性：修心养性。

[7] 道人：谓超师。

[8] "青松"句：谓青松经晨雾与露水洗涤，清新润泽。膏沐：洗净头发后涂上油脂。

[9] "澹然"二句：谓在清幽的环境中不知不觉脱离了经文的束缚，而有所觉

悟,感受到愉悦与满足。澹然,平静的样子。

与浩初上人同看山寄京华亲故[1]

海畔尖山似剑铓[2],秋来处处割愁肠。
若为化得身千亿[3],散上峰头望故乡。

注释

[1]浩初上人:潭州(今湖南长沙)龙安海禅师弟子,与柳宗元于永州相识,特来柳州探望宗元。宗元曾作《送僧浩初序》盛赞其人品与文才。上人,对僧人的敬称。

[2]海畔:指柳州。柳州离海较近,故称。剑铓:剑锋,喻山之险峻。

[3]若为:如何。化得身千亿:相传释迦牟尼为救众生曾化身千万,此用其典。

三赠刘员外[1]

信书成自误,经事渐知非。
今日临岐别[2],何年待汝归。

注释

[1]三赠刘员外:刘员外,即刘禹锡,其谪贬前任屯田员外郎,故称。刘、柳二人分别被任命为连州刺史与柳州刺史,同行至衡阳分别。此前柳宗元已有《衡阳与梦得分路送别》《重别梦得》二诗赠刘,故此诗题为"三赠"。

[2]临岐:面临歧路即将分手。

岭南江行[1]

瘴江南去入云烟[2],望尽黄茆是海边[3]。
山腹雨晴添象迹[4],潭心日暖长蛟涎[5]。
射工巧伺游人影[6],飓母偏惊旅客船[7]。
从此忧来非一事,岂容华发待流年[8]。

注释

[1] 岭南：指五岭（大庾岭、骑田岭、都庞岭、萌渚岭、越城岭）以南地区，即广东、广西一带。此诗为作者前往柳州赴任途中所作。

[2] 瘴江：岭南瘴气弥漫的江流。

[3] 黄茆（máo）：即黄茅，一年生或多年生草本植物。

[4] 山腹：山中腹地，山的深处。象迹：野象的足迹。一说为山中白云，状如白象。

[5] 蛟涎：蛟龙口中的涎水。

[6] 射工：射工虫，又称蜮，传说中一种生活在水中的怪物，可含沙射人或人在水中的投影，即可使人生病甚至死亡。见晋张华《博物志》卷三及晋葛洪《抱朴子·登涉》。伺：窥伺。

[7] 飓母：预兆飓风将至的云晕，形如虹霓。亦以指飓风。

[8] 华发：花白的头发。流年：如流水般逝去的时光、年华。

种柳戏题

柳州柳刺史，种柳柳江边[1]。
谈笑为故事，推移成昔年[2]。
垂阴当覆地，耸干会参天。
好作思人树[3]，惭无惠化传[4]。

注释

[1] 柳江：发源于贵州独山县，流经贵州东南及广西北部。柳州是柳江中下游的分界。

[2] "谈笑"二句：谓今日的谈笑随着时光的推移都将成为往事。

[3] 思人树：谓后人见此树便能想起种树之人。

[4] 惠化：惠及百姓的教化。

别舍弟宗一[1]

零落残红倍黯然[2],双垂别泪越江边[3]。
一身去国六千里[4],万死投荒十二年[5]。
桂岭瘴来云似墨[6],洞庭春尽水如天。
欲知此后相思梦,长在荆门郢树烟[7]。

注释

[1]宗一:柳宗元从弟,生平事迹不详。
[2]黯然:悲伤的样子。江淹《别赋》:"黯然销魂者,唯别而已矣。"
[3]越江:柳州属百越地,当指柳州诸江。
[4]"一身"句:柳州距长安五千余里,此极言自己贬所离家国之远。
[5]"万死"句:谓己自永贞元年(805)被谪贬蛮荒,至今已十二年。
[6]桂岭:山名,位于贺州桂岭县(今广西贺州市)东十五里,山多桂树,故名。柳州在桂岭南,此泛指柳州附近之山。瘴:瘴气,热带山林中的湿热蒸郁致人疾病的雾气。
[7]"欲知"二句:宗一此行将前往湖北江陵一带长住,故云。荆门,唐时对荆州的别称。郢(yǐng),先秦时楚国的都城,在今湖北江陵一带。

南涧中题[1]

秋气集南涧,独游亭午时[2]。
回风一萧瑟[3],林影久参差[4]。
始至若有得,稍深遂忘疲。
羁禽响幽谷[5],寒藻舞沦漪[6]。
去国魂已远[7],怀人泪空垂。
孤生易为感[8],失路少所宜[9]。
索寞竟何事,徘徊只自知。
谁为后来者[10],当与此心期[11]。

注释

[1]南涧:位于永州之南,当即作者所作《石涧记》之石涧。

[2]亭午：正午。亭，正。
[3]回风：回旋的风。
[4]参差：长短不齐的样子。
[5]羁禽：离群之鸟。
[6]沦漪：水面的涟漪。
[7]"去国"句：谓离开京城谪贬蛮荒以来自己如失魂落魄一般。国，此指京城长安。
[8]孤生：孤独的生活。
[9]失路：迷路，意有双关，不仅指在山中迷失道路，亦指政治上迷失方向。
[10]后来者：以后贬谪到永州的人。
[11]期：如有约会般相合。

秋晓行南谷经荒村[1]

杪秋霜露重[2]，晨起行幽谷。
黄叶覆溪桥，荒村唯古木。
寒花疏寂历[3]，幽泉微断续。
机心久已忘，何事惊麋鹿[4]。

注释

[1]南谷：位于永州郊外。
[2]杪(miǎo)秋：晚秋九月。杪，尽头，多指年、月、季节的末尾。
[3]寂历：凋零疏落。
[4]"机心"二句：机心，机巧功利之心。人如有机心，则会引起麋鹿的警觉。作者自认为久已忘掉机心，故有此问。

雨后晓行独至愚溪北池[1]

宿云散洲渚[2]，晓日明村坞[3]。
高树临清池，风惊夜来雨。

予心适无事，偶此成宾主[4]。

注释

[1]愚溪：柳宗元在谪贬永州后，找到一处景色优美的地方，有小山，有泉水溪流。他买了下来，修建台榭，开挖池沼，种植树木，营造胜景，以供游赏。他认为自己愚拙，为此处取名愚溪。见柳宗元《愚溪诗序》。
[2]宿云：夜晚的云。
[3]村坞：村庄，多指山村。
[4]"偶此"句：谓偶遇此景，相对如宾主一般亲密。

江雪

千山鸟飞绝，万径人踪灭[1]。
孤舟蓑笠翁[2]，独钓寒江雪。

注释

[1]万径：谓所有的道路。灭：消失，隐没，指被雪掩盖。
[2]蓑(suō)笠翁：披着蓑衣头戴斗笠的老翁。

渔翁

渔翁夜傍西岩宿[1]，晓汲清湘燃楚竹[2]。
烟销日出不见人，欸乃一声山水绿[3]。
回看天际下中流，岩上无心云相逐。

注释

[1]西岩：当指永州境内的西山。
[2]汲：打水。清湘：清澈的湘江水。楚竹：即湘竹，湘属古楚地。
[3]欸(ǎi)乃：象声词，摇橹的声音。

刘禹锡

刘禹锡（772—842），字梦得，洛阳人。贞元九年（793）与柳宗元同榜进士及第，同年登博学宏词科，历任渭南县主簿、监察御史等职。顺宗朝积极参加永贞革新，任屯田员外郎，失败后被贬为朗州司马。约十年后召还，旋又贬连州刺史，先后调任夔州、和州刺史。文宗大和二年（828）回朝任主客郎中，此后历任集贤殿学士、礼部郎中、苏州刺史、同州刺史等职，官终太子宾客分司东都。与柳宗元、白居易友好，多有诗歌唱和。其诗题材丰富，政治咏怀诗、咏史诗、讽喻诗、仿民歌体作品均十分出色。诸体皆擅，而以七绝最为人称道，诗风明快俊爽。有《刘宾客集》传世，《全唐诗》有诗十二卷。

团扇歌[1]

团扇复团扇，奉君清暑殿。
秋风入庭树，从此不相见。
上有乘鸾女[2]，苍苍虫网遍[3]。
明年入怀袖，别是机中练[4]。

注释

[1]团扇歌：据《乐府诗集》，汉班婕妤失宠后作《怨歌行》，以团扇自比，感伤"弃捐箧笥中，恩情中道绝"的不幸遭遇。此诗用其诗意。团扇，圆扇。

[2]乘鸾女：指秦穆公小女弄玉。据《列仙传》，穆公将小女弄玉嫁与萧史。萧史善吹箫，教弄玉作凤鸣，后招来凤凰，萧史、弄玉皆随凤凰飞去。江淹《怨歌行》："纨素如团月，出自机中素。画作秦王女，乘鸾向烟雾。"

[3]苍苍：深青色，形容陈旧状。

[4]"明年"二句：谓明年将抛弃旧扇换上新扇，喻新人将换旧人。练，白绢。

插田歌并引[1]

连州城下[2]，俯接村墟。偶登郡楼，适有所感，遂书其事为俚歌[3]，以俟采诗者[4]。

冈头花草齐，燕子东西飞。
田塍望如线[5]，白水光参差。
农妇白纻裙[6]，农父绿蓑衣。
齐唱郢中歌[7]，嘤儜如竹枝[8]。
但闻怨响音，不辨俚语词。
时时一大笑，此必相嘲嗤。
水平苗漠漠[9]，烟火生墟落。
黄犬往复还，赤鸡鸣且啄。
路旁谁家郎，乌帽衫袖长。
自言上计吏[10]，年幼离帝乡[11]。
田夫语计吏，君家侬定谙[12]。
一来长安道，眼大不相参[13]。
计吏笑致辞，长安真大处。
省门高轲峨[14]，侬入无度数[15]。
昨来补卫士，唯用筒竹布[16]。
君看二三年，我作官人去。

注释

[1] 插田：插秧。

[2] 连州：州名，即今广东连州市。刘禹锡时任连州刺史。

[3] 俚歌：通俗的歌谣。

[4] 采诗者：收集民间诗歌的人。据《汉书·艺文志》，古代设有采诗官，负责收集民间诗歌，以帮助统治者了解下情与统治措施的得失。

[5] 田塍（chéng）：田埂，田间的界路。

[6] 白纻（zhù）：用白色苎麻织成的布。

[7] 郢（yīng）中歌：即楚歌。郢中，即郢都，代指古楚地。连州在战国时属楚国。

[8] 嘤儜（níng）：声音清婉动听。竹枝：竹枝词，乐府曲调名，由民歌变化而来。

[9]漠漠:广阔貌。

[10]上计吏:负责上计的官吏。上计,古代地方长官定期向上级报告本地治理情况,包括人口、田亩、钱粮、刑狱等,将其统计成册即计簿,由县报州郡,州郡统计后再报朝廷。

[11]帝乡:指国都。

[12]侬:此为第一人称,犹"我"。谙:熟悉。

[13]不相参:不相认。

[14]省门:唐代最高行政机构是尚书省、中书省、门下省,此以泛指中央各部门官府的大门。轲峨:高耸貌。

[15]无度数:无数次。

[16]筒竹布:一种细布的名称。

养鸷词 并引[1]

途逢少年,志在逐兽,方呼鹰隼,以袭飞走[2]。因纵观之,卒无所获。行人有常从事于斯者曰:"夫鸷禽,饥则为用。今哺之过笃[3],故然也。"予感之,作《养鸷词》。

养鸷非玩形[4],所资击鲜力[5]。
少年昧其理[6],日日哺不息。
探雏网黄口[7],旦暮有余食。
宁知下鞲时[8],翅重飞不得。
毰毸止林表[9],狡兔自南北。
饮啄既已盈[10],安能劳羽翼。

注释

[1]鸷(zhì):鹰隼类猛禽,可驯养用以捕猎。

[2]飞走:飞禽走兽的略称。

[3]笃:优厚。

[4]玩形:赏玩外形。

[5]击鲜力：捕杀活物的能力。

[6]昧：不明白。

[7]黄口：雏鸟的嘴是黄色的，借指雏鸟。

[8]韝(gōu)：革制的臂套，用来让猎鹰站立。

[9]毰毸(péisāi)：毛羽张开貌。

[10]饮啄：吃喝。盈：满足。

客有为余话登天坛遇雨之状因以赋之[1]

清晨登天坛，半路逢阴晦。
疾行穿雨过，却立视云背[2]。
白日照其上，风雷走于内。
混瀁雪海翻，槎牙玉山碎。
蛟龙露髻鬣，神鬼含变态[3]。
万状互生灭，百音以繁会。
俯观群动静，始觉天宇大。
山顶自晶明，人间已雾霈[4]。
豁然重昏敛[5]，涣若春冰溃[6]。
反照入松门，瀑流飞缟带[7]。
遥光泛物色，余韵吟天籁[8]。
洞府撞仙钟，村墟起夕霭。
却见山下侣，已如迷世代。
问我何处来，我来云雨外。

注释

[1]天坛：天坛山，位于今河南济源市西北，为王屋山主峰，高一千七百余米，相传为轩辕祈天处。

[2]却立：退立。

[3]"混瀁"(huàngyàng)四句：形容云气的千变万化。雪海、玉山、蛟龙、神鬼皆为形容白云的形状。混瀁，水广大无际貌，此以形容云海。槎牙，本

为树木枝杈歧出貌，此以形容白云如山石般错落不齐。鬐鬣（qíliè），蛟龙的脊鳍与鬃毛。

[4] 霶霈（pángpèi）：下起大雨。

[5] 重昏：重重昏暗。

[6] 涣：溶解消散。

[7] 缟带：白色绢带，以喻瀑布。

[8] 天籁：自然界的声音，万物自然而然发出的声音。

岁夜咏怀[1]

弥年不得意[2]，新岁又如何。
念昔同游者，而今有几多。
以闲为自在，将寿补蹉跎[3]。
春色无情故，幽居亦见过[4]。

注释

[1] 岁夜：除夕之夜。

[2] 弥年：经年，终年。

[3] 蹉跎：谓白白虚度的光阴。

[4] 过：来访。

蒙池（海阳十咏录一）[1]

潆渟幽壁下[2]，深净如无力。
风起不成文，月来同一色。
地灵草木瘦，人远烟霞逼[3]。
往往疑列仙，围棋在岩侧。

注释

[1] 海阳：湖名，元结任道州刺史兼连州刺史时开掘。刘禹锡任连州刺史后，疏浚海阳湖，并在湖畔修复亭台楼阁，使之成为著名胜景。蒙池为其中一景。

[2]潆渟(yíngtíng)：水停滞不流貌。

[3]逼：近。

泰娘歌[1]

泰娘家本阊门西[2]，门前绿水环金堤[3]。
有时妆成好天气，走上皋桥折花戏[4]。
风流太守韦尚书，路傍忽见停隼旟[5]。
斗量明珠鸟传意[6]，绀幰迎入专城居[7]。
长鬟如云衣似雾，锦茵罗荐承轻步[8]。
舞学惊鸿水榭春[9]，歌传上客兰堂暮[10]。
从郎西入帝城中，贵游簪组香帘栊[11]。
低鬟缓视抱明月[12]，纤指破拨生胡风[13]。
繁华一旦有消歇，题剑无光履声绝[14]。
洛阳旧宅生草莱，杜陵萧萧松柏哀[15]。
妆奁虫网厚如茧，博山炉侧倾寒灰[16]。
蕲州刺史张公子，白马新到铜驼里[17]。
自言买笑掷黄金，月堕云中从此始[18]。
安知鵩鸟座隅飞[19]，寂寞旅魂招不归[20]。
秦嘉镜有前时结[21]，韩寿香销故箧衣[22]。
山城少人江水碧，断雁哀猿风雨夕。
朱弦已绝为知音[23]，云鬟未秋私自惜[24]。
举目风烟非旧时，梦寻归路多参差[25]。
如何将此千行泪，更洒湘江斑竹枝[26]。

注释

[1]泰娘：韦夏卿家乐伎名。韦夏卿，字云客，杜陵（今陕西西安东南）人。曾任苏州刺史，元和三年（808）卒。本诗前原有引曰："泰娘本韦尚书家主讴者。初，尚书为吴郡，得之，命乐工诲之琵琶，使之歌且舞。无几何，尽得其术。居一二岁，携之以归京师。京师多新声善工，于是又捐去故技，以新

声度曲。而泰娘名字,往往见称于贵游之间。元和初,尚书薨(hōng)于东京,泰娘出居民间。久之,为蕲州刺史张愻(xùn)所得,其后愻坐事,谪居武陵郡。愻卒,泰娘无所归,地荒且远,无有能知其容与艺者。故日抱乐器而哭,其音燋(jiāo)杀以悲。雒客闻之,为歌其事,以续于乐府云。"

[2]阊(chāng)门:苏州古城西门,通往虎丘方向,以象征天门之有阊阖,故称。

[3]金堤:对堤坝的美称,极言其坚固如金。

[4]皋桥:桥名,位于苏州阊门里。

[5]隼旟(yú):古代一种绘有鸟隼的旗帜,此指韦夏卿的刺史仪仗。

[6]斗量明珠:据《岭表录异》记载,西晋石崇任交趾采访使时,见梁氏女貌美,以珍珠三斛买之。此用其事,谓为得泰娘不计代价。鸟传信:谓派使者传达爱慕之意。鸟,青鸟,传说中西王母使者。

[7]绀幰(gànxiǎn):天青色的车幔。绀,天青色;幰,车上的帷幔。专城居:指刺史的府邸。专城,主管一城的地方长官刺史、太守等。

[8]锦茵:锦制垫褥。罗荐:丝绸地毯。

[9]惊鸿:惊飞的鸿雁,比喻舞姿轻盈优美。水榭:在水边修建的供游憩的亭台楼阁。

[10]兰堂:对厅堂的美称。

[11]簪组:冠簪与冠带,代指达官贵人。帘栊:指泰娘的闺阁。

[12]抱明月:指怀抱琵琶。王融《咏琵琶》:"抱月如可明。"

[13]破拨:弹琵琶的一种指法。生胡风:指弹出胡地的风格韵味。

[14]"题剑"句:谓韦夏卿死去。题剑,据《后汉书》记载,汉章帝曾赐宝剑与尚书陈宠等三人,并在宝剑上题字以示荣宠。此借指工部尚书韦夏卿。

[15]杜陵:地名,在今陕西西安市东南,是韦夏卿下葬之处。

[16]"妆奁"二句:写韦夏卿死后泰娘凄凉的生活状况。博山炉,一种熏香用的香炉,多用青铜或陶瓷制作,炉盖高而尖,呈重叠山形,象征仙山。

[17]铜驼里:指长安的里巷。古代于宫门前常置铜制的骆驼,因以铜驼代指京城。

[18]"月堕"句:喻泰娘从此陷入不幸的命运中。

[19]鹏（fú）鸟座隅飞：贾谊《服（鹏）鸟赋》云："谊为长沙王太傅三年，有服鸟飞入谊舍，止于坐隅。服似鸮，不祥鸟也。"此谓有不祥的事情发生。

[20]"寂寞"句：指张惎死于任所不得还乡。

[21]秦嘉镜：汉秦嘉《重报妻书》："间得此镜，既明且好，形观文采，世所希有，意甚爱之，故以相与。"其妻徐淑《又答嘉书》："明镜之鉴，当待君还。"

[22]"韩寿"句：谓韦夏卿、张惎去世已久。韩寿，西晋人，貌美，有风度。据《晋书·贾充传》，韩寿与贾充女私通，贾女将晋武帝赐给贾充的西域奇香偷来赠与韩寿。此香一着身经月不歇，被贾充发现，不得已将女儿嫁与韩寿。此以借指韦夏卿、张惎。

[23]"朱弦"句：据《列子·汤问》，伯牙鼓琴，钟子期是其知音，能真正理解他的琴声，后钟子期死，伯牙破琴断弦，终身不再鼓琴。

[24]未秋：谓头发未衰。

[25]参差：不顺利。

[26]湘江斑竹枝：据汉刘向《列女传》：尧之二女娥皇、女英嫁与舜为妻，舜南巡，死于苍梧之野。二妃往寻，泪洒竹上，化而为斑。

墙阴歌

白日左右浮天潢[1]，朝晡影入东西墙[2]。
昔为儿童在阴戏，当时意小觉日长。
东邻侯家吹笙簧，随阴促促移象床[3]。
西邻田舍乏糟糠[4]，就影汲汲春黄粱[5]。
因思九州四海外，家家只占墙阴内。
莫言墙阴数尺间，老却主人如等闲。
君看眼前光阴促，中心莫学太行山[6]。

注释

[1]天潢：星名，一说为天津星，一说属毕宿。见《史记·天官书》及《晋书·天文志》。

［2］朝晡(bū)：早晨和傍晚。晡，本指申时，此引申指傍晚。

［3］促促：短短的(指时间)。象床：象牙装饰的床。

［4］糟糠：酒糟和谷糠，此泛指粗劣的食物。

［5］汲汲：急切的样子。黄粱：一种黍米，又称糜子、黄小米。

［6］"中心"句：意谓应随时间变化而做出相应变化，不可像太行山一样原地不动。

蜀先主庙[1]

天地英雄气[2]，千秋尚凛然。
势分三足鼎[3]，业复五铢钱[4]。
得相能开国[5]，生儿不象贤[6]。
凄凉蜀故妓，来舞魏宫前[7]。

注释

［1］蜀先主庙：三国蜀先主刘备庙，在夔州奉节县(今属重庆市)。

［2］"天地"句：据《三国志·蜀书·先主传》记载，曹操曾对刘备说："今天下英雄，唯使君与操耳。"

［3］三足鼎：指魏、蜀、吴三国鼎立。

［4］五铢钱：古铜币名，最早铸于汉武帝时。此以代指汉室。

［5］"得相"句：指刘备得到帮助他创建蜀国的贤相诸葛亮。

［6］"生儿"句：谓刘备的儿子蜀后主刘禅不能效法其父德行。象贤，贤者子孙能效法其父德行。

［7］"凄凉"二句：《三国志·蜀书·后主传》裴注云：刘禅降魏后，司马昭故意找人为他表演蜀国的伎乐，旁人皆为之感怆，而刘禅嬉笑自若。

秋日送客至潜水驿[1]

候吏立沙际[2]，田家连竹溪。
枫林社日鼓[3]，茅屋午时鸡[4]。

鹊噪晚禾地，蝶飞秋草畦。
驿楼宫树近，疲马再三嘶。

注释

[1]潜水驿：当为潜水附近驿站。潜水，位于朗州城外东北十五里，溯源九溪，下合江。

[2]候吏：迎送宾客的小吏，即指驿吏。

[3]社日：古时祭祀土神的日子，一般在立春、立秋后第五个戊日，偶有四时致祭者。

[4]午时鸡：指中午的鸡鸣声。午时，十一点至下午一点。

冬日晨兴寄乐天[1]

庭树晓禽动，郡楼残点声[2]。
灯挑红烬落，酒暖白光生。
发少嫌梳利，颜衰恨镜明。
独吟谁应和，须寄洛阳城[3]。

注释

[1]晨兴：早晨起床。乐天：白居易字。

[2]残点声：指更鼓的余响。

[3]洛阳城：代指白居易。当时白居易以太子宾客分司东都，正在洛阳。

秋日书怀寄白宾客[1]

州远雄无益，年高健亦衰。
兴情逢酒在，筋力上楼知。
蝉噪芳意尽[2]，雁来愁望时[3]。
商山紫芝客[4]，应不向秋悲。

注释

[1]白宾客：即白居易，时任太子宾客分司东都。

[2]芳意:即春意。

[3]雁来:指北雁南归。

[4]商山:又名商阪、地肺山、楚山,在陕西商县东南。地形险阻,景色幽美,秦末汉初东园公、绮里季、夏黄公、甪里先生避乱隐居于此,年皆八十有余,须发皓白,号"商山四皓"。紫芝客:本指商山四皓,相传四皓曾作《紫芝曲》,中有"晔晔紫芝,可以疗饥"语,故称。此借指白居易。

秋中暑退赠乐天

暑服宜秋着[1],清琴入夜弹。
人情皆向菊[2],风意欲摧兰。
岁稔贫心泰[3],天凉病体安。
相逢取次第[4],却甚少年欢。

注释

[1]着:穿着。

[2]向菊:喜欢菊花。

[3]岁稔:丰收。贫心泰:穷人心中安适。

[4]取次第:指论年纪大小,排排前后顺序。次第,顺序。

始闻秋风

昔看黄菊与君别[1],今听玄蝉我却回[2]。
五夜飕飗枕前觉[3],一年颜状镜中来[4]。
马思边草拳毛动[5],雕眄青云睡眼开[6]。
天地肃清堪四望,为君扶病上高台。

注释

[1]君:指秋风。

[2]玄蝉:即蝉,蝉为黑色,故称。玄,黑色。

[3]五夜:一夜有五更,故称。飕飗(sōuliú):象声词,状风声。

[4]颜状:容颜状况。

[5]拳毛:即旋曲的毛,指千里马身上的旋毛。据《尔雅·释畜》郭璞注,马腹下有旋毛如乳者是千里马。

[6]眄(miǎn):斜视。

西塞山怀古[1]

西晋楼船下益州[2],金陵王气黯然收[3]。
千寻铁锁沉江底[4],一片降幡出石头[5]。
人世几回伤往事,山形依旧枕江流。
今逢四海为家日[6],故垒萧萧芦荻秋[7]。

注释

[1]西塞山:位于今湖北大冶市东,为长江中游江防要塞。

[2]"西晋"句:据《晋书》记载,晋武帝于太康元年正月命王濬从益州发兵进攻东吴。楼船,王濬建造大船,方百二十步,容二千余人,以木为城,建楼橹,其上可骑马来往。益州,州治在今四川成都市。

[3]金陵王气:金陵,即今南京市,三国时为吴国都城;王气,帝王之气。古代多有人以为金陵有王气,如据《太平御览》引《金陵图》:昔楚威王见此有王气,因埋金以镇之,故曰金陵。

[4]"千寻"句:谓吴国以铁锁拦江阻挡晋军的办法失败。据《晋书·王濬传》:吴人于江中险要之处,以铁锁横截之。王濬作火炬,灌以麻油,遇锁,点燃火炬烧之,将铁锁烧断,于是船无所阻碍。寻,古代长度单位,一寻等于八尺。

[5]"一片"句:指吴国投降事。石头,城名,故址在今南京清凉山。据《晋书·王濬传》,王濬攻下石头城后,吴主孙皓便投降了。

[6]四海为家日:指国家统一的时代。据《史记·高祖本纪》:"天子以四海为家。"

[7]故垒:古时留下的防御工事。萧萧:冷落凄清貌。

酬乐天扬州初逢席上见赠

巴山楚水凄凉地[1]，二十三年弃置身[2]。
怀旧空吟闻笛赋[3]，到乡翻似烂柯人[4]。
沉舟侧畔千帆过，病树前头万木春[5]。
今日听君歌一曲，暂凭杯酒长精神。

注释

[1]"巴山"句：此前刘禹锡贬谪期间先后辗转于朗州、连州、夔州、和州，或为楚地，或为巴蜀之地，故以"巴山楚水"概略言之。

[2]二十三年：从唐顺宗永贞元年（805）刘禹锡被贬为连州刺史，到敬宗宝历二年（826）冬应召，约二十二年，然因贬地遥远，实际上次年才能回到京城，故云二十三年。弃置身：诗人自指。弃置，废弃不用，指贬谪。

[3]闻笛赋：指西晋向秀所作《思旧赋》。据《晋书·向秀传》，向秀与嵇康、吕安友好，向曾与吕安灌园于山阳。后嵇、吕二人因拒绝与司马氏合作而被杀，向秀经过山阳，作《思旧赋》怀念两位朋友。据其序云，当向秀经过嵇、吕旧居时，听到邻人的笛声，引发了他对故友的思念。

[4]"到乡"句：谓自己长期贬谪蛮荒，归乡后恍如隔世。烂柯人，南朝梁任昉《述异记》载，晋朝时有个叫王质的人，进山伐木，进入一石洞中，见到四个童子在弹琴歌唱。王质留听。过了一会儿，童子让他回去，王质才发现斧柄已经全都朽烂了。回到家中，原来已经过去了几十年，亲人都不在了。

[5]"沉舟"二句：包含诗人几十年宦海沉浮的深沉感慨。沉舟、病树，均为作者自比。

乐天见示伤微之敦诗晦叔三君子
皆有深分因成是诗以寄[1]

吟君叹逝双绝句[2]，使我伤怀奏短歌[3]。
世上空惊故人少，集中惟觉祭文多。
芳林新叶催陈叶，流水前波让后波。

万古到今同此恨[4],闻琴泪尽欲如何。

注释

[1] 微之敦诗晦叔:微之,元稹字;敦诗,崔群字;晦叔,崔玄亮字。三人皆白居易与刘禹锡好友。

[2] 叹逝双绝句:指白居易所作《微之敦诗晦叔相次长逝,岿然自伤,因成二绝》。

[3] 短歌:即《短歌行》,乐府相和歌辞《平调曲》名,内容多感慨人生短暂、生死由命之类。

[4] 同此恨:指人生都有的与亲友的死别之恨。

和仆射牛相公春日闲坐见怀[1]

官曹崇重难频入[2],第宅清闲且独行。
阶蚁相逢如偶语[3],园蜂速去恐违程[4]。
人于红药惟看色[5],莺到垂杨不惜声[6]。
东洛池台怨抛掷[7],移文非久会应成[8]。

注释

[1] 仆射牛相公:指牛僧孺(779—847),牛曾任尚书省左仆射、同中书门下平章事,故称。相公,旧时对宰相的敬称。

[2] 官曹:官署、官衙。崇重:尊崇、重要。

[3] 偶语:聚在一起窃窃私语。

[4] 违程:耽误了预定的行程。

[5] 红药:红色的芍药花。

[6] 不惜声:叫个不停,尽情欢唱。

[7] "东洛"句:牛僧孺在东都洛阳本有宅邸,而此时在长安任职,洛阳宅第闲置,故云。

[8] "移文"句:谓接到来信后不久可能有机会会面。移文,指牛僧孺的来信及诗。

视刀环歌[1]

常恨言语浅,不如人意深。
今朝两相视,脉脉万重心[2]。

注释

[1]刀环:刀头上的环。环与"还"同音,寓有盼望回还之意。
[2]脉脉:含情不语的样子。

三阁辞[1]（四首录一）

贵人三阁上,日晏未梳头[2]。
不应有恨事,娇甚却成愁。

注释

[1]三阁:南朝陈后主建临春、结绮、望仙三阁,高数十丈,供其爱妃张丽华享乐,此借指皇帝后宫。
[2]日晏:天色已晚。

竹枝词[1]（二首录一）

杨柳青青江水平,闻郎江上唱歌声。
东边日出西边雨,道是无晴却有晴[2]。

注释

[1]竹枝词:一种诗体,由巴蜀间的民歌演变而来,形式为七言绝句,内容多咏男女情爱或风土人情。
[2]晴:与"情"谐音双关。

秋词二首

自古逢秋悲寂寥[1],我言秋日胜春朝。

晴空一鹤排云上,便引诗情到碧霄。

山明水净夜来霜,数树深红出浅黄[2]。
试上高楼清入骨,岂如春色嗾人狂[3]。

注释

[1]"自古"句:宋玉《九辩》:"悲哉,秋之为气也！萧瑟兮草木摇落而变衰,……寂寥兮收潦而水清。"

[2]深红出浅黄:谓红叶在大片黄叶中显露出来。

[3]嗾(sǒu):指使狗时口中发出的声音,比喻怂恿别人做坏事。

秋扇词

莫道恩情无重来,人间荣谢递相催[1]。
当时初入君怀袖[2],岂念寒炉有死灰[3]。

注释

[1]荣谢:即荣衰。递:按顺序。

[2]初入君怀袖:班婕妤《怨歌行》:"初入君怀袖,动摇微风发。"此喻初得宠之时。

[3]寒炉有死灰:喻指冷宫中被抛弃、冷落的女子。死灰,完全熄灭的火灰,以形容人的绝望的表情或心情。《庄子·知北游》:"心若死灰。"

竹枝词(九首录二)

城西门前滟滪堆[1],年年波浪不能摧。
懊恼人心不如石,少时东去复西来[2]。

瞿塘嘈嘈十二滩[3],人言道路古来难。
长恨人心不如水,等闲平地起波澜[4]。

注释

[1]城：指白帝城，在今四川奉节县城东瞿塘峡口。滟滪（yànyù）堆：俗称"燕窝石"，为长江江心突起的巨石，在瞿塘峡口，为长江三峡著名险滩。

[2]东去复西来：喻人心的反复无常。

[3]瞿塘：瞿塘峡，长江三峡之一，峡中多险滩，水流湍急。嘈嘈：状急流相撞击发出的声音。

[4]等闲：轻易。平地起波澜：喻无事生非。

杨柳枝词[1]（九首录四）

南陌东城春早时，相逢何处不依依[2]。
桃红李白皆夸好，须得垂杨相发挥。

炀帝行宫汴水滨[3]，数枝杨柳不胜春。
晚来风起花如雪，飞入宫墙不见人。

城外春风吹酒旗[4]，行人挥袂日西时[5]。
长安陌上无穷树，唯有垂杨管别离[6]。

轻盈袅娜占年华[7]，舞榭妆楼处处遮[8]。
春尽絮飞留不得，随风好去落谁家。

注释

[1]杨柳枝词：《杨柳枝》，汉横吹曲辞，本作《折杨柳》，隋时为宫辞，此依旧曲翻为新歌。

[2]依依：柳枝随风飘拂的样子，《诗经·采薇》："昔我往矣，杨柳依依。"此借指柳枝。

[3]"炀帝"句：隋炀帝杨广开大运河，自长安至江都沿途栽种柳树，并建造行宫四十余所。汴水即汴河，流经今河南开封，亦成为大运河的一部分。

[4]酒旗：即酒帘，酒店的标识。

［5］挥袂：挥袖。

［6］"唯有"句：古人送别时，有折柳赠别的风俗，故云。

［7］袅娜(nuó)：形容草木枝叶细长柔软的样子。

［8］舞榭：用于歌舞的亭台楼阁。

元和十一年自朗州召至京戏赠看花诸君子[1]

紫陌红尘拂面来[2]，无人不道看花回。
玄都观里桃千树[3]，尽是刘郎去后栽[4]。

注释

［1］看花诸君子：指与刘禹锡同时被召还京的柳宗元、韩泰、韩晔、陈谏等人。

［2］紫陌红尘：紫陌，京城郊外的道路；红尘，飞扬的尘埃。喻熙熙攘攘的热闹景象。

［3］玄都观：长安道观名，本名通达观，隋开皇年间由长安故城迁至安善坊，改名玄都观，东与大兴善寺相邻。桃千树：或喻朝中众多新贵。

［4］刘郎：作者自指，兼用刘晨、阮肇入天台山遇仙事（见《幽明录》），写自己久贬归朝后世事沧桑的深沉感慨。

再游玄都观[1]

百亩庭中半是苔，桃花净尽菜花开。
种桃道士归何处，前度刘郎今又来。

注释

［1］本诗原有引曰："余贞元二十一年为屯田员外郎时，此观未有花。是岁出牧连州，寻贬朗州司马。居十年，召至京师。人人皆言，有道士手植仙桃，满观如红霞，遂有前篇以志一时之事。旋又出牧，今十有四年，复为主客郎中。重游玄都观，荡然无复一树，唯兔葵燕麦动摇于春风耳。因再题二十八字，以俟后游。时大和二年三月。"贞元二十一年，唐德宗年号，即公元805

年。屯田员外郎，唐尚书省工部官员，负责管理全国屯田及京城文武官员职田等事务。出牧，出任地方州郡长官。主客郎中，尚书省礼部官员，负责藩属国朝会等事务。兔葵，植物名，叶似葵而小，花白茎紫。大和二年，唐文宗年号，即公元828年。

与歌者米嘉荣[1]

唱得凉州意外声[2]，旧人唯数米嘉荣。
近来时世轻先辈，好染髭须事后生[3]。

注释

[1]米嘉荣：据《乐府杂录·歌》，为中唐著名歌唱家。
[2]凉州：据《乐府诗集》，为乐府近代曲名，属宫调曲，原是凉州地方歌曲，唐开元中由西凉府都督郭知运进。
[3]事：效仿。后生：后辈。

金陵五题（录二）

石头城[1]

山围故国周遭在[2]，潮打空城寂寞回。
淮水东边旧时月[3]，夜深还过女墙来[4]。

乌衣巷[5]

朱雀桥边野草花[6]，乌衣巷口夕阳斜。
旧时王谢堂前燕[7]，飞入寻常百姓家。

注释

[1]石头城：城名，故址在今江苏南京市清凉山，本楚金陵城，孙权重建改名。背山面江，南临秦淮河口，当交通要冲。
[2]周遭：周围，四周。
[3]淮水：此指秦淮河。

[4]女墙：指建在城墙顶部内外沿上的挡墙。因其矮小，故称女墙，是古代城墙必备的防御建筑。

[5]乌衣巷：地名，今南京市秦淮河南。三国时吴国在此置乌衣营，以士兵皆穿乌衣而得名。据《世说新语》，王、谢等著名世家大族居此。

[6]朱雀桥：位于今南京秦淮区中华门城内，是六朝时建康秦淮河上二十四座浮桥之一，以面对六朝都城正南门朱雀门而得名。

[7]王谢：东晋最著名的王导、谢安两大家族。

与歌者何戡[1]

二十余年别帝京，重闻天乐不胜情[2]。
旧人唯有何戡在，更与殷勤唱渭城[3]。

注释

[1]何戡(kān)：据《乐府杂录·歌》记载，为中唐著名歌唱家之一。

[2]天乐：天上的音乐，指异常美妙的音乐。

[3]渭城：歌曲名。据《乐府诗集》，《渭城》又名《阳关》，为王维所作。

寄赠小樊[1]

花面丫头十三四[2]，春来绰约向人时[3]。
终须买取名春草[4]，处处将行步步随[5]。

注释

[1]小樊：当为侍婢名。

[2]花面：形容面貌如花一般美丽。

[3]绰约：形容女子姿态柔美动人。

[4]名春草：取名为春草。

[5]将行：带着一起活动。

楼上

江上楼高二十梯,梯梯登遍与云齐。
人从别浦经年去[1],天向平芜尽处低[2]。

注释
[1]别浦:指水边渡口的分别之处。
[2]平芜:长满荒草的开阔旷野。

张仲素

张仲素(约769—819),字绘之,符离(今安徽宿州)人,郡望河间鄚(mào)县(今河北任丘)。贞元十四年(798)进士及第,又登博学宏词科。宪宗时历任武宁军从事、司勋员外郎、翰林学士、中书舍人等职。善作乐府短诗,尤以边塞、闺怨题材见长,能于平易处见深婉。《全唐诗》有诗一卷。

春闺思

袅袅城边柳[1],青青陌上桑[2]。
提笼忘采叶,昨夜梦渔阳[3]。

注释

[1] 袅袅:细长柔美貌。

[2] 陌上:田间小路上。陌,东西走向的田间小路。

[3] 渔阳:郡名。唐玄宗天宝元年(742)改蓟州为渔阳郡,治所在渔阳(今天津市蓟州区),当时这里经常面临契丹等外族的威胁,是驻扎重兵的边防要塞。

塞下曲(五首录二)

三戍渔阳再渡辽[1],骍弓在臂剑横腰[2]。
匈奴似若知名姓[3],休傍阴山更射雕[4]。

朔雪飘飘开雁门[5],平沙历乱卷蓬根。
功名耻计擒生数[6],直斩楼兰报国恩[7]。

注释

[1] 辽:辽水,即今辽河。

[2] 骍(xīng)弓:红色的弓。骍,本义赤色的马,通指红色。

[3] 匈奴:此以泛指侵扰边境的游牧民族。

[4] 傍:靠近。阴山:山脉名,即今内蒙古自治区南部的阴山山脉,为南北交通要道。汉时,匈奴常从此南下侵扰中原地区。

[5]雁门:即雁门关,位于今山西省忻州市代县县城以北约二十公里的雁门山中,是以险要著称的重要关隘。

[6]擒生数:活捉敌人的数量。

[7]楼兰:西域古国名,遗址在今新疆罗布泊西北岸。此以代指入侵的外族敌人。

秋思二首

碧窗斜日蔼深晖[1],愁听寒螀泪湿衣[2]。
梦里分明见关塞,不知何路向金微[3]。

秋天一夜静无云,断续鸿声到晓闻。
欲寄征衣问消息,居延城外又移军[4]。

注释

[1]蔼深晖:指傍晚温和的阳光。

[2]寒螀(jiāng):寒蝉。

[3]金微:塞外山名,即今阿尔泰山,秦汉时多在此地与北方部族发生战争,后以代指边塞。

[4]居延城:汉代所建边防要塞,地在今内蒙古自治区额济纳旗境内,此以代指边军驻地。

燕子楼诗[1](三首录一)

楼上残灯伴晓霜,独眠人起合欢床[2]。
相思一夜情多少,地角天涯不是长。

注释

[1]燕子楼:唐武宁军节度使、检校工部尚书张愔(yīn)在彭城(今江苏省徐州市)的宅第中小楼名。张愔有爱妓名关盼盼,容貌美丽,善于歌舞。张愔死后,归葬洛阳,盼盼念旧爱而不嫁,独居此楼十余年。此诗即咏其事。

[2]合欢床:指双人床。

崔护

崔护（772—846），字殷功，博陵（今河北定州）人。贞元十二年（796）进士及第，文宗朝曾任京兆尹、御史大夫、广南节度使等职。能诗，诗风清新婉丽，《全唐诗》存诗六首。

题都城南庄[1]

去年今日此门中，人面桃花相映红[2]。
人面不知何处去，桃花依旧笑春风。

注释

[1]题都城南庄：据晚唐孟棨《本事诗》记载，崔护到长安参加进士举落第，游于长安南郊，在一农庄偶遇一美丽少女。第二年清明节重访此女不遇，于是在门上题写此诗。

[2]人面桃花：以桃花喻少女的美貌，暗用《诗经·周南·桃夭》"桃之夭夭，灼灼其华"典。

李翱

李翱（772—841），字习之，唐陇西成纪（今甘肃天水）人，一说赵郡（今河北赵县）人。贞元十四年（798）进士及第，元和年间历任国子博士、考功员外郎、礼部郎中、中书舍人、朗州刺史、山南东道节度使等职。为著名韩门弟子之一，继承并发展了韩愈的文学主张，强调文以明道，反佛复性，对后世道学的发展有深远影响。兼擅诗文，有《李文公集》传世，《全唐诗》录诗六首。

赠药山高僧惟俨[1]（二首录一）

练得身形似鹤形[2]，千株松下两函经。
我来问道无余说，云在青霄水在瓶[3]。

注释

[1]药山：药山寺，古名慈云禅寺，位于朗州（今湖南常德市药山镇）。惟俨：中唐著名高僧，住锡传法于朗州药山寺。

[2]鹤形：鹤的颈与腿细而长，故以比喻人之枯瘦状。

[3]"云在"句：云本在天，水本用瓶装，喻自然之理。

皇甫湜

皇甫湜（777？—835？），字持正，睦州新安（今浙江淳安县）人。元和元年（806）登进士第，为陆浑尉。元和三年（808）登贤良方正直言极谏科，与牛僧孺、李宗闵三人，因对策指陈时事触怒权贵被斥。后屡仕至工部郎中，又曾为东都留守裴度辟为判官。擅古文，曾师从韩愈，亦能诗，有辑本《皇甫持正集》三卷，《全唐诗》存诗三首。

出世篇[1]

生当为大丈夫，断羁罗[2]，出泥涂[3]。
四散号呶[4]，俶扰无隅[5]。
埋之深渊，飘然上浮。
骑龙披青云，泛览游八区[6]。
经太山[7]，绝大海[8]，一长吁。
西摩月镜[9]，东弄日珠[10]。
上括天之门[11]，直指帝所居[12]。
群仙来迎塞天衢[13]，凤皇鸾鸟灿金舆[14]。
音声嘈嘈满太虚[15]，旨饮食兮照庖厨[16]。
食之不饫饫不尽[17]，使人不陋复不愚。
旦旦狎玉皇[18]，夜夜御天姝[19]。
当御者几人，百千为番[20]。
宛宛舒舒[21]，忽不自知。
支消体化膏露明[22]，湛然无色茵席濡[23]。
俄而散漫[24]，斐然虚无[25]。
翕然复抟[26]，抟久而苏[27]。
精神如太阳，霍然照清都[28]。
四肢为琅玕[29]，五脏为璠玙[30]。
颜如芙蓉，顶为醍醐[31]。
与天地相终始，浩漫为欢娱[32]。

下顾人间，溷粪蝇蛆[33]。

注释
[1] 出世：指超脱世俗。

[2] 羁罗：罗网，喻世间对自己的种种束缚。

[3] 泥涂：喻困窘的处境。

[4] 号呶（nú）：喧嚣叫嚷。

[5] 俶（chù）扰：骚扰，扰乱。无隅（yú）：无边。

[6] 八区：八方，天下。

[7] 太山：即泰山。

[8] 绝：越过。

[9] 摩：切近。月镜：即月亮，以镜喻其明亮。

[10] 日珠：指太阳，故以珠为喻，言其小，在自己把握之中。

[11] 括：搜求，搜寻。

[12] 帝：谓天帝。

[13] 天衢：天上的道路。

[14] 金舆：用黄金装饰的车辆。

[15] 太虚：此指天空。

[16] 旨饮食：甘美可口的饮食。

[17] 饫（yù）：饱足。

[18] 狎玉皇：与玉皇亲近。

[19] 御：临幸。天姝：天上的美女。

[20] 番：轮流一遍。

[21] 宛宛舒舒：迟回缠绵舒适貌。

[22] "支消"句：谓肢体消失化为亮晶晶的甘露。支，即肢；膏露，甘露。

[23] 湛然：清澈貌。濡：润湿。

[24] 散漫：此指分散。

[25] 斐然：轻快的样子。

[26] 翕然：忽然，突然。复抟：再次凝聚为人体。抟，本指把东西揉弄成球形，此引申为凝聚，聚拢。

［27］苏：苏醒。

［28］霍然：迅速，突然。清都：神话传说中天帝居住的宫阙。

［29］琅玕（lánggān）：似玉的美石。

［30］璠玙（fányú）：两种美玉。

［31］醍醐（tíhú）：从酥酪中提制的油。

［32］浩漫：本为广大深远的样子，此借指广阔的宇宙。

［33］溷（hùn）粪：粪坑，喻人世间。蝇蛆：喻世人。

皇甫松

皇甫松,字子奇,号檀栾子,生平不详,睦州新安(今浙江淳安县)人。为皇甫湜之子。兼擅诗词,《花间集》收其词多篇,《全唐诗》存诗十三首。

采莲子二首

菡萏香连十顷陂[1],小姑贪戏采莲迟。
晚来弄水船头湿,更脱红裙裹鸭儿。

船动湖光滟滟秋[2],贪看年少信船流[3]。
无端隔水抛莲子,遥被人知半日羞。

注释

[1] 菡萏(hàndàn):即荷花。陂:池塘。
[2] 滟(yàn)滟:水波动荡闪光貌。
[3] 信船流:放任小船随水流飘荡。

浪淘沙[1](二首录一)

滩头细草接疏林,浪恶罾船半欲沉[2]。
宿鹭眠洲非旧浦[3],去年沙嘴是江心[4]。

注释

[1]《浪淘沙》:原为唐教坊曲名,后用为词牌,又称《浪淘沙令》。
[2] 罾(zēng)船:用罾网打鱼的船。罾,一种用木棍或竹竿支撑的方形渔网,俗称扳网。
[3] 旧浦:往年的水边。
[4] 沙嘴(zuǐ):沙岸向江河的突出部。

马异

马异，河南人，一说睦州人。生平仕履不详。一度隐居，兴元元年（784）进士及第，此后不知所终。少时与皇甫湜同学，与卢仝交好，诗风硬涩怪异，属于韩孟诗派。《全唐诗》存诗四首。

答卢仝结交诗[1]

有鸟自南翔[2]，口衔一书札，达我山之维[3]。
开缄金玉焕陆离[4]，乃是卢仝结交诗。
此诗峭绝天边格[5]，力与文星色相射[6]。
长河拔作数条丝，太华磨成一拳石[7]。
莫嗟独笑无往还，月中芳桂难追攀[8]。
况值乱邦不平年，回陵倒谷如等闲[9]。
与君俯首大艰阻，喙长三尺不得语[10]，
因君今日形章句[11]。
羡猕猴兮着衣裳，悲蚯蚓兮安翅羽[12]。
上天不识察，仰我为辽天失所[13]。
将吾剑兮切淤泥，使良骥兮捕老鼠[14]。
昨日脱身卑贱笼[15]，卯星借与老人峰[16]。
抱锄剧地芸芝术[17]，偃盖参天旧有松[18]。
术与松兮保身世[19]，卧居居兮起于于[20]，
漱潺潺兮聆嘈嘈[21]。
道在其中可终岁[22]，不教辜负尧为帝[23]。
烧我荷衣摧我身[24]，回看天地如砥平[25]。
钢刀剉骨不辞去，卑躬君子今明明[26]。
俯首辞山心惨恻，白云虽好恋不得[27]。
看云且拟直须臾，疾风又卷西飞翼[28]。
为报覃怀心结交[29]，死生富贵存后凋。
我心不畏朱公叔[30]，君意须防刘孝标[31]。

以胶投漆苦不早[32]，就中相去万里道。
河水悠悠山之间，无由把袂摅怀抱。
忆仝吟能文，洽臭成兰薰[33]。
不知何处清风夕，拟使张华见陆云[34]。

注释

[1] 卢仝（795？—835）：济源（今属河南）人。早年隐居洛阳少室山，自号玉川子。一生不仕，"甘露事变"时恰在宰相王涯家，被害。与韩愈、马异等交好，诗风相近，奇伟险怪，有时失于滞涩。

[2] 鸟：指信使。传说西王母使者为青鸟。

[3] 山之维：山的深僻处。维，隅，角落。

[4] 开缄：打开信封。陆离：形容色彩绚丽，此形容文采。

[5] 天边格：极言其格调之高。

[6] 文星：即文昌星，又称文曲星，本为传说中主管文才之神，又以指文采出众之人。

[7] "长河"二句：喻卢仝之诗高度凝练。长河，指黄河。太华，山名，此即指西岳华山主峰，位于陕西华阴市。

[8] "月中"句：神话传说月中有桂树，此喻卢仝如月中桂树般难以高攀。

[9] 回陵倒谷：犹翻天覆地，喻巨大的变化。陵，山陵。

[10] 喙长三尺：形容人能言善辩。典出《庄子·徐无鬼》。喙，嘴。

[11] 形章句：谓己作诗赠答卢仝。

[12] "羡猕猴兮"二句：以猕猴穿衣裳、蚯蚓安翅膀自嘲效仿卢仝写作和诗。

[13] "仰我"句：意谓使我只能仰望青天，（处于下层）不得其所。

[14] "将吾剑兮"二句：喻己怀才不遇，大材小用。良骥，好马。

[15] 卑贱笼：喻束缚自己的卑微处境。

[16] "卯星"句：马异此时或得朝廷征召，故云。卯星，即昴星，为二十八宿之一，此借指朝廷使者。老人峰，本黄山峰名，此借指作者隐居地。

[17] 劚(zhú)：古农具名，锄属。此指以劚锄地。芸：通"耘"，除草。艺术：灵芝与白术，皆健身养气的名贵药材。

[18] 偃盖：本指车盖，后多以喻圆形覆盖物，此指松树的树顶。

［19］身世：此指身体，生命。

［20］居居：安静貌。于于：自得貌。

［21］潺潺：本流水声，此代指泉水。嘒（huì）嘒：象声词，蝉鸣声。

［22］可终岁：可以生活一生。

［23］尧为帝：指明君盛世。

［24］荷衣：荷叶制的衣服，指隐居所穿粗陋衣物。摧我身：指破坏自己的平静生活。

［25］砥：磨刀石。

［26］明明：明德之士。

［27］"白云"句：谓无法留恋隐居生活。白云，梁陶弘景《诏问山中何所有赋诗以答》："山中何所有，岭上多白云。只可自怡悦，不堪持赠君。"故以代指隐居生活与环境。

［28］"看云"二句：谓本以为很快将结束隐居生活，然而西去长安的事又遭挫折。拟，打算。直，只。疾风，喻打击。西飞翼，喻西赴长安之事。

［29］覃（tán）怀：深厚的感情。覃，深厚。

［30］"我心"句：东汉朱穆，字公叔，历任侍御史、冀州刺史、尚书等职，为官清正，敢于举劾权贵，著《绝交论》表示要弃绝私交，意在矫正世人以势利相交的风气。此以朱公叔自比，谓己在交友问题上能够矫正时弊。

［31］"君意"句：南朝梁刘孝标著《广绝交论》发挥朱穆文意，抨击势利之交，感叹交友之可畏。此以刘孝标喻卢仝，赞其是慎于交友之人。

［32］"以胶"句：谓遗憾二人未能早些结为挚友。以胶投漆，喻相互投合的亲密友谊。

［33］洽臭成兰薰：即化腐朽为神奇之意。洽，浸润。兰薰，兰的馨香，喻人德行之美。

［34］张华见陆云：晋时，陆机、陆云兄弟到洛阳拜访张华，三人一见如故。此以喻己与卢仝结为知交。

吕温

吕温(772—811),字和叔,又字化光,河中(今山西永济西)人。贞元十四年(798)进士及第,次年中博学鸿词科,任集贤殿校书郎,擢左拾遗。贞元二十年(804)以侍御史出使吐蕃,元和元年(806)始还,因而虽与王叔文友善,却未被贬。后历任户部员外郎、刑部郎中等职,因与宰相李吉甫有隙,贬道州刺史,转衡州,所至有政声,卒于任所。与柳宗元、刘禹锡交好,多有诗文往还。诗风平浅自然,尤善五、七言近体。《全唐文》编其文七卷,《全唐诗》编其诗二卷。

和舍弟让笼中鹰[1]

未用且求安,无猜也不残[2]。
九天飞势在[3],六月目睛寒。
动触樊笼倦,闲消肉食难。
主人憎恶鸟,试待一呼看。

注释

[1] 舍弟:吕温三弟吕俭、二弟吕恭曾一起来衡阳看望吕温,疑是其中一人。让:责备。

[2] 猜:猜忌。残:狠毒。

[3] 九天:天的最高处,形容极高。传说天有九重,又称九重天。

戏赠灵澈上人[1]

僧家亦有芳春兴,自是禅心无滞境[2]。
君看池水湛然时,何曾不受花枝影[3]。

注释

[1] 灵澈上人:灵澈(746—816),中唐著名诗僧。俗姓杨氏,字源澄,越州会稽(今浙江绍兴)人,住锡衡州衡岳寺。与刘禹锡、吕温等诗人多有往来。

[2] 禅心:佛家谓清净寂定的心境。滞境:窒碍不通之境。

[3]"君看"二句：以清澈的池水能够接受花影喻外物对真正坚定的禅心并无影响。

题阳人城[1]

忠驱义感即风雷，谁道南方乏武才。
天下起兵诛董卓[2]，长沙子弟最先来[3]。

注释

[1]阳人城：地名，位于今河南汝州市。战国时秦灭东周，以此地与周君，令奉其祭祀。汉末孙坚讨董卓，曾在此大战，斩卓将华雄。

[2]"天下"句：初平元年（190），关东诸侯起兵讨伐董卓。见《三国志》。董卓（？—192）：字仲颖，陇西临洮（今甘肃岷县）人。东汉末年任凉州刺史，应大将军何进之召领兵入京诛杀宦官。不久废少帝，立献帝，独揽大权，残暴专横。又强行迁都长安，焚烧洛阳宫室，后为王允与吕布所杀。

[3]"长沙"句：天下诸侯讨伐董卓，皆怯懦畏战，唯孙坚自请为先锋，率先与董卓军交战。孙坚时任长沙太守，所率将士多为长沙人，故云。见《三国志》。

刘郎浦口号[1]

吴蜀成婚此水浔[2]，明珠步障幄黄金[3]。
谁将一女轻天下，欲换刘郎鼎峙心[4]。

注释

[1]刘郎浦：位于湖北石首市北的长江北岸，是个渡口，相传三国时刘备曾于此处驻扎军队并与东吴孙权之妹结亲。刘郎，刘备。口号：古诗标题用语。表示随口吟成，略同于"口占"。

[2]水浔：水边。

[3]明珠步障：用明珠装饰的屏幕。步障，一种用以遮挡风尘与视线的屏幕。幄黄金：装饰黄金的帐幕。幄，帐幕。

[4]鼎峙心：指刘备与曹操、孙权分庭抗礼的雄心。

喜俭北至送宗礼南行[1]

洞庭舟始泊，桂江帆又开[2]。
魂从会处断，愁向笑中来。
惝恍看残景[3]，殷勤祝此杯。
衡阳刷羽待[4]，成取一行回。

注释

[1]俭：吕俭，字简叔，吕温三弟，官至侍御史，有美才。宗礼：吕恭，字敬叔，吕温二弟，别名宗礼，曾任侍御史。元和八年（813）赴桂州（今广西桂林）任桂管都防御副使。南行：即指此行。
[2]桂江：水名，发源于广西兴安县猫儿山，南流至溶江镇与灵渠汇合称漓江；然后流经桂林、阳朔至平乐县与恭城河汇合称桂江；再流经昭平县、苍梧县至梧州入西江干流。
[3]惝(tǎng)恍：失意貌。
[4]"衡阳"句：刷羽，鸟类用喙整理羽毛，此喻吕恭、吕俭在衡阳（时吕温为衡州刺史）休整，准备南下桂州。

衡州夜后把火看花留客[1]

红芳暗落碧池头，把火遥看且少留[2]。
半夜忽然风更起，明朝不复上南楼。

注释

[1]衡州：州名，治所在今湖南衡阳市。
[2]把火：打着火把。

夜后把火看花南园招李十一兵曹不至呈座上诸公[1]

夭桃红烛正相鲜[2]，傲吏闲斋困独眠[3]。
应是梦中飞作蝶[4]，悠扬只在此花前。

注释

[1]李十一：不详。兵曹：唐代府、州中所设六曹之一，掌管兵事，即兵曹参军。
[2]夭桃：《诗经·周南·桃夭》："桃之夭夭，灼灼其华"，后以"夭桃"指艳丽的桃花。相鲜：互相映衬得更加美丽。
[3]傲吏：谓请而不来的李十一兵曹。
[4]梦中飞作蝶：据《庄子·齐物论》，庄子曾梦中化蝶，此用其事。

上官昭容书楼歌[1]

汉家婕妤唐昭容[2]，工诗能赋千载同。
自言才艺是天真[3]，不服丈夫胜妇人[4]。
歌阑舞罢闲无事[5]，纵恣优游弄文字[6]。
玉楼宝架中天居[7]，缄奇秘异万卷余[8]。
水精编帙绿钿轴，云母捣纸黄金书[9]。
风吹花露清旭时，绮窗高挂红绡帷[10]。
香囊盛烟绣结络，翠羽拂案青琉璃[11]。
吟披啸卷终无已[12]，皎皎渊机破研理[13]。
词索彩翰紫鸾回[14]，思耿寥天碧云起[15]。
碧云起，心悠哉，境深转苦坐自摧[16]。
金梯珠履声一断，瑶阶日夜生青苔[17]。
青苔秘空关[18]，曾比群玉山[19]。
神仙杳何许[20]，遗逸满人间。
君不见洛阳南市卖书肆，有人买得《研神记》。
纸上香多蠹不成，昭容题处犹分明，
令人惆怅难为情[21]。

注释

[1]本诗原有引曰："贞元十四年，友人崔仁亮于东都买得《研神记》一卷，有昭容列名书缝处，因用感叹而作是歌。"贞元十四年，唐德宗的年号，即公

元798年。崔仁亮,不详。《研神记》,书名,不详。上官昭容:即上官婉儿(664—710),陕州陕县(今三门峡市陕州区)人,唐代著名才女、诗人。祖父上官仪为高宗时宰相,因得罪武后被杀,婉儿随母配入宫廷为婢。后以聪慧能文为武后所赏识,掌管制诰多年,被称为"巾帼宰相"。中宗时被封为昭容,以皇妃身份起草内廷与外朝的政令文告,并主持品评天下诗文,为时人所钦服。唐隆元年(710)临淄王李隆基发动政变,与韦后同时被杀。

[2]汉家婕妤:指班婕妤(前48—2),扶风安陵(今陕西咸阳北)人,班固的姑祖母,西汉成帝刘骜妃子,封为婕妤。博学,能诗文,善辞赋,有美德,为古代著名才女。

[3]天真:天成。

[4]丈夫:男子。

[5]阑:尽,终。

[6]纵恣:随心所欲。优游:悠闲自得,挥洒自如。

[7]玉楼宝架:指上官婉儿的书房与书架。中天:犹半空,言其高。

[8]缄奇秘异:指收藏珍稀图书。

[9]"水精"二句:言其藏书的装帧、纸张、文字之精美。水精,即水晶。编帙(zhì),即书帙,书外面的套子。云母,一种矿物名,有千层纸的别名,但古人多用于装饰,并不能真的做纸张用,这里是夸张。黄金书,用加有金粉的材料书写文字。

[10]"风吹"二句:谓从早到晚都在读书写作。清旭,清晨太阳初升。绮窗,有花纹的窗户。红绡,红纱。

[11]"香囊"二句:言书房中的陈设。绣结络,谓香囊上绣花的编织物。翠羽,翠鸟的羽毛。琉璃,一种有色半透明的玉石,亦可指玻璃。

[12]吟披啸卷:即披卷吟啸。披卷,读书;吟啸,高声吟诵、吟唱。

[13]"皎皎"句:谓深奥的道理通过研究弄得明明白白。皎皎,明白、分明貌。渊机,深奥的道理。

[14]"词萦"句:谓写作的诗文吸引仙鸟盘绕飞翔。彩翰,犹彩笔。紫鸾,传说中的神鸟。

[15]耿:心中牵挂。碧云起:梁江淹《杂体诗效惠休别怨》:"日暮碧云合,

佳人殊未来。"此用其意。
[16] 自摧：自我折磨。
[17] "金梯"二句：暗示上官婉儿已死，书楼无人活动。金梯、瑶阶，对梯、阶的美称。
[18] 秘：掩盖。空关：空门。关，门栓，代指门。
[19] 群玉山：神话传说中西王母所居之处。见《穆天子传》。
[20] 杳：渺茫。何许：何处，哪里。
[21] 难为情：难以承受。

偶然作二首

栖栖复汲汲[1]，忽觉年四十。
今朝满衣泪，不是伤春泣。

中夜兀然坐[2]，无言空涕洟[3]。
丈夫志气事，儿女安得知。

注释

[1] 栖栖：忙碌不安貌。汲汲：急切的样子。
[2] 中夜：半夜。兀然：突兀的样子。
[3] 涕洟（yí）：涕泪俱下，哭泣。洟，鼻涕。

贞元十四年旱甚见权门移芍药花

绿原青垄渐成尘[1]，汲井开园日日新[2]。
四月带花移芍药，不知忧国是何人。

注释

[1] "绿原"句：形容田野干旱的严重情况。青垄，青色的田垄。
[2] 汲井：汲取井水。

孟郊

孟郊(751—814),字东野,湖州武康(今属浙江德清县)人。命运坎坷,贞元十二年(796)四十六岁才得进士及第,贞元十七年(801)选为溧阳尉,后辞去。元和元年(806),河南尹郑余庆召为水陆运从事、协律郎。元和九年(814),郑余庆调兴元尹,任郊为兴元军参谋、试大理评事。郊自洛阳前往,暴卒于河南阌乡(今属河南灵宝)。与韩愈为忘形之交,多诗文往还。诗作多写己穷愁潦倒的生活及感受,也有部分反映民生疾苦之作。诗风瘦硬,不受格律束缚。亦有部分短诗朴实自然,情意真切。有《孟东野集》十卷,《全唐诗》编诗十卷。

灞上轻薄行[1]

长安无缓步[2],况值天景暮[3]。
相逢灞浐[4]间,亲戚不相顾。
自叹方拙身[5],忽随轻薄伦[6]。
常恐失所避,化为车辙尘。
此中生白发,疾走亦未歇。

注释

[1]灞上:地名,在今陕西西安市东南,蓝田西,以处灞水西高原上,故名。

[2]缓步:慢步行走。

[3]天景暮:天色已晚。

[4]灞浐:灞水与浐水的合称,二水均在长安东部,合流入渭河。

[5]拙身:拙于谋身,不懂变通,不善为个人考虑。

[6]轻薄伦:言行不庄重之辈。

长安羁旅行[1]

十日一理发[2],每梳飞旅尘[3]。
三旬九过饮[4],每食唯旧贫。

万物皆及时[5],独余不觉春。
失名谁肯访,得意争相亲。
直木有恬翼[6],静流无躁鳞[7]。
始知喧竞场[8],莫处君子身。
野策藤竹轻[9],山蔬薇蕨新[10]。
潜歌归去来[11],事外风景真[12]。

注释

[1] 羁旅:客居他乡。

[2] 理发:此指梳头。

[3] 旅尘:旅途中沾染的尘土。

[4] 三旬:三十天。九:非实数,泛指多次。过饮:喝酒过量。

[5] 及时:此谓随季节变化而变化。

[6] 恬翼:安静休息的禽鸟。

[7] 躁鳞:躁动不安的游鱼。

[8] 喧竞场:喧闹争竞的场所,指名利场、官场。

[9] 策:杖,此用作动词。

[10] 山蔬:山上的野菜。薇、蕨:均为野菜名。薇,嫩茎与叶及种子可食,俗称巢菜或野豌豆。蕨,多年生草本植物,嫩叶可食。

[11] 归去来:东晋诗人陶渊明归隐前作有《归去来兮辞》,此借以表示隐居的意愿。

[12] 事外:指世俗之外。风景真:用陶渊明《饮酒》诗"此中有真意"语意。

长安道[1]

胡风激秦树[2],贱子风中泣[3]。
家家朱门开,得见不可入。
长安十二衢[4],投树鸟亦急。
高阁何人家,笙簧正喧吸[5]。

注释

[1]长安道:汉乐府《横吹曲》名,内容多写长安道上的景象与游子的感受。
[2]胡风:胡地吹来的风,即北风。秦树:秦地(长安)的树。
[3]贱子:指出身低微的游子,或为作者自指。
[4]长安十二衢:本指长安城内通往十二门的十二条大道,此泛指城市众多街道。
[5]笙簧:本指乐器笙中的簧片,此即指笙。喧吸:吹奏发声。

送远吟

河水昏复晨[1],河边相送频。
离杯有泪饮,别柳无枝春[2]。
一笑忽然敛,万愁俄已新。
东波与西日,不惜远行人[3]。

注释

[1]昏:指晚上。
[2]别柳:唐人有折柳赠别的习俗,此指临别所赠之柳。
[3]"东波"二句:谓东流的河水依旧东流,西落的太阳照常西落,毫不顾及远行人的感受。

古薄命妾

不惜十指弦,为君千万弹。
常恐新声至[1],坐使故声残[2]。
弃置今日悲,即是昨日欢。
将新变故易,持故为新难。
青山有蘼芜[3],泪叶长不干[4]。
空令后代人,采掇幽思攒[5]。

注释

[1] 新声:新妻的弹奏声,下文"故声"则指旧人的弹奏声。
[2] 坐:因,遂。
[3] 蘼芜:植物名,种子即车前子,古人认为食之可治不孕症。
[4] 泪叶:谓弃妇的泪水滴在蘼芜叶上。
[5] "采掇"句:无子是古代妇女被丈夫遗弃的重要原因,为治疗不孕,许多妇女都要采摘蘼芜。汉代古诗《上山采蘼芜》即以一弃妇的口气抒发被遗弃的痛苦心情。攒,积聚。

杂怨(三首录一)

贫女镜不明,寒花日少容[1]。
暗蛩有虚织[2],短线无长缝。
浪水不可照,狂夫不可从。
浪水多散影,狂夫多异踪[3]。
持此一生薄,空成万恨浓。

注释

[1] 日少容:一天比一天难看。
[2] "暗蛩(qióng)"句:暗处的蟋蟀发出类似织布的声音。蛩,蟋蟀;虚织,声似织布却并不真的织布,故云。
[3] "浪水"四句:据蔡邕《琴操》:"有一狂夫,披发提壶涉河而渡。其妻追止之,不及,堕河而死。乃号天嘘唏,鼓箜篌而歌曰:'公无渡河,公竟渡河!堕河而死,将奈公何!'"此用其事。狂夫,疯子。

归信吟

泪墨洒为书[1],将寄万里亲。
书去魂亦去,兀然空一身[2]。

注释

[1] 泪墨:泪水和墨。

[2] 兀然:失魂落魄的样子。

游子吟

慈母手中线,游子身上衣。
临行密密缝,意恐迟迟归。
谁言寸草心[1],报得三春晖[2]。

注释

[1] 寸草:小草,喻儿女。

[2] 三春晖:春天的和煦阳光,喻慈母之恩。三春,即指春天。春天有三个月,故云。

苦寒吟

天寒色青苍,北风叫枯桑。
厚冰无裂文,短日有冷光[1]。
敲石不得火,壮阴夺正阳[2]。
苦调竟何言,冻吟成此章。

注释

[1] 短日:冬天昼短,故称。

[2] 壮阴:强大的阴寒之气。正阳:日中的暖气。

弦歌行

驱傩击鼓吹长笛[1],瘦鬼染面惟齿白。
暗中崒崒拽茅鞭[2],倮足朱裈行戚戚[3]。
相顾笑声冲庭燎[4],桃弧射矢时独叫[5]。

注释

[1] 驱傩（nuó）：古时腊月驱逐疫鬼的仪式，起源于原始巫舞，舞者头戴假面，手执干戚等兵器，表演驱鬼捉鬼的内容。傩，瘟疫之神。

[2] 崒（zú）崒：象声词，物体轻微的摩擦声。茅鞭：草鞭。

[3] 倮（luǒ）足：光脚。倮，义同"裸"。朱裈（kūn）：红裤子。裈，裤子的古称。戚戚：互相亲近的样子。

[4] 庭燎：庭中照明的火炬。

[5] 桃弧：桃木制的弓，用以辟邪。

征妇怨[1]（二首录一）

渔阳千里道，近如中门限[2]。
中门踰有时[3]，渔阳长在眼。
生在绿罗下[4]，不识渔阳道。
良人自戍来[5]，夜夜梦中到。

注释

[1] 征妇：丈夫出征的女子。

[2] 中门：内外门之间的门。限：门槛。

[3] 踰：越过。

[4] 绿罗：绿色的绫罗，代指奢华的环境。

[5] 戍：戍地，防守之地。

闲怨

妾恨比斑竹[1]，下盘烦冤根[2]。
有笋未出土，中已含泪痕。

注释

[1] 斑竹：即湘妃竹。相传舜死后，其二妃痛哭，泪染于竹上成印斑。

[2] 烦冤：冤苦难言。

古别曲

山川古今路,纵横无断绝。
来往天地间,人皆有离别。
行衣未束带,中肠已先结[1]。
不用看镜中,自知生白发。
欲陈去留意,声向言前咽。
愁结填心胸,茫茫若为说[2]。
荒郊烟莽苍[3],旷野风凄切。
处处得相随,人那不如月。

注释

[1] 中肠:内心。结:形容愁绪郁结,难以排遣。

[2] 若为:如何,怎能。

[3] 莽苍:形容郊野烟雾迷茫。

病客吟

主人夜呻吟,皆入妻子心。
客子昼呻吟,徒为虫鸟音[1]。
妻子手中病,愁思不复深。
僮仆手中病,忧危独难任。
丈夫久漂泊,神气自然沉[2]。
况于滞疾中[3],何人免嘘欷[4]。
大海亦有涯,高山亦有岑[5]。
沉忧独无极,尘泪互盈襟。

注释

[1] 虫鸟音:喻客子的呻吟如虫鸟的叫声一样不能引起人们的关注。

[2] 沉:沉重。

[3] 滞疾:久治不愈的疾病。

[4]嘘欤(qīn)：犹嘘唏，哽咽，抽泣。

[5]"大海"二句：以大海有边、高山有顶反喻客子忧思深重无边。岑，本为小而高的山，此指山顶。

偷诗[1]

饿犬齰枯骨，自吃馋饥涎[2]。
今文与古文[3]，各各称可怜[4]。
亦如婴儿食，饧桃口旋旋[5]。
唯有一点味，岂见逃景延[6]。
绳床独坐翁，默览有所传。
终当罢文字，别著逍遥篇[7]。
从来文字净，君子不以贤[8]。

注释

[1]偷诗：指剽窃或粗糙地模仿前人诗句。

[2]"饿犬"二句：喻偷诗如饿狗啃咬枯骨一样无味。齰(zé)，啃咬。

[3]今文：指六朝以来流行的骈体文。古文：指类同先秦两汉散体单行的文字。

[4]可怜：可爱。

[5]饧(xíng，又读táng)桃：用糖做的桃子。饧，古"糖"字，后特指用麦芽或谷芽熬成的糖。旋旋：环绕貌，指来回吃。

[6]"岂见"句：谓此类作品经不起时间的考验。景：光景，岁月。

[7]逍遥篇：即庄子《逍遥游》。

[8]君子不以贤：《庄子·徐无鬼》："狗不以善吠为良，人不以善言为贤。"此用其意。

自惜

倾尽眼中力，抄诗过与人。
自悲风雅老[1]，恐被巴竹嗔[2]。

零落雪文字[3],分明镜精神[4]。
坐甘冰抱晚[5],永谢酒怀春[6]。
徒有言言旧[7],惭无默默新[8]。
始惊儒教误,渐与佛乘亲[9]。

注释

[1]风雅老:写诗的老人,诗人自指。风雅,《诗经》中有国风和大雅、小雅,后借指文学之事。又后人常以风雅指《诗经》的美刺讽喻精神,此处当有双关。

[2]"恐被"句:诗人因眼力不好担心写不好字被毛笔责怪。巴竹,巴地(泛指四川)出产的竹子,是做毛笔的材料,此以代指毛笔。

[3]零落:散乱,指书写潦草。雪文字:纯净不俗的文字,指诗人自己的作品。

[4]镜精神:《大戴礼记·保傅》:"明镜者,可以察形也。"谓自己能够如照镜察形一样自我反省。

[5]冰抱:即抱冰。据《吴越春秋·勾践归国外传》:"越王念复吴仇非一旦也。苦身劳心,夜以继日。……冬常抱冰,夏还握火。"后以"抱冰"形容刻苦自勉。

[6]谢:谢绝,拒绝。酒怀春:喝酒怀春,代指放荡的享乐。

[7]言言旧:彼此谈得来的故旧老友。言言,欢言貌。

[8]默默新:沉默无语的新交。

[9]佛乘:佛教经典。

老恨

无子抄文字,老吟多飘零[1]。
有时吐向床,枕席不解听。
斗蚁甚微细[2],病闻亦清泠。
小大不自识,自然天性灵。

注释

[1]飘零:失散,流落。
[2]斗蚁:打架的蚂蚁。

秋夕贫居述怀

卧冷无远梦,听秋酸别情[1]。
高枝低枝风,千叶万叶声。
浅井不供饮,瘦田长废耕[2]。
今交非古交,贫语闻皆轻。

注释

[1]酸别情:为别情而心酸。
[2]瘦田:贫瘠的田地。

再下第[1]

一夕九起嗟[2],梦短不到家。
两度长安陌,空将泪见花[3]。

注释

[1]下第:参加科举考试失利。
[2]九起嗟:多次起身叹息。九,泛指多次。
[3]"两度"二句:唐代科举考试会试在春季举行,作者两度失利,故有此感慨。

长安旅情

尽说青云路[1],有足皆可至。
我马亦四蹄,出门似无地[2]。
玉京十二楼[3],崟崟倚青翠[4]。
下有千朱门[5],何门荐孤士[6]。

注释

[1]青云路:飞黄腾达的仕宦之路。

[2]无地：无地可踏。

[3]玉京十二楼：玉京为道教所称天帝的居所，本泛指神仙的居处，此以喻帝都。

[4]峩峩：巍峨雄伟的样子。

[5]千朱门：指众多的高官显贵之家。

[6]孤士：没有权势背景的下层士人。

登科后[1]

昔日龌龊不足夸[2]，今朝放荡思无涯[3]。
春风得意马蹄疾，一日看尽长安花。

注释

[1]登科：指科举及第。

[2]龌龊（wòchuò）：此指处境的不如意与思想上的拘谨、局促。

[3]放荡：指自由自在，无所拘束。

秋怀（十五首录二）

老人朝夕异，生死每日中。
坐随一啜安[1]，卧与万景空[2]。
视短不到门，听涩讵逐风[3]。
还如刻削形[4]，免有纤悉聪[5]。
浪浪谢初始[6]，皎皎幸归终[7]。
孤隔文章友[8]，亲密蒿莱翁[9]。
岁绿闵以黄[10]，秋节迸又穷[11]。
四时既相迫，万虑自然丛[12]。
南逸浩淼际[13]，北贫硗确中[14]。
曩怀沉遥江[15]，衰思结秋嵩[16]。
锄食难满腹，叶衣多丑躬[17]。

尘缕不自整,古吟将谁通[18]。
幽竹啸鬼神,楚铁生虬龙[19]。
志士多异感,运郁由邪衷[20]。
常思书破衣,至死教初童[21]。
习乐莫习声[22],习声多顽聋。
明明胸中言,愿写为高崇。

幽苦日日甚,老力步步微。
常恐暂下床,至门不复归。
饥者重一食,寒者重一衣。
泛广岂无涘[23],恣行亦有随[24]。
语中失次第[25],身外生疮痍[26]。
桂蠹既潜朽,桂花损贞姿[27]。
詈言一失香[28],千古闻臭词。
将死始前悔,前悔不可追。
哀哉轻薄行,终日与驷驰[29]。

注释

[1] 一啜:喝一点汤水。

[2] 万景:谓四周的各种景色。

[3] 听涩:听力艰难。讵:同"岂",哪能。

[4] 刻削形:刀刻的木偶。

[5] 纤悉聪:知晓细小声音的听力。

[6] 浪浪:流浪,漂泊。谢:告别。

[7] 皎皎:清白貌。

[8] 孤隔:疏远。文章友:写作诗文的朋友。

[9] 蒿莱翁:生活在草野之中的老人。蒿莱,草野。

[10] 闵:伤感。

[11] 迸:迸发,形容来得快而突然。穷:尽。

[12] 万虑:千头万绪的各种思虑。丛:丛生。

[13]浩淼际：指江海之上。浩淼，形容水面广阔无边。

[14]硗（qiāo）确：坚硬贫瘠的土地。

[15]曩（nǎng）怀：过去的抱负。遥江：遥远的长江。

[16]秋嵩：秋天的嵩山。

[17]叶衣：树叶编织的衣服，指隐居所穿粗衣。丑躬：使形体很难看。躬，身体。

[18]古吟：高古的诗歌，代指自己的抱负。

[19]楚铁：据《史记·范雎蔡泽列传》，楚国的铁剑非常锋利，后因以楚铁借指利剑。虬龙：喻宝剑。

[20]运郁：命运坎坷不顺。邪衷：指与常人不同的内心想法。邪，不正，此指与常人不同。

[21]初童：初学的儿童。

[22]习乐：学习音乐。习声：学习唱歌。

[23]泛广：在宽阔的水面泛舟。涘（sì）：边岸。

[24]恣行：随意行走。有随：有人跟着照看。

[25]失次第：谓条理混乱。

[26]身外：此指皮肤上。疮痍：创伤，伤疤。

[27]"桂蠹"二句：桂树被蠹虫蛀朽，桂花开得不美，喻人既老朽形貌也就不好看。蠹，虫蛀。

[28]詈（lì）言：骂人的话。

[29]"哀哉"二句：悔恨年轻时行为轻薄，为了追求功名利禄整日奔走忙碌。驷，古时驾车一车四马。

陪侍御叔游城南山墅[1]

夜坐拥肿亭[2]，昼登崔巍岑[3]。
日窥万峰首，月见双泉心。
松气清耳目，竹氛碧衣襟[4]。
伫想琅玕字[5]，数听枯槁吟[6]。

注释

[1] 侍御叔：当为孟简。孟简（？—823），字几道，德州平昌（今山东德平）人。元和年间，历任户部侍郎、山南东道节度使、御史中丞等职。穆宗即位，以事被贬，后又入为太子宾客、分司东都。长庆三年（823）十二月因病去世。能诗，擅行书。侍御，唐时对御史台官员的称呼，孟简曾任御史中丞，故称。
[2] 拥肿亭：宽敞的亭子。拥肿，本义为肥大，引申为宽敞。
[3] 崔巍岑：高大雄伟的山峰。崔巍，高大雄伟貌。
[4] "竹氛"句：竹林的氛围染绿了衣襟。
[5] 伫想：久立凝思。琅玕字：指孟简的书法。琅玕，似玉的美石，喻书法之美。
[6] 枯槁吟：枯燥的诗歌，作者对自己作品的谦称。

游终南山

南山塞天地[1]，日月石上生[2]。
高峰夜留景，深谷昼未明。
山中人自正，路险心亦平。
长风驱松柏，声拂万壑清。
到此悔读书，朝朝近浮名[3]。

注释

[1] 南山：即终南山。塞天地：极言其高大雄伟。塞，充塞。
[2] "日月"句：日月生于山石之上，进一步夸张其高。
[3] "到此"二句：谓产生隐居的念头，后悔读书追求功名。浮名，虚名。

过分水岭[1]

山壮马力短，马行石齿中[2]。
十步九举辔[3]，回环失西东[4]。
溪水变为雨，悬崖阴濛濛。

客衣飘飖秋[5]，葛花零落风[6]。
白日舍我没，征途忽然穷[7]。

注释

[1] 分水岭：分隔两片水域的山岭，此不详所指。

[2] 石齿：齿状的嶙峋山石。

[3] 九：泛指多次。举辔：拉住缰绳。辔，马缰绳。

[4] 回环：绕圈子。

[5] 飘飖（yáo）：飘荡、飞扬。秋：指秋风。

[6] 葛：豆科多年生草本植物，花紫红色，根可制淀粉。

[7] 穷：尽。

赠别崔纯亮[1]

食荠肠亦苦[2]，强歌声无欢[3]。
出门即有碍，谁谓天地宽。
有碍非遐方[4]，长安大道傍。
小人智虑险，平地生太行[5]。
镜破不改光，兰死不改香。
始知君子心，交久道益彰。
君心与我怀，离别俱回遑[6]。
譬如浸蘖泉[7]，流苦已日长。
忍泣目易衰，忍忧形易伤。
项籍岂不壮[8]，贾生岂不良[9]。
当其失意时，涕泗各沾裳[10]。
古人劝加餐[11]，此餐难自强。
一饭九祝噎[12]，一嗟十断肠[13]。
况是儿女怨[14]，怨气凌彼苍[15]。
彼苍若有知，白日下清霜。
今朝始惊叹，碧落空茫茫[16]。

注释

[1]崔纯亮：崔玄亮弟，进士及第，仕履不详。

[2]荠(jì)：荠菜，一种野菜名，开白花，嫩叶可食。

[3]强歌：勉强歌唱。

[4]遐方：偏远的地方。

[5]"平地"句：太行，山名。平地生山，喻小人心机险恶，无中生有，无事生非。

[6]回遑：游移不定，彷徨疑惑。

[7]檗(bò)泉：浸泡黄檗的苦泉。檗，即黄檗，落叶乔木，味苦，木色黄，树皮与根均可入药。

[8]项籍：即项羽，秦末反秦起义领袖，勇武盖世，后与刘邦争夺天下，兵败自杀。

[9]贾生：即贾谊，汉文帝时著名赋作家，年少有才，官至太中大夫，后贬长沙王太傅，又改梁怀王太傅，卒于任所。

[10]"当其"二句：据《史记·项羽本纪》，项羽与刘邦作战失利，被围困于垓下，作《垓下歌》与虞姬告别，"泣下数行"。又据《史记·屈原贾生列传》，贾谊任梁怀王太傅时，怀王坠马死，贾谊认为自己没有尽到太傅的责任，哭泣岁余而死。涕泗，眼泪和鼻涕。

[11]劝加餐：《古诗十九首·行行重行行》："弃捐勿复道，努力加餐饭。"

[12]"一饭"句：谓吃顿饭的过程中多次祷祝别噎着。祝噎，据汉贾山《至言》，周王敬老，请老人吃饭时要祷祝他们呛着噎着，此指二人因分别而悲伤激动容易哽噎，故须"祝噎"。

[13]断肠：谓极度悲伤痛苦。

[14]儿女怨：青年男女的愁怨。此即指离别之怨。

[15]彼苍：天的代称。苍，天的颜色。《诗经·秦风·黄鸟》："彼苍者天，歼我良人。"

[16]碧落：天空，青天。

赠李观[1] 观初登第

谁言形影亲,灯灭影去身。
谁言鱼水欢,水竭鱼枯鳞。
昔为同恨客,今为独笑人[2]。
舍予在泥辙[3],飘迹上云津[4]。
卧木易成蠹[5],弃花难再春。
何言对芳景[6],愁望极萧晨[7]。
埋剑谁识气[8],匣弦日生尘[9]。
愿君语高风,为余问苍旻[10]。

注释

[1] 李观(766—794):字元宾,李华从子,赵州赞皇(今属河北)人。贞元八年(792)与韩愈等同榜进士及第,后又举博学宏词科,授太子校书,二十九岁客死京城。能诗文,著有《李元宾文编》。

[2]"昔为"二句:谓过去两人同时落第,如今李观一人及第。

[3] 泥辙:用《庄子·外物》篇"涸辙之鲋"典,喻自己沦落不遇的处境。

[4] 云津:天河,喻飞黄腾达。

[5]"卧木"句:倒卧的树木容易被蠹虫蛀朽,喻人才长期得不到使用容易荒废。下句语意类似。

[6] 芳景:春天的景色。

[7] 萧晨:凄清的早晨。

[8] 埋剑:据《晋书·张华传》载,张华时见有紫气映射于斗牛二宿之间,邀雷焕共议,以为系宝剑之光上冲所致,当在豫章丰城,因命雷为丰城令访察其物。焕到县,掘狱屋基,入地四丈余,果得龙泉、太阿二宝剑。后以"埋剑"喻才能被埋没。

[9] 匣弦:把弓藏在匣中,喻己怀才不遇。

[10] 苍旻:苍天,上天,亦代指皇帝。

送豆卢策归别墅[1]

短松鹤不巢,高石云不栖[2]。
君今潇湘去[3],意与云鹤齐。
力买奇险地,手开清浅溪。
身披薜荔衣[4],山陟莓苔梯[5]。
一卷冰雪文[6],避俗常自携。

注释

[1]豆卢策:孟郊登进士第的座主吕渭婿,曾官淮南节度掌书记。

[2]"短松"二句:喻豆卢策不愿住在世俗之地。

[3]潇湘:湘江的支流潇水与湘江的合称,代指今湖南一带地方。豆卢策的别墅当在此范围内。

[4]薜荔(bì lì)衣:用薜荔编织的衣服,屈原《九歌·山鬼》:"披薜荔兮带女萝。"薜荔,一种常绿藤本植物,蔓生。

[5]陟(zhì):登。莓苔梯:长满莓苔的石梯。

[6]冰雪文:喻纯净远离世俗的诗文。

送崔爽之湖南[1]

江与湖相通[2],二水洗高空[3]。
定知一日帆,使得千里风。
雪唱与谁和[4],俗情多不通。
何当逸翮纵[5],飞起泥沙中。

注释

[1]崔爽:不详。

[2]江与湖:指长江与洞庭湖。

[3]"二水"句:极言天空之晴朗,碧空如洗。

[4]雪唱:指纯净脱俗的诗歌。

[5]逸翮(hé)纵:喻施展抱负与才能。逸翮,本指强健善于飞翔的鸟的翅膀,

喻人的抱负与才能。纵,施展。

送淡公[1](十二首录末首)

诗人苦为诗,不如脱空飞。
一生空鷕气[2],非谏复非讥。
脱枯挂寒枝,弃如一唾微。
一步一步乞,半片半片衣。
倚诗为活计,从古多无肥。
诗饥老不怨,劳师泪霏霏[3]。

注释

[1]淡公:即诸葛觉,越州(今浙江绍兴)人。早年为僧,法号淡然。与孟郊、韩愈、贾岛等交往酬唱。元和七年(812)回越州,孟郊以诗赠之。后游长安,还俗。

[2]鷕(yǎo)气:吟唱并感叹,指作诗。鷕,本义为雌雉的叫声。

[3]霏霏:本为雨雪盛貌,此形容泪多貌。

春雨后

一九八六年十二月
三十一日,试新笔

昨夜一霎雨[1],天意苏群物[2]。
何物最先知,虚庭草争出[3]。

注释

[1]一霎:谓极短的时间。

[2]苏:复苏。群物:犹万物。

[3]虚庭:空院。

借车

借车载家具,家具少于车。

借者莫弹指[1]，贫穷何足嗟。
百年徒役走[2]，万事尽随花[3]。

注释

[1] 弹指：捻弹手指作声表示轻蔑不屑的动作。

[2] 百年：一生。役走：忙碌，奔走。

[3] 随花：随着花的凋落而逝去。

上昭成阁不得[1]，于从侄僧悟空院叹嗟

欲上千级阁，问天三四言。
未尽数十登，心目风浪翻[2]。
手手把惊魄，脚脚踏坠魂[3]。
却流至旧手[4]，傍掣犹欲奔[5]。
老病但自悲，古蠹木万痕[6]。
老力安可夸，秋海萍一根[7]。
孤叟何所归，昼眼如黄昏。
常恐失好步，入彼市井门[8]。
结僧为亲情，策竹为子孙[9]。
此诚徒切切[10]，此意空存存[11]。
一寸地上语，高天何由闻。

注释

[1] 昭成阁：当为洛州昭成寺阁。

[2] 风浪翻：喻惊吓貌。

[3] "手手"二句：谓手脚一举一动都令人胆战心惊。

[4] 至旧：最亲密的老友。

[5] 傍掣：在旁拉着。

[6] "古蠹"句：以古木遍体蠹痕喻己衰朽不堪。

[7] "秋海"句：喻己如大海中的一叶浮萍。

[8] 市井门：指街市上经商的底层人家。

[9]"结僧"二句：谓自己所以与僧人结交冒险登上高阁，是为给亲人、子孙祈福。策竹，指拄着竹杖攀登高阁。

[10]切切：急迫，急切。

[11]存存：存在，保存。

悼幼子

一闭黄蒿门[1]，不闻白日事[2]。
生气散成风，枯骸化为地。
负我十年恩，欠尔千行泪。
洒之北原上[3]，不待秋风至。

注释

[1]黄蒿门：即墓门。黄蒿，草名。据《汉书·五行志》载：汉成帝建始四年（前29）九月，长安城南有一些老鼠衔着黄蒿草到墓地的柏树、榆树上筑巢，朝臣认为这是将要闹水灾的预兆。后以"黄蒿"为典，喻指坟墓。

[2]白日事：指人世的事。古人以墓室内为长夜，故云。

[3]北原：指洛阳北郊，墓地所在。

峡哀[1]（十首录一）

上天下天水[2]，出地入地舟[3]。
石剑相劈斫，石波怒蛟虬[4]。
花木叠宿春[5]，风飙凝古秋[6]。
幽怪窟穴语，飞闻胖羞流[7]。
沉哀日已深，衔诉将何求[8]。

注释

[1]峡：指三峡。

[2]"上天"句：极言水位落差之大，水浪之高。

[3]"出地"句：谓船只时而从波浪中钻出，时而被淹没。

［4］"石波"句：谓急流冲击在石上，如发怒的蛟龙。

［5］"花木"句：谓花木隔年还未开花，形容其寒冷。叠，积。宿春，隔年的春天。

［6］"风飙"句：谓狂风使秋天仿佛永远凝滞在峡谷中。飙，暴风，狂风。

［7］胅䘺（xīxiǎng）：本义指声响或气体的传播，喻指神灵感应。

［8］衔诉：含冤。

杏殇并序[1]（九首录一）

杏殇，花乳也[2]。霜剪而落，因悲昔婴[3]，故作是诗。

踏地恐土痛，损彼芳树根。
此诚天不知，剪弃我子孙[4]。
垂枝有千落，芳命无一存。
谁谓生人家[5]，春色不入门。

注释

［1］殇：未成年而死。

［2］花乳：含苞未放的花朵。

［3］昔婴：指作者过去夭折的幼子。

［4］剪弃：除去。

［5］生人：生民，百姓。

张籍

张籍(766—约830),字文昌,祖籍苏州,和州乌江(今安徽和县乌江镇)人。贞元十五年(799)进士及第,历任太常寺太祝、国子博士、水部员外郎,官终国子司业,故世称"张水部""张司业"。一生喜交游,与韩愈、孟郊、白居易、元稹、刘禹锡等均有交往。擅诗,尤长于乐府,多反映现实,诗风通俗晓畅。其乐府诗与王建齐名,并称"张王乐府"。有《张司业集》,《全唐诗》编其诗五卷。

行路难[1]

湘东行人长叹息[2],十年离家归未得。
弊裘羸马苦难行[3],僮仆饥寒少筋力。
君不见床头黄金尽,壮士无颜色[4]。
龙蟠泥中未有云,不能生彼升天翼[5]。

注释

[1]行路难:古乐府曲名,属杂曲歌辞,多咏世道艰难。
[2]湘东:泛指湘江以东地区。
[3]弊裘:破旧的皮袄。《战国策·秦策·苏秦始将连横说秦》:"说秦王书十上而说不行,黑貂之裘弊,黄金百斤尽。"羸马:瘦弱的马匹。
[4]无颜色:没有面子,羞惭。
[5]"龙蟠"二句:喻杰出的人才如得不到外力的扶持也无从施展抱负与才能。龙,喻人才。云,喻外力。

征妇怨

九月匈奴杀边将[1],汉军全没辽水上[2]。
万里无人收白骨,家家城下招魂葬[3]。
妇人依倚子与夫,同居贫贱心亦舒。
夫死战场子在腹,妾身虽存如昼烛[4]。

注释

[1] 匈奴：泛指侵扰唐边境的游牧民族。

[2] 没：战死。辽水：即今辽河的古称。

[3] 招魂葬：人战死边塞，尸首无归，具备衣冠，装入棺中葬之，同时举行招魂的仪式。

[4] 昼烛：白天的蜡烛看不见亮光，喻活着也没有意义，生命虽有如无。

野老歌[1]

老农家贫在山住，耕种山田三四亩。
苗疏税多不得食，输入官仓化为土。
岁暮锄犁傍空室，呼儿登山收橡实[2]。
西江贾客珠百斛[3]，船中养犬长食肉。

注释

[1] 野老：老农。

[2] 橡实：橡树的种子，又称橡子，饥荒年月可充饥。

[3] 西江贾（gǔ）客：指往来西江地区做珠宝生意的商人。西江，今江西省九江市一带，是商业繁盛的地方，唐时属江南西道，故称西江。贾客，商人。斛（hú）：量器，是容量单位，古代以十斗为一斛。

送远曲

戏马台南山簇簇[1]，山边饮酒歌别曲。
行人醉后起登车，席上回尊劝僮仆[2]。
青天漫漫覆长路，远游无家安得住[3]。
愿君到处自题名，他日知君从此去。

注释

[1] 戏马台：位于江苏徐州户部山顶。秦末义军领袖项羽自立为西楚霸王，建都彭城，于此建高台以观戏马，故名。簇簇：一堆堆。

[2]回尊:反过来敬酒。

[3]住:停下脚步。

古钗叹

古钗堕井无颜色,百尺泥中今复得。
凤凰宛转有古仪[1],欲为首饰不称时。
女伴传看不知主,罗袖拂拭生光辉。
兰膏已尽股半折[2],雕文刻样无年月。
虽离井底入匣中,不用还与坠时同。

注释

[1]凤凰:发钗上雕镂的凤凰形状的装饰。宛转:曲折貌。古仪:古代的式样。

[2]兰膏:指当初发钗使用时沾上的香脂。股半折:钗分两股,此指折了一股。

各东西

游人别,一东复一西。
出门相背两不返,惟信车轮与马蹄[1]。
道路悠悠不知处,山高海阔谁辛苦。
远游不定难寄书,日日空寻别时语。
浮云上天雨堕地[2],暂时会合终离异。
我今与子非一身,安得死生不相弃。

注释

[1]信:任由。

[2]"浮云"句:喻或飞黄腾达,或沦落底层。

节妇吟寄东平李司空师道[1]

君知妾有夫[2],赠妾双明珠。

人執戟明光裏知君用心如日月事夫誓
擬同生死還君明珠雙淚垂恨不相逢
未嫁時

北邙行

洛陽北門北邙道喪車轔轔入秋草
車前齊唱薤露歌高墳新起白崴
朝朝暮暮人送葬洛陽城中人更多千

感君缠绵意[3]，系在红罗襦[4]。
妾家高楼连苑起[5]，良人执戟明光里[6]。
知君用心如日月[7]，事夫誓拟同生死[8]。
还君明珠双泪垂，何不相逢未嫁时。

注释

[1]节妇：坚守贞节的妇女，此以自喻。此诗为谢绝李师道的招揽而作。东平：县名，唐时为平卢节度使治所，今属山东。李司空师道：李师道（？—819），营州（今辽宁朝阳市）人，高句丽族。唐平卢淄青节度使，拜检校司空、同平章事，割据十二州之地，其势炙手可热。元和十年，遣人焚烧河阴仓，刺杀宰相武元衡，刺伤裴度。元和十三年叛乱，后为部将所杀。

[2]妾：古代妇女对自己的谦称，此为作者自喻。

[3]缠绵意：深厚的情意。

[4]襦：短衣、短袄。

[5]苑：帝王及贵族游玩和打猎的园林。起：矗立。

[6]良人：古时女人对丈夫的称呼。执戟：指担任宫廷的警卫。明光：本汉代宫殿名，这里借指皇帝的宫殿。

[7]如日月：喻光明磊落。

[8]拟：打算。

北邙行[1]

洛阳北门北邙道，丧车辚辚入秋草[2]。
车前齐唱薤露歌[3]，高坟新起白峨峨[4]。
朝朝暮暮人送葬，洛阳城中人更多。
千金立碑高百尺，终作谁家柱下石[5]。
山头松柏半无主，地下白骨多于土。
寒食家家送纸钱，乌鸢作窠衔上树[6]。
人居朝市未解愁[7]，请君暂向北邙游。

注释

[1] 北邙（máng）：山名，即邙山。在河南洛阳北，东汉、北魏等朝王公贵族多葬于此。

[2] 辚辚：象声词，车轮滚动的声音。

[3] 薤（xiè）露歌：属乐府相和歌辞，为王公贵人出殡时挽柩人所唱挽歌。

[4] 峨峨：高耸貌。

[5] 柱下石：柱子下面的地基。

[6] 乌鸢（yuān）：乌鸦与猫头鹰。

[7] 解：懂得，明白。

白头吟[1]

请君膝上琴，弹我白头吟。
忆昔君前娇笑语，两情宛转如萦素[2]。
宫中为我起高楼，更开花池种芳树。
春天百草秋始衰，弃我不待白头时。
罗襦玉珥色未暗[3]，今朝已道不相宜。
扬州青铜作明镜[4]，暗中持照不见影[5]。
人心回互自无穷[6]，眼前好恶那能定。
君恩已去若再返，菖蒲花开月长满[7]。

注释

[1] 白头吟：属汉乐府相和歌辞，相传司马相如做官后移情别恋，其妻卓文君作此诗诉说哀怨，中有"愿得一心人，白头不相离"句。

[2] 萦素：缠绕在一起的白色绸带，喻亲密而纯洁。

[3] 玉珥：玉制的耳饰。

[4] "扬州"句：古时以青铜制镜，扬州所产最为著名。

[5] "暗中"句：古代民间以镜占卜吉凶，不见影，当意味男子已变心。

[6] 回互：转换，变化。

[7] "菖蒲"句：作者误以为菖蒲不开花，月也不能长满，故以反喻恩爱重返

之不可能。菖蒲,多年生草本植物,多长于水边。有香气。叶狭长,似剑形。初夏开花,淡黄色。全草入药。民间在端午节常用来和艾叶扎束,挂在门前。

乌夜啼引[1]

秦乌啼哑哑[2],夜啼长安吏人家。
吏人得罪囚在狱,倾家卖产将自赎。
少妇起听夜啼乌,知是官家有赦书[3]。
下床心喜不重寐,未明上堂贺舅姑[4]。
少妇语啼乌,汝啼慎勿虚[5]。
借汝庭树作高巢,年年不令伤尔雏。

注释

[1]乌夜啼:乐府旧题,《乐府诗集》列于《清商曲辞·西曲歌》,古辞多写男女离别相思之苦。

[2]秦乌:秦地的乌鸦。又战国末年燕太子丹留质于秦,丹求归,秦王曰:"乌头白,马生角,乃许耳。"丹乃仰天叹,乌头即白,马亦生角。事见《燕丹子》。后因称乌鸦为秦乌,言其有灵。哑哑:象声词,乌鸦的叫声。

[3]赦书:赦免罪过的文书。

[4]舅姑:古代妇女称丈夫之父母,犹今之称公婆。

[5]慎勿虚:小心不要虚假。

忆远曲

水上山沉沉[1],征途复绕林。
途荒人行少,马迹犹可寻。
雪中独立树,海口失侣禽[2]。
离忧如长线,千里萦我心。

注释

[1]沉沉:沉重,形容压抑感。
[2]"雪中"二句:喻自己的孤苦凄凉。失侣禽,失去伴侣的孤禽。

卧疾

身病多思虑，亦读神农经[1]。
空堂留灯烛，四壁青荧荧[2]。
羁旅随人欢，贫贱还自轻。
今来问良医，乃知病所生。
僮仆各忧愁，杵臼无停声[3]。
见我形憔悴，劝药语丁宁[4]。
春雨枕席冷，窗前新禽鸣。
开门起无力，遥爱鸡犬行。
服药察耳目，渐如醉者醒。
顾非达性命[5]，犹为忧患生。

注释

[1]神农经:泛指医药之书。神农，即炎帝，中国远古传说中的太阳神，姜姓，号神农氏。传说中的农业和医药的发明者，有神农尝百草的传说，被后人誉为药神，许多医药之书都托名神农。

[2]青荧荧:谓青光闪烁貌。

[3]杵臼:指捣药的药杵与药臼。

[4]丁宁:同"叮咛"，谓反复嘱咐。

[5]顾:但。达性命:谓看得开生死。达，通达。

别段生[1]

与子骨肉亲，愿言长相随[2]。
况离父母傍，从我学书诗。
同在道路间，讲论亦未亏[3]。
为文于我前，日夕生光仪[4]。
行役多疾疢[5]，赖此相扶持。
贫贱事难拘[6]，今日有别离。

我去秦城中[7]，子留汴水湄[8]。
离情两飘断，不异风中丝。
幼年独为客，举动难得宜。
努力自修励[9]，常如见我时。
送我登山冈，再拜问还期。
还期在新年，勿怨欢会迟。

注释

[1] 段生：张籍的一位学生，具体不详。

[2] 愿言：希望。言，无实义。《诗经·卫风·伯兮》："愿言思伯，甘心首疾。"

[3] 亏：缺少。

[4] 光仪：本指光彩的仪容，此指光彩。

[5] 疾疢：疾病。疢，长期生病。

[6] 难拘：谓难以为原来"常相随"的愿望所限制。拘，限制，束缚。

[7] 秦城：指长安。

[8] 汴水湄：汴水之滨，疑指汴州（今河南开封）。汴水，古水名，唐人称隋所开通济渠的东段为汴水、汴渠或汴河。发源于荥阳大周山洛口，经中牟官渡，流入开封，横贯全城，过陈留、杞县等地，流入淮河。

[9] 修励：磨砺。

离妇[1]

十载来夫家，闺门无瑕疵。
薄命不生子，古制有分离[2]。
托身言同穴[3]，今日事乖违[4]。
念君终弃捐，谁能强在兹[5]。
堂上谢姑嫜[6]，长跪请离辞[7]。
姑嫜见我往，将决复沉疑[8]。
与我古时钏[9]，留我嫁时衣。
高堂拊我身[10]，哭我于路陲[11]。

昔日初为妇，当君贫贱时。
昼夜常纺绩，不得事蛾眉[12]。
辛勤积黄金，济君寒与饥。
洛阳买大宅，邯郸买侍儿[13]。
夫婿乘龙马[14]，出入有光仪[15]。
将为富家妇，永为子孙资。
谁谓出君门，一身上车归。
有子未必荣，无子坐生悲[16]。
为人莫作女，作女实难为。

注释

[1]离妇：离婚的妇女。

[2]"薄命"二句：据《仪礼》，古代丈夫遗弃妻子有所谓"七出之条"，其中包括无子。

[3]托身：指嫁与男子。同穴：谓结婚时同生共死的誓言。《诗经·王风·大车》："谷则异室，死则同穴。"

[4]乖违：错乱反常，违背。

[5]强：勉强。在兹：在此，指在丈夫家里。

[6]姑嫜：女子称丈夫的父母。姑，婆婆；嫜，公公。

[7]长跪：两膝着地，臀部离开足跟，直身而跪。

[8]沉疑：迟疑，犹豫。

[9]钏：即戴于腕臂之间的镯子。

[10]高堂：父母。拊：古同"抚"，抚慰。

[11]路陲：路边。

[12]事蛾眉：谓修饰容貌。蛾眉，本指美女细而弯的眉毛，此以代指美貌。

[13]邯郸：古城名，原为战国时赵国都城，以出美女著称。今属河北省。

[14]龙马：谓神骏的马匹。

[15]光仪：光彩的仪容。

[16]坐：遂，即。

学仙

楼观开朱门，树木连房廊。
中有学仙人，少年休谷粮[1]。
高冠如芙蓉，霞月披衣裳[2]。
六时朝上清[3]，佩玉纷锵锵[4]。
自言天老书[5]，秘覆云锦囊。
百年度一人[6]，妄泄有灾殃[7]。
每占有仙相[8]，然后传此方。
先生坐中堂，弟子跪四厢。
金刀截身发，结誓焚灵香。
弟子得其诀，清斋入空房。
守神保元气，动息随天罡[9]。
炉烧丹砂尽[10]，昼夜候火光。
药成既服食，计日乘鸾凰[11]。
虚空无灵应，终岁安所望。
勤劳不能成，疑虑积心肠。
虚赢生疾疹[12]，寿命多夭伤。
身殁惧人见，夜埋山谷傍。
求道慕灵异，不如守寻常。
先王知其非，戒之在国章[13]。

注释

[1] 休谷粮：即所谓辟谷，不吃五谷，同时做导引等功夫，是道教的一种修炼手段。

[2] 霞月：喻服饰光彩照人。

[3] 六时：即晨朝、日中、日没（以上三时为昼）、初夜、中夜、后夜（以上三时为夜）。上清：上天，道教所称的三清境之一。

[4] 锵锵：象声词，佩玉碰撞声。

[5] 天老：天上的老神仙。

［6］度：度化，道士劝人离俗出家。
［7］妄泄：随意泄露。
［8］占：占卜。仙相：从相貌上看有成仙的资质。
［9］天罡（gāng）：道教称北斗丛星中三十六星之神。
［10］丹砂：一种矿物，即朱砂，道教徒常用来作为炼丹的原料。
［11］乘鸾凰：指上天成仙。鸾凰，传说中的神鸟。
［12］虚羸：虚弱消瘦。疾疹：泛指疾病。
［13］国章：国法。

蓟北旅思[1]

日日望乡国，空歌白纻词[2]。
长因送人处[3]，忆得别家时。
失意还独语，多愁只自知。
客亭门外柳[4]，折尽向南枝。

注释

［1］蓟北：唐代泛指幽州、蓟州一带，即今河北北部地区、北京部分地区。
［2］白纻（zhù）词：起源于三国时期吴地的舞曲歌辞。
［3］因：凭借。
［4］客亭：送客的驿亭。

蓟北春怀

渺渺水云外，别来音信稀。
因逢过江使[1]，却寄在家衣[2]。
问路更愁远，逢人空说归。
今朝蓟城北，又见塞鸿飞[3]。

注释

［1］过江使：前往江南的使者。江，指长江。

[2]在家衣：指在南方家乡穿的衣服。

[3]塞鸿：塞外南飞的鸿雁。

咏怀

老去多悲事，非唯见二毛[1]。
眼昏书字大，耳重觉声高[2]。
望月偏增思，寻山易发劳。
都无作官意，赖得在闲曹[3]。

注释

[1]二毛：斑白的头发。

[2]耳重：即耳背，听力不好。

[3]赖得：幸亏。闲曹：闲散的官职。

秋思

洛阳城里见秋风，欲作归书意万重[1]。
忽恐匆匆说不尽，行人临发又开封[2]。

注释

[1]归书：要寄回家里的信。

[2]临发：到了出发的时候。

卢仝

卢仝（795？—835），济源（今属河南）人，祖籍范阳（今河北涿州）。早年隐洛阳少室山，自号玉川子。不愿仕进，朝廷以谏议征，不应。大和九年（835）十一月，"甘露之变"发生时，适在宰相王涯家，遂遇难。与韩愈、马异等友善，诗风亦相似，险怪奇伟，有时以文为诗或失于滞涩。有《玉川子诗集》，《全唐诗》编诗三卷。

月蚀诗[1]

新天子即位五年[2]，岁次庚寅[3]，
斗柄插子[4]，律调黄钟[5]。
森森万木夜僵立[6]，寒气赑屃顽无风[7]。
烂银盘从海底出[8]，出来照我草屋东。
天色绀滑凝不流[9]，冰光交贯寒瞳胧[10]。
初疑白莲花[11]，浮出龙王宫[12]。
八月十五夜，比并不可双。
此时怪事发，有物吞食来[13]。
轮如壮士斧斫坏，桂似雪山风拉摧[14]。
百炼镜[15]，照见胆[16]，平地埋寒灰[17]。
火龙珠[18]，飞出脑，却入蚌蛤胎[19]。
摧环破璧眼看尽，当天一搭如煤炱[20]。
磨踪灭迹须臾间[21]，便似万古不可开。
不料至神物[22]，有此大狼狈[23]。
星如撒沙出，争头事光大[24]。
奴婢炷暗灯[25]，掬荧如玳瑁[26]。
今夜吐焰长如虹，孔隙千道射户外。
玉川子，涕泗下[27]，中庭独自行。
念此日月者，太阴太阳精[28]。
皇天要识物[29]，日月乃化生。

走天汲汲劳四体[30],与天作眼行光明。
此眼不自保,天公行道何由行。
吾见阴阳家有说[31],望日蚀月月光灭[32],
朔月掩日日光缺[33]。
两眼不相攻[34],此说吾不容[35]。
又孔子师老子云[36],五色令人目盲[37]。
吾恐天似人,好色即丧明[38]。
幸且非春时,万物不娇荣[39]。
青山破瓦色[40],绿水冰峥嵘。
花枯无女艳,鸟死沉歌声。
顽冬何所好,偏使一目盲[41]?
传闻古老说,蚀月虾蟆精[42]。
径圆千里入汝腹,汝此痴骸阿谁生[43]。
可从海窟来,便解缘青冥[44]。
恐是眶睫间,撑塞所化成[45]。
黄帝有二目,帝舜重瞳明[46]。
二帝悬四目,四海生光辉。
吾不遇二帝,溟涬不可知[47]。
何故瞳子上,坐受虫豸欺[48]。
长嗟白兔捣灵药[49],恰似有意防奸非[50]。
药成满臼不中度[51],委任白兔夫何为。
忆昔尧为天[52],十日烧九州[53]。
金烁水银流[54],玉燋丹砂焦[55]。
六合烘为窑[56],尧心增百忧。
帝见尧心忧,勃然发怒决洪流。
立拟沃杀九日妖[57],天高日走沃不及,
但见万国赤子鱾鱾生鱼头[58]。
此时九御导九日[59],争持节幡麾幢旒[60]。
驾车六九五十四头蛟螭虬[61],掣电九火辀[62]。

汝若蚀开黴蜗轮[63]，御辔执索相爬钩[64]，
推荡轰訇入汝喉[65]。
红鳞焰鸟烧口快[66]，翎鬣倒侧声盏邹[67]。
撑肠拄肚礧傀如山丘[68]，自可饱死更不偷。
不独填饥坑[69]，亦解尧心忧。
恨汝时当食[70]，藏头抾脑不肯食[71]；
不当食，张唇哆嘴食不休。
食天之眼养逆命[72]，安得上帝请汝刘[73]。
呜呼！人养虎，被虎啮；天媚蟆，被蟆瞎。
乃知恩非类[74]，一一自作孽。
吾见患眼人，必索良工诀[75]。
想天不异人，爱眼固应一。
安得常娥氏[76]，来习扁鹊术[77]。
手操春喉戈[78]，去此睛上物[79]。
其初犹朦胧，既久如抹漆[80]。
但恐功业成，便此不吐出。
玉川子又涕泗下，心祷再拜额榻砂土中[81]。
地上蚯虮臣仝告愬帝天皇[82]：
臣心有铁一寸，可刳妖蟆痴肠[83]。
上天不为臣立梯磴，臣血肉身，
无由飞上天，扬天光。
封词付与小心风，飓排阊阖入紫宫[84]。
密迩玉几前擘坼[85]，奏上臣仝顽愚胸[86]：
敢死横干天[87]，代天谋其长[88]。
东方苍龙[89]，角插戟[90]，尾掉风[91]。
当心开明堂[92]，统领三百六十鳞虫[93]，坐理东方宫。
月蚀不救援，安用东方龙？
南方火鸟赤泼血[94]，项长尾短飞跋躠[95]。
头戴井冠高逵枿[96]，月蚀鸟宫十三度[97]，

〇四六四 ＼ 卢仝

鸟为居停主人不觉察[98]。

贪向何人家，行赤口毒舌。

毒虫头上吃却月[99]，不啄杀。

虚贬鬼眼明窔窡[100]，鸟罪不可雪。

西方攫虎立踦踦[101]，斧为牙，凿为齿。

偷牺牲[102]，食封豕[103]。

大蟆一脔[104]，固当软美。

见似不见，是何道理。

爪牙根天不念天[105]，天若准拟错准拟[106]。

北方寒龟被蛇缚[107]，藏头入壳如入狱，

蛇筋束紧束破壳。

寒龟夏鳖一种味，且当以其肉充臛[108]。

死壳没信处[109]，唯堪支床脚，不堪钻灼与天卜[110]。

岁星主福德[111]，官爵奉董秦[112]；

忍使黔娄生，覆尸无衣巾[113]。

天失眼不吊[114]，岁星胡其仁[115]？

荧惑矍铄翁，执法大不中[116]。

月明无罪过，不纠蚀月虫。

年年十月朝太微[117]，支卢谪罚何灾凶[118]。

土星与土性相背，反养福德生祸害[119]。

到人头上死破败，今夜月蚀安可会。

太白真将军[120]，怒激锋铓生。

恒州阵斩郲定进[121]，项骨脆甚春蔓菁[122]。

天唯两眼失一眼，将军何处行天兵。

辰星任廷尉[123]，天律自主持。

人命在盆底，固应乐见天盲时。

天若不肯信，试唤皋陶鬼一问[124]。

一如今日三台文昌宫[125]，作上天纪纲[126]。

环天二十八宿，磊磊尚书郎[127]，整顿排班行。

剑握他人将,一四太阳侧[128],一四天市傍[129]。
操斧代大匠,两手不怕伤。
弧矢引满反射人[130],天狼呀啄明煌煌[131]。
痴牛与骏女[132],不肯勤农桑。
徒劳含淫思,旦夕遥相望。
蚩尤簸旗弄旬朔[133],始挝天鼓鸣珰琅[134]。
枉矢能蛇行[135],眊目森森张[136]。
天狗下舐地[137],血流何滂滂[138]。
谲险万万党[139],架构何可当[140]。
眯目衅成就[141],害我光明王[142]。
请留北斗一星相北极[143],指麾万国悬中央[144]。
此外尽扫除,堆积如山冈,赎我父母光。
当时常星没,殒雨如迸浆[145]。
似天会事发,叱喝诛奸强。
何故中道废,自遗今日殃。
善善又恶恶[146],郭公所以亡[147]。
愿天神圣心,无信他人忠。
玉川子词讫,风色紧格格[148]。
近月黑暗边,有似动剑戟。
须臾痴蟆精,两吻自决坼[149]。
初露半个璧,渐吐满轮魄[150]。
众星尽原赦,一蟆独诛磔[151]。
腹肚忽脱落,依旧挂穹碧。
光彩未苏来,惨淡一片白。
奈何万里光,受此吞吐厄。
再得见天眼,感荷天地力。
或问玉川子,孔子修春秋。
二百四十年[152],月蚀尽不收。
今子呫呫词[153],颇合孔意不?

玉川子笑答，或请听逗留。
孔子父母鲁，讳鲁不讳周。
书外书大恶，故月蚀不见收[154]。
予命唐天，口食唐土。
唐礼过三，唐乐过五。
小犹不说，大不可数[155]。
灾渗无有小大愈[156]，安得引衰周，
研核其可否。
日分昼，月分夜，辨寒暑。
一主刑，二主德，政乃举。
孰为人面上，一目偏可去。
愿天完两目，照下万方土，万古更不瞽。
万万古，更不瞽，照万古。

注释

[1]月蚀：即月食。此诗有所讽喻，以月蚀喻唐的皇权为割据的藩镇与专权的宦官所损害。

[2]新天子：指唐宪宗。

[3]岁次庚寅：指元和五年（810），其年以干支计算，正值庚寅。

[4]斗柄插子：斗柄，指北斗七星中玉衡、开阳、摇光三星，斗柄指向子位为冬至日。

[5]律调黄钟：古时冬至调律，黄钟为十二律中第一律。

[6]森森：形容繁密或寒冷，此处兼有其义。

[7]贔屃（bì xì）：凝重强劲貌。顽：谓不变化。

[8]烂银盘：喻月既圆又亮。烂，光明，明亮。

[9]绀（gàn）：天青色，一种青中带红的颜色。

[10]曈（tóng）胧：模糊不清貌。

[11]白莲花：喻月。

[12]龙王宫：借指海底。

[13]"有物"句：谓月蚀初亏。

[14]"轮如"二句：轮，指月轮。壮士，神话传说月中有仙人吴刚，日日以斧砍斫不死的桂树。见唐段成式《酉阳杂俎·天咫》。桂，指月中不死桂树。拉摧，吹倒。

[15]百炼镜：据晋王嘉《拾遗记》："有池方百里，水浅可涉，泥色若金而味辛……百炼可为金，色青，照鬼魅犹如石镜，魑魅不能藏形矣。"后人因称精炼的铜镜为百炼镜。

[16]照见胆：据晋葛洪《西京杂记》：秦皇有宝镜，可照人肝胆，"女子有邪心，则胆张心动。秦始皇常以照宫人，胆张心动者则杀之"。

[17]"平地"句：喻月光消失，仿佛埋入冷灰之中。据《尔雅·释名》："月死为灰。"

[18]火龙珠：火龙所吐之珠，喻月。据《庄子·列御寇》及南朝梁任昉《述异记》，龙所吐者为最珍贵的宝珠。

[19]蚌蛤胎：据《吕氏春秋·精通》，蚌孕珠与月的盈亏有关："月望则蚌蛤实，群阴盈；月晦则蚌蛤虚，群阴亏。"作者以珠喻月，以蚌蛤喻吞月之物。

[20]煤炱（tái）：煤烟。

[21]"磨踪"句：写食甚的景象：月的踪迹很快一点看不到了。

[22]至神物：指月。

[23]狼狈：本谓窘迫的样子，此用作名词，指被吞食。

[24]"星如"二句：谓月蚀后只剩满天星斗争光。争头，争着出头冒尖。

[25]炷：点燃。

[26]揜菼（yǎntǎn）：遮盖。玳瑁：一种海龟，其背甲是具黄色斑纹的褐色大型角质板，呈覆瓦状的排列。此喻指暗黄的灯光。

[27]涕泗：眼泪鼻涕。

[28]"念此"二句：古人认为日月分别是阴阳二气的精华凝聚而成。颜之推《颜氏家训·归心》："天为积气，地为积块，日为阳精，月为阴精。"

[29]皇天：对上天、天帝的尊称。识物：看清事物。

[30]走天：谓日月在宇宙中运行。汲汲：急切不休息的样子。四体：即四肢。此用拟人手法，想象日月有四肢。

[31]阴阳家：盛行于战国末期到汉初的一种哲学流派，其创始人是齐国人邹

衍，核心内容是阴阳五行学说，其中包含对世界起源及人与自然关系的认识等。

［32］"望日"句：在望日即农历十五、十六日（满月）时，月亮运行到和太阳相对的方向。这时如果地球和月亮的中心大致在同一条直线上，月亮就会进入地球的本影，而产生月全食。如果只有部分月亮进入地球的本影，就产生月偏食。月食都发生在望日（满月），但不是每逢望日都有月食。

［33］"朔月"句：农历每月初一是朔日，朔日当天的月亮称为朔月。此时月亮在轨道上绕行到太阳和地球之间，月亮的黑暗半球对着地球，就可能出现日食，但并非每次朔日都出现日食。

［34］两眼：指天的两眼，即日和月。

［35］不容：不接受，不同意。

［36］孔子师老子：据《史记·老子韩非列传》，孔子曾向老子请教关于礼的问题。

［37］"五色"句：见老子《道德经》第十二章。

［38］丧明：即失明，目盲。

［39］娇荣：娇艳，茂盛。

［40］破瓦色：喻冬日山林的灰褐色。

［41］"顽冬"二句：谓正值冬天，没有鲜艳的颜色，老子的说法也不能解释月蚀的原因。

［42］"传闻"二句：据《史记·龟策列传》云："日为德而君于天，月为刑而相佐，见食于虾蟆。"虾蟆，俗称癞蛤蟆。

［43］痴骸：呆痴蠢笨的身体。阿谁：何人，谁。

［44］解：懂得。缘：攀援，爬上。青冥：青天。

［45］揜（yǎn）塞：掩盖，堵塞。

［46］帝舜重瞳：见《史记·项羽本纪》。重瞳，一只眼睛中有两个瞳孔。

［47］溟涬（hàngmǎng）：本指水深广无边貌，此指时间久远。

［48］虫豸（zhì）：即虫子，此指蛤蟆。豸，无足之虫。

［49］白兔捣灵药：据汉乐府《董逃行》，月中有白兔，拿着玉杵，跪地捣药，制成蛤蟆丸，服用此等药丸可以长生成仙。又晋代傅玄《拟天问》有"月中何有？白兔捣药"句。

［50］奸非：邪恶不法之人。

[51] 不中度：本义为不合标准、不达要求，引申为不起作用。

[52] 天：天子。

[53] "十日"句：据《淮南子·本经训》："逮至尧之时，十日并出，焦禾稼，杀草木，而民无所食。"

[54] 金铄：谓金属熔化。铄，通"铄"，销熔。

[55] 煼（chǎo）：即"炒"。丹砂：一种矿物，又叫辰砂、朱砂。是炼汞的主要原料，可做颜料，也可入药。

[56] "六合"句：谓整个天下烤得成为一个烧制砖瓦的大窑。六合，上下四方，借指天下。

[57] 沃杀：淹死。沃，浇灌。

[58] 赤子：百姓。戢戢（jí jí）：角多貌。生鱼头：长出鱼头，即化为鱼鳖之意。

[59] 九御：指为九个太阳驾车者。

[60] 节幡：旄节，古代使者行路时所持的符节，以为凭信。见《周礼·地官·掌节》。麾：旌旗。幢：原指支撑伞盖、旌旗的木杆，此借指伞盖。旒：古代旌旗下边或边缘上悬垂的装饰品。

[61] 蛟：据《说文解字》，蛟似蛇，四足，龙属。螭（chī）：据《说文解字·虫部》："螭，若龙而黄，……或云无角曰螭。"虬：有角的龙。见《广雅·释鱼》。

[62] 掣电：即闪电，形容速度极快。九火辀（zhōu）：用火多次精炼过的车辆。辀，本为小车正中弯曲的车杠，代指车。

[63] 汝：第二人称，称虾蟆。齵龋（zōu yú）轮：九日的车轮，借指九日。齵龋，本谓牙齿不正不齐，喻参差不齐。

[64] 御辔（pèi）：控制缰绳。

[65] "推荡"句：谓将九日推入虾蟆口中。轰訇（hōng），形容巨大而嘈杂的声音。

[66] 红鳞焰鸟：太阳神鸟，即指金乌，代指日。古代传说日中有三足金乌。见《淮南子·精神篇》。

[67] 翎鬣（liè）：指金乌的羽毛。崟邹：象声词，形容悲惨的叫声。

[68] "撑肠"句：谓虾蟆吞下九日后会撑得像山丘一般的巨石。礧傀（lěi kuī），石块。傀，当作"魂"。

[69] 饥坑：指虾蟆饥饿的肚子。

[70] 时当食：当时应该吃。

[71] 挓(yè)：用手按捺。

[72] 天之眼：指月。逆命：叛逆的生命。

[73] 刘：本为兵器名，即斧钺，此引申作动词，诛杀。

[74] 恩非类：施恩于异类。

[75] 良工诀：指优秀医师的高明医术。

[76] 常娥氏：即神话传说中月中的仙女嫦娥。见《淮南子》。

[77] 扁鹊术：指医术。扁鹊，战国时名医，渤海郡郑人，姓秦，名越人。见《史记·扁鹊仓公列传》。

[78] 春喉戈：据《史记·鲁周公世家》，春秋时期，鲁国公族大夫富父终甥为鲁国大将，骁勇善战，曾率军在咸邑击败侵扰的北狄人，并捕获其首领侨如，春其喉以戈，杀之。

[79] 睛上物：指虾蟆。

[80] 抹漆：形容又黑又亮。

[81] 榻：本义为床榻、几案，此用作动词，以某某为榻，置于某某之上。

[82] 蚍虫臣：作者自称，喻己之渺小，微不足道。告愬(sù)：即告诉。帝天皇：天帝，喻指当朝皇帝。

[83] 刳(kū)：剖开挖空。

[84] 颰(bá)：疾风。排：推开。阊阖(chānghé)：传说中的天门，又指皇宫正门。紫宫：神话传说中天帝居处，又借指帝王宫禁。

[85] 密迩：谓秘密接近。迩，近，此用作动词，接近。擘坼(bòchè)：开拆。

[86] 顽愚胸：愚昧顽固的心胸抱负，自谦之词。

[87] 横干天：强硬地干预天的事务。

[88] 谋其长：谋划最好的解决办法。

[89] 东方苍龙：东方七宿（角宿、亢宿、氐宿、房宿、心宿、尾宿、箕宿）的总称，见《史记·天官书》。又为道教东方之神。宋赵彦卫《云麓漫钞》卷九："朱雀、元武、青龙、白虎为四方之神。"苍龙，即青龙。

[90] 角：星名，东方七宿之一。插戟：古代帝王外出，在止宿处插戟为门，

称"棘门"。棘,通"戟"。见《周礼·天官·掌舍》郑玄注。又唐制宫门及高级官员门前插戟。此以形容其排场之威风。

[91] 尾:星名,东方七宿之一。捭(bǎi):本义为两手横向旁击,引申指分开,拨开。

[92] 明堂:古代帝王宣明政教举行大典的地方。《孟子·梁惠王下》:"夫明堂者,王者之堂也。"

[93] "统领"句:据《大戴礼·易本命》:"有羽之虫三百六十,而凤凰为之长;有毛之虫三百六十,而麒麟为之长;有甲之虫三百六十,而神龟为之长;有鳞之虫三百六十,而蛟龙为之长;倮之虫三百六十,而圣人为之长。"鳞虫,通常指有鳞的动物,如鱼与爬行类。

[94] 南方火鸟:指朱雀,二十八宿中南方七宿(井宿、鬼宿、柳宿、星宿、张宿、翼宿、轸宿)的总称,又是道教南方之神。泼血:比喻形容其鲜红的颜色。

[95] 跋躠(xiè):吃力地盘旋飞舞貌。

[96] 井冠:顶平四面起檐的帽子。井宿为南方七宿之一。 峊桵(niè):谓向上翘起。

[97] 十三度:据《晋书·天文志》:"日行一度,月行十三度。"

[98] 居停主人:寄居之处的主人,指房东。居停,寄居之处。

[99] 毒虫:指虾蟆。

[100] 鬼:鬼宿,南方七宿之一。夐觑(juéyù):空貌,谓视而不见。

[101] 西方攫虎:指白虎,二十八宿中西方七宿(奎宿、娄宿、胃宿、昴宿、毕宿、觜宿、参宿)的总称,又为道教所云西方之神,主管攻伐。踦(qī)踦:一只脚站立的样子。

[102] 牺牲:祭祀用的牲畜。

[103] 封豕:本义为大猪,又为奎宿的别称。

[104] 胔:切成块状的肉。

[105] 爪牙:指苍龙等四方之神,按道教神仙体系,他们都是天帝之臣,故称。

[106] 准拟:寄予希望。

[107] 北方寒龟:指玄武,二十八宿中北方七宿(斗宿、牛宿、女宿、虚宿、危宿、室宿、壁宿)的总称,又为道教神仙体系中北方之神,护法神,后称

真武大帝。被蛇缚：古代传说玄武是一种由龟和蛇组合成的灵物，故云。

[108]臛（huò）：肉羹。

[109]信：诚信。

[110]"不堪"句：谓不能充当占卜用的龟甲。钻灼，古代占卜的方法，钻龟里甲使薄，然后烧灼所钻处，使表面出现开裂的纹路，借以判定吉凶。

[111]"岁星"句：据《晋书·天文志》，岁星即木星，主德主福，主岁五谷。

[112]董秦：平卢人。原为安禄山部将，后起义归顺朝廷，多立战功，屡受封赏，赐姓名为李忠臣，官至淮西节度使。大历年间他先后以淮西节度使的本官兼任尚书右仆射、司空、同中书门下平章事，封西平郡王。贪婪残暴，好女色，后被其部下大将李希烈驱逐，逃往京城。兴元元年（784）朱泚叛乱，以秦为伪司空。泚败，秦被擒杀。

[113]"忍使"二句：谓岁星对品行高尚的贫士不公。黔娄生，据晋皇甫谧《高士传·黔娄先生》：黔娄是战国时期齐国有名的隐士和道家学者，隐居于济之南山（今济南千佛山），凿石为洞，终年不下，家徒四壁，然而却励志苦节，安贫乐道。死后，他的好友曾参前往吊祭，看到黔娄停尸在破窗之下，身着旧长袍，垫着烂草席，用白布覆盖着。由于这块白布短小，盖头就露出脚来，盖上脚就露出头来。

[114]吊：安慰，慰问。

[115]"岁星"句：此为反问句，意谓岁星应仁而不仁。《晋书·天文志》："岁星曰东方春木，于人五常，仁也。"胡其，何其。

[116]"荧惑"二句：指责荧惑星执法不公。荧惑，即火星，据《晋书·天文志》，荧惑主礼，负责为天帝执法。矍铄，形容老人目光炯炯，精神健旺。不中，不公平。

[117]"年年"句：据道教典籍《洞渊集》卷七：南方火德荧惑星君"常以十月入太微受事"。太微，即太微垣，为三垣的上垣，位居于紫微垣之下的东北方，北斗之南。据《晋书·天文志》："太微，天子庭也。"

[118]支卢：谓纪功。卢，卢弓，黑色弓。古代诸侯有大功，则天子赐予黑色弓矢，以之象征征伐之权。见《书·文侯之命》："彤弓一，彤矢百，卢弓一，卢矢百。"孔传。

[119]"土星"二句：谓土星生祸害与其本性相反。据《晋书·天文志》："镇星(土星)有福。"

[120]"太白"句：据《晋书·天文志》"太白兵强"，故云。太白，即金星。

[121]"恒州"句：元和四年（809），成德节度使王士真病死，其子王承宗自称留后，举兵叛乱。元和五年（810），唐宪宗令亲信宦官神策中尉吐突承璀统率河东、昭义等六镇兵马征讨王承宗。由于吐突承璀懦弱无能，二十万唐军劳而无功，骁将左神策大将军郦定进战死。恒州，州名，即今山西大同市，唐时属成德节度使辖境。

[122]蔓菁：即芜菁。二年生草本植物，叶及肉根可食。

[123]辰星：即水星。《晋书·天文志》："辰星阴阳和。"廷尉：古代官名，为九卿之一，掌刑狱。秦汉至北齐主管司法的最高官吏。

[124]皋陶（yáo）：上古传说中东夷部落首领之一，舜时掌管刑法的贤臣，以公正执法闻名。

[125]三台：星名，亦称三能，属太微垣。分上台、中台、下台，按上、中、下三台各二星。《晋书·天文志》："三台六星，两两而居，起文昌而抵太微，一曰天柱，三公之位也，在人曰三公，在天曰三台。"文昌宫：据《史记·天官书》："斗魁戴匡六星，曰文昌星，一曰上将，二曰次将，三曰贵相，四曰司命，五曰司中，六曰司禄。"又据司马贞《史记索隐》："文昌宫为天府"，"文昌精所聚，昌者扬天纪"。

[126]纪纲：法度。

[127]磊磊：众多貌。尚书郎：官名。东汉官制，取孝廉中之有才能者入尚书台，在皇帝左右处理政务，初入台称守尚书郎中，满一年称尚书郎，三年称侍郎。魏晋以后尚书台各曹有侍郎、郎中等官，通称为尚书郎，为清要的官职。

[128]四：即"肆"，放置、陈设。

[129]天市：星名。《史记·天官书》："东北曲十二星曰旗。旗中四星曰天市。"张守节《正义》："天市二十三星，在房、心东北，主国市聚交易之所，一曰天旗。"

[130]弧矢：星名，又名天弓星。《晋书·天文志上》："弧九星，在狼东南，天弓也，主备盗贼，常向于狼。"又云："参旗九星在参西，一曰天旗，一曰

天弓,主司弓弩之张,候变御难。"

[131] 天狼:星名,即狼星。《晋书·天文志》:"狼一星,在东井东南。狼为野将,主侵掠。"呀啄:发声吞咬。

[132] 痴牛:指牵牛,星名。据《晋书·天文志》:"牵牛六星,天之关梁,主牺牲事。"騃(ái)女:指织女,星名。据《晋书·天文志》:"织女三星,在天纪东端,天女也,主果蓏丝帛珍宝也。"

[133] 蚩尤:星名,又称蚩尤旗。《汉书·天文志》:"蚩尤之旗,类彗而后曲,象旗,见则王者征伐四方。"旬朔:十天或一个月,泛指不长的时间。

[134] 天鼓:星名,即河鼓。据《晋书·天文志》:河鼓三星在牵牛北,天鼓也,主军鼓,主斧钺。珰琅:象声词,状鼓声。

[135] 枉矢:星名。《汉书·天文志》:"枉矢,状类大流星,蛇行而仓黑,望如有眊目然。"蛇行:蜿蜒曲折行进。

[136] 眊目:昏花的眼睛。森森:阴寒貌。

[137] 天狗:星名,实即陨星。《汉书·天文志》:"天狗,状如大流星,有声,其下止地,类狗。所坠及,望之如火光炎炎中天。其下圜,如数顷田处;上锐,见则有黄色,千里破军杀将。"

[138] 滂滂:本为水流大貌,此以形容血流之多。

[139] 谲险:狡诈阴险。党:党羽。

[140] 架构:勾结。

[141] 眯目:杂物入眼使视线模糊,引申指蒙蔽。衅:缝隙,争端。

[142] 光明王:谓天帝,隐喻人间帝王。

[143] 北斗:指在北方天空的七颗亮星:天枢、天璇、天玑、天权、玉衡、开阳、摇光。以其排列如斗构,故称"北斗"。根据北斗星杓柄所指便能找到北极星。相:辅佐。北极:星名。《晋书·天文志》:"北极,北辰最尊者也","天运无穷,三光迭耀,而极星不移,故曰'居其所而众星拱之'。"因以喻帝王。

[144] 指麾:指挥。

[145] 殒雨:落雨。迸浆:喻雨势之大。迸,涌出,喷射;浆,水浆。

[146] 善善又恶恶:善善,善待善人,即奖善;恶恶,惩罚恶人。"又"字,于诗意难通,疑当作"不",意谓虽能奖善,却不能惩恶,主德而不主刑,即

懦弱的仁慈，会造成奸逆坐大的灭国之祸。

[147] 郭公：谓失地之君。见《春秋·庄公二十四年》《公羊传》。当指僖公二年晋借道于虞以灭郭的事。又或指北齐后主高纬。《乐府广题·邯郸郭公歌》，其序有"北齐后主高纬，雅好傀儡，谓之郭公，时人戏为《郭公歌》，及将败，果营邯郸，高、郭声相近，尽如歌言"。

[148] 风色：风势。格格：象声词，状风声。

[149] 决坼（chè）：裂开。

[150] "初露"二句：描写月蚀临近结束时的景象。璧，玉璧，喻月。魄，月始生时的微光。

[151] 诛磔（zhé）：诛杀，诛灭。磔，古代一种酷刑，把肢体分裂。

[152] 二百四十年：相传为孔子所作的《春秋》记事起于公元前722年，止于公元前481年，共约二百四十年。

[153] 咄咄词：表示责备的话语。咄咄，表示责备或惊诧的感叹声。

[154] "孔子"四句：说明孔子不记月蚀的原因：孔子是鲁国人，为鲁国国君讳而不为周天子讳；加之孔子只书大恶，而古人认为"日蚀，国君；月蚀，将相当之"（《史记·天官书》），所以只记日蚀，不记月蚀。

[155] "唐礼"四句：谓唐王朝礼乐建设完备，远胜于周。

[156] 灾沴（lì）：灾难。

哭玉碑子[1]

山有洞左颊[2]，拾得玉碑子。
其长一周尺，其阔一药匕[3]。
颜色九秋天[4]，棱角四面起。
轻敲吐寒流，清悲动神鬼[5]。
稽首置手中[6]，只似一片水。
至文反无文[7]，上帝应有以[8]。
予疑仙石灵，愿以仙人比。
心期香汤洗，归送篆堂里[9]。

颇奈穷相驴[10],行动如跛鳖[11]。
十里五里行,百蹶复千蹶[12]。
颜子不少夭[13],玉碑中路折。
横文寻龟兆[14],直理任瓦裂[15]。
劈竹不可合,破环永离别。
向人如有情,似痛滴无血。
勘斗平地上[16],罅坼多啮缺[17]。
百见百伤心,不堪再提挈。
怪哉坚贞姿,忽脆不坚固。
矧曰人间人[18],安能保常度。
敢问生物成,败为有真素[19]。
为禀灵异气,不得受秽污。
驴罪真不厚,驴生亦错误。
更将前前行,复恐山神怒。
白云翕闭岭[20],高松吟古墓。
置此忍其伤,驱驴下山路。

注释

[1] 玉碑子:小玉碑。

[2] 左颊:左侧。

[3] 药匕:量药的小勺。

[4] 九秋:指代秋季的九十天。

[5] 清悲:谓声音凄清。

[6] 稽首:为古代最隆重的一种跪拜礼,常为臣子拜见君父时所用。跪下并拱手至地,头也至地。

[7] 至文:最好的文章。

[8] 有以:有原因,有道理。

[9] 箓堂:道教收存符箓的场所。

[10] 穷相:本指贫贱的相貌,此指瘦弱。

[11] 跛鳖:瘸腿的鳖,亦泛指鳖。鳖行动迟缓,故称。《楚辞》严忌《哀时命》:

"驷跋鳖而上山兮,吾固知其不能升。"

[12]蹶(jué):摔倒。

[13]颜子:颜回,字子渊,鲁国宁阳(今山东宁阳县)人,聪明好学,安贫乐道,是孔子最得意的门生,年仅四十岁去世。此为诗人自喻。

[14]横文:指横向的裂纹。龟兆:占卜时龟甲受炙灼所呈现的坼裂之纹,古人据以判定吉凶。

[15]直理:指纵向的裂纹。瓦裂:像瓦片一般碎裂。比喻破裂崩碎。

[16]勘斗:按原样拼凑。

[17]罅坼(xiàchè):裂缝。啮缺:缺损,破口。

[18]矧(shěn):况且。

[19]真素:真率自然的道理。

[20]蓊(wěng)闭:弥漫,笼罩。

示添丁[1]

春风苦不仁,呼逐马蹄行人家。
惭愧瘴气却怜我,入我憔悴骨中为生涯[2]。
数日不食强强行[3],何忍索我抱看满树花。
不知四体正困惫[4],泥人啼哭声呀呀[5]。
忽来案上翻墨汁,涂抹诗书如老鸦。
父怜母惜捆不得,却生痴笑令人嗟。
宿舂连晓不成米[6],日高始进一碗茶。
气力龙钟头欲白[7],凭仗添丁莫恼爷[8]。

注释

[1]添丁:本谓家里生男孩,此或为卢仝孙子的小名。

[2]"惭愧"二句:谓疾病找到自己头上。瘴气,本谓南方山林间湿热蒸发能致人生病之气,此泛指疾病。为生涯,生活,过日子。

[3]强强:勉强。

［4］四体：四肢。

［5］泥人：缠人。

［6］宿舂：夜中舂米。

［7］龙钟：气力衰弱行动不便的样子。

［8］恼爷：惹爷爷生气。

寄男抱孙

别来三得书，书道违离久[1]。
书处甚粗杀[2]，且喜见汝手[3]。
殷十七又报[4]，汝文颇新有。
别来才经年，囊盎未合斗[5]。
当是汝母贤，日夕加训诱。
《尚书》当毕功[6]，《礼记》速须剖。
喽啰儿读书[7]，何异摧枯朽。
寻义低作声，便可养年寿。
莫学村学生[8]，粗气强叫吼。
下学偷功夫[9]，新宅锄藜莠[10]。
乘凉劝奴婢，园里耨葱韭[11]。
远篱编榆棘，近眼栽桃柳。
引水灌竹中，蒲池种莲藕。
捞漉蛙蟆脚[12]，莫遣生科斗。
竹林吾最惜，新笋好看守。
万箨苞龙儿[13]，攒迸溢林薮[14]。
吾眼恨不见，心肠痛如掐[15]。
宅钱都未还，债利日日厚。
箨龙[16]正称冤，莫杀入汝口。
丁宁嘱托汝，汝活箨龙不。
殷十七老儒，是汝父师友。

传读有疑误,辄告咨问取[17]。
两手莫破拳[18],一吻莫饮酒。
莫学捕鸠鸽,莫学打鸡狗。
小时无大伤,习性防已后。
顽发苦恼人,汝母必不受。
任汝恼弟妹,任汝恼姨舅。
姨舅非吾亲,弟妹多老丑。
莫恼添丁郎,泪子作面垢。
莫引添丁郎,赫赤日里走[19]。
添丁郎小小,别吾来久久。
脯脯不得吃,兄兄莫撦搜[20]。
他日吾归来,家人若弹纠[21]。
一百放一下,打汝九十九。

注释

[1] 违离:别离,分别。

[2] 粗杀:不工整,潦草。

[3] 手:谓亲手所写。

[4] 殷十七:卢仝家乡的老儒,他孙子的老师。

[5] "囊盎(àng)"句:谓家中贫困,盛米的容器中没有多少粮食。汉乐府《东门行》:"盎中无斗米储,环顾架上无悬衣。"盎,一种口小腹大的容器。

[6] 毕功:学完。

[7] 喽啰:此指吆喝,用言语督促。

[8] 村:粗鲁。

[9] 偷功夫:忙里偷闲,挤出时间。

[10] 藜莠(líyǒu):田中的杂草。藜,植物名,即灰菜;莠,恶草的通称。

[11] 耨(nòu):除草。

[12] 漉:滤过。

[13] 箨(tuò):竹子主杆所生的叶,即俗称笋壳。龙儿:指笋心。

[14] 林薮(sǒu):灌木野草丛生之地。

[15] 搊(chōu)：勒紧，揪起。

[16] 籈龙：即竹笋。

[17] 咨：求教。

[18] 破拳：划拳赌输赢。

[19] 赫赤：火红的。

[20] 撚(niǎn)搜：揉搓，搜索。

[21] 弹纠：指告状。

自咏三首

为报玉川子，知君未是贤。
低头虽有地，仰面辄无天[1]。
骨肉清成瘦，莴蔓老觉膻[2]。
家书与心事，相伴过流年。

卢子跳踵也[3]，贤愚总莫惊。
蚊虻当家口[4]，草石是亲情。
万卷堆胸朽，三光撮眼明[5]。
翻悲广成子[6]，闲气说长生。

物外无知己[7]，人间一癖王[8]。
生涯身是梦[9]，耽乐酒为乡[10]。
日月黏髭须[11]，云山锁肺肠[12]。
愚公只公是[13]，不用谩惊张[14]。

三月二十九日，宣图

注释

[1]"仰面"句：谓己对比自己地位高的人极为傲慢。辄，便。

[2] 莴蔓：莴苣的茎叶。

[3] 跳踵(lóngzhǒng)：行动不便的样子。

［4］家口：家中人口，家属。

［5］三光：谓日月星。撮：聚。

［6］广成子：道教十二金仙之一，相传为黄帝时人，得长生法，年一千二百岁不死，黄帝曾向其问道。一说为老子化身之一。

［7］物外：世俗之外。

［8］癖王：怪癖特别突出的人。

［9］"生涯"句：谓自己的生活就是一场梦。生涯，生活。

［10］"耽乐"句：谓己沉湎于酒乡，嗜酒成癖。

［11］"日月"句：谓只有从胡须颜色的变化看得出岁月流逝的痕迹。

［12］"云山"句：谓自己的内心始终向往着远离世俗的地方。云山，高耸入云的山，借指远离世俗的地方。肺肠，喻内心。

［13］愚公：愚拙的老人，作者自指。公是：以公为是，赞成大家的意见。

［14］谩：徒然。惊张：震惊慌张。

喜逢郑三游山[1]

相逢之处花茸茸[2]，石壁攒峰千万重[3]。
他日期君何处好[4]，寒流石上一株松[5]。

注释

［1］郑三：卢仝的朋友，具体不详。

［2］茸茸：形容花草密集。

［3］攒峰：密集的山峰。

［4］期：约会。

［5］寒流石：谓清冷的泉水流经的大石。

守岁二首[1]

去年留不住,年来也任他。
当垆一榼酒[2],争奈两年何[3]。

老来经节腊[4],乐事甚悠悠[5]。
不及儿童日,都卢不解愁[6]。

注释

[1] 守岁:除夕熬夜等待新年到来的风俗。
[2] 当垆(lú):对着酒垆。垆,放置酒瓮的土堆。榼(kē):酒器名。
[3] 争奈:怎奈,无奈。
[4] 节腊:泛指一年中各种节日。腊,古代农历十二月合祭众神称为腊祭。
[5] 悠悠:此形容忧伤貌。
[6] 都卢:微笑愉悦貌。

白鹭鸶[1]

刻成片玉白鹭鸶[2],欲捉纤鳞心自急[3]。
翘足沙头不得时,傍人不知谓闲立。

注释

[1] 白鹭鸶:水禽,即白鹭。
[2] 刻成片玉:喻白鹭洁白,如玉刻成。
[3] 纤鳞:指鱼。

客淮南病[1]

扬州蒸毒似燀汤[2],客病清枯鬓欲霜。
且喜闭门无俗物[3],四肢安稳一张床。

注释

[1] 淮南：此指淮南节度使治所扬州。
[2] 扬州：即今江苏扬州。蒸毒：谓高温湿热。燀(tán)汤：烧开水。
[3] 俗物：庸俗的人与物。

村醉

昨夜村饮归，健倒三四五[1]。
摩挲青莓苔[2]，莫嗔惊着汝。

注释

[1] 健倒：翻倒，滑倒。
[2] 摩挲(suō)：用手抚摸。

走笔谢孟谏议寄新茶[1]

日高丈五睡正浓，军将打门惊周公[2]。
口云谏议送书信，白绢斜封三道印。
开缄宛见谏议面，手阅月团三百片[3]。
闻道新年入山里，蛰虫惊动春风起[4]。
天子须尝阳羡茶[5]，百草不敢先开花。
仁风暗结珠琲瓃[6]，先春抽出黄金芽。
摘鲜焙芳旋封裹，至精至好且不奢。
至尊之余合王公[7]，何事便到山人家[8]。
柴门反关无俗客，纱帽笼头自煎吃。
碧云引风吹不断，白花浮光凝碗面。
一碗喉吻润，两碗破孤闷。
三碗搜枯肠，唯有文字五千卷。
四碗发轻汗，平生不平事，尽向毛孔散。
五碗肌骨清，六碗通仙灵。

七碗吃不得也，唯觉两腋习习清风生[9]。
蓬莱山[10]，在何处。
玉川子，乘此清风欲归去。
山上群仙司下土[11]，地位清高隔风雨。
安得知百万亿苍生命，堕在巅崖受辛苦。
便为谏议问苍生，到头还得苏息否[12]。

注释

[1] 孟谏议：孟简（？—823），字几道，德州平昌（今山东德平）人。进士及第，又中宏词科。元和年间，历任谏议大夫、浙东观察使、御史中丞、户部侍郎等职，并曾于元和四年（809）及长庆二年（822）两度出任常州刺史，官终太子宾客，分司东都。

[2] 惊周公：谓从梦中惊醒。《论语·述而》：子曰："甚矣吾衰也，久矣吾不复梦见周公。"后因以"梦见周公"喻夜梦，或省作"周公"。

[3] 月团：一种团茶，即陆羽《茶经》中所云烤饼茶。将采摘的芽叶，上甑蒸熟，用杵臼捣烂，放到模型里拍压成一定的形状，然后焙干穿成串，包装好。

[4] 蛰虫惊动：指二十四节气之一的惊蛰，在三月五、六或七日。蛰虫，冬眠的虫类。

[5] 阳羡：地名，为常州属县（今江苏宜兴），为唐代著名产茶之地，孟简当时任常州刺史。

[6] 仁风：指催生万物的春风。琲瓃（bèiléi）：琲，贯珠；瓃，玉器名。此以喻茶叶的新芽。

[7] 至尊之余：皇帝享受之余。至尊，指皇帝。合：应该。

[8] 山人：隐居山野之人，此为作者自称。

[9] 习习：微风和煦貌。

[10] 蓬莱山：神话传说中海上三神山之一。

[11] 司：掌管。下土：指人间。

[12] 苏息：休养生息，恢复。

与马异结交诗[1]

天地日月如等闲,卢仝四十无往还[2]。
唯有一片心脾骨[3],巉岩崒硉兀郁律[4]。
刀剑为峰崿[5],平地放著高如昆仑山。
天不容,地不受,日月不敢偷照耀。
神农画八卦[6],凿破天心胸[7]。
女娲本是伏羲妇[8],恐天怒,捣炼五色石,
引日月之针,五星之缕把天补[9]。
补了三日不肯归婿家,走向日中放老鸦[10]。
月里栽桂养虾蟆[11],天公发怒化龙蛇。
此龙此蛇得死病,神农合药救死命。
天怪神农党龙蛇[12],罚神农为牛头[13],
令载元气车[14]。
不知药中有毒药,药杀元气天不觉。
尔来天地不神圣,日月之光无正定[15]。
不知元气元不死[16],忽闻空中唤马异。
马异若不是祥瑞,空中敢道不容易。
昨日仝不仝,异自异,是谓大仝而小异[17]。
今日仝自仝,异不异,是谓仝不往兮异不至。
直当中兮动天地,白玉璞里斫出相思心[18],
黄金矿里铸出相思泪。
忽闻空中崩崖倒谷声,绝胜明珠千万斛,
买得西施南威一双婢[19]。
此婢娇饶恼杀人[20],凝脂为肤翡翠裙[21],
唯解画眉朱点唇。
自从获得君,敲金扒玉凌浮云[22]。
却返顾,一双婢子何足云。
平生结交若少人,忆君眼前如见君。

青云欲开白日没,天眼不见此奇骨[23]。
此骨纵横奇又奇,千岁万岁枯松枝。
半折半残压山谷,盘根蹙节成蛟螭[24]。
忽雷霹雳卒风暴雨撼不动[25],
欲动不动千变万化总是鳞皴皮[26],此奇怪物不可欺。
卢仝见马异文章,酌得马异胸中事[27]。
风姿骨本恰如此,是不是,寄一字。

注释

[1]马异:河南人,一度隐居,兴元元年(784)进士及第,此后不知所终。与卢仝交好,诗风硬涩怪异,属于韩孟诗派。

[2]往还:交往,结友。

[3]心脾骨:谓内心深藏的风骨个性。

[4]"巉(chán)岩"句:喻其风骨个性独特不凡。巉岩,高峻的山石。崒(zú),高耸险峻。硉(lù)兀,岩石突兀貌。郁律,山势险曲突兀貌。

[5]峰崿(è):山峰、悬崖。

[6]神农:太古三皇之一,即炎帝,传说中的农业和医药的发明者。八卦:《周易》中的八种具有象征意义的基本图形,每个图形用三个分别代表阳的"—"(阳爻)和代表阴的"--"(阴爻)组成。名称是:乾、坤、震、巽、坎、离、艮、兑,用于占卜与象征,相传是伏羲所作,而与神农无关。神农与伏羲同为太古三皇之一,作者于此有所混淆。

[7]"凿破"句:八卦用于占卜吉凶,所谓透露天机,故云。

[8]女娲:中国上古神话中的创世女神,传说她与伏羲本是兄妹,后结为夫妻。

[9]"捣炼"以下三句:据《史记·补三皇本纪》载:水神共工与火神祝融交战,共工被祝融打败,气得用头撞倒天柱不周山,导致天塌陷,天河之水注入人间。女娲不忍生灵受灾,于是炼五色石以补天,折神鳌之足撑四极,平洪水杀猛兽,解救生灵苦难。五星之缕,五星的光线。五星,指东方岁星(木星)、南方荧惑(火星)、中央镇星(土星)、西方太白(金星)、北方辰星(水星)。

[10]老鸦:指日中的神鸟三足乌。据《淮南子·精神篇》"日中有踆乌",郭璞注:"中有三足乌。"

[11] 栽桂：《淮南子》云："月中有桂树。"虾蟆：即蟾蜍。据屈原《天问》，月中有蟾蜍。

[12] 党：结成一伙。

[13] 牛头：据《史记·五帝本纪正义》，炎帝（神农）牛首人身。

[14] 元气：指天地精气。

[15] 正定：端正，稳定。

[16] 元：原。

[17] "昨日"三句：谓卢仝、马异相见，亲密无间，精神交融。

[18] 玉璞：未经琢磨的玉石，喻怀才不遇之人，指己与马异。

[19] 西施、南威：皆为古代著名美女。南威，又称"南之威"，春秋时晋国的美女。《战国策·魏策二》："晋文公得南之威，三日不听朝，遂推南之威而远之，曰：后世必有以色亡其国者。"

[20] 娇饶：娇纵，娇宠。

[21] 凝脂为肤：形容皮肤白而滑腻。《诗经·卫风·硕人》："肤如凝脂。"翡翠裙：装饰翠鸟羽毛的裙子。翡翠，鸟名，嘴长而直，生活在水边，吃鱼虾之类。羽毛有蓝、绿、赤、棕等色，可做装饰品。《逸周书·王会》："翡翠者，所以取羽。"

[22] 扰（chuāng）：敲打。

[23] 奇骨：指马异的风骨。

[24] 盘根蹙节：谓其根节盘结，不得伸展。蛟螭：即蛟龙。螭，龙之一种，无角。

[25] 忽雷：响雷。卒风：疾风。

[26] 鳞皴（cūn）皮：谓松树上鱼鳞般开裂的树皮。

[27] 酌得：推测到，揣摩到。

出山作

出山忘掩山门路，钓竿插在枯桑树。
当时只有鸟窥窬[1]，更亦无人得知处。

家僮若失钓鱼竿，定是猿猴把将去。

注释　[1]窥窬(yú)：犹觊觎，谓窥伺可乘之机。

山中

饥拾松花渴饮泉，偶从山后到山前。
阳坡软草厚如织[1]，困与鹿麛相伴眠[2]。

注释
[1]阳坡：山的南坡。
[2]麛(mí)：小鹿，又可作小兽的通称。

李贺

李贺（790—816），字长吉，福昌（今河南宜阳）人，居于福昌昌谷，后人又称李昌谷。出于久已式微的唐皇族远支，又因避父讳不得参加进士考试，仅曾仕为奉礼郎，一生抑郁不遇，二十七岁即早夭。其诗多感慨生不逢时的内心苦闷，抒发对理想、抱负的追求；对当时藩镇割据、宦官专权的现实和民生疾苦也有所反映。与韩愈、皇甫湜等友善，被视为韩孟诗派成员，而实有其独特鲜明的特点。诗风凄艳诡激，色彩浓丽，想象极为丰富，经常应用神话传说来托古寓今，后人常称之为"诗鬼"。有《李长吉歌诗》传世，《全唐诗》编其诗五卷。

李凭箜篌引[1]

吴丝蜀桐张高秋[2]，空山凝云颓不流[3]。
江娥啼竹素女愁[4]，李凭中国弹箜篌[5]。
昆山玉碎凤皇叫[6]，芙蓉泣露香兰笑[7]。
十二门前融冷光[8]，二十三丝动紫皇[9]。
女娲炼石补天处[10]，石破天惊逗秋雨[11]。
梦入坤山教神妪[12]，老鱼跳波瘦蛟舞[13]。
吴质不眠倚桂树[14]，露脚斜飞湿寒兔[15]。

注释

[1] 李凭：中唐著名的御前乐师，善弹奏箜篌。箜篌引：乐府旧题，属《相和歌·瑟调曲》。箜篌，古代自西域传来的一种拨弦乐器，弦数因乐器大小而不同，最少的五根弦，最多的二十五根弦，分卧式和竖式两种。

[2] 吴丝蜀桐：吴地的丝、蜀地的桐木，均为制作箜篌的原料，此以代指箜篌。张：调好弦，准备弹奏。高秋：深秋。

[3] "空山"句：谓山中的行云因听到李凭弹奏的箜篌声而凝聚在一起不流动了。《列子·汤问》："秦青抚节悲歌，声振林木，响遏行云。"此化用其典。颓，停滞。

[4] "江娥"句：谓江娥与素女都被感动了。江娥，即指舜之二妃娥皇与女英。

据《博物志》，二妃在舜死后悲伤啼泣，泪下沾竹，竹上尽是斑痕。素女，传说中善于鼓瑟的神女，见《史记·封禅书》。

[5] 中国：即国之中央，意谓在京城。

[6] 昆山玉碎：形容乐音清脆如玉碎之声。昆山，即昆仑山。凤凰叫：形容乐音高亢。

[7] 芙蓉泣露：形容乐声哀怨低回。香兰笑：形容乐声愉悦轻快。

[8] "十二门"句：谓清冷的乐声使人觉得整个长安城沉浸在寒光之中。十二门，长安城东西南北每一面各三门，共十二门，此以代指长安城。

[9] 二十三丝：据《通典》卷一百四十四："竖箜篌，胡乐也，汉灵帝好之，体曲而长，二十三弦。竖抱于怀中，用两手齐奏。"紫皇：道教称天帝，此借指唐朝皇帝。

[10] 女娲炼石补天：传说水神共工被火神祝融打败，怒触天柱不周山，以致天塌地陷，女娲曾炼五色石以补苍天。见《淮南子·览冥训》与《列子·汤问》。

[11] "石破"句：谓补天的五色石被乐音震破，引来了一场秋雨。逗，引。

[12] "梦入"句：谓李凭在梦中将他的技艺教给神女。坤山，当作"神山"。神妪（yù），据《搜神记》卷四："永嘉中，有神现兖州，自称樊道基。有妪号成夫人。夫人好音乐，能弹箜篌，闻人弦歌，辄便起舞。"或用此典。

[13] 老鱼跳波：谓鱼随着乐声跳跃。化用《列子·汤问》"瓠巴鼓琴而鸟舞鱼跃"典故。

[14] "吴质"句：谓月中仙人吴刚亦被乐声吸引。吴质，当即吴刚。据《酉阳杂俎》卷一："旧言月中有桂，有蟾蜍。故异书言月桂高五百丈，下有一人常斫之，树创随合。人姓吴名刚，西河人，学仙有过，谪令伐树。"

[15] 露脚：状露水下滴。寒兔：指秋月，传说月中有玉兔，故称。

雁门太守行[1]

黑云压城城欲摧[2]，甲光向日金鳞开[3]。
角声满天秋色里[4]，塞上燕脂凝夜紫[5]。

半卷红旗临易水[6]，霜重鼓寒声不起[7]。
报君黄金台上意[8]，提携玉龙为君死[9]。

注释

[1]雁门太守行：乐府古题，多咏边塞征战题材。雁门，汉代郡名，地在今山西省西北部，在汉、唐均为边塞要地。

[2]黑云压城：喻来犯敌军如黑云般涌向边城，气氛十分紧张。摧：垮塌，毁。

[3]甲光：铠甲发出的闪光。金鳞：金色的鱼鳞，喻甲光。

[4]角：古代军中一种吹奏乐器，多用兽角制成，亦用作军中号角。

[5]"塞上"句：谓敌我双方的鲜血洒在城上在暮色中呈现出暗紫色。据崔豹《古今注》，秦筑长城，因土色紫，称为紫塞。此暗用其事。燕脂，即胭脂，喻鲜血。

[6]半卷红旗：暗示战事不利。易水：河名，大清河上源支流，源出今河北省易县，向东南流入大清河。古时燕太子丹曾在易水送别荆轲，虽易水距塞上尚远，此借荆轲故事以烘托悲壮气氛。

[7]不起：是说鼓声因寒气而低沉不扬。

[8]黄金台：故址在今河北省易县东南，为战国燕昭王所筑，用以招揽贤才。

[9]玉龙：宝剑的代称。

大堤曲[1]

妾家住横塘[2]，红纱满桂香[3]。
青云教绾头上髻[4]，明月与作耳边珰[5]。
莲风起[6]，江畔春。
大堤上，留北人[7]。
郎食鲤鱼尾，妾食猩猩唇[8]。
莫指襄阳道[9]，绿浦归帆少。
今日菖蒲花[10]，明朝枫树老[11]。

注释

[1]大堤曲：乐府相和歌辞，西曲歌名，内容多写男女爱情。大堤，古迹名，

据《一统志》《湖广志》等记载，大堤在襄阳府城外，周围有四十多里，商业繁荣。

［2］横塘：此当指大堤范围内地名。

［3］红纱：指穿着红纱衣。

［4］青云：指头上乌发浓密如云。绾（wǎn）：把头发、丝线等盘绕成结。

［5］明月：指夜明珠。珰：耳饰，犹今之耳环。

［6］莲风：指春风。

［7］北人：意欲北归之人，女子的所爱。

［8］"郎食"二句：言二人的恩爱生活。鲤鱼尾、猩猩唇，均为珍贵美味的食物。

［9］襄阳道：北归必经的水路。

［10］菖蒲：生长于水边的多年生草本植物，花期短暂，喻女子的美貌。

［11］枫树老：喻年老色衰。

苏小小墓[1]

幽兰露[2]，如啼眼[3]。
无物结同心[4]，烟花不堪剪。
草如茵，松如盖。
风为裳，水为佩。
油壁车[5]，夕相待。
冷翠烛[6]，劳光彩[7]。
西陵下[8]，风吹雨。

注释

［1］苏小小墓：据《方舆胜览》，苏小小墓在嘉兴县西南六十步。苏小小，据《乐府广题》，为南齐时钱塘名妓。

［2］幽兰露：兰花上凝结着露珠。

［3］啼眼：泪眼。

［4］结同心：用花草或别的东西打成连环回文样式的结子，表示爱情坚贞如

一。语出梁武帝《苏小小歌》："何处结同心,西陵松柏下。"

[5]油壁车:古代妇人所乘的车,车壁以油漆涂饰,故名。

[6]冷翠烛:指磷火,俗称鬼火,虽似烛而有光无焰,故称。

[7]劳:劳烦。

[8]西陵:今杭州孤山西泠桥一带。

梦天[1]

老兔寒蟾泣天色[2],云楼半开壁斜白[3]。
玉轮轧露湿团光[4],鸾佩相逢桂香陌[5]。
黄尘清水三山下[6],更变千年如走马[7]。
遥望齐州九点烟,一泓海水杯中泻[8]。

注释

[1]梦天:梦游天上。

[2]老兔寒蟾:据屈原《天问》与《淮南子·览冥训》,月中有兔与蟾蜍。兔长生不死,故称老兔;蟾蜍居于号称广寒宫的月宫,故称寒蟾。泣天色:谓月光如水,仿佛兔和蟾在哭泣。

[3]云楼半开:谓在云雾掩映下的月宫楼阁半隐半现。

[4]"玉轮"句:谓圆圆的月亮带着光晕,像被露水打湿了似的。玉轮,喻圆月如轮。轧,碾压。团光,指月亮的光晕。

[5]"鸾佩"句:诗人想象自己在月宫小路上遇到了仙女。鸾佩,雕刻着鸾凤的玉佩,此代指仙女。桂香陌,桂花飘香的小路。据《酉阳杂俎》,月中有桂,高五百丈,下有一人常斫之,树创随合。

[6]黄尘清水:犹言沧海桑田,形容变化巨大。三山:指神话传说中海上的三座神山蓬莱、方丈、瀛洲。

[7]走马:跑马,喻变化之快。

[8]"遥望"二句:谓从月宫俯瞰中国,九州小得就像九个模糊的小点,而大海小得就像一杯水。齐州,中州,即中国。据《尔雅·释地》:"岠齐州以南,戴日为丹穴。"郭璞注:"岠,去也;齐,中也。"邢昺疏:"中州,犹言中国也。"

泓，量词，指清水一道或一片。

唐儿歌[1]

头玉硗硗眉刷翠[2]，杜郎生得真男子[3]。
骨重神寒天庙器[4]，一双瞳人剪秋水[5]。
竹马梢梢摇绿尾[6]，银鸾睒光踏半臂[7]。
东家娇娘求对值[8]，浓笑画空作唐字[9]。
眼大心雄知所以[10]，莫忘作歌人姓李。

注释

[1]唐儿：杜黄裳之子。杜黄裳夫人是唐朝的公主，所以儿子小名取作"唐儿"。题下原注"杜豳公之子"，杜豳（bīn）公，即杜黄裳，字遵素，京兆杜陵（今陕西西安区东南）人，官同中书门下平章事，封豳国公，故称。

[2]头玉：谓头颅如美玉雕刻而成。硗（qiāo）硗：坚硬貌，此引申指棱角鲜明貌。刷翠：古时女子用螺黛（一种青黑色的矿物颜料）画眉，称眉为"翠黛"。此谓唐儿眉毛乌黑，像涂画过螺黛一样。

[3]杜郎：即唐儿。

[4]骨重神寒：谓体态稳重，神气沉静。天庙器：皇帝祭天的庙堂中的祭器，借指国家重用的人才。天庙，即庙堂，代指朝廷。

[5]瞳人：指眼珠。秋水：形容目光明亮清澈。

[6]竹马：儿童游戏时当马骑的竹枝。梢梢：尾垂貌。

[7]"银鸾"句：谓随着唐儿的跑动，项圈上的银鸾仿佛在背心上一跳一踏似的。银鸾，项圈下鸾鸟形的银坠子。睒（shǎn）光，闪光。半臂，短袖或无袖衣，即今之背心。

[8]娇娘：娇美的姑娘。对值：对亲，结为配偶。

[9]浓笑：大笑。画空：用手指在空中写画字形。

[10]眼大心雄：眼光远大，志向雄伟。

天上谣

天河夜转漂回星[1]，银浦流云学水声[2]。
玉宫桂树花未落[3]，仙妾采香垂佩缨[4]。
秦妃卷帘北窗晓[5]，窗前植桐青凤小[6]。
王子吹笙鹅管长[7]，呼龙耕烟种瑶草[8]。
粉霞红绶藕丝裙[9]，青洲步拾兰苕春[10]。
东指羲和能走马[11]，海尘新生石山下[12]。

注释

[1]天河：银河。回星：回旋运转的星星。

[2]银浦：即天河。学水声：谓流动的云气似乎也像流水一样发出声音，化用杜甫《登慈恩寺塔》"河汉声西流"语意。

[3]玉宫：指月宫。

[4]仙妾：仙女。佩缨：系玉佩的带子。

[5]秦妃：指秦穆公的女儿弄玉，借指仙女。据《列仙传》，弄玉嫁给萧史，后二人成仙，随风升天。

[6]青凤：鸟名，即桐花凤，产于剑南等地。鸟大如指，五色毕具，有冠似凤。每桐有花则至，花落则不知所之。

[7]王子：指王子乔。据《列仙传》，为周灵王太子，名晋，传说擅长吹笙。鹅管：指笙管，其形状像鹅的羽翅。

[8]耕烟：在云烟中耕耘。瑶草：指灵芝一类的仙草。

[9]粉霞：喻粉红色的衣衫。绶：丝带。藕丝裙：纯白色的裙子。

[10]青洲：又名青丘，据《十洲记》，是南海中草木茂密的仙洲，为仙人们游玩的地方。步拾：边走边采集。兰苕（tiáo）：兰草的茎，泛指香花香草。

[11]羲和：神话中给太阳驾车的神。

[12]海尘：想象中海中扬起的尘土。

〇四九六 \ 李贺

浩歌[1]

南风吹山作平地,帝遣天吴移海水[2]。
王母桃花千遍红[3],彭祖巫咸几回死[4]。
青毛骢马参差钱[5],娇春杨柳含细烟。
筝人劝我金屈卮[6],神血未凝身问谁[7]。
不须浪饮丁都护,世上英雄本无主[8]。
买丝绣作平原君[9],有酒惟浇赵州土[10]。
漏催水咽玉蟾蜍[11],卫娘发薄不胜梳[12]。
看见秋眉换新绿[13],二十男儿那刺促[14]。

注释

[1]浩歌:放声歌唱。《楚辞·九歌·少司命》:"望美人兮未来,临风恍兮浩歌。"

[2]帝:天帝。天吴:水神,八首人面,八足八尾,皆青黄。见《山海经·海外东经》。

[3]"王母"句:据《汉武帝内传》,西王母栽的仙桃树三千年开一次花,结一次果实。此谓过去了极其悠久的岁月。

[4]彭祖:据《神仙传》《列仙传》,名籛铿,是颛顼的玄孙,生于夏代,封于彭地,到活了七百余岁,殷王以为大夫,托病不问政事。以其长寿,后人称为彭祖。巫咸:传说为殷中宗时的神巫,见王逸注《楚辞·离骚》"巫咸将夕降兮,怀椒糈而要之"。

[5]骢(cōng)马:青白杂色的马。参差钱:马身上的斑纹有深有浅,斑驳不齐。钱,谓圆形斑纹。

[6]筝人:弹筝的女子。屈卮(zhī):一种有弯把的酒器。

[7]神血未凝:精神、气血未能凝聚,即未能修得道家所谓长生之术。身问谁:即身向谁,到谁那儿去的意思。

[8]"不须"二句:丁都护当是李贺在宴会上所遇之人,自感怀才不遇,借酒浇愁,故李贺劝慰他不须浪饮,世上英雄本来难遇其主。浪饮,纵酒狂饮。都护,官名。唐代于安西等边地设置都护府以防卫边境,都护府长官称为都

护,此或非实职,而是武官的加衔。

[9]平原君:战国时赵国贵族,惠文王之弟,名赵胜,封平原君。礼贤下士,门下有食客数千人,任赵相。赵孝成王七年(前259),秦军围赵都邯郸,平原君指挥抗秦,坚守三年,后赵、魏联合,击败秦军。事见《史记·赵世家》。

[10]赵州土:指平原君坟上之土。

[11]漏:古代的计时器。玉蟾蜍:蟾蜍形状的漏壶,水滴入其口中。

[12]卫娘:本指卫后,即汉武帝的皇后卫子夫。据《汉武故事》,她发多而美,深得汉武帝宠爱。此以代指妙龄女子。发薄不胜梳:言卫娘年老色衰,头发稀疏了。

[13]秋眉:稀疏变黄的眉毛。新绿:乌黑发亮。唐人用青黑的黛色画眉,因与浓绿色相近,故常以绿色形容眉发的乌黑发亮。

[14]刺促:烦恼不安。

秋来

桐风惊心壮士苦[1],衰灯络纬啼寒素[2]。
谁看青简一编书[3],不遣花虫粉空蠹[4]。
思牵今夜肠应直,雨冷香魂吊书客[5]。
秋坟鬼唱鲍家诗[6],恨血千年土中碧[7]。

注释

[1]桐风:指吹过梧桐叶的秋风。

[2]衰灯:暗淡的灯光。络纬:虫名,俗称纺织娘,因秋天季节转凉而哀鸣,其声似纺绩,故云"啼寒素"。

[3]青简一编书:指作者自己的诗集。青简,青色的竹简,古时书籍用竹简写成。

[4]花虫:蛀蚀器物、书籍的蛀虫。蠹(dù):蛀蚀。

[5]香魂:指前代与作者际遇相似的诗人的魂魄。吊:慰问。书客:诗人自指。

[6]鬼:即指上句的"香魂"。鲍家诗:指南朝宋代诗人鲍照的诗。鲍照一生坎坷,曾写过《行路难》组诗,抒发怀才不遇之情。

[7]"恨血"句：据《庄子·外物》，苌弘死于蜀，藏其血，三年化为碧玉。此指终身不遇而含恨地下的前人。

秦王饮酒[1]

秦王骑虎游八极[2]，剑光照空天自碧[3]。
羲和敲日玻璃声[4]，劫灰飞尽古今平[5]。
龙头泻酒邀酒星[6]，金槽琵琶夜枨枨[7]。
洞庭雨脚来吹笙[8]，酒酣喝月使倒行。
银云栉栉瑶殿明[9]，宫门掌事报一更[10]。
花楼玉凤声娇狞[11]，海绡红文香浅清[12]。
黄鹅跌舞千年觥[13]，仙人烛树蜡烟轻[14]，
清琴醉眼泪泓泓[15]。

注释

[1]秦王：指唐太宗李世民，他做皇帝前的封号是秦王。

[2]八极：指八方极远之处，见《淮南子·坠形训》。

[3]"剑光"句：谓剑光所到之处天空为之澄清。

[4]羲和：神话传说中为太阳驾车的神，见《淮南子·天文训》。玻璃声：因太阳明亮有些像玻璃，所以诗人想象中敲日就会发出如同敲玻璃的声音。

[5]劫灰：劫后的余灰。据《三辅黄图》，汉武帝时开掘昆明池，得黑土，西域胡人说这是劫烧之余灰。劫，佛教指世界被毁灭和再生的漫长的过程。古今平：本谓劫灰飞尽时，古无遗迹，故无古无今。此喻唐太宗扫平割据势力结束战乱，天下太平。

[6]龙头：铜铸的龙头形贮酒器。据《北堂书钞》，唐太极宫正殿前有铜龙，长二丈；又有铜樽，容积四十斛。大宴群臣时，将酒从龙腹装进，由龙口倒入樽中。酒星：一名酒旗星，本指天上主管饮食飨宴的星宿，此借指前来参加宴会的客人。

[7]金槽：镶金的琵琶上架弦的弦码。枨(chéng)枨：象声词，状琵琶声。

[8]"洞庭"句：谓吹笙的声音像密集的雨点落在洞庭湖上的声音一样。雨脚，

密集落地的雨点。
[9]银云:月光照耀下的白云。栉(zhì)栉:形容云层密集层层排列的样子。瑶殿:对宫殿的美称。瑶,玉石。
[10]宫门掌事:皇宫中负责宴会、歌舞等事务的官员。
[11]花楼玉凤:指歌女。娇狞:形容歌声时而娇柔时而尖厉。
[12]海绡红文:织有红色花纹的鲛绡纱。据《述异记》,鲛绡纱出于南海,是海中鲛人所织。香浅清:散发淡淡的清香。
[13]黄鹅跌舞:舞女身穿黄衣身姿起伏极大的一种舞蹈。千年觥(gōng):举杯祝福长命千岁。觥,酒器名。
[14]仙人烛树:雕刻着神仙的巨大烛台上插着很多蜡烛,形状似树。
[15]清琴:即青琴,本为传说中的神女,此借指宫中嫔妃。泪泓泓:泪汪汪。

南园(十三首之一)

花枝草蔓眼中开,小白长红越女腮[1]。
可怜日暮嫣香落[2],嫁与春风不用媒[3]。

注释
[1]越女:本指越国美女西施,此泛指美女,喻春花。
[2]嫣香:美丽芳香,此代指春花。
[3]"嫁与"句:谓落花随春风吹去。

马诗(二十三首录五)

腊月草根甜[1],天街雪似盐[2]。
未知口硬软,先拟蒺藜衔[3]。

此马非凡马,房星本是星[4]。
向前敲瘦骨,犹自带铜声[5]。

大漠山如雪,燕山月似钩[6]。
何当金络脑[7],快走踏清秋。

飂叔去匆匆[8],如今不豢龙[9]。
夜来霜压栈[10],骏骨折西风。

武帝爱神仙[11],烧金得紫烟[12]。
厩中皆肉马[13],不解上青天[14]。

注释

[1]腊月:农历十二月。
[2]天街:京城里的街道。雪似盐:语出《世说新语·言语》:谢安在下雪时问家中后辈:白雪纷纷何所似? 其侄谢朗曰:撒盐空中差可拟。
[3]拟:打算。蒺藜:一年生草本植物名,果实表皮有尖刺。
[4]房星:星宿名。据《晋书·天文志》:"房四星,亦曰天驷,为天马,主车驾。房星明,则王者明。"此代指骏马。
[5]铜声:形容骏马结实强壮有如金属铸成,故敲之发出如敲铜的声音。
[6]燕山:山脉名,唐时属幽州、蓟州(今北京及河北北部),长期被割据的藩镇控制。
[7]"何当"句:谓何时能戴上精美的马具(被当作良马对待),发挥所长。金络脑,镶金的马笼头。
[8]飂(liù)叔:据《左传·昭公二十九年》,为帝舜时古国之君,名叔安,好养龙,帝舜赐之姓曰董,氏曰豢龙。飂,古国名。
[9]豢(huàn):养。
[10]栈:马厩。
[11]武帝:汉武帝,暗喻唐代皇帝。
[12]烧金:指为求得长生不老而炼制金丹。得紫烟:讽刺皇帝除了青烟一无所得。
[13]肉马:凡马,普通的马。
[14]不解:不明白。

南山田中行

秋野明,秋风白[1],塘水漻漻虫喷喷[2]。
云根苔藓山上石[3],冷红泣露娇啼色[4]。
荒畦九月稻叉牙[5],蛰萤低飞陇径斜[6]。
石脉水流泉滴沙[7],鬼灯如漆点松花[8]。

注释

[1] 秋风白:古人认为秋天按五行属金,金色白,故以白色象征秋天。秋风又称素风,即白风。

[2] 漻(liáo)漻:水清而深。喷喷:象虫鸣声。

[3] 云根:云雾升起之处,即山石。古人认为气触石生云,故云。

[4] 冷红:寒冷的秋风中的红花。泣露:露珠凝聚,有如泪珠。

[5] 荒畦:无人照料的稻田。叉牙:参差不齐。

[6] 蛰(zhé)萤:准备藏起来冬眠的萤火虫。陇径:山间小路。陇,泛指山。

[7] 石脉:山石的缝隙。

[8] 鬼灯:指磷火。

昌谷北园新笋[1](四首录一)

斫取清光写楚辞[2],腻香春粉黑离离[3]。
无情有恨何人见,露压烟啼千万枝[4]。

注释

[1] 昌谷北园:李贺家乡昌谷(今河南省宜阳县西)住宅北面的坡地称为北园。

[2]"斫取"句:谓刮去竹子的青皮,然后在上面写诗。斫取,砍取。清光,指竹子的青皮。楚辞,抒发哀怨之词,代指作者本人的诗歌。

[3] 腻香:竹子刮去青皮后的浓郁香气。春粉:新竹皮上的白粉。黑离离:形容黑色的字迹密密麻麻。

[4] 露压烟啼:谓雾气中竹枝上积聚的露珠好似啼哭的眼泪。

高轩过[1]

华裾织翠青如葱[2],金环压辔摇玲珑[3]。
马蹄隐耳声隆隆[4],入门下马气如虹。
云是东京才子,文章巨公[5]。
二十八宿罗心胸[6],九精照耀贯当中[7]。
殿前作赋声摩空,笔补造化天无功[8]。
庞眉书客感秋蓬[9],谁知死草生华风[10]。
我今垂翅附冥鸿[11],他日不羞蛇作龙[12]。

注释

[1] 高轩过:就是高车相访。据李贺别集《李长吉歌诗》,此诗题下有序云:"韩员外愈皇甫侍御湜见过因而命作。"高轩,高大华贵的车轩。过,拜访。

[2] 华裾:此指官服,唐代官员按品级用不同服色。织翠:翠(绿)色官服,韩愈时当着此色官服。青如葱:青色官服,皇甫湜时当着此色官服。

[3] 辔:缰绳。玲珑:此形容撞击的声音。

[4] 隐耳:声音盛多而盈耳。

[5] 文章巨公:在文章写作上有巨大成就的人。

[6] 二十八宿:东苍龙、北玄武、西白虎、南朱雀各七宿合称。

[7] 九精:九星之精,即天之精气。

[8] 笔补造化:以诗文弥补造化的不足。

[9] 庞眉书客:作者自称。庞眉,眉毛黑白杂色,形容老貌。秋蓬:秋天的蓬草,因已干枯,常被风卷起飘飞,喻漂泊不定。

[10] 死草生华风:谓死草遇华风而生。死草,作者自喻。华风,天日清明时的和风,似喻韩愈、皇甫湜二人。

[11] 冥鸿:高飞的鸿雁,喻韩愈、皇甫湜二人。

[12] 蛇作龙:喻从低下的地位直上青云。

美人梳头歌

西施晓梦绡帐寒[1]，香鬟堕髻半沉檀[2]。
辘轳咿哑转鸣玉[3]，惊起芙蓉睡新足[4]。
双鸾开镜秋水光[5]，解鬟临镜立象床[6]。
一编香丝云撒地[7]，玉钗落处无声腻[8]。
纤手却盘老鸦色[9]，翠滑宝钗簪不得[10]。
春风烂熳恼娇慵[11]，十八鬟多无气力[12]。
妆成婑鬌欹不斜[13]，云裾数步踏雁沙[14]。
背人不语向何处，下阶自折樱桃花。

注释

[1]西施：春秋时越国美女，此代指所写美女。绡帐：丝织的轻纱帐。

[2]香鬟（huán）：古代妇女的环形发髻。堕髻：堕马髻的省称，为古代一种侧在一边的发式，见《后汉书·梁冀传》李贤注。檀：指用檀香木做的枕头。

[3]辘轳：安在井上汲水的器具。咿哑：象声词，状辘轳转动的声音，其声如玉之鸣。

[4]芙蓉：荷花，喻指美人。《西京杂记》卷二："文君姣好，眉色如望远山，脸际常若芙蓉。"

[5]双鸾：指镜盖上鸾鸟形的装饰。秋水光：形容明镜如秋水一样明净。

[6]临镜：对镜。象床：镶嵌象牙的床。

[7]香丝：指发丝。云撒地：喻美女的黑发又长又密，撒在地上。

[8]玉钗：当作玉镊，即篦子。无声腻：谓头发滑顺梳头无声。

[9]老鸦色：老鸦毛羽的颜色乌黑发亮，借指美人的头发。

[10]翠滑：色黑而润滑。

[11]春风烂熳：形容美丽鲜艳，光彩照人。娇慵：柔弱倦怠貌。

[12]鬟多无气力：谓发长鬟多好像无力承载。

[13]婑鬌（wǒtuǒ）：即倭堕，女子的一种发式，即前文的堕髻。欹（qī）不斜：指发髻似斜非斜。欹，倾斜之意。

[14]云裾：轻柔飘动如云的衣襟。踏雁沙：形容美人步履轻盈。

刘叉

刘叉,生卒年不详,自称彭城子,疑为彭城(今江苏徐州)人。活动于元和年间。为人任侠尚义,广交朋友,与韩愈、孟郊、卢仝等均有交往。后因不满韩愈为人写谀墓文字,径自取走韩愈所得酬金而去,回归齐鲁,不知所终。诗风雄健奔放。《全唐诗》编诗一卷。

自古无长生劝姚合酒[1]

奉子一杯酒,为子照颜色。
但愿腮上红,莫管颏下白[2]。
自古无长生,生者何戚戚[3]。
登山勿厌高,四望都无极[4]。
丘陇逐日多[5],天地为我窄。
只见李耳书[6],对之空脉脉[7]。
何曾见天上,着得刘安宅[8]。
若问长生人,昭昭孔丘籍[9]。

注释

[1]姚合(782?—846?),唐诗人,陕州(今河南陕州区)人。元和十一年(816)进士,授武功主簿。官终秘书少监,世称姚武功。与贾岛友善,世称姚贾,擅长五律,多写山水行旅题材。

[2]颏(kē)下:下巴,借指胡须。

[3]戚戚:忧愁貌。

[4]无极:没有边沿。

[5]丘陇:坟墓。

[6]李耳书:即《老子》。李耳,相传是老子的名字。

[7]脉脉:含情貌。

[8]着:安放。刘安:汉淮南王刘安,汉高祖刘邦之孙,淮南厉王刘长之子,汉武帝时企图谋反,事泄自杀。刘安好神仙,人们传说其举家升天,成为神仙。见《论衡·道虚》。

[9]"若问"二句:谓真正永生的是孔子的著作。昭昭,明白、清楚的样子。孔丘,孔子的名字。

自问

自问彭城子[1],何人授汝颠[2]。
酒肠宽似海,诗胆大于天。
断剑徒劳匣,枯琴无复弦[3]。
相逢不多合,赖是向林泉[4]。

注释

[1]彭城子:作者的号。
[2]颠:通"癫",疯癫。
[3]"断剑"二句:喻作者不再准备进入仕途。断剑,喻受过挫折的正直士人;枯琴,喻长期废置不得施展才能之人。二者均为作者自指。
[4]林泉:山林,代指隐居生活。

偶书

日出扶桑一丈高[1],人间万事细如毛。
野夫怒见不平处[2],磨损胸中万古刀[3]。

注释

[1]扶桑:神话传说中的大树,为太阳升起的地方。见《楚辞·九歌·东君》。
[2]野夫:山野之人,诗人自指。
[3]"磨损"句:谓因为受到压抑,路见不平却不能拔刀相助,胸中那把无形的除奸斩恶的正义之刀,只能任其磨损。万古刀,指诗人始终保有的正义感。

爱碣山石[1]

碣石何青青,挽我双眼睛[2]。

爱尔多古峭[3]，不到人间行。

注释

[1]碣(jié)山：即碣石山，位于今河北省秦皇岛昌黎县城北。

[2]挽：拉，此指吸引。

[3]古峭：古朴苍劲。

与孟东野[1]

寒衣草木皮，饥饭葵藿根[2]。
不为孟夫子，岂识市井门[3]。

注释

[1]孟东野：即孟郊，东野是其字。

[2]葵藿：均为菜名。葵，向日葵。藿，角豆的花叶。

[3]市井：商业场所。

姚秀才爱予小剑因赠[1]

一条古时水[2]，向我手心流。
临行泻赠君，勿薄细碎雠[3]。

注释

[1]姚秀才：姚合，姚有赠刘叉诗。

[2]古时水：喻古剑。水，喻剑之晶莹剔透。

[3]"勿薄"句：意谓有仇必报，不论大小。薄，轻视。细碎雠(chóu)，小仇。

元稹

元稹(779—831),字微之,别字威明,行九,世称元九。洛阳(今属河南)人,北魏宗室鲜卑拓跋部后裔。少孤贫苦学,十五岁明经及第,又于贞元十九年(803)与元和元年(806)两登制科,历任校书郎、左拾遗、监察御史。元和五年(810),因批评时弊得罪权贵,贬为江陵士曹参军,后转通州司马。元和十四年被召还朝,历祠部郎中、中书舍人、翰林承旨学士等职,于长庆二年(821)拜相。旋又出为同州刺史,调浙东观察使。文宗大和三年(829)入朝任尚书左丞,次年出任武昌军节度使,卒于任所,追赠尚书右仆射。兼擅诗文,号为元才子。与白居易为挚友,共同倡导新乐府运动。其乐府诗揭露时弊,反映民生疾苦;艳诗与悼亡诗言浅情深,尤为人传诵。有《元氏长庆集》传世,《全唐诗》编诗二十八卷。另有传奇《莺莺传》,为唐代小说名篇。

雉媒[1]

双雉在野时,可怜同嗜欲[2]。
毛衣前后成,一种文章足[3]。
一雉独先飞,冲开芳草绿。
网罗幽草中,暗被潜羁束。
剪刀摧六翮[4],丝线缝双目。
唊养能几时[5],依然已驯熟[6]。
都无旧性灵[7],返与他心腹[8]。
置在芳草中,翻令诱同族。
前时相失者,思君意弥笃[9]。
朝朝旧处飞,往往巢边哭。
今朝树上啼,哀音断还续。
远见尔文章,知君草中伏。
和鸣忽相召,鼓翅遥相瞩。
畏我未肯来[10],又啄鹥前粟[11]。
敛翮远投君,飞驰势奔蹙[12]。

罥挂在君前[13]，向君声促促[14]。
信君决无疑，不道君相覆[15]。
自恨飞太高，疏罗偶然触。
看看架上鹰，拟食无罪肉[16]。
君意定何如，依旧雕笼宿[17]。

注释

[1]雉媒：为猎人驯养用来诱捕同类的雉鸟。

[2]嗜欲：嗜好，习惯。

[3]文章：指毛羽花纹。

[4]六翮(hé)：鸟类翅膀上通常有六根硬羽，此以代指鸟翼。

[5]唊养：喂养。

[6]依然：依恋貌。

[7]性灵：性情。

[8]返：反而。他：指猎人。心腹：一心一意，一条心。

[9]君：指失去的同伴(雉媒)。弥笃：更加强烈。

[10]我：被引诱的雉鸟自称。

[11]翳(yì)：遮蔽，此指隐藏的网罗。

[12]奔蹙：急奔骤停。

[13]罥(juàn)挂：被网罗缠绕，牵挂。

[14]促促：雉鸟的叫声，催促同伴快快离去。

[15]相覆：相害。

[16]无罪肉：指被诱捕的雉鸟。

[17]雕笼：谓猎人为雉媒准备的雕花的笼子。

赛神[1]

村落事妖神，林木大如村。
事来三十载，巫觋传子孙[2]。
村中四时祭[3]，杀尽鸡与豚。

主人不堪命[4],积燎曾欲燔[5]。
旋风天地转,急雨江河翻。
采薪持斧者,弃斧纵横奔。
山深多掩映,仅免鲸鲵吞[6]。
主人集邻里,各各持酒罇。
庙中再三拜,愿得禾稼存。
去年大巫死,小觋又妖言。
邑中神明宰[7],有意效西门[8]。
焚除计未决,伺者迭乘轩[9]。
庙深荆棘厚,但见狐兔蹲。
巫言小神变,可验牛马蕃[10]。
邑吏齐进说,幸勿祸乡原。
踰年计不定,县听良亦烦[11]。
涉夏祭时至,因令修四垣[12]。
忧虞神愤恨[13],玉帛意弥敦[14]。
我来神庙下,箫鼓正喧喧。
因言遣妖术,灭绝由本根。
主人中罢舞,许我重叠论[15]。
蜉蝣生湿处[16],鸱鸮集黄昏[17]。
主人邪心起,气焰日夜繁。
狐狸得蹊径,潜穴主人园。
腥臊袭左右,然后托丘樊[18]。
岁深树成就,曲直可轮辕[19]。
幽妖尽依倚,万怪之所屯。
主人一心好,四面无篱藩。
命樵执斤斧,怪木宁遽髡[20]。
主人且倾听,再为谕清浑[21]。
阿胶在末派,罔象游上源[22]。
灵药逡巡尽[23],黑波朝夕喷。

〇五一〇 \ 元稹

神龙厌流浊，先伐鼍与鼋[24]。
鼋鼍在龙穴[25]，妖气常郁温[26]。
主人恶淫祀[27]，先去邪与惛[28]。
惛邪中人意[29]，蛊祸蚀精魂[30]。
德胜妖不作，势强威亦尊。
计穷然后赛，后赛复何恩。

注释

[1]赛神：设祭酬神。此诗以地方官放任巫觋使其势大为害乡里，暗喻唐王朝对藩镇忍让以致其尾大不掉无法控制。

[2]巫觋(xí)：古代称女巫为巫，男巫为觋，后泛指装神弄鬼为人祈祷的巫师。

[3]四时：春夏秋冬四季。

[4]主人：指村中居民。不堪命：负担沉重，活不下去了。

[5]燎：火炬。燔(fán)：焚烧。

[6]鲸鲵(ní)：即鲸，雄者为鲸，雌者为鲵。

[7]神明宰：英明的县官。

[8]西门：西门豹，战国时魏国邺邑令，任职时曾严惩当地危害百姓的巫师，废除用活人祭祀河神的陋习。事见《史记·滑稽列传》。

[9]伺者：指守候神庙的人。迭：屡屡。乘轩：古代轩是大夫才能乘的车，后以乘轩代指做官。

[10]蕃：繁衍。

[11]良：实在，的确。

[12]四垣：谓神庙四面的围墙。

[13]忧虞：忧虑，担心。

[14]弥敦：更加诚心诚意。

[15]重叠：反复。

[16]蜉蝣：虫名。幼虫生活在水中，成虫褐绿色，有四翅，生存期极短。

[17]鸱鸮(chī xiāo)：即俗称猫头鹰。

[18]丘樊：园圃，乡村。

[19] 可轮辕：谓树木成材可做车辆。轮辕，指车辆。

[20] 宁：岂，怎。髡（kūn）：本指人剃光头发，此谓将大树的枝杈砍掉。

[21] 清浑：喻是非。

[22] "阿胶"二句：喻乱象由上而下，非下层所能改变。阿胶，中药名，原产山东东阿，以阿井水熬黑驴皮而成，据说用搅浊水则清。庾信《哀江南赋》云"阿胶不能正黄河之浊"。末派，河水支流或下游。罔象，水怪名。

[23] 灵药：指阿胶。逡巡：顷刻，很短的时间。

[24] 鼍（tuó）与鼋（yuán）：扬子鳄与大鳖。

[25] 龙穴：喻源头。

[26] 郁温：浓郁。

[27] 淫祀：不合礼制的祭祀。见《礼记·曲礼下》。

[28] 邪：不正当。惛（hūn）：迷乱，糊涂。

[29] 中人意：谓伤害人的精神。

[30] 蛊祸：即蛊惑，迷惑。

夜闲

感极都无梦，魂销转易惊[1]。
风帘半钩落[2]，秋月满床明。
怅望临阶坐，沉吟绕树行。
孤琴在幽匣，时迸断弦声[3]。

注释

[1] 魂销：即销魂，谓极度悲伤。

[2] 钩：挂窗帘的帘钩。

[3] "孤琴"二句：古时以琴瑟和谐喻夫妻和睦，"孤琴""断弦"喻指丧妻独处。

追昔游

谢傅堂前音乐和[1]，狗儿吹笛胆娘歌[2]。

花园欲盛千场饮,水阁初成百度过。
醉摘樱桃投小玉[3],懒梳丛鬓舞曹婆[4]。
再来门馆唯相吊[5],风落秋池红叶多。

注释

[1] 谢傅:东晋名臣谢安,卒后追赠太傅,故称。此以喻指韦夏卿,韦为元稹妻子韦丛之父,官至宰相。

[2] 狗儿:乐队中吹笛者名。胆娘:歌伎名。

[3] 小玉:本神话中仙人侍女,此以泛指侍女。

[4] 丛鬓:蓬乱的鬓发。曹婆:曹姓舞伎。年当较长,故称。

[5] 门馆:指韦夏卿旧居府第。吊:凭吊。

遣悲怀三首

谢公最小偏怜女[1],嫁与黔娄百事乖[2]。
顾我无衣搜荩箧[3],泥他沽酒拔金钗[4]。
野蔬充膳甘长藿[5],落叶添薪仰古槐。
今日俸钱过十万,与君营奠复营斋[6]。

昔日戏言身后意,今朝皆到眼前来。
衣裳已施行看尽[7],针线犹存未忍开。
尚想旧情怜婢仆,也曾因梦送钱财。
诚知此恨人人有,贫贱夫妻百事哀。

闲坐悲君亦自悲,百年都是几多时。
邓攸无子寻知命[8],潘岳悼亡犹费词[9]。
同穴窅冥何所望[10],他生缘会更难期。
唯将终夜长开眼,报答平生未展眉。

注释

[1] 谢公:东晋名臣谢安,借指作者岳父韦夏卿。偏怜:偏爱。

［2］黔娄：春秋时齐国隐士，家贫，死时衾不蔽体。此元稹自喻。 乖：不顺。

［3］茛箧：茛草编织的箱子。一作"画箧"。

［4］泥：软语缠磨。

［5］长藿（huò）：长期吃粗劣的食物。藿，本为豆类植物的叶子，代指粗劣的食物。

［6］营奠：举行祭奠仪式。营斋：设斋饭招待僧尼，为亡者祈福。

［7］施：给予，施舍。行：即将。

［8］邓攸：晋人，字伯道，平阳襄陵（今山西临汾东南）人。历任河东太守、吴郡太守、会稽太守等职，官终尚书右仆射。在西晋末逃难时曾为保全亡弟的儿子而舍弃己子，后竟无子。此作者自喻。 知命：孔子曾云"五十而知天命"，故以代指五十岁。

［9］潘岳悼亡：西晋诗人潘岳有《悼亡诗》悼念亡妻，感情深切。

［10］同穴窅（yǎo）冥：谓同葬一个幽暗的墓穴之中。窅冥，幽暗貌。

梦井

梦上高高原，原上有深井。
登高意枯渴，愿见深泉冷。
裴回绕井顾[1]，自照泉中影。
沉浮落井瓶，井上无悬绠[2]。
念此瓶欲沉，荒忙为求请。
遍入原上村，村空犬仍猛。
还来绕井哭，哭声通复哽。
哽噎梦忽惊，觉来房舍静。
灯焰碧胧胧[3]，泪光疑冏冏[4]。
钟声夜方半，坐卧心难整[5]。
忽忆咸阳原[6]，荒田万余顷。
土厚圹亦深[7]，埋魂在深埂[8]。
埂深安可越，魂通有时逞[9]。

今宵泉下人[10]，化作瓶相憬[11]。
感此涕汍澜[12]，汍澜涕沾领。
所伤觉梦间，便觉死生境。
岂无同穴期，生期谅绵永[13]。
又恐前后魂，安能两知省。
寻环意无极[14]，坐见天将昺[15]。
吟此梦井诗，春朝好光景。

注释

[1] 裴回：彷徨、徘徊貌。

[2] 绠(gěng)：汲水桶上的绳索。

[3] 胧胧：微明貌。

[4] 冏冏(jiǒng)：光明貌。

[5] 难整：难以平复。

[6] 咸阳原：指西起武功漆水河畔，东至泾水渭水交汇处，中间的黄土台塬地区。包括武功、兴平、咸阳、泾阳、乾县、礼泉等地区，其上有大批古代帝王墓葬如周陵、茂陵、乾陵、昭陵等。

[7] 圹(kuàng)：墓穴。

[8] 深埂：指墓穴。

[9] 逞：意愿实现，称心如意。

[10] 泉下人：谓地下埋葬的死者。

[11] 憬：使之醒悟。

[12] 汍(wán)澜：流泪极多貌。

[13] 绵永：长久。

[14] 寻环：循环往复。无极：无尽无休。

[15] 昺(bǐng)：天亮。

江陵三梦[1]

平生每相梦，不省两相知[2]。

况乃幽明隔，梦魂徒尔为[3]。
情知梦无益，非梦见何期。
今夕亦何夕，梦君相见时[4]。
依稀旧妆服，晻淡昔容仪[5]。
不道间生死，但言将别离。
分张碎针线[6]，褵叠故襟帨[7]。
抚稚再三嘱，泪珠千万垂。
嘱云唯此女，自叹总无儿。
尚念娇且骏[8]，未禁寒与饥。
君复不憘事[9]，奉身犹脱遗[10]。
况有官缚束，安能长顾私。
他人生间别[11]，婢仆多谩欺[12]。
君在或有托，出门当付谁。
言罢泣幽噎[13]，我亦涕淋漓。
惊悲忽然寤，坐卧若狂痴。
月影半床黑，虫声幽草移。
心魂生次第[14]，觉梦久自疑。
寂默深想象，泪下如流澌[15]。
百年永已诀，一梦何太悲。
悲君所娇女，弃置不我随。
长安远于日[16]，山川云间之。
纵我生羽翼，网罗生絷维[17]。
今宵泪零落，半为生别滋[18]。
感君下泉魄[19]，动我临川思[20]。
一水不可越，黄泉况无涯。
此怀何由极，此梦何由追。
坐见天欲曙，江风吟树枝。

古原三丈穴，深葬一枝琼[21]。

崩剥山门坏[22]，烟绵坟草生[23]。
久依荒陇坐[24]，却望远村行。
惊觉满床月，风波江上声。

君骨久为土，我心长似灰。
百年何处尽，三夜梦中来。
逝水良已矣[25]，行云安在哉[26]。
坐看朝日出，众鸟双裴回[27]。

注释

[1] 江陵：即荆州（今湖北荆州市），元稹于元和五年（810）因得罪权贵被贬为江陵士曹参军，此诗为任上所作。

[2] 省：晓得。

[3] 徒尔为：徒然，枉然。

[4] "今夕"二句：化用《诗经·唐风·绸缪》"今夕何夕，见此良人"语意。

[5] 晻(àn)淡：暗淡。

[6] 分张：分配，分施。

[7] 褶(zhě)叠：折叠。褶，本义为衣服上的褶，此用为动词。帲(píng)帏：帐幔。

[8] 骏(ɑi)：呆。

[9] 憘(xǐ)事：好事，喜欢多事。

[10] "奉身"句：谓照顾自己尚且有遗漏，不周全。

[11] 间别：隔阂，嫌隙。

[12] 谩欺：欺诳。

[13] 幽喑：低声哭泣。

[14] 次第：转眼间。

[15] 流澌(sī)：流冰。

[16] 长安：时作者女儿所在。

[17] 絷(zhí)维：拴马的绳索，引申为束缚。

[18] 生别：生别离。语出屈原《九歌·少司命》："悲莫悲兮生别离。"

[19] 下泉：即黄泉，地下。

［20］临川思：晋潘岳《秋兴赋》云："临川感流以叹逝兮，登山怀远以悼近。"故以指怀念死者之思。

［21］一枝琼：一枝琼花，喻亡妻。琼，美玉。

［22］崩剥：倒塌，剥落。山门：此指墓门。

［23］烟绵：连绵。

［24］荒陇：荒坟。陇，同"垄"。

［25］逝水：喻流逝的岁月。语出《论语·子罕》："子在川上曰：逝者如斯夫，不舍昼夜。"

［26］"行云"句：用巫山神女典故喻己只能与亡妻梦中相见，而这梦境也已消失。

［27］裴回：盘旋。

六年春遣怀八首[1]

伤禽我是笼中鹤[2]，沉剑君为泉下龙[3]。
重纩犹存孤枕在[4]，春衫无复旧裁缝。

检得旧书三四纸，高低阔狭粗成行。
自言并食寻高事[5]，唯念山深驿路长。

公无渡河音响绝[6]，已隔前春复去秋。
今日闲窗拂尘土，残弦犹迸钿筌簌[7]。

婢仆晒君余服用，娇痴稚女绕床行。
玉梳钿朵香胶解[8]，尽日风吹玳瑁筝[9]。

伴客销愁长日饮，偶然乘兴便醺醺。
怪来醒后傍人泣，醉里时时错问君。

我随楚泽波中梗[10],君作咸阳泉下泥。
百事无心值寒食,身将稚女帐前啼。

童稚痴狂撩乱走[11],绣球花仗满堂前。
病身一到繐帷下[12],还向临阶背日眠。

小于潘岳头先白[13],学取庄周泪莫多[14]。
止竟悲君须自省[15],川流前后各风波[16]。

注释

[1]六年:指元和六年(811),作者时在江陵。

[2]伤禽:被弓箭射伤过的鸟,听见弓弦声就吓坏了(故事见《战国策·楚策四》)。此喻己受挫后心有余悸。笼中鹤:喻己谪贬江陵不得施展的处境。

[3]沉剑:沉埋地下的宝剑,喻亡妻。泉下龙:即沉剑,古时ου以龙喻宝剑。泉下,地下。

[4]重纩(kuàng):厚丝绵。此指用厚丝绵做的被褥。

[5]并食:两天用一天的食粮,形容生活艰辛。寻高:寻幽登高。

[6]公无渡河:汉乐府《相和歌辞》,又作《箜篌引》,内容写一妇人呼喊提醒她疯癫的丈夫不要渡河。此喻亡妻生前对自己的谆谆叮嘱。

[7]迸:指发出声音。钿箜篌:镶嵌金银、玉、贝等物的箜篌。

[8]钿朵:指玉梳上镶嵌的金银花朵。

[9]玳瑁筝:镶嵌玳瑁的筝。玳瑁,一种海龟,背甲美丽,可做装饰。

[10]楚泽:楚地湖泽,借指江陵,江陵原为楚地。波中梗:波浪中的草梗,喻己漂泊不定,生活动荡。

[11]撩乱走:胡乱跑。

[12]病身:作者自指。繐(suì)帷:为死者所设的灵帐。

[13]潘岳:西晋诗人,据《晋书·潘岳传》,潘岳三十二岁头上出现白发。

[14]"学取"句:谓学习庄子的达观。据《庄子·至乐》,庄子妻死不哭,鼓盆而歌。

[15]止竟:毕竟。

[16]风波：喻政治上的风险。

病减逢春，期白二十二、辛大不至十韵[1]

病与穷阴退[2]，春从血气生。
寒肤渐舒展，阳脉乍虚盈[3]。
就日临阶坐[4]，扶床履地行。
问人知面瘦，祝鸟愿身轻[5]。
风暖牵诗兴，时新变卖声。
饥馋看药忌[6]，闲闷点书名。
旧雪依深竹，微和动早萌。
推迁悲往事[7]，疏数辨交情[8]。
琴待嵇中散[9]，杯思阮步兵[10]。
世间除却病，何者不营营[11]。

注释

[1]白二十二：白居易，行二十二。辛大：辛丘度，行大，为元稹科举同年，曾任右补阙、工部员外郎等职，性迂嗜酒。

[2]穷阴：冬尽年终之时。

[3]阳脉：中医名词。指经脉中的阳经，其中包括手足三阳经、督脉、阳维脉、阳跷脉等。又指脉象性质，凡属浮、大、数、动、滑者，谓之"阳脉"，凡阴病见阳脉者生。见张仲景《伤寒论》。乍：忽然。虚盈：此谓由虚而盈，即由空而满。

[4]就日：靠近阳光。

[5]祝鸟：据《史记·殷本纪》，商汤见猎人张网捕鸟，祷告道：希望四面的鸟都到我的网上来。商汤说：那不把天下的鸟都捕尽了吗？于是去掉三面的网，祷告道：只有不小心的鸟，才进我的网里来。诗人用此典暗寓希望皇帝对自己有所宽大之意。

[6]药忌：指服药的禁忌食物。

[7]推迁：推移变迁。

[8]疏数：指来往的稀少与频繁。数，频繁。

[9]嵇中散：三国时曹魏作家嵇康，竹林七贤之一，因曾任中散大夫，故称。嵇康善于弹琴。

[10]阮步兵：三国时曹魏诗人阮籍，竹林七贤之一，因曾任步兵校尉，故称。阮籍嗜酒。

[11]营营：忙忙碌碌。

菊花

秋丛绕舍似陶家[1]，遍绕篱边日渐斜。
不是花中偏爱菊，此花开尽更无花。

注释

[1]秋丛：秋天的花丛，指菊花。陶家：指陶渊明的田园。陶渊明《饮酒》诗云："采菊东篱下，悠然见南山。"

智度师[1]（二首录一）

三陷思明三突围[2]，铁衣抛尽衲禅衣[3]。
天津桥上无人识[4]，闲凭栏干望落晖。

注释

[1]智度师：在平定安史叛乱的战争中功勋卓著而后出家为僧的一位将领。智度是其法名。

[2]思明：史思明（703—761），字崒干，宁夷州人（今辽宁朝阳市），唐代"安史之乱"主导者之一。

[3]铁衣抛尽：谓脱下盔甲。衲禅衣：谓缝制僧衣。衲，僧衣常用多块碎布补缀而成，故称为衲，此用作动词。

[4]天津桥：在今河南洛阳市旧城西南。始建于隋，为石桥，横跨洛河上，为连接洛河两岸的交通要道，正西是东都苑，苑东洛河北岸有上阳宫。桥正北是皇城和宫城，桥南为里坊。

永贞二年正月二日[1]，上御丹凤楼赦天下[2]，予与李公垂、庾顺之闲行曲江[3]，不及盛观

春来饶梦慵朝起[4]，不看千官拥御楼。
却着闲行是忙事，数人同傍曲江头。

注释

[1] 永贞二年：公元806年。永贞是唐顺宗年号，但此时顺宗已死，宪宗即位，下文的"上"即指宪宗。

[2] 丹凤楼：唐长安皇宫大明宫正南门城门上所建楼阁，是唐代皇帝举行登基、改元、大赦等重大仪式的场所。

[3] 李公垂：即李绅（772—846），字公垂，祖籍亳州谯县（今安徽省亳州市），幼时迁居润州无锡（今属江苏）。元和元年（806）进士及第，官至中书侍郎、同中书门下平章事，后出为淮南节度使，卒于扬州。与元稹、白居易交游甚密，为新乐府运动的参与者。庾顺之：即庾敬休，字顺之，南阳新野（今属河南）人。元和元年进士及第，历任右拾遗、翰林学士、吏部侍郎等职，官终尚书左丞。曲江：唐代长安风景胜地，位于长安东南，以池水曲折得名。

[4] 饶梦：多梦。

望驿台[1]

可怜三月三旬足，怅望江边望驿台。
料得孟光今日语[2]，不曾春尽不归来[3]。

注释

[1] 望驿台：在今四川广元。驿，供传递公文的人中途休息、换马的地方。

[2] 孟光：东汉贤士梁鸿的妻子孟光。相传梁鸿归家，孟光每为具食，必举案齐眉，以表示对丈夫的敬重。此借指家中的妻子。

[3] "不曾"句：此为遥想妻子在家中之语。

以州宅夸于乐天[1]

州城迥绕拂云堆[2],镜水稽山满眼来[3]。
四面常时对屏障,一家终日在楼台。
星河似向檐前落,鼓角惊从地底回[4]。
我是玉皇香案吏[5],谪居犹得住蓬莱[6]。

注释

[1] 州宅:元稹时任越州(今浙江绍兴市)刺史、浙东观察使,此指其所居府第。乐天:白居易字。

[2] 拂云堆:极言山之高可以触云。越州州宅在龙山上,故云。

[3] 镜水:指鉴湖,在今绍兴西南,环境优美。稽山:会稽山,在今绍兴市越城区。

[4] 鼓角:此指远处传来的海涛声。

[5] 玉皇香案吏:随侍玉皇大帝的仙官。喻皇帝的近臣。

[6] 蓬莱:本为传说中海中仙山名,借喻其州宅之美。

连昌宫词[1]

连昌宫中满宫竹,岁久无人森似束[2]。
又有墙头千叶桃[3],风动落花红蔌蔌[4]。
宫边老翁为余泣,小年进食曾因入[5]。
上皇正在望仙楼[6],太真同凭阑干立[7]。
楼上楼前尽珠翠,炫转荧煌照天地[8]。
归来如梦复如痴,何暇备言宫里事[9]。
初过寒食一百六[10],店舍无烟宫树绿。
夜半月高弦索鸣,贺老琵琶定场屋[11]。
力士传呼觅念奴[12],念奴潜伴诸郎宿[13]。
须臾觅得又连催,特敕街中许然烛[14]。
春娇满眼睡红绡,掠削云鬟旋装束[15]

一九八七年七月十七日
阴历六月廿二日

飞上九天歌一声[16]，二十五郎吹管逐[17]。
逡巡大遍凉州彻[18]，色色龟兹轰录续[19]。
李谟擪笛傍宫墙，偷得新翻数般曲[20]。
平明大驾发行宫，万人歌舞涂路中。
百官队仗避岐薛[21]，杨氏诸姨车斗风[22]。
明年十月东都破[23]，御路犹存禄山过。
驱令供顿不敢藏[24]，万姓无声泪潜堕。
两京定后六七年[25]，却寻家舍行宫前。
庄园烧尽有枯井，行宫门闭树宛然。
尔后相传六皇帝[26]，不到离宫门久闭。
往来年少说长安，玄武楼成花萼废[27]。
去年敕使因斫竹，偶值门开暂相逐[28]。
荆榛栉比塞池塘[29]，狐兔骄痴缘树木。
舞榭欹倾基尚在[30]，文窗窈窕纱犹绿[31]。
尘埋粉壁旧花钿[32]，乌啄风筝碎珠玉[33]。
上皇偏爱临砌花，依然御榻临阶斜。
蛇出燕巢盘斗栱[34]，菌生香案正当衙[35]。
寝殿相连端正楼[36]，太真梳洗楼上头。
晨光未出帘影黑，至今反挂珊瑚钩[37]。
指似傍人因恸哭[38]，却出宫门泪相续[39]。
自从此后还闭门，夜夜狐狸上门屋。
我闻此语心骨悲，太平谁致乱者谁。
翁言野父何分别，耳闻眼见为君说。
姚崇宋璟作相公[40]，劝谏上皇言语切。
燮理阴阳禾黍丰[41]，调和中外无兵戎。
长官清平太守好，拣选皆言由相公。
开元之末姚宋死，朝廷渐渐由妃子。
禄山宫里养作儿[42]，虢国门前闹如市[43]。
弄权宰相不记名，依稀忆得杨与李[44]。

庙谟颠倒四海摇[45],五十年来作疮痏[46]。
今皇神圣丞相明[47],诏书才下吴蜀平[48]。
官军又取淮西贼[49],此贼亦除天下宁。
年年耕种宫前道,今年不遣子孙耕。
老翁此意深望幸[50],努力庙谋休用兵。

注释

[1] 连昌宫:唐代皇帝行宫之一,唐高宗显庆三年(658)建,故址在河南府寿安县(今河南宜阳)西九里。

[2] 森似束:谓竹子茂密,如同扎成一束束的。森,茂密貌。

[3] 千叶桃:即碧桃,又称花桃,落叶乔木。

[4] 簌(sù)簌:花纷纷落下貌。

[5] 小年:少年时。进食:向皇宫中进奉食品。因入:乘机入宫。

[6] 上皇:指唐玄宗。望仙楼:楼阁名,本在骊山华清宫。玄宗未到过连昌宫,此是作者的想象。

[7] 太真:即杨妃,杨妃为女道士时法号太真。

[8] 炫转荧煌:闪耀转动,光彩辉煌。

[9] 备言:详细述说。

[10] 寒食一百六:冬至后的一百零六天为寒食节。唐俗在此前后三天禁火。

[11] 贺老:指玄宗时的宫廷乐师贺怀智,是以善弹琵琶闻名的艺人。定场屋:即今"压场"意,唐人称戏场为场屋。

[12] "力士"句:据作者自注云:"念奴,天宝中名娼。善歌。每岁楼下酺宴,累日之后,万众喧隘,严安之、韦黄裳辈辟易不能禁,众乐为之罢奏。明皇遣高力士大呼于楼上曰:欲遣念奴唱歌,邠二十五郎吹小管逐,看人能听否?未尝不悄然奉诏。其为当时所重也如此。然而明皇不欲夺侠游之盛,未尝置在宫禁,或岁幸汤泉,时巡东洛,有司遣从行而已。"力士,高力士(684—762),本名冯元一,祖籍潘州(今广东省高州市),唐代著名宦官,幼年入宫,由高延福收为养子,遂改名高力士。由于曾助玄宗平定韦后与太平公主之乱,故深得玄宗宠信,累官至骠骑大将军、开府仪同三司,封齐国公。

[13] 诸郎:当指玄宗诸子。

[14]"特敕"句：因寒食节禁火，故皇帝特别下令允许燃烛。然，通"燃"。

[15]掠削：稍稍理一下。旋装束：马上就装束停当。

[16]九天：天上，借指皇宫。

[17]二十五郎：即邠王李承宁，善吹笛，以排行二十五，故称。吹管：即吹笛。逐：伴奏意。

[18]逡巡：指节拍舒缓貌。大遍：唐宋大曲用语。遍，乐曲的一套。每套大曲由十余遍组成，凡完整演唱各遍的，称大遍。相当于"一整套（曲子）"的意思。凉州：曲调名。彻：完了，终了。

[19]色色：各种各样。龟（qiū）兹：各种龟兹乐曲。龟兹，本为古国名，位于天山南麓，治延城（今新疆库车市东），后为凉吕光所灭。其国擅长音乐，传至中原，即称为龟兹。见《汉书·西域传下·龟兹国》及《隋书·音乐志下》。衮录续：陆续演奏。

[20]"李谟（mó）"二句：据作者自注："玄宗尝于上阳宫夜后按新翻一曲，属明夕正月十五日潜游灯下，忽闻酒楼上有笛奏前夕新曲，大骇之。明日，密遣捕捉笛者诣验之。自云：其夕窃于天津桥玩月，闻宫中度曲，遂于桥柱上插谱记之。臣即长安少年善笛者李谟也。玄宗异而遣之。"擪（yè），以手指按压，指按笛。

[21]队仗：仪仗队。岐、薛：指玄宗弟岐王李范，薛王李业。按两人皆死于开元年间，作者所记有误，或以代指王侯贵戚。

[22]杨氏诸姨：指杨贵妃的三个姐姐。被玄宗封为韩国、虢国、秦国三夫人，随意出入宫禁，气焰滔天。斗风：谓车行与风一般快。

[23]东都破：指安禄山攻占洛阳。安于天宝十四载（755）十二月占洛阳，此是约略言之。

[24]供顿：供应行军所需之物。

[25]两京：指西京长安与东都洛阳。

[26]六皇帝：此有误。按后文写"今皇"为宪宗，则玄宗之后共历肃宗、代宗、德宗、顺宗、宪宗五帝。

[27]玄武楼：唐德宗时建，在大明宫北。花萼：即花萼楼，玄宗时建，在兴庆宫西南隅。

[28] 相逐：相随。

[29] 栉（zhì）比：像梳齿一样紧挨在一起。栉，梳子、篦子的总称。

[30] 欹（qī）倾：歪斜，倒塌。

[31] 文窗：雕有花纹的窗子。窈窕：幽深貌。

[32] 花钿（diàn）：古时妇女脸上的一种花饰。以红色为多，以金、银等制成花形，贴于脸上，是唐代比较流行的一种装饰。

[33] 风筝：此指一种檐鸣器即檐马，悬于檐下之金属片或玉片，风动作声。碎珠玉：喻清脆的声音。

[34] 斗栱：又作"斗拱"，是中国木构架建筑结构的关键性部件，在横梁和立柱之间挑出以承重，将屋檐的荷载经斗拱传递到立柱，同时又有一定的装饰作用。

[35] 衙：指正门。

[36] 端正楼：据乐史《杨太真外传》卷下，长安骊山华清宫有端正楼，为杨贵妃梳洗之所。此借用之。

[37] 珊瑚钩：用珊瑚制成的帘钩。

[38] 指似：指给别人看，犹指示。

[39] 却出：退出。

[40] 姚崇：字元之，陕州硖石（今河南陕州区）人，祖籍吴兴（今浙江省湖州）。文武双全，历仕则天、中宗、睿宗三朝，两任宰相。玄宗朝任中书令，封梁国公，主持多项改革，为开元贤相之一。宋璟（663—737）：字广平，邢州南和（今河北邢台市）人。历仕武后、唐中宗、唐睿宗、唐玄宗四朝，历任中书舍人、御史中丞、吏部尚书等职，开元中拜相，清廉正直，励精图治，与姚崇共同辅佐唐玄宗开创开元盛世。相公：宰相。

[41] 燮理：调和。阴阳：传统观念认为，阴阳代表一切事物的最基本对立关系。此以代指社会秩序。

[42] "禄山"句：据王仁裕《开元天宝遗事》，安禄山曾认杨妃为干娘，随意出入宫禁。

[43] 虢国：即虢国夫人，杨妃的姐姐之一。闹如市：像市场一样热闹，极言前往阿附钻营者之多。

[44] 杨与李：指杨妃的哥哥杨国忠与奸相李林甫。

[45] 庙谟：犹庙谋，指朝廷大计。庙，庙堂，指朝廷。

[46] 疮痏（wěi）：疮疡，疮疤，喻"安史之乱"后藩镇割据的局面。

[47] 今皇：指唐宪宗。

[48] 吴蜀平：指平定了江南的李锜与蜀中的"刘辟之乱"。事见《新唐书·宪宗本纪》。李锜，唐皇族后裔，任润州刺史、浙西观察、盐铁转运使，举兵谋反，元和二年被朝廷镇压。刘辟，任西川节度副使代行节度使事，元和元年反叛，被朝廷派军擒杀。

[49] 淮西贼：指淮西节度使吴少阳之子吴元济，元和九年吴少阳死，吴元济举兵反叛，朝廷派重兵征讨，于元和十二年将其擒杀。事见《新唐书·宪宗本纪》。

[50] 望幸：希望皇帝驾临东都。

上阳白发人

天宝年中花鸟使[1]，撩花狎鸟含春思。
满怀墨诏求嫔御[2]，走上高楼半酣醉。
醉酣直入卿士家[3]，闺闱不得偷回避[4]。
良人顾妾心死别[5]，小女呼爷血垂泪。
十中有一得更衣[6]，永配深宫作宫婢。
御马南奔胡马蹙[7]，宫女三千合宫弃。
宫门一闭不复开，上阳花草青苔地。
月夜闲闻洛水声，秋池暗度风荷气。
日日长看提众门[8]，终身不见门前事。
近年又送数人来，自言兴庆南宫至[9]。
我悲此曲将彻骨，更想深冤复酸鼻。
此辈贱嫔何足言，帝子天孙古称贵[10]。
诸王在阁四十年[11]，七宅六宫门户闷[12]。
隋炀枝条袭封邑[13]，肃宗血胤无官位[14]。

王无妃媵主无婿[15]，阳亢阴淫结灾累[16]。
何如决壅顺众流[17]，女遣从夫男作吏。

注释

［1］花鸟使：据作者自注："天宝中密号采取艳异者为花鸟使。"

［2］墨诏：皇帝亲笔写的诏书。嫔御：帝王的侍妾、宫女。

［3］卿士：卿、大夫，此泛指高官。

［4］闺闱：本指妇女居住的内室，此以代指妇女。

［5］良人：丈夫。

［6］更衣：本指换衣服。《史记·外戚世家》："武帝起更衣，（卫）子夫侍尚衣轩中，得幸。"后以代指女子被帝王临幸。

［7］蹙：逼近。

［8］提众门：上阳宫门名。众，一作象。

［9］兴庆宫：唐长安城三大宫殿群之一，时称南内。

［10］帝子天孙：指皇帝的子孙。

［11］诸王在阁：诸王，指玄宗诸子。在阁，谓封王后未授予封地，仍在宫城。

［12］七宅：一作十宅。开元后玄宗诸子成年者在宫城分院而居，号十五宅，此约略言之。六宫：本指帝王后妃所居，此当借指诸王的后宫。阒：闭门。

［13］隋炀枝条：隋炀帝的后裔。

［14］血胤：血统，子孙后代。

［15］妃媵（yìng）：指诸王的妻妾。妃，王的正妻；媵，妾侍。主：公主。

［16］阳亢阴淫：谓阴阳失调，男女不得婚配。

［17］决壅：本指除去水道的障碍，喻除掉人为设置的不让男女正常婚配的障碍。

古决绝词三首

乍可为天上牵牛织女星[1]，不愿为庭前红槿枝[2]。
七月七日一相见，相见故心终不移。
那能朝开暮飞去，一任东西南北吹。
分不两相守，恨不两相思。

〇五二九 ＼ 元稹

对面且如此,背面当可知。
春风撩乱伯劳语[3],况是此时抛去时。
握手苦相问,竟不言后期。
君情既决绝,妾意已参差[4]。
借如死生别[5],安得长苦悲。

噫春冰之将泮[6],何予怀之独结。
有美一人[7],于焉旷绝。
一日不见,比一日于三年[8],况三年之旷别[9]。
水得风兮小而已波,笋在苞兮高不见节[10]。
矧桃李之当春[11],竞众人而攀折。
我自顾悠悠而若云[12],又安能保君皑皑之如雪。
感破镜之分明[13],睹泪痕之余血。
幸他人之既不我先,又安能使他人之终不我夺。
已焉哉!织女别黄姑[14]。
一年一度暂相见,彼此隔河何事无。

夜夜相抱眠,幽怀尚沉结[15]。
那堪一年事,长遣一宵说。
但感久相思,何暇暂相悦。
虹桥薄夜成[16],龙驾侵晨列[17]。
生憎野鹤性迟回[18],死恨天鸡识时节[19]。
曙色渐瞳瞳[20],华星欲明灭[21]。
一去又一年,一年何可彻。
有此迢递期[22],不如死生别。
天公隔是妒相怜,何不便教相决绝。

注释

[1] 牵牛织女星:传说天帝女织女嫁与牛郎,后被天帝拆散,分居天河东西,只能每年七月七日由乌鹊搭成鹊桥渡河相见。见《诗经·小雅·大东》及《月

令广义·七月令》引南朝梁殷芸《小说》。

[2]红槿:开红花的木槿,木本植物,花朵美丽但花期短暂。

[3]伯劳:鸟名,属雀形目,伯劳科。南朝梁武帝《东飞伯劳歌》:"东飞伯劳西飞燕,黄姑织女时相见。"

[4]参差:相似,差不多。

[5]借如:假如,如果。

[6]泮(pàn):融解。

[7]有美一人:语出《诗经·郑风·野有蔓草》:"有美一人,清扬婉兮。邂逅相遇,适我愿兮。"

[8]"一日不见"二句:语出《诗·王风·采葛》:"一日不见,如三岁兮。"

[9]旷别:久别,阔别。

[10]"水得"二句:喻彼此在分别的情况下难免受到他人的诱惑,难以保持贞节。苞,此指竹笋的外皮。

[11]矧:何况。

[12]悠悠:飘动的样子。

[13]破镜:喻夫妻分离。

[14]黄姑:牵牛星的别称。

[15]沉结:郁结,烦闷。

[16]虹桥:此指横渡银河的鹊桥。薄夜:傍晚,夜初。

[17]龙驾:车驾的美称。侵晨:凌晨,黎明。

[18]迟回:迟疑,犹豫。

[19]天鸡:神话中天上的鸡。据南朝梁任昉《述异记》卷下:东南有桃都山,上有大树,名曰桃都,枝相去三千里。上有天鸡,日初出,照此木,天鸡则鸣,天下鸡皆随之鸣。

[20]曈(tóng)曈:日出光亮的样子。

[21]华星:明星。

[22]迢递:遥远貌。

赠双文[1]

艳极翻含怨,怜多转自娇。
有时还暂笑,闲坐爱无憀[2]。
晓月行看堕,春酥见欲消[3]。
何因肯垂手,不敢望回腰。

注释

[1]双文:谓元稹《莺莺传》中的女主人公崔莺莺。

[2]憀(liáo):依赖,寄托。

[3]春酥:春天身体酥软无力的感觉。

白衣裳二首

雨湿轻尘隔院香,玉人初着白衣裳。
半含惆怅闲看绣,一朵梨花压象床[1]。

藕丝衫子柳花裙[2],空着沉香慢火熏[3]。
闲倚屏风笑周昉[4],枉抛心力画朝云[5]。

注释

[1]梨花:喻穿着白衣的美女。象床:镶嵌象牙装饰的床。

[2]藕丝衫子:藕色(浅灰带红的颜色)的丝质小衫。柳花裙:白色裙子。

[3]沉香:一种香木名,可制香料,用以熏衣。

[4]周昉:字仲朗、景玄,京兆(今陕西西安)人,唐代著名画家。出身显贵,先后任越州、宣州长史。擅画人物、佛像,尤其擅长画贵族妇女,所画人物容貌端庄,体态丰肥,色彩柔丽,为当时宫廷士大夫所喜爱。

[5]朝云:用巫山神女之典。语本战国楚宋玉《高唐赋序》:"旦为朝云,暮为行雨。"此借指美女。

春晓

半欲天明半未明，醉闻花气睡闻莺。
狌儿撼起钟声动[1]，二十年前晓寺情[2]。

注释　[1] 狌：疑为"狌"之误。狌（shēng），狸狌，野猫。
　　　[2] "二十年前"句：元稹《莺莺传》写张生与崔莺莺避乱佛寺相恋私通的故事，实即写自己青年时的一段情事。

莺莺诗 一作离思诗之首篇

殷红浅碧旧衣裳，取次梳头暗澹妆[1]。
夜合带烟笼晓日[2]，牡丹经雨泣残阳。
低迷隐笑原非笑，散漫清香不似香。
频动横波嗔阿母[3]，等闲教见小儿郎[4]。

注释　[1] 取次：随意。又解作按顺序，亦通。
　　　[2] 夜合：即合欢花，一名马缨花。落叶乔木，羽状复叶，小叶对生，夜间成对相合，故俗称夜合花。
　　　[3] 横波：谓眼神闪烁。
　　　[4] 儿郎：青年，小伙子。指张生。

离思五首 一本并前首作六首

自爱残妆晓镜中，环钗谩篸绿丝丛[1]。
须臾日射燕脂颊，一朵红苏旋欲融[2]。

山泉散漫绕阶流[3]，万树桃花映小楼。
闲读道书慵未起，水晶帘下看梳头[4]。

红罗着压逐时新[5]，吉了花纱嫩曲尘[6]。
第一莫嫌材地弱，些些纰缦最宜人[7]。

曾经沧海难为水[8]，除却巫山不是云[9]。
取次花丛懒回顾[10]，半缘修道半缘君[11]。

寻常百种花齐发，偏摘梨花与白人[12]。
今日江头两三树，可怜和叶度残春。

注释

[1] 篸(zān)：古同"簪"。绿丝丛：喻浓密的黑发。

[2] 红苏：红晕。

[3] 散漫：任意，无拘无束。

[4] 水晶帘：水晶制成的帘子，或指透明的帘子。

[5] 着压：谓用熨斗熨平。

[6] "吉了(liǎo)"句：谓穿着嫩黄色的花纱。吉了，又称秦吉了，即八哥，其嘴为黄色。曲(qū)尘，酒曲上所生菌。因色淡黄如尘，亦用以指淡黄色。

[7] 纰缦(pīmàn)：经纬稀疏的帛，指花纱。

[8] "曾经"句：由孟子"观于海者难为水"(《孟子·尽心篇》)脱化而来，意谓已经观看过无边大海的水势，普通江河的水流就算不上是水了。喻拥有过亡妻这样美好的女子，再也不会对其他女子动心。

[9] "除却"句：化用宋玉《高唐赋》里"巫山云雨"的典故，意谓除了巫山上的彩云，其他所有的云彩都称不上彩云。喻意与上句相同。

[10] 取次：随便，漫不经心地。花丛：喻众多美女。

[11] 缘：因为，为了。

[12] 白人：皮肤洁白的人。指亡妻。

杂忆

今年寒食月无光,夜色才侵已上床。
忆得双文通内里[1],玉栊深处暗闻香[2]。

花笼微月竹笼烟,百尺丝绳拂地悬。
忆得双文人静后,潜教桃叶送秋千[3]。

寒轻夜浅绕回廊,不辨花丛暗辨香。
忆得双文胧月下,小楼前后捉迷藏。

山榴似火叶相兼,亚拂砖阶半拂檐[4]。
忆得双文独披掩,满头花草倚新帘。

春冰消尽碧波湖,漾影残霞似有无。
忆得双文衫子薄,钿头云映褪红酥[5]。

注释

[1]双文:即元稹所撰传奇《莺莺传》中女主人公崔莺莺。
[2]玉栊(lóng):窗的美称。栊,窗棂,代指窗。
[3]桃叶:晋王献之爱妾名,此借指侍婢。
[4]亚:通"压"。
[5]钿头:即花钿,镶金花的首饰。